토지

박경리 朴景利 (1926. 12. 2. ~ 2008. 5. 5.)

본명은 박금이(朴今伊). 1926년 경남 통영에서 태어났다. 1955년 김동리의 추천을 받아 단편 「계산」으로 등단, 이후 『표류도』(1959), 『김약국의 딸들』(1962), 『시장과 전장』(1964), 『파시』(1964~1965) 등 사회와 현실을 꿰뚫어 보는 비판적 시각이 강한 문제작을 잇달아 발표하면서 문단의 주목을 받았다.

1969년 9월부터 대하소설 『토지』의 집필을 시작했으며 26년 만인 1994년 8월 15일에 완성했다. 『토지』는 한말로부터 식민지 시대를 꿰뚫으며 민족사의 변전을 그리는 한국 문학의 걸작으로, 이 소설을 통해 한국 문학사에 뚜렷한 족적을 남긴 거장으로 우뚝 섰다. 2003년 장편소설 『나비야 청산가자』를 《현대문학》에 연재했으나 건강상의 이유로 중단되며 미완으로 남았다.

그 밖에 산문집 『Q씨에게』 『원주통신』 『만리장성의 나라』 『꿈꾸는 자가 창조한다』 『생명의 아픔』 『일본산고』 등과 시집 『못 떠나는 배』 『도시의 고양이들』 『우리들의 시간』 『버리고 갈 것만 남아서 참 홀가분하다』 등이 있다.

1996년 토지문화재단을 설립해 작가들을 위한 창작실을 운영하며 문학과 예술의 발전을 위해 힘썼다. 현대문학신인상, 한국여류문학상, 월탄문학상, 인촌상, 호암예술상 등을 수상했고 칠레 정부로부터 가브리엘라 미스트랄 문학 기념 메달을 받았다.

2008년 5월 5일 타계했다. 대한민국 정부는 한국 문학에 기여한 공로를 기려 금관문화훈장을 추서했다.

토지

박경리 대하소설

5부 4권

19

다산
책방

차례

순결과 고혈

2장 독아(毒牙)

　시월도 가고 십일월의 중순, 찬비가 내리면서 바람이 일기
시작했다. 바람에 따라 미루나무의 노란 잎새들이 눈보라처
럼 흩어져 날아내리곤 했는데 해가 떨어지면서 한층 바람은
드세어졌다. 초겨울의 짧은 해는 창가에 비치는 새 그림자와
도 같이 저녁을 먹었는가 했더니 어느새 사방은 캄캄, 칠흑
같은 어둠에 마을은 휩싸였다. 나뭇가지를 흔들고 길을 쓸어
가는 바람 소리만 들려왔다. 비는 멎은 듯했다. 집집마다 목
마름과도 같은 등잔불이 켜지고 다그쳤던 추수기를 보낸 느
긋함이 없지는 않았으나 초저녁부터 자리에 드는 사람은 아
무도 없었다. 배추 뿌리, 고구마 같은 것을 삶아놓고 그것으

로 덜 찬 배를 채워가면서 마을 아낙들은 목화씨를 지치지도 않고 발라내는가 하면 눈만 흘겨도 찢어질 것 같은 헌 옷에 무를 대어 깁기도 하고 소반을 들여다 놓고 콩나물 콩을 고르기도 하면서 식구 없는 사람은 홀로 한숨 쉬기, 식구 많은 사람들은 이웃 얘기며 지나온 얘기며, 그날이 그날인 과정을 되풀이하고 있었다. 극성스런 아낙은 비 멎는 것을 보고 바람 속에서도 칠흑 같은 어둠 속에서도 콩탁 콩탁! 보리방아를 찧고 있었다.

"무신 청승고. 새북에 하믄 될 긴데 오밤중에, 하야간에 오도방정이다."

남정네가 내다보며 혀를 찼지만

"씨끄럽소. 아침 일찍 산에 갈라꼬 안 그러요."

"초상났나? 묏자리 보러 갈 기가!"

"새끼나 애비나 할 것 없이, 이 집 식구들 나무 한 짐 저다 주었십니까?"

아낙은 콩탁콩탁 방아질을 하면서 말대꾸를 한다. 하기는 겨울이 코앞에 닥쳐 있었다. 그새 추수하느라 틈이 없었고 수숫대 고춧대 콩대가 있으니 우선은 지낼 만했으나 부피만 컸지 그것들은 마디질 못해 금세 동이 날 것이다. 땔감의 준비는 사실 절박한 일이었다.

"하도 긁어낸께로 산이 마알갖더마. 생나무 꺾어오다 들키믄 큰일이고, 그나저나 우짜노. 멀리 가더라 캐도 이자부터 시작해야지. 그새 숨 돌릴 새나 있었던가? 대강 하고 들어오라고. 냉방에 자게는 안 할 긴께."

"보리쌀에 물 묻혀놨는데 끝은 내야제요. 오늘 밤 바람이 이리 분께 내일 아침 일찍이 가든, 멀리까지 안 가고 한 짐 이고 올 성싶소."

"셈 하나는 빠르구마."

그런 말을 주고받고 있을 때 논둑길을 꾸물꾸물 기다시피 가는 것이 있었다. 바람이 세찰 때는 논둑길에 엎드리곤 한다. 어둠 속에 움직이는 그것은 사람 같았다. 그러나 몹시 작아 보였다. 신음 소리를 내다간 흐느껴 울기도 하는데, 계집아이 같았다. 인가의 불빛은 저 멀리서 깜빡이고 있었다.

"할무이, 할무이…… 할무이……."

드디어 그는 성환할매 집 앞에까지 갔다.

"할무이, 하, 할무이……."

집 안에서는 도란도란 바람 사이로 얘기가 들려왔건만 밖에서 부르는 소리는 집 안까지 전해지지 않는 것 같았다.

"할무이, 할무이."

그러나 그 소리도 끊어지고 계집아이는 앞으로 고꾸라졌는데, 이때 마을 왔다가 돌아가는 야무네 발길에 계집아이가 걸린 것이다.

"아이구매! 이기이 머꼬?"

야무네는 몸을 기울여 들여다본다. 보다가 손으로 더듬어본다.

"아이구 우짜꼬! 귀남아! 성환할매!"

"와 그라요."

귀남네가 마루에 선 채 어두운 밖을 내다본다.

"여기 좀 나와봐라! 사람인갑다. 쓰러져 있구마. 불 좀 가지고 나와보라 카이."

귀남네가 초롱을 들고 나왔고 성환할매도 뒤따라 나온다.

"뭐가 우떻다 캅니까."

"사람이다! 쓰러져 있네."

귀남네가 초롱을 비췄을 때 맨 먼저 비명을 지른 것은 성환할매였다.

"남아!"

하다가 성환할매는 중심을 잃고 나자빠졌다.

"맞다 남희다! 이 사람아, 초롱은 나 주고 아아부터 안아 들이라."

하다가 야무네는 아이 가슴에 귀를 대본다.

"어서, 어서, 아아 몸이 얼음걸이 차다!"

귀남네가 남희를 방에까지 안고 들어왔을 때 허둥지둥 몸을 일으켜 방까지 달려온 성환할매는,

"세상에 이기이 무슨 일고!"

하며 아우성을 쳤다. 그러고는 아이 옆으로 다가가 앉으며,

"남아! 아가! 눈 좀 떠봐라!"

11

야무네는 남희 팔다리를 주무르고 있었다. 주무르면서,

"귀남아, 더운물 좀 가지오니라."

"야."

귀남네는 바삐 나갔고 성환할매는,

"아가아! 남아! 눈 좀 떠봐!"

그러자,

"할무이."

하며 남희는 입술을 달싹거렸다.

"아가! 남아!"

성환할매는 와락 남희를 끌어안으며 울음을 터뜨린다.

"할무이, 여기가 우리 집이오?"

남희는 굳게 감았던 눈을 뜨며 물었다.

"우, 운냐, 우리 집이다. 이자 정신이 좀 드나?"

"응."

성환할매는 남희 얼굴을 쓸고 또 쓸어본다.

"아 아니지, 옷부터 갈아입어야겠다. 무엇 땜시 찬비를 맞고."

성환할매는 농짝 문을 열고 서둘러 치마저고리를 꺼내었다. 성환할매 자신의 옷이었다.

"아가, 옷 갈아입자."

몸을 웅크리는 아이를 달래며 가까스로 젖은 옷을 벗겨낸다. 얼핏 보기에도 진짜 털실로 짠 수박색 스웨터며 갈색 서

지로 만든 바지는 요즘 같은 전시, 최고급의 옷이었다. 그러나 발은 양말도 안 신은 맨발이었다.

"우찌 이리 뼈만 남았노. 어이구."

키는 훌쩍 컸으나 몸은 여위어 뼈만 앙상했다. 야무네는 손등으로 연신 눈물을 닦으며 옷을 갈아입히는 할미와 앞가슴을 가리면서 순순히 옷을 갈아입으려 하지 않는 손녀, 그들 모습을 말없이 지켜본다. 그 광경이 애잔하게 보이기도 했지만 야무네는 지난날 섬에서 병든 푸건이를 데려왔던 일을 생각하는 것이었다. 폐인이 되어 일본서 돌아온 야무의 일도, 둑길에 쓰러진 야무를 동생 딱쇠가 업고 오던 날 밤 생각도 났다. 단단하게 야무지게 살라고 이름 지었건만 야무는 한창 젊은 나이, 형무소살이로 인생이 망가졌고 넉넉하게 살라고 이름 지어준 푸건이는 이 세상을 못다 살고 청춘에 저세상으로 가고 말았다.

'자식이란 멋일꼬? 애간장을 녹이는 기이 자식이다. 전생에 무신 인연으로 부모 자식은 맺어진 길까? 그것들이 병들어야 고향으로 돌아오는 길까?'

그러나 야무네는 요즘 한 가지 한을 푼 것이 있었다. 그것은 참으로 크나큰 위안이었다. 한복의 딸 인호를 며느리로 맞이한 그 일이었다. 생각해보면 그것은 꿈만 같은 일이었다. 우가네 집 식구들이 한복이 내외를 막바지까지 몰고 갔을 때 돌연 인호는 야무에게 시집가겠노라, 실로 놀라운 선언을 했던 것이다. 폐인에게 시집을 가다니, 생각조차 할 수 없던 일을 인호는 끝끝내 고집을 했다. 우가네의 일동이를 피하기 위한 마지막 방도이긴 했지만 인호는 오래전부터 가엾은 야무에게 깊은 동정심을 안고 있었던 모양이다.

"병든 사람 수발이나 들면서 세상 보낼랍니다. 어진 사람들인게 아부지 어무이 못 살게 할 까닭도 없일 기고 박복한 지가 사는 길은 그것밖에 없일 성싶습니다."

"차라리 그럴 바에야 중이나 되지."

하고 영호네는 울었다.

"중 된 셈 치고……. 그것도 좋은 일 아니겠소."

"나이가 얼만데 그러노. 아부지뻘이나 된다."

"나이가 무슨 상관입니까."

"몸도 성찮은 사람, 언제 무신 일이 있일지 누가 아노. 억울하게 살아보지도 못하고 과부 소리 들을 기가."

"천년만년 사는 사램이 어디 있겠소."

"세상 사램이 모두 미쳤다꼬 웃일 기다."

"……."

모녀간에 하는 말을 들으면서 한복은 끝끝내 한마디 말이 없었다.

결국 인호는 야무에게 갔다. 한복은 딱쇠와 의논하여 비어 있는 오서방 집을 손보아 야무 내외가 그곳으로 옮기게 되었고 야무네도 큰아들을 따라왔다. 그리고 한사코 사양하는 것을, 한복은 밭 한 자락과 논 두 마지기를 딸에게 떼어주었는데, 물론 딱쇠도 형이 장만했던 땅을 가졌기 때문에 병든 형을 위해, 또 모친을 위해 추수 때는 얼마간의 곡식을 형네 집에 날라다 주었다. 전화위복이라고나 할까, 희망이 생겼기 때문일까 뜰 안에서만 가동하던 야무는 차츰 들판에 나오게 되었으며 때론 풀 매는 일을 거들어주는 일도 있었다.

귀남네가 더운물을 가져왔다. 성환할매는 남희를 안아 일으켜 물을 먹인다.

"할무이, 나 배고파요."

"우짜꺼나! 귀, 귀남아, 우선에 미음부터 좀 쑤어라."

"알았소."

귀남네 대답은 퉁명스러웠다. 그는 귀남이가 아파서 집에 돌아왔을 때, 그때 일을 생각한 것 같았다.

남희는 배고프다 했으나 마음을 놓은 때문인지 지쳐서 그랬던지 이내 자리에 쓰러졌다. 야무네는 남희 팔을 만져보면서,

"이자 아아 몸에 온기가 돌아오요."

하고 말했다. 성환할매는,

"한심 잘라나?"

하고 묻는다. 남희는 고개를 끄덕였다.

"그래, 미음이 끓을 동안 눈 좀 붙이라."

방바닥은 따뜻했다. 성환할매는 자리 이불을 끌어다가 덮어주고 다독거린다.

남희는 이내 잠에 떨어졌다.

밖에서는 여전히 바람이 불고 있었다. 깜박거리는 등잔불 아래 잠든 남희 얼굴은 창백했고 일그러져 보였다. 들꽃을 꺾으며 노래를 부르던 천진난만했던 그 모습은 찾을 길 없고 어떤 음산한 절망감만이 깃들어 있는 것 같았다.

"몹쓸 년!"

성환할매는 주먹으로 제 가슴을 치며 소리를 죽여 운다.

"마목 겉은 년! 우찌 아아를 이 지경 맨들었겄노."

"그만하소. 이자 아아가 돌아왔인께."

"돌아와도 유분수지, 우찌 이리되어 돌아왔겄소."

"오매불망, 밤낮으로 노래를 부르던 아아가 돌아온 것만도 얼매나 다행이오. 이자는 품 안에 왔인께 마음 놓으소."

"우찌 마음을 놓겄소? 아아 성상 좀 보소."

"……."

"꽃봉오리 겉은 나이에 머를 우쨌길래 아이가 이리 철골겉이 말랐겄소? 빈손에다가 맨발로 온 거를 보이 그 제집이 순순히 보낸 거는 아닐 기고 필시 도망을 쳐서 나온 모앵인데 이 바람 부는 날 찬비를 맞고……. 대체 무신 곡절이겄소?"

"그거는 아아가 정신 차리믄 차차 얘기 안 하겄소."

"참말이제 억장이 무너지요."

"커나는 아이, 한밤에 오르고 한밤에 내린다 안 카요? 며칠 조섭만 잘하믄 회복이 될 깁니다. 사램이 어찌 무병으로 살

16

수 있겠소? 아플 때도 있고, 고개를 넘고 또 넘어도, 사람 사는 기이 안 그렇소? 더군다나 여기 오니라고 지 딴에는 용을 썼일 기고 날씨마저 이러이 찬비 맞고 헤맸일 긴데 몸이 온전할 리가 없지."

"온 거사 천 분 만 분 잘한 일이지마는 아아 꼴을 본께 피가 마를 것 겉소. 이년을 그만, 지 죽고 나 죽고 이 악연을 끊어야지. 전생에 무신 철천지원수가 졌길래 이리 끝끝내 몹쓸 짓을 하는지 모리겄소. 내 아들 잡을라꼬, 우리 석이 발붙이지 못하게 한 것도 그년 때문이며 일일이 말을 다 할라 카믄 기가 넘어서 내가 못 살 기요."

"참으소, 참아. 원수는 세월이 갚고 남이 갚아준다 안 카요."

"많이 참았제. 더 이상 머를 우찌 참을 기요?"

"이런 때일수록 참아야제요. 성환이 남희, 불쌍한 그것들 끈이나 붙여주고 눈을 감아도 감아야지, 안 그렇소? 하늘이 무심치 않을 기요. 하모요, 죄지어 남 주요? 공든 탑이 무너지겄소?"

"어디 세상이 야무어매 말맨크로 그리됩디까? 죄 많은 연놈들은 문딩이 되듯 되는데 아, 우리 동네 꼴 보소. 우가, 숭악한 그것이 판을 치고 떵떵거리는 세상 아니오? 불쌍한 사람들만 보국대에 끌리나가고 정말 이래가지고는 영신이 있다 할 수 있겠소?"

"어디 다 살았소?"

"다 사나 마나."

"죽을 때꺼지 영화를 누릴지 그거사 모리는 일이라요. 아무도 장담 못하제."

몽매간에 그리던 손녀가 와서 반기기보다 통탄하는 성환할매 심정은 충분히 그럴 만했다. 맨발에 빈손으로 와서 쓰러진 사정에 대해서도 그러했으나 남희 모습 자체가 처참했던 것이다. 그새 세월이 흘러 다소간 달라지는 것은 그렇다 하더라도 병색이 완연했고 마치 혼을 빼어놓고 허울만 돌아온 듯 성환할매는 불길한 생각을 떨쳐버릴 수가 없었던 것이다. 들판을 달려가는 바람 소리, 숲에 부딪쳐 소용돌이치는 소리, 날씨마저 음산하고 불길했다.

귀남네가 미음을 쑤어 가져왔다.

"남아 아가, 미음 한 모금 마시고 자거라."

성환할매는 남희를 안아 일으키려 한다. 남희는 그 손을 뿌리쳤다.

"배고프다 안 했나? 자아."

다시 흔들어본다. 남희는 겨우 눈을 뜨고,

"할무이, 여기가 우리 집이오?"

아까 물었던 말을 되풀이했다.

"하모, 우리 집이고말고."

미음을 먹인다.

"우찌 미음만 달랑 가지왔노? 입가심하게 김치라도 좀 가지오지 않고."

성환할매는 저도 모르게 귀남네한테 짜증을 부린다.

"아이 참, 별시럽게 그래쌓네. 남우 집 고공살이하다 병들어서 우리 귀남이 돌아와도 남 보듯 하더마는 범이 제 새끼 잡아묵겄소? 어매한테 있음서 호강하다 왔는데 천지가 무너진 듯 참말로 해도 너무해요."

샐쭉해서 말하는 귀남네에게,

"귀남네 니가 접어서 생각해라. 에미라 캐도 유만부동, 그거를 어릴 적부터 끼고 살았이니 어매가 그런다고 생각하라모. 니한테도 하나밖에 없는 오래비 핏줄 아니가."

귀남네한테 모진 말을 듣고 기절을 하고부터 야무네는 귀남네 대하는 것을 신중히 해왔다.

"부모 맴은 매일반 아니겄소. 자나 깨나 친손자 손녀 노래지 어디 한 분 외손자 걱정한 일이 있어야제요. 나도 심장이 상하요. 안 그러겄다 싶으면서도."

"그만해라. 그런 얘기는 두었다 하고, 입가심하게 김치나 가지오너라."

야무네는 눈을 깜빡거리고 팔을 저으며 말했다. 성환할매는 아무 대꾸 없이 남희에게 미음만 먹이고 있었다. 단발머리에, 할머니 옷을 입은 우스꽝스런 모습으로 반은 졸면서 미음을 받아먹는 남희, 성환할매는 오로지 그것에만 정성을 쏟고 있는 듯 보였다. 그러나 실상 그는 분노를 참고 있었던 것이다.

'허깨비겉이 돼서 아이가 돌아왔는데 제 버릇 개 못 주고 심청을 부리? 그래가지고 복 받을라.'

그러나 귀남네의 말이 틀린 것은 아니었다. 틀린 말은 아니었지만 성환할매는 그것을 수긍할 수 없었다. 오히려 지난 세월이 되살아나서 맺힌 응어리가 도지는 것이었다. 귀남애비가 집 나가기 전에는 친손자만 끼고 돈다고 귀남네가 불평을 할 때마다 성환할매는,

"귀남이는 애비 에미가 있인께, 불쌍한 저것을 내가 안 그러믄 누가 그럴 기고."

하며 애원하다시피 했다. 원망하기도 했다. 그리고 제 자식과 조카들을 구별하여 귀남이는 헐벗어도 노상 배불리 먹였고 기가 나서 펄펄했건만 부모 없는 남매는 항상 굶주려야 했으며 풀이 죽어 있던 세월, 남매를 끌어안고 보낸 눈물의 세월을 성환할매는 잊지 못하는 것이다. 솔직히 말하여 그러한 사연 때문에 귀남에게 정이 가지 않았던 것은 사실이다. 정이 가지 않았던 것에는 사위에 대한 감정도 있었다. 무경위하고 미련하며 심술궂고 무지막지했던 사위에 대한 원망과 경멸은 아직도 성환할매 기억에는 짙게 남아 있었다. 그가 집 나간 뒤 꽤 긴 세월이 지나갔고 사위도 자식이라 했건만, 혼자 남은 딸의 신세가 가슴 아프지 않은 것은 아니었지만, 성환할매는 사위 생사에 대하여 절실한 느낌이 없었다. 그것은 바람만 불어도, 밤하늘의 별만 쳐다보아도 아들 석이의 생사를 생각

하지 않을 수 없는 심정 탓이었는지 모른다. 핏줄도 아니요 좋게 지낸 적도 없는 사위를 받아들일 여유가 없었는지도 모른다. 과거사야 어찌 되었든 현재로서는 성환이가 똑똑하고 최참판댁에서 뒤를 보아주어 대학생이 된 처지에 비하여 가까스로 보통학교를 나와 진주서 남의 집 고공살이를 하는 귀남이, 게다가 남정네 없는 자신의 신세를 생각할 때 귀남네 마음에 시샘이 생기는 것도 무리는 아니라고 사리로는 판단하지만 성환할매 감정이 그것을 받아들이지 못하는 것은 숨길 수 없는 일이었다. 자기 자신에 대한 딸의 불손은 다 잊었지만 아이들의 서러운 성장기를 성환할매는 영 잊지 못하는 것이다. 결국 모녀간에는 메우지 못하는 도랑이 가로놓여 있었고 두 사람의 심정은 영원한 평행선이었다.

귀남네는 김치 한 보시기를 갖다 놓고 나가버렸다.

"오동지섣달, 지 오래비가 물지게 져가믄서 저거들을 키웠는데 손톱만치라도 그거를 생각하믄 저렇기는 못할 긴데 우리 복연이 반만 돼도 저러지는 못할 긴데……."

귀남네가 나가자 성환할매는 군지렁거렸다.

"태성이 그런 거를 우짜겠소. 성환할매가 그냥 접으소. 지 처지가 처량한께 안 그요."

"사촌이 어디 뭐요? 서로 도와감서 살아가야 할 긴데 우찌 국량이 그리 좁아터졌소."

비몽사몽인 듯 미음을 다 먹은 남희는 그냥 쓰러져 다시 잠

들고 말았다. 성환할매는 다독거리고 손녀의 얼굴을 쓸어주고 또 쓸어주면서,

"산골에 산께로 지 자식은 공부도 못 시키고 무식꾼으로 키우믄서도 조카들 일이라 카믄 주야로 애달파하는 작은아아한테 비하믄…… 천양지간이제요. 귀남이가 아파서 왔일 직에 성환이 소식을 물었다고 길길이 뛰고 울고 야단이더마는 기진맥진한 아이가 하룻밤도 새기 전에 해구는 꼴 보소. 내 속에서 우찌 저런 기이 나왔나 싶고. 애시당초 소나아를 잘못 만내서 저리 장호(인품)가 변했는가, 클 때는 안 그렇더마는."

"그래서 딸하고는 함께 못 산다 안 카요. 복연이사 어디 보통 고모건데? 그러기 참말로 쉽잖은 일이구마."

아닌 게 아니라 그랬다. 둘째 딸 복연이는 그새 친정을 많이 도와왔다. 구겨 넣었던 돈푼은 틈틈이 조카 학비에 보태라 하며 부쳐왔고 인편이 있으면 밤을 새워 옷을 지어 보내왔다. 일 년에 한두 번은 내외가 다녀갔고 돌아갈 때는 조카들을 위해 눈물을 흘리곤 했다.

"그라믄 나는 갈라요."

야무네가 일어섰다.

"저문데 그라믄 가보소."

야무네가 떠난 뒤 귀남네는 무엇을 하는지 아무 기척이 없었다. 거리에서 부는 바람보다 거센 바람이 성환할매 마음속에서 소용돌이치고 있었다. 잠든 아이를 보면 볼수록 절로 한

탄이 나왔으며 근심과 원망으로 가슴이 저리는 것이었다. 어떻게 된 일인지 전혀 사정을 알 수 없기 때문에 더욱 그랬다. 별의별 생각이 다 들어 가슴이 두근거리고 눈앞이 캄캄해지곤 하는 것이다.

"명천의 하느님네, 부디 굽어살피시오. 인간이 미련하여 알게 모르게 죄를 짓지마는 꽃봉오리 겉은 저거한테 무신 죄가 있겠십니까. 벌을 받아야 한다믄 이 핼미가 받아야제요. 비나이다. 제발 무탈하게 넘어가게 하시이소. 영명한 하느님네. 이 늙은것을 가련키 보시어 소원 들어주시이소."

빌다가 졸다가, 소스라치고 하면서 성환할매는 한밤을 앉아서 지샌다. 잠시 눈을 붙이는 사이, 어수선한 꿈을 꾸었고 새벽닭 우는 소리에 놀라 눈을 떴을 때 남희는 말똥하게 눈을 뜨고 누워서 할머니를 쳐다보고 있었다.

"아가, 일어났더나?"

"야."

"인자 좀 괜찮나?"

"야."

"남아."

"야?"

"니 도망온 기가?"

남희는 눈을 내리깔고 고개를 끄덕였다.

"와 그랬노? 못 가라 캐서 도망온 기가?"

"……."

"그 숭악한 에미가 니한테 우짜더노? 우찌했길래 니가 이 모양고."

"엄마는 아무 짓도 안 했어요. 제발 엄마 욕하지 말아요, 할무이."

남희는 절망적으로 말했다.

"그라믄 그 왜놈이 니를 패더나?"

"아니오. 그 사람은 맘씨가 좋아요. 지한테는 잘해주었소."

"그렇다믄?"

남희는 더 이상 말하지 않았다. 아무리 물어도 말하지 않았다.

'필시 무신 곡절이 있구나.'

성환할매는 한숨을 내쉬며,

"남아."

"야."

"어디가 아프노."

"……."

"어디가 아파서 이리 콜콜이 여빘노 말이다."

"아픈 데는…… 없, 없어요."

하고는 할머니를 피하듯 돌아눕고 말았다.

"무신 말이라도 해야, 답답해서 어디 살겠나. 아픈 데가 없는데 우찌 니 형상이 그렇노?"

남희는 아까처럼 아무리 물어도 그 이상은 말하지 않았다.

"니 또 부산 갈 기가."

"안 가요!"

"니 에미가 데불로 와도 안 갈 기제?"

"야."

"하모, 그래야지. 가지 마라. 거기는 니 있을 곳이 못 된다. 할매는 니가 보고 접어서."

하는데,

"할무이."

그런 말에는 관심 없다는 듯 남희는 불렀다.

"와."

"나 배고파요."

"그래 그래, 미음 데파 오께."

배고프다는 말이 반가워서 성환할매는 얼른 일어섰다.

"미음 말고 밥 먹고 싶어요."

밥 먹고 싶다는 것은 더욱 반가운 말이었다.

"운냐 운냐, 할매가 밥 색히 해가지고 오께."

성환할매는 더듬더듬, 조심스럽게 어둠을 헤치며 밖으로 나왔다. 그새 바람은 씻은 듯 멎었고 하늘에는 반달이 기우뚱 걸려 있었다. 부엌으로 들어간 성환할매는 남포의 등피를 들어 올려 성냥을 그어대 놓고 등피를 씌운다. 부엌 안이 밝아 왔다. 바가지를 들고 발소리를 죽이며 마루로 올라간 그는 항아리 속에서 쌀을 꺼낸다. 역시 도둑고양이처럼 살금살금 부엌으로 돌아와 쌀을 씻는다. 그는 귀남네가 깰까 봐서 겁이 났다. 밥을 안쳐놓고 장독에서 된장을 떠다 뚝배기에 풀어서 밥 위에 얹고 솥뚜껑을 닫은 뒤 아궁이에 불을 지핀다.

"당초에 머를 해 믹일 기이 있어야 말이제, 찬거리를 구할라 캐도 날이 밝아야, 도방에서 묵기는 잘 묵었을 긴데 입에 맞일란가."

부지깽이로 불을 헤쳐가며, 솔가지를 밀어 넣어가며 혼자 시부렁거린다.

"성환이한테 알리야 하는 건지 알리지 말아야 하는 건지…… 핵교는 우떡하고 왔는지 장서방한테 의논을 해봐야겠다."

밥이 끓었다. 디밀던 솔가지를 중단하고 부지깽이로 불을 헤집는다.

"이 불에 갈치 한 토막이라도 있었이믄 굽을 긴데, 세상에 김치밖에 더 있나? 전에 입던 옷은 작아서 못 입을 기고 입은 옷에 왔이니 옷도 해 입히야겠고, 우선 벗어놓은 옷부터 빨아해야겠다."

성환할매는 허리를 두드리며 일어섰다. 꾸부정한 모습으로 사발 하나를 들고 장독으로 간다. 항아리 뚜껑을 열고 김치 한 포기를 꺼낸 뒤 뚜껑을 닫는다는 것이 손이 어줍어 뚜껑을 떨어뜨린다. 요란한 소리가 났으나 천만다행으로 뚜껑은 깨지지 않았다.

"누고!"

귀남네가 방에서 뛰어나왔다.

"누고!"

"나, 나다."

성환할매는 풀이 죽어서 말했다.

"거기서 머하요?"

"남이가 배고프다 캐서…… 김치를 내다 말고 그만 뚜껑이, 안 깨졌어이 다행이다."

성환할매는 항아리 뚜껑을 바로 놓으며 말했다.

"지를 깨우지요. 신새벽에 무신 청승이오."

새벽 찬 바람같이 목소리가 쌩 울려왔다. 귀남네가 방으로 되돌아가며 방문을 올곧잖게 닫았다. 그러거나 말거나 부엌으로 되돌아온 성환할매는 김치를 썰어 보시기에 담아놓고 솥뚜껑을 열었다. 김이 서리는 솥에서 된장 뚝배기를 조심조심 꺼내어놓고 밥을 푸려 한다.

"비키소. 지가 할 긴께요."

귀남네가 부엌에 나타나 성환할매 손에서 주걱을 뺏었다.

"누가 하믄 우때서 그러노."

"늙은 어매 부려묵었다는 말은 듣기 싫구마요."

"곰뱅이 성해서 하는데 누가 머라 칼 기고."

"배고프다고 당장 죽나? 그새를 못 참아서, 지금 나이가 몇 인데 그러노. 다른 아아들 겉으면 보리쌀 곱찧어서 밥 해낼 나이 아니오."

"어디 가아가 지금 성하나."

"엄니가 오냐오냐함서 키워 안 그렇소. 어린양할 나이요?
그래가지고 시집은 우떻기 보낼 긴고? 종이 줄줄 있어서 시중
을 들어주믄 모리까."

"그만해라. 남이는 어젯밤에 왔다. 그것도 찬비 맞고."

"들어가소. 좁은 정기에 제집아아 밥상 하나 차리는 데 둘
씩이나, 잔칫집도 아니겠고."

말 하나하나에 가시가 돋쳐 있었다. 성환할매는 잠자코 부
엌에서 나와 방으로 들어간다. 웅크리고 앉아 있던 남희가 눈
을 치뜨고 성환할매를 올려다본다.

"고모가 또 뭐라 해요?"

"아니다. 밥은 다 됐고 고모가 상 차리 올 기다."

"할무이."

"와."

"요새도 고모하고 싸워요?"

"싸우기는, 사람 사는 기이 다 그렇지 뭐. 고모도 심장이 상
할 기다."

"왜요?"

"고모부 집 나간 지가 언제고, 귀남이도 객지에서 고생을
한께."

밥상이 들어왔다. 김치 한 보시기 된장 뚝배기 하나, 그리

고 된장에 묻어둔 콩잎이 한 접시, 남희는 군침을 삼키며 얼른 숟가락을 든다.

"콩이파리, 이게 얼마나 먹고 싶었다고."

중얼거리며 콩잎 하나를 밥 위에 얹어 먹는다. 남희를 내려다보고 서 있던 귀남네,

"입맛 떨어지지 않는 거를 보니 죽지는 않겠구나. 남희 노래를 불러 귀가 따갑더마는 엄니도 걱정은 그만하소."

많이 누그러져 있었다. 방에 들어오면서 자기 자신을 향해 많이 타이른 것 같았다. 그러나 날이 밝자마자 귀남네는 쇠스랑과 새끼 뭉치를 들고 나무하러 간다면서 횅하니 집을 나갔다. 마루 끝에는 어젯밤 내다 놓은 남희 젖은 옷이 그대로 있었다. 노인네에게 빨래는 힘든 일이다. 털 스웨터와 서지 즈봉은 더군다나 힘든 빨랫거리다. 성환할매는 부엌에서 물을 데워 남희 옷을 담그고 비누질을 해서 주무른다. 쉬었다가는 또 주무르고,

"귀남네는 어디 가고 성환할매가 빨래를 합니까, 남희 옷인갑네요."

"시적 입을 기이 없어이, 가을볕에 쉬이 마르지도 않을 기고."

"가을볕이라니요? 이자 겨울인데? 귀남네는 어디 갔십니까?"

"나무하러 간다믄서, 간밤에 바람이 불어서 간 모앵이오."

"우리 집 인호도 새벽에 밥해 묵고 산에 갔소. 한 짐 긁어 온다고, 찬 바람이 분께 양식도 양식이지마는 집집마다 땔감 걱

정이제. 남희는 좀 우떻소?"

"밥도 많이 묵고 자는 거를 보고 나왔는데."

무슨 생각을 했는지 대답도 짧고 어딘지 회피하는 기색이다.

"가지 말린 거를 무쳐봤더마는 묵을 만하길래 가지왔더마는, 반찬이 없지 싶어서, 그라믄 점심때나 주소."

야무네는 부엌 선반 위에 가져온 그릇을 났다.

"그는 그렇고 남희가 무신 말을 하던가요?"

"하기는, 묵고 자고, 그런 말 할 새가 있어야제."

"우떻게 해서 왔다는 말도 안 하고요?"

"아직은, 지 에미 욕한다고 듣기 싫어하더마."

사실 그랬었지만 성환할매는 의도적으로 얼버무리는 것이었다.

두 늙은이가 빨래 한 가지씩을 나누어 다 빨았을 때 해는 엄치 솟아올라 장독대의 항아리에 빛이 미끄러지고 있었다.

"해는 나는데 수울찮이 칩소."

두 늙은이는 귀남네 방으로 들어가서 자리 이불 속에 두 손을 찌른다.

"빨래 한 가지 가지고 쩔쩔매니 이자 우리는 밥값도 못하요. 안 그렇소 성환할매."

야무네는 눈을 꿈벅거리며 슬프게 말했다.

"밥산 노릇(밥벌이) 못하는 거사 어디 어제 그제 일이겄소? 간당간당, 외가닥 새끼줄에 매달리 있는 기지 우찌 살았다 할 수 있일 기던가……. 죽어서 다시 사람으로 환생한다믄 나는 인병 안 드는 중이 되고 접소."

"그것도 팔자에 있어야."

"중 팔자로 태이나고 접다 그 말이제. 하고많은 병 중에 인병겉이 질긴 기이 어디 또 있을라고."

"하기는 그렇소. 골수에 백이서 떠나지 않는 기지요. 무신 인연으로 부모 자식, 부부로 만나서…… 잊었다 싶으믄 생각나고 산 이별, 죽은 이별, 요즈막에는 우리 야무 일이 풀린께로 죽은 푸건이 생각이 나요. 불쌍한 제집아."

"생각나겠지요. 한이 어디 끝이 있겠소? 그래도 느지막에 호박덩이 하나 안았이니 그나마 얼매나 다행이오? 다 야무어매 심덕으로 영신이 돌보아주었일 기요."

"야, 호박이 넝쿨째 굴러들어왔제요. 내 복에 얼매나 과한지, 이자는 세상만 안 이러믄 살 만한데, 인호가 우리 집에 온 거를 생각하믄 자다가도 꿈만 겉소. 우리 야무, 속절없이 몽다리구신 되겠다 싶었는데."

"하니, 누가 머라 캐도 야무어매는 우가네 욕 못하게 됐소."

"야?"

하다가 야무네는 말뜻을 알아차리고 웃는다.

"우가네 집구석에서 그 지랄을 안 했이믄 인호가 왔겠소?"

"그건 그렇소."

성환할매는 그런저런 얘기를 하면서도 얼굴은 어두웠다.

이따금 한숨을 내쉬기도 했다.

"고생꾼이 돼놔서 병든 가장을 하늘겉이 생각하고, 한시반
시 앉아 있는 법이 없고, 우리 야무도 나무하고 논 갈고 하지
는 못해도 자자부레한 일은 한께."

야무네는 자랑스러운 표정을 지으며 말하는 것이었다.

남희가 집에 돌아온 지 일주일이 지났다. 일주일 동안 그는
한 번도 집 밖에 나간 일이 없었다. 방에만 틀어박혀 있다가
가끔 마당에 나와 우두커니 서 있곤 했는데 그럴 때 누가 오기
라도 하면 부리나케 방으로 들어가는 것이었다. 제 또래의 마
을 동무들이 찾아와도 양 무릎을 세우고 무릎에 턱을 얹은 채
말이 없었다. 성환할매가 무슨 말을 물어도 대답하는 것은 한
정이 돼 있었다. 엄마는 아무 짓도 안 했고 욕하지 말라는 것,
엄마와 같이 사는 일본인은 마음씨가 좋고 잘해주었다는 말,
그것 이윈 그간에 있었던 일, 집에서 도망쳐나온 경위에 대해
서는 일체 침묵으로 대하는 것이었다. 그는 왕성한 식욕을 나
타내어 과식을 하는가 하면 때론 온종일 굶기도 했다. 그리고
그의 건강은 회복되지도 않았다. 뚜렷하게 어디가 어떻게 아
픈지 알 수 없었지만 얼굴은 창백했고 날로 여위어갔다.

"말만 한 제집아가 방구석에 밤낮으로 저리 처자빠져 있으
니, 삼시 세끼 밥 채려주랴, 양식이나 전같이 넉넉하단 말가,
내가 무슨 할 짓고."

귀남네는 불평하기 시작했고 성환할매는 말수가 적어져갔

다. 마을에서는 괴상한 소문이 나돌았다.

"남희가 미쳐서 돌아왔다누마."

"아니 그기이 아니고 연애질을 하다가 핵교에서 퇴학을 당했다 그러던데?"

"어린기이 연애질을 해?"

"열여섯 살이 머가 어리노. 시집갈 나이다."

"에미가 데리가더마는 신세 망칬구나."

"그기이, 요릿집을 한다 카이 좋은 본을 봤겠나? 성환할매 골병이 들겄다."

"와 아니라, 밤낮 길에 나앉아 행여 손녀가 올까 하고 기다리더마는, 성환할매도 액운이 많은 사램이다."

그런 얘기들은 모두 우가네 집에 모이는 여자들의 추측에서 나온 말이었는데 말은 돌고 돌아서 어느덧 사실처럼 변해가고 있었다.

"핵교는 안 갈 기가?"

남몰래 가슴을 치다가 성환할매가 남희에게 물어보면,

"안 가요."

"와 안 갈라 카노."

"그냥, 가기 싫어요."

"장서방이 그러는데 부산 핵교에서 징명만 띠어오믄 진주 핵교에 전학할 수 있다 카던데."

"……"

"방학 때 오래비 오믄 진주 핵교에 전학하는 기이 우떻겠노?"

순간 남희의 낯빛이 달라졌다. 성환할매 입에서 오빠 말만 나오면 남희 얼굴빛은 언제나 달라졌던 것이다. 달래기도 하고 타이르기도 하고 화를 내기도 했으나 성환할매는 속수무책이었다.

"성환할매 기십니까?"

남희는 벽에 기대어 앉아 있었고 성환할매는 머리를 싸매고 누워 있었는데 밖에서 소리가 들려왔다.

"아이고! 장서방."

성환할매는 소스라치듯 놀라며 일어나 방문을 열었다.

낡은 회색 두루마기에 색 바랜 갈색 모자를 쓴 연학은 제법 큰 꾸러미 하나를 들고 서 있었다.

"언제 왔노? 지금 오는 길이가."

"예."

꼬리에 꼬리를 물고 이어지는 의혹과 근심에 시달리던 성환할매는 반가워서 어쩔 줄 몰라했다. 남희가 돌아온 다음 날 의논을 하려고 최참판댁의 연학을 찾아갔었다. 그러나 연학은 여수에 볼일이 있어 갔다 와야 한다면서 떠날 채비를 차리고 있었다.

"잘됐십니다. 핵교는 전학 수속해서 진주로 옮기믄 될 기고."

"그기이 아니고, 아아 몸이 말이 아니다, 그것도 도망을 쳐서 온 모앵인데 통 말을 안 한께……. 내지구지를 알아야, 무신 영문인지 도모지 알 수가 없다."

잠시 생각을 하는 것 같더니 연학은,

"여수 갔다 와서 얘기합시다."

해서 성환할매는 연학이 돌아오는 것을 눈이 빠지게 기다리고 있던 것이다. 귀남네도 급히 부엌에서 달려나오며 인사를 했다.

"귀남어무니."

"예."

"이거 큰집 어장에서 가지왔는데 서너 마리 내났다가 성환이할무이 해드리이소. 생선이오."

하며 연학은 꾸러미를 내밀었다.

"그냥 가지가시이소. 귀한 거를 우리꺼지."

귀남네가 사양을 하니까,

"아니요. 많은께 서너 마리 내놔도 우리들 실컷 묵을 깁니다."

"고, 고맙십니다."

귀남네는 말할 수 없이 공손했다. 어떤 면에서는 귀남의 장래가 연학에게 달려 있다 할 수 있었고 귀남네는 그것을 믿고 있었기 때문에 연학이라면 기는 시늉이라도 할밖에 없었다. 만일 귀남이가 집에 있었다면 벌써 옛날에 징용으로 뽑혀 나갔을 것이다. 마을에서는 눈 닦고 보아도 젊은 사람 하나 찾아볼 수 없는 형편이었으니까. 게다가 귀남이가 아파서 연학이 데리고 왔을 그때 울고불고 모친을 원망하며 한소동을 피운 일을 생각하면 혹 연학에게 밉뵈지는 않았을까, 그게 늘 마음에 걸려 전전긍긍하고 있었다. 사실 모친에 대한 불만, 조카들에 대한 시기심 같은 것을 억제하는 것도 연학의 존재를 의식한 때문이다. 연학이 평사리에 온 후로는 거의 모친과 다투는 일이 없었다.

"칩운데 방에 들어가시이소."

귀남네가 권했고 성환할매도,

"어서 방에 들어오니라."

하고 말했다.

연학은 모자를 벗으며 방으로 들어왔다. 남희는 고개를 숙인 채 웅크리고 앉아 있었다.

"남아, 인사 안 하고 머하노."

성환할매는 성난 목소리로 말했다. 그러나 인사 대신,

"아재씨."

하고 남희는 고개를 들고 연학을 쳐다본다. 여느 사람들을 대하는 것과는 달리 깊은 신뢰를 나타낸 눈동자였다.

"오냐, 걱정할 것 없다."

연학은 두루마기 자락을 걷으며 자리에 앉는다. 어렸을 때부터 아비인 석이를 대신하며, 남희는 아비 얼굴도 모르지만 하여간, 연학은 어린 오누이와 성환할매를 돌보아왔다. 특히 두 아이의 취학 문제는 적극적으로 최참판댁에 건의하여 일을 추진해왔다. 그도 그럴 것이 석이 만주로 건너가서 심상찮은 일을 하고 있는 것도 그러려니와 아비의 원수, 조준구 신변을 맴돌며 최참판댁 재산을 회수하는 데 공노인과 더불어 석이는 일등 공신이라 할 수 있었기 때문이다. 어쨌거나 성환할매와 최참판댁 사이에서 다리 역할을 해온 장연학, 나룻배를 타고 어린 계집아이의 손을 잡고 보통학교 입학할 때 읍내로 데려갔던 사람도 장연학이었다. 신발이며 옷가지, 학용품, 사탕 같은 것을 사오던 사람도 장연학이었다. 아이들은 진작부터 장연학을 믿었고 보호자라 생각해왔다.

'이거 예삿일 아니구나.'

연학은 몰라보게 변한 남희를 보는 순간 상당한 충격을 받았다. 그러나 내색하지 않는다.

"우선에 몸부터 추슬러야겠고나."

"아재씨."

"오냐, 아무 걱정 마라."

"……."

"공부를 하더라 캐도 몸이 나아야, 많이 쇠약해졌다."

"나 공부 안 할 겁니다."

"그거는 건강해진 뒤 생각해도 늦잖은 일이고 하여간에 병원에 가보는 일이 첫째다."

남희는 얼굴이 새파랗게 변했다.

'필유곡절 무신 사단이 있긴 있는 모앵이다.'

연학은 남희 얼굴로부터 눈을 돌리며 신중한 어조로,

"남아."

하고 불렀다.

"니는 이 아재씨를 믿제?"

"……."

"아부지맨치로 생각하제?"

남희는 희미하게 고개를 끄덕였다.

"그라믄 됐다."

순간 연학을 쳐다보는 남희 얼굴에 뭔지 모를 절실한 것이 지나갔다.

"핵교를 안 가겄다 하는 거를 보이 아무래도 핵교에서 무신 일이 있었지 싶은데 도모지 말을 해야 알제."

성환할매는 학교 쪽에 원인이 있다고 생각하고 싶은 눈치였다. 남희는 어미에게 아무 잘못 없다고 말했다. 어미와 함께 사는 일본인도 착하며 잘해주었다는 것이다. 한다면, 집 쪽에서 달리 원인을 찾는다는 것이 성환할매는 두려운 것이다. 집은 바로 요릿집이었기 때문이다.

"말이야 차차 지 맘 내킬 때 하겄지마는 지가 걱정하는 것은 핵교를 그만두는 일보다, 건강이 나쁘다는 것도 큰일이기는 하지만 시국이 시국인 만치로 정신대에 뽑혀가지 않을까 그기이 걱정입니다."

정신대라 했을 때 남희는 강한 반응을 나타내었다. 어쩌면 그는 정신대 내막에 관하여 소상하게 알고 있는 것 같기도 했다.

"정신대라 카믄 여자 보국대 말가."

"예, 수을찮이 처녀 아아들이 뽑히 나간 모앵인데, 이 동네서도 더러 나갔을걸요?"

"하모, 웃담에 사는 길수 딸이 나갔고 성냥간(대장간) 하다온 그 집 손녀도 나갔고, 전에는 모집이라 캄서 선금 주고 아아들을 데리고 갔는데 갔다 한 연에는 편지 한 장 없단다. 세상에, 그런 생이별이 어디 하나둘가."

"남희가 핵교에 다니고만 있다믄 나중 일이야 어찌 되든 우선은 괜찮을 긴데 걱정이구마요."

"그렇다믄 우떻게 하든지 핵교에 보내야제. 시집을 보내든지."

"젊은 놈들이 있어야 시집도 보내지요. 우가 놈, 그놈들 식구가 우환이오. 손바닥의 손금 딜이다보듯 동네 일을 환하게 알고 있으니."

"그러게 말이다. 처녀 아아들 모집 때도 그놈이 권해서 나간거 아니가."

"개동이 그놈이 동네를 쑥밭으로 맨들었소. 이러다가는 젊은 놈뿐이겠소? 늙은 사람들도 끌고 갈 판이오."

"무섭은 세상이다."

이때 귀남네가 살그머니 문을 열고 들어왔다.

방 구석에 앉은 귀남네는,

"오신 김에 좀 물어볼라꼬요."

어렵게 말했다.

"무슨 일 말씸입니까."

"우리 귀남이는 우찌 되겄십니까."

"……"

"가아도 보국대에 나가까요?"

"나이가 아직은 좀 어린께."

"우리 동네에서는 그 또래 머심아들도 뽑히 나갔십니다."

"진주는 넓어서 여기맨치로 싹 훑어가지는 않았지만 조만간 정세 따라서, 안 갈 거라 장담할 수는 없지요. 나이가 아직 어린께 그냥저냥 삐대보지마는."

"그라믄 앞으로 우찌했이믄 좋겄십니까."

울음 섞인 말로 귀남네는 물었다. 연학은 대답을 못한다.

"가기만 하믄 못 돌아온다 카던데 우짜믄 좋겄십니까. 그거 하나 믿고 오늘까지 사, 살아왔는데."

치맛자락을 걷어 눈물을 닦는다.

"도리 없지요."

"장서방, 그라지 말고 우리 귀남이 보국대 안 가게……."

성환할매도 거들어서 말했다. 장서방은 쓴웃음을 띤다.

"돈 있는 사람, 세도 있는 사람들도 이자는 우짤 수 없게, 그만큼 다급해졌십니다. 지가 무신 심이 있어서, 가든지 숨든지 양단간에 하나를 택해야지요. 위험하기로는 마찬가지겠으나."

"숨는다 카믄."

귀남네는 필사적으로 연학을 쳐다본다.

"만 사람이 다 겪는 일인께, 전쟁이 끝나는 거를 기다릴밖에 없고, 귀남이 일은 앞으로 궁리를 좀 해봐야겠소."

그 말에 귀남네 얼굴이 다소 펴진다.

"우짜든지 간에 장주사만 믿겠십니다."

주사라는 칭호가 어색했으나 귀남네는 그것이 대단한 존칭으로 알고 있는 모양이다.

자리에서 일어서며 연학은,

"내일 하루 더 쉬었다가 모레는 진주로 가자. 여기는 좋잖은께."

남희를 보고 말했고,

"성환할무이도 그렇게 알고 기시이소."

진주 보낼 준비를 하라는 뜻으로 말했다.

연학을 전송하여 삽짝 밖까지 따라나온 성환할매에게,

"아이를 본께 심신이 다 허약해 있소. 우떡허든 달래서 핵교에 보내야 하고 벵원에도 가봐야 하고……. 무신 짓을 할지 모린께, 또 달아나기라도 한다믄 큰일이고 남희한테 눈 떼지 마소."

"알았네."

성환할매는 한숨 쉬듯 말하며 고개를 끄덕였다.

연학이 말한 대로 하루를 더 쉬고 다음 날 남희는 연학을 따라나섰다. 빨아서 손질을 한, 부산서 입고 왔던 스웨터와 즈봉으로 갈아입은 남희 모습이었다. 기운 것이기는 하나 깨끗하게 빨아놨던 성환의 양말을 신고 성환할매가 준비한 옷가지가 든 보따리를 들고 있었다.

나루터까지 따라나온 성환할매는 품속에서 손수건에 싼 것을 꺼내었다.

"이거."

하며 죄지은 사람 같은 표정을 짓는다.

"멉니까?"

"미안하다. 그새 모아놓은 긴데 얼매 안 된다."

"허허 참, 그러지 마이소."

연학은 노골적으로 얼굴을 찌푸렸다.

"일할라 카믄 돈이 들 기고, 벵원비도, 첫째는 식량을 우찌해야 할지 몰라서."

"그런 요량도 없이 지가 남희를 데리가겠십니까. 애당초부터 아아 둘은 최참판댁에서 책임을 졌으니께 씰데없는 걱정 마이소."

"그기이 어디 한 해 두 해가, 염치가 없어도 유분수제."

그러나 연학은 손수건에 싼 돈을 끝끝내 받지 않았다.

나룻배가 떠나려 할 때,

"할무이!"

처음으로 남희는 울부짖었다. 성환할매는 어서 가라는 듯 손짓을 하며 서 있었다. 그리고 배가 시야에서 사라지기까지 성환할매는 서 있다가 모래밭에 털썩 주저앉는다.

"남아, 내 새끼야. 개똥밭의 개똥맨크로 아무렇게나 굴러도 명만 길어라. 하모, 명만 길어라, 니 애비 만나봐야 할 거 아니가."

"막 나갔다 캐서 달리왔더마는 벌써 떠나부릿네. 아이고 숨차라."

야무네 목소리가 들려왔다.

"머할라꼬 나왔소."

돌아보며 성환할매가 말했다. 그 말 대답은 없이,

"바람도 없고 날씨가 좋소."

햇볕이 따스했다. 두 늙은이는 모래밭에 엉덩이를 붙이고 강물을 바라본다.

"이자 한시름 놨소."

"그러기."

했으나 성환할매는 말할 수 없이 불안했다. 할무이, 하며 울부짖는 남희 모습이 눈앞에 밟혀 견딜 수가 없었다.

"성환할매, 우리 집에 가입시다."

"머하러요."

"집에 가서 할 일 있소? 보나 마나 왼종일 보속*겉이 앉아서 남희 생각만 할 긴데."

"……."

"안 그렇소? 우리 집에 가서 인호보고 따신 점심 해돌라 캐
서 묵읍시다."

"며누리로 봐놓고 언제꺼지 인호 인호 할 기요?"

"입버릇이 돼놔서 안 그렇소. 아아라도 있이믄 어멈이라 하
겄지마는."

"거물장으로 아아 하나 있었이믄 싶제요?"

"말하나 마나, 인력으로 되는 일이겄소? 그기이 또 어디 쉬
운 일이겄소?"

두 늙은이는 둑길을 지나고 논둑길을 질러서 새로 꾸민 가
정, 야무 집으로 간다.

"어서 오시이소, 성환할무이."

인호가 나와서 상냥스럽게 말했다. 친정에 있을 때는 항상
사람을 피하듯 들판에 나가 일만 하던 인호, 찌들었고 웃음기
라고는 없었던 얼굴이 제법 토실토실하고 보기가 좋았다. 옷
매무새도 단정했다. 누군가를 섬기면서 산다는 것이, 이토록
사람을 변하게 하는 것일까. 사람은 밥으로만 사는 것이 아니
며 마음으로 산다는 것을 느끼게 한다.

"오십니까."

마당에서 비질을 하고 있던 야무도 빙그레 웃으며 말했다.
건강한 모습은 아니었지만 음산하고 산송장만 같았던 분위기
는 없어졌고 얼굴은 맑게 개어 있었으며 눈동자는 또렷했다.

처음, 인호를 야무에게 보내는 것을 몹시 꺼렸던 영호네도 얼굴이 피는 딸을 보고 매우 흐뭇해한다. 동생 딱쇠가 반농사(半農事)는 지어주건만 영호네는 한복이더러 논도 갈아주라 거름도 좀 내어주라 하며 잔소리를 하게 되었고 사위 몸보신 하라면서 이것저것 보내주기도 했다. 첫 결혼에 말할 수 없는 고초를 겪었고 친정에 와서는 군식구로 미안한 세월을 보냈으며 우가네 집 식구들에게 시달려야 했던 인호의 세월. 얼마나 살지, 끝내 완전하게 회복이 안 될지 알 수 없는 야무 처지였으나, 인호에게는 봄이 온 것이다. 그것은 야무가 어질고 착했기 때문이며 시어머니가 존중했고, 그러나 무엇보다 인호 생활에 활기를 준 것은 독자적으로 산다는 그 의식 때문이었다. 그리고 자신의 자리가 확실하다는 느낌 때문이었다.

"집안 되었다. 야무지게 해놓고 집 안에 앵이가 돈다."

올 때마다 성환할매가 하는 말이었다. 앵이가 돈다는 것은 아마 너무나 깨끗하여 날벌레들이 앉지 못하고 날아만 다닌다는 뜻인 모양이다.

"다 사돈댁 덕이제요. 저승에 가서 갚을라 카믄 한이 없일기요."

"사람이 까꾸막 길을 오르다가도 쉬어갈 곳은 있다 하더마는……. 하모, 고생 많이 했인께 이자는 쉴 때도 됐다. 남 보기에도 얼매나 좋노, 야무야."

"예."

"니한테 늦복이 터졌구나. 오래 살아래이."

야무는 스스럼없게 웃었고 인호는 점심 준비를 하기 위해 서둘러 부엌으로 들어간다.

한편 장연학이 진주에 도착했을 때는 해거름이었다. 쓸어 놓은 듯 거리는 조용하고 쓸쓸했다. 더러 지나가는 사람이 있 었지만 그림자처럼, 어항 속의 붕어가 흐느적거리는 것처럼 활기가 없었다. 먹는 데서 인심 나더라고 밥 한 술, 술 한 잔 나누어 먹을 것이 없게 된 세상, 늙었거나 병들었거나 의지할 남정네 없는 젊은 아낙들 아이들, 이슬같이 서글픈 명줄이나 마 잇기 위해 식량배급에만 매달려 있는 일상에서 사람들은 원시세계로 돌아간 듯 일체를 생략하고 살았으며 냉수 한 그 릇 떠놓고 혼례하는 것이 예사요, 장례식인들 무슨 수로 조문 객 대접을 하겠는가. 징용 나가는 아들 남편을 위해 주먹밥이 라도 몇 개 뭉치고 나면 식구들 죽그릇에서 푸성귀만 돌아야 했다. 극도로 이기적인가 하면 극도로 외로워하고 거리에서 직장에서 혹은 집 마당에서 기둥 뽑아 가듯 젊은이들을 잡아 가지만 그것도 거의 일상화되어 울음소리 한숨 소리 위로의 말도 들려오지 않는 것 같았다. 농촌보다 도시의 식량사정이 한층 각박했다. 돈푼 있는 지극히 소수의 사람들만이 암거래 를 통해 식량을 구할 수 있었을 뿐, 옷가지며 양은솥 따위 생 활필수품을 들고 시골에 가서 양식을 구해오던 사람들도 이 제는 바닥이 날 때가 된 것이다. 배급이라고 그냥 주던가. 배급을 받아 절반은 팔아서 다음 배급 탈 돈을 마련해놓고 배급의 절반으로 연명하는 기막힌 처지도 있었고 생산량이 날로 줄어만 가는 양조장의 술 찌꺼기, 두부공장의 비지조차 구하기 힘들게 되었다. 식량배급소의 유세는 대단했으며 배급계 관리들은 살림이 윤택하여 태평성세였다. 죽 한 그릇에 급급하니 내일 닥칠지 모를 불행은 일단 접어두고, 그래서 거리는 조용하고 쓸쓸해 뵈는 것이다.

남희를 데리고 연학은 곧장 영팔노인 집으로 갔다. 시내에는 천일의 넓은 집이 있었고 판술이가 맡아서 영업을 하는 연학 소유의 여관도 있었다. 그러니까 평사리에 가서 병을 고치고 돌아와 다시 심부름꾼으로 일하는 남희 고종오빠 귀남이도 있는 여관이지만 영팔노인 집이 적합할 것 같아서 그곳을 찾은 것이다.

"야아가 누고?"

판술네는 눈이 휘둥그레져서 물었다.

"남희 아닙니까. 모리겄십니까?"

"아이고! 세상에, 남희가 이리 컸나? 몰라보겄다."

영팔노인도 곰방대를 물고 내다보며,

"머라? 남희라꼬?"

하며 놀란다. 판술이댁네도,

"어매가 데꼬 갔다 카더마는 이자 다 큰 처니가 됐네."

하고 말했다.

"하야간에 어서 방에 들어가자."

판술네가 남희 등을 밀었다. 그리고 판술네는 며느리를 따라 부엌으로 들어가며,

"저녁은 우찌 됐노."

"죽 끓일라 카는데요."

"아니다. 밥 해라."

일러놓고 방으로 들어온 판술네는 남희를 살펴보면서,

"우째 아아가 키만 멀쑥 커가지고 그리 예빘노?"

하자 그 말을 받아서 영팔노인은,

"독한 년 밥을 얻어묵으이 무신 살이 갈꼬."

하며 말을 내뱉었다.

"남아, 인사해라. 니 할무이 할아부지 진배없는 분들이다."

남희는 영팔노인을 힐끗 쳐다보고 나서 잠자코 고개만 숙인다.

"앉거라. 그래 우짠 걸음이고? 석이어무이는 편키 기시나?"

연학에게 묻는다.

"예. 그냥저냥 보내고 기시지요."

"그 숭악한 제집, 그래 가잔다고 도척이 겉은 그 제집을 에미라꼬 따라가아? 아무리 철이 없기로."

영팔노인은 울분이 치미는 듯 남희에게 올곧잖게 말했다.

"옛날부터 그 제집 얘기만 나오믄 자다가도 일어나 방바닥을 친다 카이."

판술네는 웃었다.

"무신 소리 하노? 임자는 안 그랬나? 그 제집이 우째 벼락도 안 맞고 이적꺼지 사는지 모르겄다. 전사를 생각하믄, 세상에 그럴 수는 없는 일이라."

남희는 고개를 숙이고 있었다.

"남희 니를 보이 생각이 난다. 아아 몸이 불덩어리가 된 것을 친정에다 처박아놓고, 사니 못 사니 할 직에 니 할무이가 니를 찾아서 벵원에 데리고 안 갔더나. 가보이 종기가 나서 그거를 째는데 고름이 한 종지나 나왔다 카더라. 니 할무이겉이 어진 사람도 이를 갈더마. 그때 니를 벵원에 안 데리고 갔이믄 죽었일 기다. 정말 그럴 수가 없제. 그래놓고 무신 염치로 다 큰 니를 찾아갔노 말이다."

아무 말이 없었던 남희는 무릎 위에 눈물을 떨어뜨리고 있었다.

"하기는 다 지나간 일이제. 그러니 니 할무이 가슴속에는 한이 첩첩이 쌓이 있일 기다. 천금 겉은 자식을 눈앞에 못 보고 어린 남매를 키우니라……. 할무이 공을 잊이믄 안 될 기다. 어디서든 니 아부지만 돌아오믄 옛말하고 살 긴데."

판술네 역시 어미를 따라간 남희 행위를 섭섭하게 생각한 것 같았다.

"그런데 우찌 된 일고?"

연학에게 시선을 옮기며 판술네는 물었다.

"예, 무신 사정인지 아직은 모리겠십니다마는, 부산서 남희가 도망을 쳐서 온 모앵이라요."

"하모, 그거사 잘한 일이제. 말을 들으이 술집인가 요릿집인가 한다 카던데 커가는 제집아이, 있일 곳이가? 좋은 뿐은 보기 어럽아도 나쁜 뿐은 보기 쉽더라고, 그라고, 그 에미 밑에서 어디 혼인길이나 열리겄나?"

일본남자하고 사는 것을 두고 하는 말인 것 같았다.

"그러고 왔이니 핵교 문제도 있고, 몸이 성찮은 것 겉애서 병원에 데리고 가볼라꼬요."

"보기에도 어디가 좀 아픈 아이 겉다. 벵을 키우믄 안 되제. 귀남이도 서둘렀인께 그 정도로 하고 말았지."

영팔노인의 말이었다.

"게다가 요새 평사리가 요상하게 돼 있어서, 정신대다 머다 함서 처녀애들 공출해가는 시절 아닙니까. 우가네 개동이 놈 또 무신 술책을 쓸지 그것도 걱정이 돼서요."

"그 목이 뿌러져 죽을 놈이 감정 있는 집을 골라감서 징용에 뽑아 갔다믄서?"

"이자는 감정이고 머고, 마구잡입니다."

"하기사 진주도 그렇다. 우리 승구도 산판*에 보내기를 잘했제."

승구란 영팔노인의 큰손자다. 그는 산판 따라다니면서 감독일을 하고 있었다. 손자며느리는 남편 겨울옷을 장만하여 어제 아이를 업고 떠났으며 손녀딸은 국민학교를 나오자마자 두만어매 중매로 독골로 시집보냈고 막내손자가 지금 국민학교 오 학년이었다.

"그라믄 남이가 진주에 오래 있을갑네?"

"예. 사정 봐서…… 여관에 두기도 그렇고, 양식은 지가 주선하겠십니다. 여기밖에 믿을 곳이 없어이 당분간만 맡아주시라고 왔십니다."

"말이라고 하나? 죽이든 밥이든 우리 집에 안 있고 어디 갈 기고."

했으나 식량은 주선하겠다 하는 말에 판술네는 안도의 빛을 나타내었다.

"아아들이 쓰던 빈방도 있고 니 할무이도 우리 집에 있다 카믄 맘을 놓을 기다."

하자 영팔노인이 큰기침을 했다. 그러고는,

"세상 야박하지. 이래가아 어디 살겄나? 여관에 오는 손님도 쌀을 가지고 온다 카이, 석이어매 우리 사이가 그런 기이 아닌데, 허허어, 하지마는 장서방, 무리할 것 없다. 우리도 독골에 가믄 얼마간 양식은 구해올 수 있인께."

"무리할 기이 머 있십니까. 최참판댁에서 다 요량하실 겁니다."

"아무리 부자라 캐도 하루 이틀이제. 성환이도 그 집 신세를 지고 있고 또 길상이가 그리됐이니 머가 속 편할꼬? 생각

을 해보믄 만사가 일장춘몽이다. 만주 있일 적의 일을 생각하
믄, 그런 일이 있었나 싶기도 하고."

"문자 쓰는 거를 보이께 또 시작하는구마요."

마누라 핀잔에는 아랑곳하지 않고,

"만주서 되놈 땅 얻어서 농사도 지어봤고 광산에 가서 일도
해봤고 벌목하러 댕기도 봤다마는, 천리타향 타국인데, 그래
도 인심이 안 그랬제. 오늘 겉은 세상이 어디 또 있겄노."

영팔노인은 식량문제 때문에 안도하는 듯한 마누라 표정이
얄밉기도 했고 공연히 연학한테 미안한 생각도 드는 것 같았
다. 그 속을 빤히 알고 있는 판술네는,

"삼대 구 년 묵은 얘기 또 하누마, 세상인심 변한 것이 어디
우리 탓이오? 하기사 머 방구들만 지키고 있으니 고릿적 일밖
에 생각할 것이 없일 기요마는 귀에 못이 박히겄소."

떠듬떠듬 매끄럽지 않게 응수한다.

"젊은 놈들 다 앞세우고, 구신맨크로 저눔의 할망구, 죽지
않으믄 면할 길이 없겄다."

"죽으믄 면할 성싶소? 저승길에 따라올 사람은 내가 아니
라 이녁일 기요. 하시기부시기, 실이 노이 되도록 한 말 또 하
고 또 하고 그거를 누가 들어줄 기라고, 아이구 참말이제 엉
글 나요*."

티격태격하는데 저녁상이 들어왔다. 판술이댁네는 정성껏
밥상을 차린 것 같았다. 어쨌거나 장연학은 그들에게 있어 물

주나 다름없었으니까.

저녁을 먹고 연학은 자리에서 일어났다.

"아재씨."

남희가 불렀다. 나는 어떻게 하느냐 묻는 표정이다.

"내일 아침에 올 기니께 니는 여기 있어라."

해놓고,

"야아 심정이 지금 편치 않을 깁니다. 혼자 있게 방 하나 치아주이소."

하고 판술네한테 부탁한다.

"글안해도 빈방에 불 지피고 이부자리도 옮길 생각이다. 걱정 말고 가서 일 보아라."

영팔노인 집에서 나온 연학은 본성동의 서희를 찾아갔다. 서희는 전등 밑에서 수를 놓고 있다가 수틀을 한 곁으로 밀어놨다.

"그간 안녕하십니까."

연학은 모자를 벗어놓고 꿇어앉아서 정중하게 절을 했다.

"오래간만이오."

여느 때와 다름없이 서희는 단정한 모습이었다. 그러나 오뇌의 빛을 감추지는 못했다. 오십을 갓 넘긴 나이, 아직도 그는 아름다웠으나 몹시 수척했다. 십여 년 동안 놓았던 수틀을 다시 매어놓고 수를 시작한 것만 해도 허약해진 자기 자신을 추슬러보려는 그의 심중의 일단을 넘볼 수 있었다. 벌써 삼

년이 넘어가려 하는 길상의 감옥살이, 어쩌면 서희가 길상보다 먼저 지쳐버렸는지 모른다. 전과 같지 않았다. 전에는 정해진 형기가 있어서 출옥할 그날을 기다리는 희망이나마 있었다. 그러나 이번에는 기약이 없다. 예측조차 할 수가 없었다. 전쟁이 끝나면, 그러나 그 전쟁이 어떤 상태로 끝이 날 것인지 확신은 불가능했다. 과연 죄수들, 특히 사상범들이 전쟁이 끝날 때까지 살아남을 수 있을 것인지, 최악의 경우를 상상할 수도 있는 일이었다. 아무도 그 일에 대하여 장담할 수는 없었다. 일본의 패색이 짙어지는 정국은 물론 바라는 바요 희망이 아닐 수 없었다. 그러나 초토작전으로 나올 때 어느 누가 살아남으리. 서희는 두 아들을 위해서도 근심하지 않을 수 없었다. 옥쇄라는 말을 들을 때마다 서희는 환국이와 윤국이, 특히 윤국이에 대하여 위기감을 느끼는 것이었다. 그러한 근심 걱정 속에서 큰 타격을 준 것은 양현이었다. 연학도 서희의 심정을 잘 알고 있었다. 양현이가 서희에게 얼마나 깊은 타격을 주었는가를 잘 알고 있었다.

"요즘 평사리는 조용한가요?"

우울하게 서희는 물었다.

"조용할 리가 있겠십니까."

"우가네 행패가 여전한 모양이군."

"태생인데 그게 고치지겠십니까. 악종은 따로 있는 모양입니다."

"도솔암에는 가보셨소?"

"예."

"임교장께서는 그대로 계시구요?"

"예, 서울서 가족이 다녀간 후 몸이 좀 안 좋았는데 지금은 회복이 되었다 하더마요."

"장서방은 무슨 각별한 일이 있어 오신 거요?"

"아닙니다."

"……."

"다만 산에 가보니께 여러 가지로 생각하지 않으믄……."

"……?"

"여기 오기 전에, 잠시 여수에도 갔다 왔십니다마는 사방이 꽉 막히서…… 빠져나갈 구멍이라고는 없었십니다."

"그게 무슨 말이오?"

"예, 그러니께 빠져나갈 곳이라고는 지리산 한 곳뿐이 아닐까, 그런 생각을 하게 되었십니다."

"무슨 뜻인지 모르겠군."

서희는 차갑게 말했다.

"지 혼자의 생각은 아니옵고."

"해도사라는 돌팔이 생각이기도 하다 그 말이오?"

"머, 딱히 그 사람의 말이라기보다는 현재의 세상 돌아가는 형편이 그렇다는 말들이었십니다."

장연학이 무슨 심산이 있어서 찾아왔을 것이다. 그것은 그를 보는 순간 직감적으로 서희는 느끼고 있었지만 흥미가 없다기보다 지겹다는 생각을 했다. 회피하고 싶은 기분이기도 했다.

"선생님께서 기셨더라면 무신 생각을 하실을지, 우뜨케 하실을지…… 그것도 깊이 생각해보았십니다."

"나더러 또, 골치 아픈 일에 관여하라 그 말이오?"

역시 차갑게 되물었다. 그러나 장연학은 안개를 잡듯 명확한 말은 놔두고,

"어차피 예측할 수 없게시리 만사가 돌아가고, 그렇다면 그중 한 가지는 해봐도 되지 않을까 그런 생각입니다. 또 전혀 건덕지가 없는 것도 아니고 해서 의논을 해보는 기이 좋겠다 싶어서 말입니다."

"도대체 예측할 수 없는 일이란 무엇이며 건덕지가 있다는 얘기는 무슨 뜻이오. 알기 쉽게 말하시오."

서희는 짜증을 냈다. 그러나 연학은 조금도 서두르는 기색이 없다.

"알기 쉽기 말을 하자믄 군량미를 비축하는 일입니다."

"산에다가요?"

"예."

"싸움하자는 것은 아닐 테고."

"예."

건덕지란 조직을 두고 한 말인 것을 서희는 이미 알고 있었다. 두 사람 사이에 침묵이 흘렀다. 연학은 더 이상 설명을 아

니했고 서희도 더 이상 묻지 않았다. 능변가가 아닌 연학이기 때문이기도 했으나 시시콜콜 설명을 듣고 있을 서희도 아니었다. 긴 세월 이들 사이에 형성된 이심전심이라고나 할까, 화두만 던져놓으면 가부간 서희는 문제에 대하여 심사숙고, 결정을 내리는 것이었다.

사실 서희는 이미 산에 대하여 깊이 생각하고 있었다. 두 아들을 위하여.

연학은 끝내 남희에 관한 얘기는 하지 않고 일어섰다. 잊은 것은 아니었고 자기 혼자 처리해도 되는 일로 생각한 것 같았다.

"번갈아가며 어찌 된 일입니까?"

전에는 귀남이를 데리고 병원에 왔었는데 그 무렵의 귀남이 또래로 뵈는 남희와 함께 진찰실로 들어서는 연학을 향해 허정윤이 웃으며 말했다.

"그렇기 됐구마. 웨낙이 오지랖이 넓다 보이……. 어디가 우찌 아픈지 좀 자세하게 보아주었이믄 좋겄네."

여자아이여서 옷 벗는 것을 보기가 민망하였던지,

"그라믄 나는 밖에 나가서 기다릴 기니께."

하며 연학은 밖으로 나온다. 대합실 걸상에 앉은 연학은 무료하여 창밖을 내다본다. 여전히 거리는 쓸쓸해 보였다. 가을이 지난 이맘때쯤이면 진주는 꽤 활기가 넘치는 고장이었다. 추수를 끝낸 근동의 지주들이 느긋하게 돈을 쓰기 위하여 모여

드는 시기였기 때문이다. 백화점에 물건들이 그득그득 쌓여 있던 시절이 언제였던지, 혼수 장만에 토목점이 왁자지껄하던 때가 그 언제였던지, 은은한 지분 냄새 풍기며 날아갈 듯 맵시를 뽐내던 명기(名妓)들의 소식이 감감해진 것은 언제부터였을까. 너그럽고 규모가 널찍널찍했던 도시는 시어머니 눈살에 오그라든 며느리같이, 거리에는 낙엽만 구르고 있었다.

'양현이는 지금 어디 있을까?'

연학은 문득 양현이 생각을 한다. 병원에 왔기 때문에 생각이 났는지 모른다.

'팔자란 알 수 없는 것이다.'

줄곧 성장기를 지켜보아 온 연학은 양현에 대하여 애틋한 부성애 같은 것을 느끼고 있었다. 냉철하고 곱돌같이 단단하며 야무진 연학에게도 젊은 시절, 그리움을 느낀 적이 있었다. 기생 기화는 연상의 여인이며 연학이 그를 만났을 때 아편으로 망가진 인생이었다. 석이가 기화를 사랑했던 것도 알고 있었다. 티끌만큼도 욕심내지 않았고 크게 번민하지도 않았으나 그리움은 있었고 그는 그 그리움을 자기 자신에게도 속이려 했다. 하여간 그런 감정을 가져본 것은 기화에 대한 것이 유일이다. 양현에 대하여 부성애 비슷한 것을 느끼는 것도 그 때문인지 모른다.

'윤국이는 잘 있을까?'

평사리에서 괴로워하는 윤국을 지켜보았던 연학은 그때 무뚝뚝하게 모른 체 대하기는 했으나 딱했다. 마음 잘못 먹을까 봐 걱정이 되기도 했다. 두 사람이 다 기울지도 모자라지도 않건만 어찌 그리 인연이 닿지 않는지……. 연학은 그런 생각을 하고 있는 자신이 늙기 때문이라 생각한다.

'해도사 말이 옳기는 옳다.'

생각은 산으로 건너갔다. 이범준의 사촌 동생 이범호에게 연학도 불안을 느끼고 있었다. 그럼에도 원칙적인 문제에는 동의를 했고 어젯밤 서희에게 운을 뗐던 것이다. 얼마가 될지 누가 될지 그것은 지금 막연하지만, 또 절대적으로 안정하다 할 수 없지만 박살이 난다고 생각할 때 조그마한 가능성을 위해서라도 움직여보는 것이 나쁠 것은 없었다. 군량미 비축 운운했을 때 서희는 대뜸 산에다가? 하며 되물었고, 싸움하자는 것도 아닐 테고 하며 되뇌었던 것이다. 해도사나 자신도 싸움하자는 것이 아니라는 점에서는 의견이 일치했다. 다만 피신만을 당장의 목적으로 하자는 것이었다. 큰 배가 가라앉는다면 목적지에 닿고 안 닿고는 생각할 것 없이 보트 하나 장만하자, 그런 셈인데, 연학은 가끔 해도사를 황당하게 느끼듯 순간 그러한 계획이 황당한 것처럼 느껴지기도 했다. 해서 그는 굳이 우기기보다 그 정도의 운을 떼어놓고 자연에 맡겨버릴 심산이었다. 그 자연은 서희의 마음이었다. 그럼에도 불구하고 연학의 생각은 또 다른 곳으로 넘어간다.

'경거망동하지 않게 꽉 눌러놔야지.'

마음속으로 중얼거리며 범호의 날카로운 눈초리를 떠올리는 것이었다. 그러나 주변에서 보는 연학의 모습은 반 조는 것 같았고 색 바랜 모자같이 낡고 기진한 것처럼 보였다. 어쩌면 해도사보다 연학이 쪽이 둔갑술에는 능했는지 모른다. 산전수전 다 겪었으며 항상 사건의 전방에서 박쥐처럼 밀착해 살아왔고 뒷설거지는 물 한 방울 남기지 않고 그가 해왔으니.

"아저씨."

"어."

눈을 들었다. 남희가 서 있었다.

"진찰 다 받았나?"

"예."

"의사 선생님이 머라 카시더노."

"아무 말 안 해요."

"그래? 그라믄 니는 여기 앉아 있거라. 내가 물어보고 올 낀께."

"예."

남희는 슬며시 걸상에 걸터앉았다.

연학이 진찰실 문을 열고 들어섰을 때 허정윤은 펜대를 책상 위에 뉘었다 세웠다 하며 창밖에 눈을 던지고 있었다. 연학이 들어온 것도 모르듯, 굉장히 우울한 표정이었다.

"무신 병고?"

정윤은 창밖에 눈을 던진 채 대답이 없었다.

'이거 큰 병인갑다.'

연학은 마음속으로 중얼거리며 멍청하게 선 채 기다린다. 여느 때보다 진찰실 안이 푸르게 느껴진다. 정윤의 흰 가운이 더욱더 푸르스름하게 보였다. 근처에 있는 여학교 운동장에서 목검을 하는지 나기나타의 연습 시간인지 기합 소리가 들려온다.

한참 만에,

"도대체 아저씨하고는 어떻게 되는 사입니까?"

왠지 모르게 정윤은 퉁명스런 목소리로 물었다.

"음 그런께."

막상 그렇게 묻고 보니 적당한 말이 생각나지 않았다.

"학생인 모양이던데요?"

"여학교에 다니누마. 여기 말고 부산서 다녔는데…… 하야간에 고생하는 사람의 딸내미다. 우리가 돌보아주지 않으믄 안 되는 형편이고."

고생하는 사람이라는 말뜻을 정윤은 단박 알아차린 눈치였다. 그는 입맛을 다시며 말했다.

"약을 지어서 일단 가십시오. 주사는 났습니다."

"……?"

"저녁에 지가 술 한잔 사지요. 조용한 밀줏집이 한 군데 있어요."

"술이야 머 내가 사도 되는데."

"그때 얘기합시다."

여간해서 감정이 나타나지 않는, 연학의 낯빛이 싹 달라진다.

"그, 그러치."

연학은 남희를 데리고 나왔다. 영팔노인 집에 가는 동안 남희는 말이 없었고 사방을 두리번거리며 걷고 있었다. 연학이도 아무 말 묻지 않았다.

"어디가 아프다 카더노."

집에 들어서자마자 멍석에 무말랭이를 펴 널고 있던 판술네가 물었다.

"아 네, 심장이 좀 안 좋다 카더마요."

덮어놓고 주워섬긴다.

"아이구 얄궂어라. 귀남이도 그 벵이라 안 캤나? 사촌 간인데 그것도 내림인가?"

"그러씨요……."

신장과 심장을 구별 못하고 말하는 판술네나 어정쩡하게 말을 메우다 보니 연학이 역시 그것을 구별 못하기로는 마찬가지다.

"얼굴에 부기도 없고 삐짝 말랐는데, 와 같은 벵이꼬?"

판술네는 남희를 쳐다본다.

"그라믄 아무래도 벵을 치로하는 데 오래 걸리겠제?"

"아직은 소상한 말은 못 들었습니다. 아무래도 시일이야 안 걸리겠십니까."

"시일이 걸리더라 캐도 낫는 벵인께 마 괜찮다."

안절부절못하고 서 있는 남희를 곁눈질해 본 연학은,

"남아, 니는 방에 들어가서 좀 쉬어라. 맘을 편하게 하고."

말이 떨어지기가 무섭게 남희는 인사도 없이 방으로 들어간다.

"아재씨는 안 기십니까?"

"아니다. 방에 누워 있다. 멋에 틀어짖는데 밤새 콩탕거리 쌓더마는, 옛날 겉지가 않다. 하루하루가 다르네. 갈 날이 얼매 안 남았는가."

판술이댁네도 눈에 띄지 않았다. 여관에 일 거들어주려고 간 모양이었다. 집 안은 휑뎅그렁, 을씨년스러웠다. 원래 대가족이 살던 집이라, 아래위채 방은 많은 초가였으나 많이 낡았고 손질이 잘돼 있지 않았다. 아들 두 명은 그에 따른 식구들을 데리고 분가해 나간 지 오래되었고 판술이는 여관일을 맡아 하면서부터 거의 그곳에서 기거했으며 바늘 가는 데 실 가더라고 판술이댁네도 낮에는 대개 그곳에 가 있었다. 요즘에는 주로 손주며느리가 살림을 관장하고 있었지만 그마저 젖먹이를 업고 산에 남편을 찾아가고 없으니 집 안이 휑뎅그렁할밖에.

"승구가 일하는 산판에는 사람이 얼매나 된다 카던가요?"

별안간 연학은 엉뚱한 것을 물었다.

"머라꼬?"

"산판에서 일하는 사람 말입니다. 일꾼이 얼매나 되는고요?"

"그거는 모리겄다마는, 말은 안 한께."

"……."

"일꾼들 나이는 모두 지긋하다 하더마. 젊은 사람들은 별로 없고."

"그 산판이 어디라 카던가요."

"지리산이라 카던지."

"손주며느리가 갔다믄서요?"

"음, 가아는 산중꺼지는 안 가고 산 밑 마을에서 기다린다 카더마. 산 밑에서 기별을 하믄 내리온다 카고."

"아재씨도 만주 기실 적에 벌목일을 하싰다 카던데."

"와 아니라, 했제. 죽은 홍이아배하고, 주갑이라고 있었네라. 전라서 온 사람인데 명창이었다. 옛날 서금돌이 평사리 근동에서는 소리꾼으로 명(名)이 났지마는 주갑이 그 사람한테는 댈 것도 아니제. 사람 좋고 우스갯소리 잘하고, 그래 세 사람이 한 당이 돼가지고 함께 벌목을 했네라. 어제저녁에도 뜬금없이 영감쟁이가 주갑이 그 사람을 들먹이더마."

"……."

"그때 일을 생각하믄 참말이제 눈물 난다. 월선이도 그때 죽었고, 홍이가 산중까지 아배를 찾아갔던 일 하며…… 그 일을 다 말할라 카믄 끝이 없다. 왜놈들한테 쫓기서 만주로 간 우리 조선사람들, 가심에 첩첩으로 쌓인 그 한을 우찌 다 풀

것노."

"그러믄서 아재씨는 손자가 산판에 가는 거를 우째 반대를 안 했이까요?"

무슨 생각을 했는지 판술네 말허리를 또 꺾으며 연학은 혼 잣말같이 중얼거렸다.

"그거는 사정이 다르제."

"……."

"연비연비로 일은 그렇게 됐다마는 우리 승구는 벌목일은 안 하네라. 가아는 식자도 있고, 어디 노동일 할 처지가? 산판 임자 대신으로 일을 본께. 그래도 그렇제, 식구들을 떠나 사는 것도 그렇고, 처음에사 진주 내리와서 취직이라도 하라 했지마는 그 아아도 역마살이 들어서 그런지 마다 안 카나."

"취직하는 일이 어디 쉽십니까."

"하다못해 장사라도 하라 했제. 하기사 이자는 잘된 일로 생각한다. 그 아아가 여기 있었다믄 온전했겠나? 어이구우, 자식들이 많다 보이 밤낮으로 걱정이다."

이야기는 끝이 없을 것 같았다. 영팔노인뿐만 아니라 판술 네도 못잖게 말이 많아졌고 근심은 펴 널어놓은 무말랭이만 큼이나 많아졌으니, 그래서 또 말이 많아졌는지 모른다. 연학 은 슬그머니 일어섰다. 그의 머릿속도 무척 복잡했던 것이다.

"가볼랍니다."

"갈라나?"

섭섭해하는 얼굴이다.

"여관으로 갈 기가?"

"예. 다른 볼일도 있고, 저녁에나 내일 아침쯤 오겠십니다."

밖으로 나온 연학은 멀리 보이는 형무소 쪽에 시선을 보내다가, 가을걷이가 끝난 들판을 바라보다가 걸음을 옮긴다. 까마귀들이 무리지어 들판에 날아앉았다가는 날아오르곤 한다.

사방이 어두워진 뒤 연학은 병원으로 허정윤을 만나러 갔다. 기다리고 있던 정윤은 가운을 벗어놓고 간호부에게 몇 마디 말을 남긴 뒤 연학과 함께 병원을 나섰다. 여전히 그의 기분은 좋아 뵈질 않았다. 말도 없었다.

밀줏집이라 했으나 정윤이 연학을 안내해간 곳은 요릿집이었다. 모두 폐업을 하고 몇 채 안 남은 요릿집의 하나였다. 그러니까 내어놓는 술이 밀주인 것 같았다. 미리 청을 넣어놨던지 술상은 이내 들어왔다. 술을 부어서 마신다.

"거 듣자니까 양현이하고 윤국의 혼사가 틀어졌다 하던데요?"

정윤은 지나가는 말로 얘기를 꺼내었다.

"뉘한테 들었는고?"

"이시우 그 사람, 저하고는 동서뻘 아닙니까."

"아아, 참 그렇지. 그 사람이 양현에 대해서 뭐라 하던가."

다가앉듯 묻는다.

"일절 말이 없었소. 자주 만나는 처지도 아니고, 여자들끼리 오가는 말을 들었을 뿐입니다."

"그래 머라 하던고?"

"집사람 말로는 혼사가 틀어졌다, 그 이상 내막은 잘 모르는 모양이더군요."

"음…… 하기는 나도 자세한 내막은 모리네. 젊은 사람들 속을 알아야제."

"이시우 그 사람, 혼사가 성사되길 그렇게 바랐다 하던데."

"왜 안 그랬겠나. 배는 달라도 하나밖에 없는 누이동생이고 보믄…… 양현이 어디 보통 아이던가."

"지 생각에도 참 좋은 한 쌍이다 싶었는데."

"다 팔자지 머. 인력으로는 안 되는 일이라."

연학은 술을 마시고 안주를 집는다.

"요즘 겉은 세상에 근심 걱정 없는 사람은 자네 겉은 의사제."

"사람인데 어찌 근심 걱정이 없겠습니까."

"모두 사는 기이 칼끝에서 용천지랄하는 기라."

"어떻게 이 고비만 잘 넘기면 싶은데 그게 어려운 일인 것 같습니다."

연학은 고개를 끄덕였다.

"학교 학생들은 우선 괜찮다 하겠으나 사불여의할 때는 무더기로 끌려나갈지도 모르는 일이고, 대학 중학 할 것 없이."

"무슨 들은 얘기라도 있었던가?"

"들은 얘기라기보다 일본인들은 대개 그것을 예상하고 있는 모양이던데요?"

"예상이야 우리도 하지."

"이태리는 완전히 패망했고 독일이 항복하는 것도 시간문제데, 일본의 시간문제가 우리에게는 가장 절실한 일이지요. 항복을 하느냐 본토 작전에 들어가서 전 국민이 옥쇄하느냐, 만일 본토에서 결정을 하게 된다면 틀림없이 우리 조선인들은 방탄용이 될 겁니다. 남녀노소 할 것 없이."

"그럴 게야."

연학은 그 순간 이범호의 얼굴을 눈앞에 떠올렸다. 이범준하고는 전혀 다른 칼날 같은 눈이 살 속으로 몰려들어오는 것만 같았다.

한동안 침묵이 흘렀다. 술만 마신다.

조선 민족의 운명은 진작부터 그런 방향으로 예상되어왔다. 식자들의 공통된 견해였던 것도 사실이다. 그러나 지극히 소수만이 그 포악한 칼날을 피부에 느끼고 있었을 뿐 대부분의 조선인들은 의식이 마비된 상태였다. 체념이라는 것도 따지고 보면 의식이 남아 있을 때의 이야기다. 날이면 날마다 도처에서 벌어지는 단장의 이별이나 굶주림, 오로지 하나, 일본 왕에 대하여 충성하며 초개같이 제 목숨을 버려야 한다는 총칼의 위협이 강산에 충만해 있건만 사람들에게 그것은 풍경에 지나지 않았다. 그 원인이나 결과 같은 것은 생각지도 않았으며 다만 시간이 흐르고 있다는 것만 느끼고 있었다. 아마 일본인들도 그러했을 것이며 친일파라고 뾰족한 희망이 있을 리 없었다. 살아남을 궁리를 하는 그런 상황은 아니었다. 일본과 운명을 같이할밖에 없다는 것을 때때로 느낄 따름이었을 것이다. 그것이 그들을 횡포하게 했을는지도 모른다. 말단의 일본 녹을 먹는 친일분자는 한층 가열하게 내 백성에게 채찍질하며 끌어내고 잡아내고, 그들은 포식하는 처지만을 유일한 낙으로 삼으며 미쳐 날뛰었을 것이다. 상부층은 협력을 해야만 조선 민족이 살아남는다는, 자기 자신조차 믿지 않는 논리를 리코딩하여 되풀이 되풀이하여 판을 돌리고 있었다. 열혈의 조선 청소년들이여! 국가 위난을 보고만 있을쏜가, 총칼을 들고 전선으로 나가라! 대군(大君)의 신금을 우리는 보위해야 하느니, 펜을 버리고 총을 들라! 오오 감읍(感泣)의 극(極)이로소이다. 폐하의 적자(赤子)로 조선 백성을 안으신 그 크나큰 성은을 어찌 우리가 잊을쏜가! 저 하늘의 태양이 영구불멸이듯 우리의 인군 또한 그 영광이 무궁하리, 오오 조선의 청소년들이여! 일어나라! 일어나라! 총을 들고 전선으로 나가 적을 무찌르라! 썩어 죽을 놈들, 유다의 낙인은 이천 년에 이르기까지 소멸되지 않았음을 그 어찌 모르는가.

연학은 이범호의 얼굴을 떠올리면서 간간 그 사이에 끼어드는 남희 얼굴을 생각하기도 한다. 시간이 흐를수록, 허정윤이 말을 하지 않으면 않을수록 눈앞에 남희 얼굴이 머무는 시간이 길어진다. 석이며 성환, 성환할머니의 얼굴도 지나간다.

'혹 불치의 병이 아닐까? 혹?'

하다가 연학은 불미스런 상상을 물리치곤 한다. 그러나 연학은 정윤에게 묻지는 않았다. 어차피 그 말을 하기 위해 이렇게 만난 것이니 말할 때가 되면 어련히 말할까 싶었던 것이다.

"아까 고생하는 사람의 딸이라 했던가요?"

정윤이 비로소 서두를 꺼내었다.

"그랬지."

"짐작은 갑니다만 독립운동 하는 사람인가요? 아니면 옥살이하는."

"하여간 그 정도로만 알아두게."

"그게 하도 이상하고 끔찍스러워서 차마 입 밖에 말 내기가 거북합니다."

"……?"

"사실 의사로서 적잖은 세월을 보냈지만 이런 일은 처음 경험했기에 저로서도 충격이 컸습니다."

"말해보게."

"그런 어린 나이에 있을 수도 없는 일이."

"말하게."

"놀라지 마십시오. 그 아이의 병은 성병입니다."

"뭐라!"

연학의 손에서 술잔이 떨어졌다.

"어째서 그런 일이 생겼을까요?"

연학은 넋이 빠진 듯 정윤을 바라만 보고 있었다. 한참 후 연학은 신음 소리를 내었다.

"대체 그 아이는 부산서 어디에 있었습니까?"

그 말 대답은 하지 않고 연학은,

"못 고칠 병은 아니겠지?"

하고 물었다. 얼굴에는 핏기가 없었다.

"치료하면 고치기야 고치지요."

무거운 침묵이 흘렀다. 연학은 손수건을 꺼내어 이마를 닦았다.

"허선생."

"네."

"이 일은 꼭 비밀을 지켜주게."

"……."

"남들에게는 물론이나 본인보고도 절대로 병에 관한 얘기는 말아주게. 철없는 것이 그런 거는 알지도 못할 기고 심장병이라든지 머 다른 병이라 하고."

연학은 또다시 손수건으로 이마를 닦았다. 솔직히 말해서 연학은 혹 잘못되어 아이라도 가진 것이 아닐까, 거기까지는 상상을 해보았다. 수없이 그 생각을 물리치면서도. 굉장한 충격이었다. 실감할 수 없는 일이었다.

"에미라는 것이 요릿집을 하다 보니, 정말 억장 무너지는 일이구마. 하 참, 세상에 이런 일도 있일 수 있일까."

"......"

"하여간에 병이나 고쳐주게. 뒷감당은 내가 다 할 긴께."

"알았습니다."

"여하튼 아이가 멍청이가 됐는지 순순히 병원엘 따라오는 거를 보아도, 흠 절대로 본인보고 말하지 말아주게."

혼자 여관을 향해 밤길을 걸어가는 연학은 가다 말고 멈추어 서곤 한다. 토할 것 같았고 눈앞이 캄캄해지기도 했다. 결코 짧은 세월은 아니었다. 최참판댁과 인연을 맺으면서 그 험난한 일들의 뒷설거지를 해온 세월이. 때론 숨이 막히게 긴장을 하기도 했고 굽이굽이 사태를 넘겨야 했던 절박함, 그런 것을 말없이, 때로는 졸듯 태연하게 넘겨왔지만 한시도 마음을 놓은 적은 없었다. 그러나 오늘 밤과 같이 험악한 일을 겪은 것은 처음이다. 사실 사생활에 있어서는 담박하고 지극히 도덕군자였던 연학이었던만큼 뭐가 어떻게 되어 이 지경까지 왔는지 상상하기 어려웠다. 한마디로 충격이며 경악이었다. 화류계에서 더러 그런 일이 있다고 들었지만 자기 주변에서, 그것도 아직 나이 어린 정석의 딸이. 연학은 몇 번이고 고개를 흔들며 마치 악몽과도 같은 사실을 털어버리려 했다.

이튿날 연학은 적잖은 돈을 내밀면서 판술이 내외에게 말했다.

"집에 들러서 남희한테 이르고 갈라 캤더마는 좀 급한 볼일이 있어서 가야겠네."

"남희 일이라 카믄 걱정 마시이소."

"그래도 그냥 두고 가기가 걱정이네. 성한 아이가 아닌께. 매일 병원에 데리고 가야 하는데."

"지가 데리고 가지요."

판술이댁네가 말했다.

"하루라도 빠지믄 안 될 깁니다."

"예, 알겄십니다. 열 일 제쳐놓고라도."

"그는 그렇고, 이 돈은 멉니까?"

"벵원비도 들 기고 양식도 보태야 안 하겄나."

"돈이야 여관에도 안 있십니까."

"여관 돈은 여관 돈이고, 이 돈 넣어두었다가 자네가 알아서 남희한테 쓰게. 아픈 아이니께 음식도 조심부리 믹이야 할 기고 할매를 떨어져 남의 식구 속에 있은께 특별히 맘을 써주었이믄 싶다."

"알았소. 걱정 마이소."

신신당부를 하고 연학은 진주를 떠나 평사리로 향했다. 그는 남희 얼굴을 볼 수 없었던 것이다. 민망하고 그는 그 자신 너무나 깊은 수치심을 느꼈던 것이다. 설사 원인을 캔다 하더라도 부산의 그 생모를 찾아갈 수밖에 없었다. 그러나 과연 그래야 하는지 연학은 엄두가 나지 않았다. 남희에 관한 일은 남에게 미루어버리고 자신은 손을 떼고 싶은 기분이기도 했다.

나루터에서 연학이 막 내렸는데 복동이댁네가,

"인자 오십니까?"

하고 말을 걸었다. 평소에는 시큰둥하며 인사도 잘 하지 않았던 아낙이다. 말하자면 우가네 편이었던 것이다.

"성환할매 집에서 난리가 났소."

"왜요?"

복동이댁네는 나들이 가는 모양이었다. 새 옷을 입고 있었다.

"부산서 손님이 왔는가 배요. 남희어매라 캄서 하이칼라 여자가 와 있더마요. 성환할매하고 시비가 붙어서 시끄럽었십니다. 남희는 진주에 두고 오십니까?"

그새 소문은 쫙 퍼져 있었던 것이다. 연학은 대꾸 없이 지나친다.

"쳇! 남의 집 일에 감 놔라 배 놔라 웬 챔견이 그리 많을꼬? 에미 자식 에미가 데리가는 거이 당연하지."

하며 들으란 듯 시부렁거렸다. 그만큼 세상은 변했고 최참판댁이라면 쪽을 못 쓰던 왕시와는 다르게 우습게 보니까 따라서 연학도 우습게 보는 것이다.

복동이댁네를 만나기 전만 해도 연학은 성환할매 집에 먼저 들를 생각은 안 했다. 자기 거처로 가서 좀 더 생각을 해보리라 마음먹었던 것이다. 평소같이 능청을 부리기에는 너무나 마음이 산란했던 것이다. 그러나 연학은 곧장 성환할매 집으로 갔다. 과연 남희에미 양을례는 마루 끝에 앉아 있었다. 한소동이 지나갔는지 귀남네가 마당에 우두커니 서 있었고 방 안에 성환할매가 있는 눈치였다. 기가 넘어서 쓰러지기라도 했는지 방 안에서는 달래듯 하는 아무네 목소리가 들려왔다. 양을례는 의기양양해서 앉아 있지는 않았다. 어딘지 한풀 꺾인 모습이었다.

"댁이 부산서 온 사램이오?"

양을례를 쳐다보는 연학의 눈은 불이 붙은 듯 형형히 빛난다. 증오와 멸시와 분노에 찬 눈빛을 받은 을례는 위축된 듯 하얗고 조그마한 얼굴을 들어 보인다.

"네, 그렇소."

말씨만은 도전적이었다.

"날 따라오시오."

"……?"

"따라와요!"

"그, 그렇지만 댁이 누구길래."

"남희를 진주 데리다주고 오는 길인께, 당신 할 말이 있을 거 아니오!"

"그렇기로니 당신이 무슨 권리로 날 욱대지르는 거요? 별꼴을 다 보겠네."

"별꼴을 보나 안 보나 두고 보믄 알 기구마. 다리몽댕이 분지르기 전에 못 일어나겠소?"

이렇게 노하는 장연학을 본 일이 없는 성환할매, 야무네는 방문을 열어보고는 감히 방에서 나오질 못한다. 귀남네 역시 몸을 떨고 있었다. 양을례는 뭔가를 깨달은 듯 부시시 일어섰다.

장연학은 성환할매한테 이렇다 저렇다, 남희에 대한 설명 한마디 없이 횅하니 나가버린다. 양을례는 비실거리다가 묘하게 꼴사나운 몸짓을 하며 연학을 따라 나갔다.

"장서방이 저러는 거는 처음 보겄다. 웬일이꼬?"

성환할매는 풀이 죽은 양을례 꼴이 고소하다는 것보다 몹시 불안해하며 말했다.

"마침 잘됐거마는. 아아를 데리가느니 우쩌느니 그런 말 두 번 다시 못하게 조질라고 그러는 거 아니겄소? 아닌 게 아니라 장서방도 성질 내니께 무섭네."

"남이가 우찌 됐는지 한마디 말도 없이."

"그거사 급한 일이 아닌께 그러겄지요. 아무튼 내사 속이 씨원하거마는. 남자 없는 집이라꼬 척 들어서서 지 곤리를 주장하는데, 애씨당초 대찬 남정네가 있었다믄 어림이나 있는 일이건데? 감히 어디라꼬 이곳에다 발을 딜이놓아?"

"하기사."

"귀남네."

멍하니 선 자리에 그대로 서 있던 귀남네는 야무네가 부르는 소리에 당황한다.

"넋 빠진 사람맨치로 와 그러고 있노? 니도 놀랬는갑네."

무심히 한 야무네 말이었지만 귀남네는 무엇을 잘못하다 들킨 사람같이,

"야, 저기."

하다가 부엌 쪽으로 급히 간다. 기실 귀남네는 놀라기도 했지만 그는 두려워했던 것이다. 장연학에게 상당한 권한이 있다는 것을 모르는 바는 아니었으나 귀남네는 장연학을 잔뜩 무르게 보았던 것이다. 그것이 실책이었다는 것을 깨달았던 것이다. 지난날 방자했던 자신의 언동이 생각났고 어매와 자신의 갈등을 연학이 어찌 보았을 것이며 사사건건 조카들을 시샘했고 적대시해온 것도 그랬다. 오늘만 하더라도 귀남네는 어미 편에 서지 않았다.

'지 에미가 지 새끼 데리갈라 카는데 머를 저리 빼딱시럽게 저러는고? 벵이 났이믄 어련히 지 에미가 고쳐줄까? 돈이 없나 벵원이 없나. 한 다리가 천 리라꼬 에미는 에미, 할매는 할매 아니가.'

귀남네로서는 물론 남희가 없는 편이 좋았고 게다가 전사야 어찌 되었든 양을례는 식자가 있고 말을 잘했으며 차림새도 시골서는 볼 수 없는 하이칼라의 여자였다. 들고 있는 손가방이며 구두가 번쩍번쩍 빛나는 것만으로도 귀남네는 그 위세에 눌려버렸던 것이다. 그러한 여자를 마치 양 새끼 몰고 가듯, 귀남네가 두려워한 것은 결코 무리가 아니었다.

한편 최참판댁 사랑에서 양을례와 마주 앉은 장연학은 오

랫동안 여자를 노려보고만 있다가,

"어떻게 된 영문인지 말하시오."

하고 입을 떼었다.

"어떻게 되다니요?"

을례는 상대가 얼마만큼 사실을 알고 있는가 그것을 살피듯 말했다.

"몰라서 그러는 거요? 잘 알 텐데."

"나는 몰라요. 아이가 아프다는 것밖에, 거기서 알고 있다면 말씀하세요."

을례는 전세를 가다듬듯 허리를 빳빳이 세운다.

"당신 겉은 여자는 이 세상에서 없어져야 돼!"

"무슨 권리로."

"권리 있어!"

연학은 집어삼킬 듯 말했다. 을례의 기세가 다소 꺾인다.

"다짜고짜 이래도 되는 건가요?"

"왜 말을 못하요? 할 말은 내게 있는 기이 아니라 바로 당신한테 있어!"

을례 가슴을 겨누듯 연학은 손가락질을 했다.

"남희를 우떻기 했소? 손님 술자리에 내났나?"

이번에는 어세를 떨어뜨리며 속삭이듯 낮은 목소리로 말했다.

"천벌 받을 소리!"

했으나 양을례의 얼굴은 온통 구겨지고 말았다.

"천벌 받을 소리, 어느 에미가 지 자식을."

하다가 별안간 을례는 울음을 터트렸다. 그는 오랫동안, 오래 울어본 일이 없었던 사람처럼 울었다. 이윽고 핸드백 속에서 하얀 손수건을 꺼내어 눈물을 닦는다.

"남희 장래를 위해 죽어도 입 밖에 내지 않겠다 생각했는데 거기서 어느 정도 내막을 알고 말하는지 그거는 모르지만."

그는 또 눈물을 닦았다.

"내가 여기 온 것도 전처럼 아이가 욕심나서 그런 것도 아 니며 영영 아이를 버릴까 싶어서 어떡허든 아이를 돌보아야겠 다 싶어서."

본론에 들어가기가 아무래도 힘이 드는 눈치였다.

"이 세상 아무에게도 말하지 않겠다는 약속만 해준다면."

"그것도 내가 하고 싶은 말이오."

을례는 힐끗 연학을 쳐다보았다.

"병정 놈한테 당한 거예요. 그 몹쓸 놈이 아이를."

"병정 놈! 왜놈 병정이오?"

을례는 고개를 끄덕였다. 무장은 다 해제되고 여자는 누더 기같이 초라하게 자기 무릎만 내려다본다.

"천하에 무도한 놈들!"

차라리 연학은 눈을 감아버린다. 눈앞의 여자를 죽이고 싶 은 충동이 일었다. 도끼를 치켜들고 달려가서 개동이 놈을 찍어 죽이고 싶었다. 나는 무엇인가, 나는 무엇을 했나. 정확하게 한 땀 한 땀 꾸부리고 뻗으면서 가지 끝을 기어가는 한 마리 자벌레, 소리 없이 잠자듯 시간은 흘러가는데 조선인들은 모두 어디로 갔는가. 도가니 속에서 축 늘어진 지렁이가 다 되고 말았단 말인가. 밟아도 꿈틀거릴 줄 모르는 지렁이, 연학의 눈앞에는 범호의 얼굴이 커다랗게 다가왔다. 그 매서운 눈초리가 연학을 응시하는 것이었다.

"우리 집에 가끔 오던 놈이었어요. 그것도 명색이 장교라 하는데 그런 짐승일 줄이야……. 함께 사는 사람하고 면식도 있고 해서."

여자의 목소리가 들려왔다. 그 치욕스런 상대를 여자는 함께 사는 사람이라 표현하는 것이었다.

"남희를 귀여워했고 점잖으며 교양도 있어 뵈던데…… 속았어요, 그날."

하다가 여자는 말을 끊었다.

"그날."

또 말이 끊어졌다. 한참 있다가,

"그날, 그놈이 와서, 차 타고 구경 가자 했던가 봐요. 그래 그 철없는 것이 따라갔던 모양이에요. 우리는 몰랐지요. 나중에 알았을 때 그 사람 얼굴빛이 달라지더군요. 안절부절못하고, 저녁때 아이를 집 앞에 내동댕이치는 것을 보고 그 사람이 달려나가서 차를 막아섰지요."

여자는 이제 그 사람이라고 표현했다.

"시비가 붙었어요. 원래 야쿠자 출신인 그 사람이 아이쿠치까지 휘두르는 소동이 벌어졌는데 무슨 소용이 있겠어요? 일당한 뒤 무, 무슨 소용이."

을례는 말을 잇지 못하고 손수건을 다시 꺼내었다.

"지쿠쇼! 고로시테야루, 고로스! 기사마가 닌겐카!(짐승 놈! 죽여주겠다. 죽일 거야! 네놈이 인간인가!)"

아이쿠치를 휘두르고 덤비며 입이 찢어져라 소리소리 지르던 사내 얼굴이 악몽처럼 을례 뇌리에 스쳐 지나갔다. 남편이라 부를 수도 없는 사내, 일본인과 동서하는 여자도 거의 없었지만 그런 처지일 때는 작부보다 더욱더 천시하며 철저하게 집요하게 따돌림을 당해야 하는 조선인 사회를 등지고 살아온 세월. 돈으로 치장하고 돈으로 가꾸어 위세를 부려본들 무슨 소용인가, 진정 무슨 소용인가. 사가[佐賀]라 부르던 사내, 머리숱이 많고 눈이 작던 육군 중위, 그 사내가 비웃던 얼굴이 눈앞에 나타났다.

"데테곤카! 데로!(나오지 못하겠나! 나와!)"

사내는 자동차 문을 열어젖히고 사가를 끌어내려고 용을 썼다. 사용인들이 우우 몰려나와 말렸다.

"호자쿠나! 오마에노 무스메데모 나이쿠세니나니오 즈베코베유운카!(짖어대지 마라! 네놈의 딸도 아닌 주제에 이러쿵저러쿵 지껄일 것 없다!)"

"하라와타마데 구삿테루, 지쿠쇼! 구삿타 하라와타 에구루 카라 데테고이!(배 속까지 썩었어. 이 짐승 놈아! 썩은 창자 도려낼 테니 나와라!)"

"센진노 아맛코 히토리, 좃토 다노시미니 시탓테 소레가 난카! 이노치오 가케타 다이닛폰노 군진, 몬쿠 유우 야쓰라와 오란!(조선 계집애 하나 잠시 즐겼기로 그게 뭐 어떠냐! 목숨을 건 대일본 제국의 군인, 누가 뭐라 할 놈들 없다!)"

결국 을례가 그 사람이라 부르는 야나기[柳]는 군인 폭행을 했다 해서 구류를 살고 나왔던 것이다.

"그 일이 있은 뒤에도 그놈은 정신대에 끌고 가도 누구 말할 사람 없다면서 협박을 하고, 행여 무슨 일이 있을까 봐서 학교에는 장기 결석계를 내놓고, 게다가 아이는 온정신이 아니었소. 멍청이가 돼버린 거지요. 부득이 가두어둘 수밖에 없었는데…… 아이가 없어져서 행여 어디 가 죽었는가, 그놈이 채갔는가, 사방팔방을 헤매다가 여기 와본 겁니다. 죽든 살든, 어떡허든 데리고 가서 제정신이 들게 해야 안 하겠습니까."

"당신이 받아야 할 천벌을 남희가 대신 받은 거요."

그 와중에도 을례 눈에 날이 섰으나 그러나 이내 그 날은 사라졌다.

"아이는 지금 어디 있습니까?"

"와요? 데리가서 두 분 죽음 시킬라꼬요?"

"그렇게 말하지 마십시오. 남이 가슴 아프면 얼마나 아프겠

소? 시집을 못 보내는 한이 있어도 공부시켜서 혼자 살 수 있
게 마련하겠소. 아이를 내어주시오."

"당신 돈 아니라도 뒷바라지할 사람은 있소. 오래비도 있고."

오래비라는 말에 을례는 찔끔한다.

"좋게 끝낼라 카믄 가소. 아무 말 말고 가소."

연학은 남희 병에 대해서는 말하지 않았다.

3장 청춘의 향기

기온은 낮았으나 바람이 없는 청명한 겨울 날씨였다. 일요
일 막 조반을 끝낸 뒤였다. 발소리가 들리더니,

"이선생님!"

문을 두드리며 부르는 목소리는 주인집의 딸 지혜였다. 그
리고 이내 도어를 열고 오렌지빛 스웨터에 새하얀 얼굴을 디
밀며 들여다본다.

"왜 그래? 뭐 모르는 것 있어?"

책상 앞에서 양현이 돌아보았다. 지혜는 가끔 수학 문제를
들고 와서는 양현에게 묻곤 했다.

"아니에요. 손님 오셨어요."

"손님?"

"네, 근사한 사람이던데요?"

남자인지 여자인지 그것은 숙제로 남겨두겠다는 것인지, 한창 나이의 여학생인 지혜는 신나하며 장난기 어린 표정이다.

"손님이라니……."

잠시 동안 양현은 큰오빠까? 명희아주머닐까? 생각해본다.

"어서 나가보세요. 아니면 제가 안내할까요?"

"아니."

양현은 카디건을 걸치며 밖으로 나갔다. 누렇게 시든 잔디 사이사이에 박혀 있는 디딤돌을 밟고 앞뜰로 돌아 나왔다. 대문 가까운 곳, 빙하 같은 새파란 하늘에 잎 떨어진 목련나무, 그러나 내년 봄을 기약한 봉오리를 앙상한 가지가 물고 있는 목련을 올려다보고 서 있는 사내는 송영광이었다. 외투 호주머니 속에 양손을 찌르고 있었다. 양현은 걸음을 멈추었다. 동시에 영광도 고개를 틀어 양현 쪽으로 얼굴을 돌렸다. 서로가 말없이 마주 본다. 한참 만에 영광은 양현에게로 다가왔다.

"잘 있었어?"

낮은 목소리로 영광이 물었다. 양현은 발끝을 내려다본다. 거부하는 몸짓이기도 했다.

추석 전에 서울 돈암동 종점에서 헤어진 뒤 처음 만나는 이들이었다.

"언제 오셨어요?"

"어제."

"그런데?"

"여관에서 잤어."

"……"

"아침에 올려고."

"집은 어떻게 아셨어요?"

"병원에 가서 물어보았지."

"하여간, 그럼 들어오세요."

망설이다가 양현이 말했다. 그리고 몸을 돌렸다. 영광은 양현의 뒤를 따라 디딤돌을 밟고 가면서,

"하숙 치는 집 같지는 않은데."

하고 중얼거렸다.

방에 들어와서는 넓고 채광이 좋으며 상당히 고급으로 꾸며진 방 안을 둘러보며,

"하숙 치는 집 같지는 않은데?"

영광은 되풀이해 말했다.

"병원 원장이 알선해주신 집이에요. 원장은 이 댁 주치의거든요."

"흐음…… 한밤중에 환자가 생겨도 걱정 없겠군."

"그런 셈이지요. 이 댁에서는 그것도 고려했을 거예요."

처음으로 양현은 쓸쓸하게 웃었다. 영광이 찾아오리라곤 생각지 않았다. 찾아오리라 생각지 않았다 해서 양현은 그를 잊은 것은 아니었다. 다만 그 자신이 영광을 찾아가지 않았을 뿐이다.

영광은 윤국이와 양현의 결혼 문제가 허사로 끝난 것을 알고 있었다. 약 석 달 전에 그는 환국이를 만났던 것이다. 환국이 쪽에서 만나자는 얘기가 있었기 때문이다. 그때 영광은 싸움터에 나가는 기분이었다. 양현과의 관계를 환국이 알았을 것이라는 예감이 있었다.

찻집에서 환국과 마주 앉는 순간 영광은 오늘로서 우정이 끝날지 모른다는 생각을 했다. 환국의 표정은 다소 험악했고 긴장되어 있었다. 찻집에서 뒷골목 술집으로 자리를 옮겼을 때,

"그저께 양현이를 만났어."

하고 환국이 말을 꺼내었다.

"자네 그래도 되는 건가?"

"……"

"양현이하고 결혼하겠다는, 설마 그런 생각까지 하는 거는 아니겠지?"

영광은 술잔에는 손을 대지 않고 담배만 피우고 있었다.

"나는 믿을 수가 없었다. 상상조차 해본 일이 없어."

영광이 침묵을 지키니까 초조해진 환국은 허우적거리듯 말했다.

"어째서?"

"어째서라니!"

어성이 높았다.

"신분 때문인가?"

"……"

"학벌 때문에? 딴따라가 천한 직업이라서? 아니면 과거 여자 문제 때문에 그러는 건가?"

"그 모든 것, 한두 가지가 아니야. 게다가 자네의 그 뜬구름 같은 성격은 어쩌고, 양현이하고는 안 된다. 나도 윤국이 양현이의 결합을 굳이 바라는 것은 아니지만 자네는 안 돼."

"자네가 그런 속물인 줄은 미처 몰랐다."

영광은 노해 있지는 않았다. 절망도 아니었다. 비애에 찬 눈빛으로 환국을 바라보는 것이었다.

그 눈빛이 견디기 어려웠던지 환국은 술을 들이켜고 빈 술잔을 꽉 움켜쥐었다.

"속물이라 해도 감수하겠다. 양현이는 우리에게 특별한 존재야. 자네가 생각하는 이상으로."

"……"

"사랑한다면 놓아주게. 양현의 행복을 생각하는 것이 사랑의 진실 아닌가. 친누이가 아니기 때문에 내 욕심, 내 편견은 순수한 걸세."

환국은 억지를 쓰듯 말했다.

"자네가 아무리 절실한 감정을 가졌다 하더라도 그 아이의 어두운 미래를 나는 결코 용납하지 않겠다."

"사랑의 진실…… 어두운 미래……."

영광은 일그러진 미소를 머금으며 혼잣말같이 뇌었다. 환

국은 영광의 시선을 피하면서,

"양현이는 참 많은 사람에게 절망감을 주었어. 윤국이의 상처가 얼마나 큰지, 어머니가 받으신 타격이 얼마나 큰지 자네는 모를 거야. 나는 어머니가 무슨 생각을 하고 계셨는지 알어. 우리 어머니가 지략가(智略家)인 것은 사실이나 윤국이하고의 혼인을 생각하신 것은 양현의 출신을 거론하는 것이 싫으셨던 게야. 양현은 우리 집안의 꽃이었어. 음산하고 다사다난했던 우리 집안의 크나큰 위안이었다."

"나는 그 꽃을……. 나는 더러운 벌레란 말이지?"

영광은 껄껄껄 소리 내어 웃었다. 공기 빠진 공처럼 찌그러지고 힘없는 웃음소리, 영광은 자신의 웃음소리가 한심했다. 전의나 전율 같은 적개심은 다 어디로 가버렸단 말인가. 형편없이 무너지고 있는 자기 자신을 도무지 이해할 수 없었다. 환국이 역시, 영광의 태도는 예상 밖이었다. 격렬하게 맞서고 나올 것을 각오하고 나왔는데, 광기가 서려 있던 반항아, 영광의 행적을 동경서 수없이 목도했던 환국이다. 그 폭풍과 같은 시절을 거치면서 환국은 그에게 매료되었고 영광이도 환국에게만은 마음을 열어주었던 우정의 부피, 어쩌면 시작에서부터 이들의 대결은 투구도 갑옷도 없는, 칼도 없는 것이었는지 모른다. 결국 초입에서 이들은 애매하게 흐지부지, 얘기는 계속되지 않았다. 환국은 더 이상 말한다는 것은 무의미한 것임을 깨달았으며 사실 영광은 할 말이 없었던 것이다.

석 달 동안 영광은 매일매일 환희와 절망을 되풀이하여 겪었다. 윤국이와 양현의 결혼이 이루어지지 않았다는 것에 대한 사랑의 승리감과 환희는, 반드시 어김없이 그 감정을 뒤쫓아오는 것은 절망이었다. 양현을 확신할 수 없었고 자기 자신도 확신할 수 없었다. 그리고 영광은 날이면 날마다 양현이 찾아올 것이라는 희망에 부풀었고 그와 동시, 어디로 달아나야겠다는, 양현이 모르는 곳으로 달아나야겠다는 충동에 사로잡혔다. 그리고 또 신천지를 향해 설레면서 떠나듯 양현을 향해 떠나려고 서울역까지 갔다가 발길을 돌린 적도 여러 번 있었다. 영광은 지금 그 갈등과 상충의 싸움터에서 만신창이가 되고 철저하게 자기 자신을 버리고 파괴하면서 이곳에 나타난 것이다.

"석 달 전에 환국이를 만났어."

담배를 붙여 물며 영광이 말했다.

"양현이를 만났다 하더군."

"……."

"왜 오빠를 만났지?"

양현의 얼굴이 시뻘겋게 물들었다. 무슨 심산으로 나와의 관계를 고백했느냐는 질문이 포함된 물음이었다. 환국의 강력한 반대 때문에 나를 단념하기 위하여 소식을 끊었느냐는 물음도 담겨 있는 말이었다. 양현은 초췌한 영광의 얼굴을 외면하며,

"물어볼 말이 있었어요."

"물어볼 말?"

"네, 후회했어요."

"……."

"어째 그런 짓을 했는지 제 자신도 이해할 수 없어요. 왜 그런 짓을 했는가, 제삼자에게 확인을 해야만 했는가."

"여자관계 말인가?"

"제 자신이 그같이 비천했으리라는 건, 부끄러워요."

"역시 그 얘기군."

"……."

"환국이가 말한 대로야. 숨기고 싶지 않았지만 말하고 싶지도 않았어."

형님한테 가서 물어보라, 하며 이성을 잃고 내뱉었던 윤국이와 마찬가지로 서울에 온 양현은 환국이를 만나 이성을 잃은 채 그 일을 확인하려 했던 것이다. 그것은 영광과의 관계를 고백한 거나 다름이 없는 행동이었다. 양현은 지금도 경악하던 환국의 얼굴을 잊지 못한다. 그러나 환국은 격노했음에도 영광과 그 어떤 여자와의 관계를 솔직히 공평하게 말해주었다. 그 여자가 바로 혜화동 길모퉁이에서 양재점을 했던 강혜숙이라는 얘기까지는 하지 않았지만. 어쨌든 윤국이 한 말은 사실이었다. 사실이었으나 영광이 선 자리는 상당히 달랐다. 여자가 희생되었으나 그보다 더 가혹하게 영광 자신이 희생되었다는 것을 양현은 알게 되었다. 그것은 환국이와 윤국의 견해의 차이일 수도 있는 일이겠지만.

"왜 나한테 물어보지 않았는가, 힐난할 수도 있는데…… 오빠 왜 그러질 않지요?"

영광의 여자 문제를 삼자인 환국에게 물어보았다는 것은 사랑에 대한 믿음을 저버린 행위일 수도 있었다. 일종의 배신일 수도 있었다.

"물어보아도 나는 대답할 수 없었을 거야."

"어째서지요?"

"진실을 말한다는 것이 쉬운 일일까. 사실을 말한다 해도 그건 비겁해. 잔인한 짓이고."

상대에 대하여 그렇다는 말은 생략했다.

"왜 그분하고 헤어졌어요?"

이미 환국이한테 들어서 그 경위는 알고 있었는데 양현은 본인, 영광에게서 확인하고 싶은 유혹을 물리치지 못했다.

"그런 말 하고 싶지 않아."

영광의 눈빛이 날카로워졌다.

"변명하고 싶지 않아. 미화하고 싶지도 않고. 어차피 난 그런 놈이니까, 세상에서 흔히 말하는 잡놈."

양현의 얼굴이 새빨개진다.

"양현이 너는 후회할 거다. 윤국이하고 결혼 안 한 걸 후회할 게야."

"......"

"벌써 넌 후회하고 있는지도 모르지. 그렇다면 진작 너에게 말하지 않았던 것은 큰 잘못이었다."

"그렇지 않아요. 그런 말 말아요, 제발."

말이 끊어졌다.

두 사람 사이에 가로놓여 있는 장애물은 물론 많았다. 그러나 어떤 면에서는 이들 남녀 모두 성숙하지 못했다고나 할까, 나이를 보나 사고의 능력을 보나 전혀 타당성이 없는 말 같지만, 애정 문제에 대해서는 영 미숙한 것처럼 보였다. 여자편력이 없지도 않은 영광이조차, 너무 절실해서 그랬는지 모른다. 양현이는 말할 것도 없고 영광이 역시, 전혀 새로운, 지금껏 경험해보지 않았던 정열이었고 게다가 상황은 굴절되어 이들을 서투르게 몸부림치게 했으며 따라서 상실감의 공포가 앞서기도 하여 마음과 행동이 겉돌아서 그렇게, 미숙하게 보였는지 모른다.

영광은 일어섰다.

"오빠!"

양현은 순간, 와락 다가와서 영광의 두 다리를 껴안듯 잡았다. 지금 떠나면 영영 돌아오지 않을 사람같이 느껴졌기 때문이다.

"오, 오빠 잠깐만요."

양현은 제정신이 아니었다. 서둘러 외투를 찾아 입는다.

두 사람은 밖으로 나왔다. 그리고 묵묵히 걷는다. 마치 패잔병처럼, 노지에 내어몰린 부랑아처럼 걷는다.

어디를 어떻게 헤매었는지 찌르듯 날카로운 겨울 냉기 속을 헤매어 그들은 역 앞에까지 왔다. 들어가기 쉬운 곳이 역 대합실이었다. 그들은 그곳으로 들어갔다. 대합실 안은 더러 사람들이 있었지만 붐비지는 않았다. 노인네, 짐을 잔뜩 끌어안은 아낙들, 아이 업은 젊은 여자가 서성거리고 있었다. 영광은 양현을 쳐다보았다. 파랗게 얼어버린 얼굴이었다. 입술빛은 더욱더 파랗게 보였다. 영광은 목도리를 끌러 양현의 목에 감아준다. 그리고 양현의 두 뺨을 녹여보려는 듯 장갑 낀 두 손으로 감싸쥔다. 서로의 눈을 깊숙이 들여다본다. 아낙들이 힐끔힐끔 쳐다보았으나 두 사람은 주위에 사람들이 있는 것을 전혀 의식하지 않는 것 같았다.

"기차 탈까?"

아이같이 양현은 고개를 끄덕였다. 기차표를 끊는 사람들을 뒤쫓아서 영광이도 소년처럼 매표구 앞으로 급히 달려간다.

"어디요?"

하며 매표구 안의 사내가 불친절하게 말했다.

"종점까지."

돈을 디밀자 기차표와 거스름돈이 나왔다. 행선지는 수원이었다. 인천서 수원까지, 선로가 좁고 기차도 작은 수인선이었다. 사람들이 말하는 기동차에 영광과 양현은 올라탔다. 삐이! 하고 내지르는 기적 소리와 함께 기동차는 움직였다. 두 사람은 마치 오랜 유랑길을 끝낸 것처럼 안도의 숨을 내쉬며 서로를 바라본다.

서해의 끝없는 개펄, 그리고 아득하게 펼쳐져 있는 염전, 두 사람은 다 같이 처음 보는 풍경이었다. 왠지 모르게 지구 끝을 작은 기차가 달리고 있는 것 같은 느낌이 든다. 그러나 세상과 차단된 좁은 공간에서 처음으로 자유를 얻은 것 같았다. 가난하고 이지러진 영혼이 빈틈없이 밀착되어오는 것을 느낀다. 기차간은 사람들 온기로 몹시 춥지는 않았다. 독특한 억양과 사투리 비슷한 말들이 이따금 귀에 흘러들어왔고 아이 우는 소리도 들려왔지만 위축되고 긴장하게 하는 것은 아무것도 없었다. 레일을 넘어가는 차바퀴의 울림조차 정답고 포근하게 들려왔다. 내일에는 어떤 일이 일어날지 지나온 길이 어떠했든지 이 순간의 충일함 따사로움만을 소중하게 품에 안듯, 그러나 역시 슬프기는 했다.

한두 곳에서 기차는 멎은 것 같았다. 사람들이 내리고 오르곤 한 것 같았다.

"우리 내려서 바다를 보지 않겠어?"

영광이 별안간 말했다.

"바다…… 네, 그래요."

띄엄띄엄 서 있는 목조 왜식건물이 몇 채 보였다. 아마 관사인 것 같았다. 몇 가호 안 되는 작은 마을도 눈에 띄었다.

그곳에 기차가 머물렀을 때 두 사람은 기차에서 내렸다. 기동차는 삐! 소리를 내며 장난감처럼 멀어져갔다. 바다에서 불어오는 바람은 살을 에듯 매웠다. 영광은 아차, 하며 후회를 했다. 날씨 생각도 하지 않았고 바다가 어느 만큼 먼 곳에 있는가 그것도 생각지 않고 무모하게 하차한 것을. 허허벌판이었다. 어느 만큼 걸어가야만 바다를 볼 수 있을지 아득하기만 했다.

"우리 두 사람, 낯선 이곳에서 꽁꽁 얼어 죽겠다. 춥지?"

"춥지만."

"걷자. 걸어가노라면 어디든 닿게 되겠지."

멈출 수 없었다. 너무 추워서, 두 사람은 서로 껴안듯 둑에서 내려갔다. 바둑판같이 정연하게 구획이 되어 있는 염전의 사잇길로 접어들었다. 사람이라곤 그림자 하나 볼 수 없었다. 아니, 사람뿐만 아니라 생명 그 자체가 이 지상에서 모조리 자취를 감추어버린 것만 같았다. 죽음의 땅, 어디쯤 가야만 바다, 물결치는 소리라도 들어볼 수 있을지, 영광은 외투 단추를 풀고 양현을 품에 넣었다. 그리고 외투 한 자락을 덮어서 안았다.

"양현아."

"네."

"우리 둘이서 죽는다면 여긴 안성맞춤의 장소 같지 않아?"

"오늘 우리 둘이서 죽는 거예요!"

"아니야, 죽기는 왜 죽어."

"오빤 우리 둘이 죽는 생각 해보았어요?"

"해보았지."

"언제?"

"죽고 싶도록 괴로웠을 때."

"또요."

"죽고 싶도록 그리웠을 때 그런 생각 해봤어."

"정말 여기는 죽음 같은 곳이네요. 풀 한 포기 흔적이 없지 않아요?"

"그야 염전지대니까 그럴밖에."

"겨울에는 염전일 안 하니까 그런가 보지요?"

"그래도 나는 기분 좋다."

"정말 기분 좋아요?"

"그럼."

"제가 밉지도 않구요?"

"밉지도 않으냐구?"

"네, 전 배신자 아니에요?"

"나는 그런 생각 안 해봤는데? 배신이라 생각하면서 그랬나?"

"네, 질투의 화신이 되어."

영광은 그 말이 유쾌한 듯 껄껄 소리를 내어 웃었다. 양현은 영광의 허리를 감은 손에 힘을 주며 넓은 가슴에 얼굴을 비벼댄다.

"안 되겠어. 되돌아가자!"

영광은 양현을 안은 채 발길을 돌렸다.

"저기 보이지?"

"뭐가요?"

"창고 같은 것 보이지 않아?"

"보여요."

"거긴 햇볕이 가득하다. 우리 거기까지 뛰어가는 거야."

"좋아요."

서로 껴안았던 팔을 풀고 이들은 뛰었다. 뛰면서 또 손을 잡곤 한다. 목조로 된 큰 창고 앞에 이르렀다. 소금 창고인 것 같았다.

"어때? 좀 덜 춥지?"

양현은 고개를 끄덕였다. 남향인 소금 창고 앞에는 상당한 햇볕이 저장되어 있었던 것만 같았다. 두 사람은 창고의 나무 벽에 기대어 해를 향해 나란히 앉았다.

"한결 낫지?"

"따뜻해요."

"우리는 왜 예까지 왔을까?"

"몰라요."

"나도 모르겠어. 얼마 전까지만 해도 인천 시내를 헤매고 있었는데. 아무튼 별난 곳에 왔어."

"어떻게 돌아가지요?"

"걱정 말어. 여기는 조선땅이야."

"하지만."

"좀 가면 마을도 있고, 양현이는 만주에 가본 적이 없지?"

"없어요. 오빠 더러 갔었지요?"

"음, 몇 번."

"거긴, 여기 이보다 훨씬 춥다는데 사람들은 어떻게 겨울을 날까?"

"겨울에는 안 가봐서 모르겠어. 말로는 굉장하다 하더군."

"그래도 옥토라 하잖아요?"

"농사야 봄 여름에 짓지, 겨울에 농사짓는 사람이 어디 있어."

"한번 가보고 싶어요."

영광은 담배를 꺼내어 물었다. 바람을 막고 불을 댕긴다.

"신경서 하얼빈까지 가는데 참 장관이더구나."

"뭐가요?"

"기차로 장장 칠팔 시간을 가는데 산이라곤 없어. 끝없는 수수밭이야. 무섭더군."

양현의 표정이 막연해진다.

"그곳에 또 가고 싶으세요?"

"음, 가끔은."

영광은 길게 담배 연기를 내어뿜는다.

"거기 아는 사람이 있는데, 전에 한번 그랬어. 만주로 오지 않겠느냐구."

그동안 까맣게 잊고 있었던 홍이 생각이 잠시 영광의 뇌리 속을 지나갔다.

"그래서요?"

"그렇다는 얘기지 뭐."

"오빠."

"음."

"늘 어딘가 떠나고 싶으시지요?"

"……."

"방랑벽 때문인가요?"

"그런 셈이지. 왜?"

영광은 고개를 돌리고 양현의 옆모습을 쳐다본다. 너무나 단려하다. 앞에서 본 얼굴보다 차갑고 어둡다.

"그냥요, 그냥 물어봤어요."

"양현아."

"네."

"내가 어디로 가버릴까 싶어서 그래?"

"그런 생각 가끔 해요."

눈시울이 흔들린다.

"아니라고 그러세요."

영광은 양현을 껴안았다. 그리고 그의 말을 막듯 긴 입맞춤을 했다.

차츰 추워지기 시작했다. 햇볕은 풍성했지만 바닷가의 노지, 한겨울의 바람은 사정이 없었다.

"안 되겠어, 나 갔다 올게."

"어디루요?"

"마을."

일어선 영광은 외투를 벗었다. 양현의 앞을 외투로 가려주는데 양현이 그의 손을 잡았다.

"안 돼요, 오빠!"

"괜찮아."

"얼어 죽을 작정했어요?"

"뛰어갔다 올 거야. 외투는 거추장스러워."

"그러지 말아요."

외투를 한사코 밀어낸다.

"여기 꼼짝 말고 있어. 한달음에 갔다 올게."

"함께 갈래요."

"아니, 여기 있어. 꼼짝 말고 있어야 해."

망부석이라도 되라는 것인지, 다시 외투를 덮어주고 다독거리고 나서 영광은 뛰기 시작했다. 바람을 끊고 바람을 마시며 마라톤 선수같이 뛰어간다. 도무지 다리가 불편한 사람 같지가 않다. 시야에서 그가 사라질 때까지 바라보고 있던 양현은 영광의 체취가 나는 외투에 얼굴을 묻는다.

'아아 오빠!'

양현은 자신이 어느 만큼 왔는지 알 수 없었다. 와본 적도 없고 이름도 모르는 곳에 한 사나이를 따라 별을 보듯 달을 보듯, 어느 만큼 왔는가. 어제와 오늘이 손바닥 뒤집듯 어째 이렇게 뒤집힐 수 있는 것인지 그것도 알 수가 없었다. 어제의 비애가 오늘 환희로 바뀌어진 것이, 갑자기 가슴이 철렁 내려앉는 것을 느낀다.

'어디 가면 안 돼요!'

얼굴을 들었다. 먼, 지평선인지 수평선인지 알 수 없는 곳에 시선을 보낸다. 하늘과 지상의 선은 뚜렷하건만 어째 사람의 삶이 수없는 곡선으로 이다지도 수없이 얽혀 있는가. 저 하늘의, 지상의 선이 뚜렷하다. 인생도 명쾌한 것일 수는 없는가. 푸른 하늘에 실구름이 흐르는데 저 하늘과 같이 영롱할 수는 없는가. 그러면서도 양현은 영광과의 사랑이 아팠다. 영광이 그렇게 자상한 일면을 가지고 있었다는 것을 양현은 미처 몰랐다. 영광과 헤어지고 나면 언제나 떠오르는 것은 시니컬한 미소였고 떠밀어내는 것 같은 몸짓이었는데, 얼마나 많이 자기 자신이 허둥대었던가. 그러나 지금은 그의 따뜻한 체온이 몸속으로 흐르고 있었다. 소년같이 웃는 얼굴, 근심 띤 눈동자가 망막 속에 남아 있었다. 송영광이라는 사내, 행복의 느낌, 이미 그런 것은 양현에게 기득권을 안겨주었는데, 확신할 수도 있었는데, 그러나 양현은 벌써 그것을 잃는 데 대해

불안을 느끼고 있었다. 진정 크나큰 환희는 슬픔인지 모른다는 생각도 해보는 것이다. 목이 이리저리 흔들리는 아이를 데리고 땀을 흘리며 병원을 찾아온 젊은 댁네와 손마디가 굵은 아이의 아비, 무척 초라해 뵈던 그들이었지만 서로 위로하며 의지하던 풍경은 아름다웠다. 양현은 그들을 예사로 보지 않았다. 그러나 얼마 후 그 남자는 인천부두에서 하역작업을 하다가 낙상했으며 양현이 근무하는 병원에서 숨을 거두었다. 양현은 부르르 떨었다.

'왜 하필이면 그 생각을 하는 거지?'

양현은 일어섰다. 영광의 외투를 손에 들고 영광이 간 곳을 따라 걷기 시작했다. 그러나 꼼짝 말고 있어야 해, 하던 영광의 말이 떠올랐고 만일 길이 엇갈리기라도 하면 어쩌나 싶어 벌판 한가운데 멈추어 서고 말았다.

'어째 여태 안 오지?'

영광이 간 곳을 눈이 뚫어져라 바라본다. 그야말로 일각이 천추만 같았다. 목마름과도 같았다.

'차라리 우리 둘이 여기서 죽어버릴까?'

그것은 일종의 유혹과도 같았다.

저만큼 뛰어오는 영광의 모습이 나타났다. 엄지손가락만 했다. 양현은 후 하고 숨을 내쉬며 그를 향해 급히 걸음을 옮긴다. 두 사람은 서로 마주치는 지점을 향해 뛰고 급히 걷는다. 숨을 몰아쉬며 영광이 다가왔다. 온통 얼굴이 빨갰다. 코는 더욱 빨갰다.

"꼼짝 말고 있으라 했는데!"

"그냥 앉아 있을 수가 없었어요."

두 사람은 손을 마주 잡는다.

"됐어. 따뜻한 방을 부탁해놓고 왔어. 점심 준비도 해달라고 했지."

"하기는 춥고 배도 고파요."

"어서 가자."

영광은 양현의 손을 이끌고 다시 뛴다.

"운동회 같아요."

"응?"

"왼종일 뛰고 있지 않아요?"

"아아."

하다가 영광은 걸음을 멈추고 서서 크게 소리 내어 웃었다. 아주 유쾌하게 웃는 것이었다. 그러더니 별안간 웃음이 뚝 끊어졌다.

"왜 그래요?"

"이상해서."

"뭐가요?"

"나 여태까지 이렇게 웃어본 일이 없었어."

"저도 손잡고 이리 뛰어본 적이 없었어요."

"내가 꼭 미친놈 같다."

"아아, 참!"

양현은 들고 있던 외투를 영광에게 입혀준다.

"이제 천천히 가요. 따뜻한 방, 점심도 기다리고 있으니 말예요. 두 그릇은 문제없이 먹을 것만 같아요."

"나도 그래."

그들은 서로 바라보다가 앞길을 바라보기도 하고 마주 잡은 손을 흔들기도 하며 간다. 민들레를 꺾으려고 들판에 나온 아이들처럼, 냇가에 고무신 들고 피라미 잡으러 나온 아이들처럼. 들판은 잔설에 얼어붙어 있었으며 앙상한 나뭇가지는 바람에 씽씽 소리를 내고 있었지만.

"전쟁이 나서 우리가 쫓겨 달아난다면 그래도 행복할까요?"

양현이 물었다.

"지금 전쟁을 하고 있잖아."

"말고, 전쟁 한가운데서 말예요."

"헤어져서 서로 찾고 있는 것보담은 훨씬 행복하겠지."

"그러니까, 어떤 고난보다 사랑하는 사람들이 헤어져야 하는 것이, 젤 못 견딜 일이겠지요?"

"아마, 그럴 거야."

두 사람이 찾아간 곳은 아주 조그마한 마을인데 그 집은 구멍가게를 했던지 유리문이 달린 한 평 남짓한 가게터가 있었으나 파는 물건은 없었다. 집주인 여자가 가게 옆에 달린 방문을 열어주었다. 그새 급히 방 안을 치운 모양이었고 여자의 태도로 보아 영광은 적잖은 돈을 준 것 같았다. 여자는 말하기를 얼마 전까지만 해도 이 가게에서 장사를 했다는 것이다.

"누가 물건을 사가기에요?"

영광은 지나가는 말로 물었다.

"요 너머 염부들 나가야가 있었어요. 또 저 너머는 전매국 관사가 있고 관사에는 일본사람들만 사니까 사가는 게 없지만, 아무리 장사하고 싶어도 팔 물건이 없으니."

영광과 양현은 방으로 들어갔다.

"곧 점심 지어드리겠어요. 방에는 또 군불 지펴놨으니까."

여자는 방문을 닫아주고 안으로 들어갔다. 방은 따뜻했다. 누가 거처하는 방인 것 같았다. 반닫이가 하나 있었고 그 위에는 얌전하게 개킨 이부자리가 놓여 있었다. 벽에는 옷가지가 걸려 있었고 사진틀이 두 개 걸려 있었다.

"다리 펴."

영광이 말했다.

"다리에 감각이 없지?"

"네."

"펴봐."

양현은 다리를 뻗었다. 영광은 그 다리를 소중하게 주물러준다.

"오빠는요?"

"난 남잔데 뭐."

"저보다 많이 뛰지 않았어요?"

"좀 시큰해."

아마 성치 못한 다리가 그런 것 같았다.

"이제 살 것 같아요. 벽만 보아도 안심이 되고."

"그래서 인간은 괴물이야."

"괴물이라구요?"

"벽은 사람을 가두어두는 억압적 존재이기도 하고 사람을 보호하고 의지하게 하는 존재이기도 하구."

추운 곳에서 잔뜩 얼었던 양현의 얼굴은 얼마 안 되어 상기하기 시작했다.

"사람의 경우도 그렇겠지요?"

"그럼."

"우리 어디 시골에 가서 살 수 없을까?"

"뭘 하구?"

"시골사람 상대로 병도 고쳐주고 글도 가르쳐주고……."

그때 영광의 얼굴에 변화가 나타나기 시작했다. 그의 동공이 한곳으로 모이면서 양현의 어깻죽지를 응시한다.

'가능한 일인가…….'

양현의 다리를 주물러주던 손을 멈추고 영광은 담배를 꺼내어 붙여 문다. 꿈에서 깨어난 그런 얼굴이었다.

"조그마한 채마밭도 가꾸고 꽃도 심구요, 오빠 위해 밥도 짓구 시냇가에 가서 빨래도 하구."

꿈 같은 양현의 애잔한 목소리를 들으면서,

'우리, 우리…… 우리 둘이서.'

하고 영광은 마음속으로 중얼거려본다. 낯선 벌판을 거닐면서, 염전 창고 앞의 햇볕을 쬐면서 몇 번인가 양현이 입에 올린 말이었다. 영광이도 그 말을 했다. 우리, 우리 둘이. 그 말이 함축하고 있는 것은 두 사람의 관계의 확인이며 두 사람의 미래를 기정사실로 받아들인 용어가 아니고 무엇인가. 그 흔한 말이 지닌 의미에, 그리고 그 결과에 대하여 영광은 별안간 공포를 느꼈다.

못을 꾸부려놓은 듯, 활자만 같은 말이 심장 복판에 걸려들었던 것이다. 마치 구름을 타고 노닐다가 험준한 산봉우리에 부딪친 그런 느낌이었다. 따지고 보면 우리 둘이, 그 얼마나 멀고 먼 말인가. 양현과 결혼을 한다는 것은 우선 영광이 자신이 믿을 수 없는 일이었다. 어두운 미래, 사랑한다면 놓아주는 것이 진실이다, 하던 환국의 준열한 얼굴이 눈앞에 어른거렸다.

"오빠 왜 아무 말 안 해요?"

뻗었던 두 다리를 세우며 양현이도 꿈에서 깨어난 얼굴로 말했다.

"시골 가서 난 뭘 하지?"

"……"

"날건달로 놀고먹나?"

"……"

"그도 그렇지만 당장 징용에 끌려갈 거다."

시골에 가서 살자는 말이 단순한 양현의 희망이었을 뿐이라 하더라도, 바로 그것은 두 사람을 기다리고 있는 현실이었다. 그러나 그것만이 이들 앞에 가로놓여 있는 현실은 아니었다.

때마침 점심상이 들어왔다.

"시굴이라 찬이 이래서 어떡허지요? 날씨가 추워서 생선 한 마리 구경할 수도 없고."

주인 여자는 밥상을 놓으며 말했다.

"고맙습니다."

겨우 양현이 말했다.

"찬이 없어도 많이 드십시오."

보리 섞은 밥과 우거짓국에서 김이 피어오르고 있었다. 김치 한 보시기, 계란 찐 것, 무를 채 썰어서 볶은 나물, 배가 잔뜩 고파 있던 두 사람에게는 성찬이었다. 도시에서는 아무리 후하게 돈을 지불한다 하더라도 이런 점심을 사먹을 수는 없다. 추위가 어지간히 가셨을 터인데 수저를 드는 양현의 손은 떨고 있었다. 이들은 고장난 시계처럼, 시간이 아주 멎어버린 것처럼 건조하고 무거운 몸짓으로 밥을 먹는다. 반찬을 집고 상 위에 놓는 젓가락 소리는 마치 두 사람의 절망같이 울렸다. 영광은 수면 위로 다시 한번 떠올라보려고 무진 애를 쓴다. 그러나 발목에 납덩어리를 감은 듯 아래로, 아래로 가라앉는 것이었다.

"추웠지?"

"네."

한참 있다가 다시,

"배고팠지?"

하고 영광이 물었다. 양현은 밥을 삼키며 고개를 끄덕였다.

"하숙의 음식은 먹을 만해?"

"부잣집이니까 잘 해 먹어요."

"하긴 그렇겠다."

"오빠는요?"

"나야 뭐, 어머니 음식솜씨가 좋으니까……. 식구래야 둘인
데 뭐."

"어머니가 어찌 생각하고 계실는지."

자기를 어떻게 생각하고 있느냐는 물음이었다. 영광은 어
머니가 양현을 보고 싶어 한다는 말을 하지 않았다. 그동안
영광의 모친은 왜 양현이가 오지 않느냐면서 몇 번인가 물어
본 적이 있었다. 그리고 꼭 한마디,

"오르지 못할 나무는 쳐다보지 말라 했는데."

혼잣말같이 뇌다가 제물에 놀라서 어쩔 줄 몰라한 적이 있
었다.

"알고 있어요, 어머니."

역정을 낼 줄 알았는데 뜻밖에 수긋한 아들의 태도가 오히

려 슬펐던지 그의 눈에 눈물이 가득 괴었다.

"나 어머니하고 함께 살면 안 돼요? 오빠."

돈암동 뒷산에서 한 말을 양현은 되풀이했다.

"오늘은, 오늘 일만 생각하자. 어서 먹어."

"그건 무슨 뜻이에요?"

"아무 뜻도 없어. 뜻이……. 생각을 깊이 했다면 널 찾아왔
겠어?"

양현은 들었던 숟가락을 판 위에 놨다.

"오빠!"

"……."

"그러면 깊은 생각 없이 가벼운 마음으로 날 희롱하러 오신
거예요?"

그렇지 않다는 것을 너무나 잘 알면서도 양현은 떼를 쓰듯
말하고 상머리에서 물러나 앉는다.

영광은 성이 난 것처럼 쳐다보다가 쓰게 웃었다.

"잘 알면서 왜 그래? 나는 일일이 설명할 수가 없어."

"언제나 그랬어요. 오빠의 심장은 어디 있지요?"

"양현이하고 같은 곳에."

"그렇다면 그러진 못할 거예요."

"내가 어쨌는데?"

"뭔가를 언제나 말하지 않았어요."

"나 감춘 건 없어. 자아 그만, 토라지지 말구 밥이나 먹어."

"다 먹었어요."

"그래?"

영광도 들고 있던 숟가락을 놓았다.

"양현아."

"……."

"오늘은 우리가 이렇게 만났으니 행복한 날이야."

"헤어지는 순간부터 불행해지는 거예요. 오빠 약속 같은 거
하지 않지 않아요?"

"……."

"거 보세요. 말 못하지 않아요."

"약속 같은 것…… 그게 뭐에 필요해. 다만 마음에 진실이
있으면 되는 거야. 어떤 경우에도, 불행해졌을 때도."

"아니에요! 아니에요! 오빠 이기주의예요. 왜 자신을 조금
도 버리려 하지 않는 건가요?"

영광은 깜짝 놀라며 양현을 뚫어져라 바라본다.

"양현이를 위해 그런다 하시겠지만 그건 방패며 구실이에요."

반드시 그렇게 생각한 것은 아니면서 양현의 입에서 그런
말이 쏟아져나왔다.

"나 그런 말 안 했어. 양현이 위해 그런다는 말."

하는데 밖에서,

"상 내갈까요? 손님."

하고 말했다.

"네, 그러세요."

영광이 대답했다. 주인 여자는 숭늉을 들고 들어왔다.

"밥을 남기셨군요. 찬이 입에 맞지 않았던 모양이지요?"

"아닙니다. 먹을 만큼 먹었습니다. 참, 아주머니."

"네."

"인천 가는 기차 있습니까?"

"있지요. 내려간 차가 좀 있으면 올 거예요."

"지금 나가 기다려야 합니까?"

"아닙니다. 한 삼십 분쯤, 기적 소리 듣고 쫓아나가도 돼요."

여자는 나갔다. 양현과 영광은 서로가 서로의 눈길을 피하듯 시선을 딴 곳에 두었다가 한참 만에,

"오빠."

하고 양현이 불렀다.

"화났지요?"

"응."

"저 말예요. 오빠하고 헤어지고 나면 언제나 다시 못 만날 것 같은 생각이 들어요. 왜 그럴까요? 그게 제 성격 탓일까요?"

"그건 나 때문이겠지. 양현의 잘못은 아니야. 우리는 피차 그런 처지에 놓여 있어. 우리 둘이 다 확신이 없는 거야. 하여간 밖으로 나가자. 기차 놓쳐도 안 되고."

밖으로 나온 두 사람은 조그맣게 생긴 역으로 갔다. 기차표를 끊어놓고 기차 오기를 기다리면서,

"내가 우리 아버지를 미워한 것은 아주 어렸을 때부터였어."

영광이 느닷없이 그런 말을 했다.

"아버지를 이해하지 못했던 것은 아니었지만 생활을 외할아버지가 도맡아 하시는 데 대한 일종의 분노가 있었다. 외할아버지나 어머니가 절대복종이랄까, 어떤 어려운 경우에도 불평 한마디 하시지 않았던 그분들의 생애, 그게 백정이라는 신분 때문이었을까……. 그렇다고 해서 아버지가 독선적이거나 억압했다는 얘기는 아니고……. 하여간 내 감정은 아버지에 대한 분노였어."

왜 그런 얘기를 하는지 양현은 짐작이 가지 않았다. 또 자기 주변의 얘기를 처음 했기 때문에 분명 어떤 의도가 있으리라 생각은 했으나 그것이 무엇인지는 알 수 없었다.

"하지만 훌륭한 분이잖아요."

"그것을 생각한 것은 아버지가 돌아가신 후의 일이었다."

영광은 외투 주머니 속에 손을 찌르고 남의 얘기를 하듯 담담하게 말했다. 양현은 미처 생각지 못했으나 영광이 부닥친 곳은 바로 시골로 가서 살자는 양현의 말에서 비롯되었다. 시골에 가서 나는 뭘 하지? 날건달로 놀고먹나? 양현의 말 때문에 심경이 변한 것은 아니었지만 적어도 부정적인 면을 건드렸던 것만은 사실이다.

기차가 피리 소리 같은 것을 내지르며 다가왔다. 두 사람은 기차에 올랐다.

분명 그랬다. 영광에게 그 말은 제동을 건 결과가 되었다. 목표도 희망도 없이 찾아온 인천이었다. 다만 어쩔 수 없이 양현을 찾아왔던 것이다. 그는 어쩔 수 없이 찾아왔고 때문에 결과도 과정도 머릿속에는 없었다. 그냥 뭔가에 내맡겨진 자신을 수습할 수 있게 한 것이 양현의 말이었던 것이다. 부친 송관수의 얘기를 한 것도 그 때문이었다.

욕망만큼, 욕망이 강하면 강한 만큼, 그것을 자제하고 그것에 제동을 거는 힘이 상승하는 영광의 심리 상태. 그 미묘한 현상이 나타나는 탓도 물론 있었고 또 자제할 수밖에 없는 다른 이유도 한두 가지가 아니었지만 양현이 의사 노릇을 하며 생활을 꾸려갈 그러한 정착은 그것이 도시이건 농촌이건 간에 영광은 결코 원하는 바가 아니었다. 그 같은 관계는 사랑의 훼손으로 믿고 있었으며 자신의 성격상 파탄을 의미하는 것이기도 했던 것이다. 생활의 능력이 충분한 양현은 그러나 생활의 현실을 모를 것이며 생활면에서는 부동적(浮動的)일 수밖에 없는 영광은 현실이 그 얼마나 가열한 것인지 노가다로 전전했던 동경 생활에서 뼈에 사무치도록 체득했다. 영광은 그런 자기 심정을 부친의 예를 들어서 완곡하게 전하려 했지만 머리와 꼬랑지를 잘라먹고 한 얘기가 과연 양현에게 어느 만큼 전달이 되었는지, 그러나 영광은 더 이상 중언부언할 수가 없었다.

지난가을, 돈암동에서 영광은 어떤 악마의 속삭임에 귀 기울이듯, 양현이 온다는 편지를 받고 부랴부랴 모친을 시골로 내려보내면서 양현을 소유하기 위한 공작을 했다. 그러나 결국 그는 그 일을 포기하고 말았던 것이다. 그러나 오늘은 뜻하지 않은 진행이었다. 갈 데까지 갈 수 있는 절호의 기회가 아니었던가. 그의 광기로 말하자면 양현을 염전 창고 앞에, 바람 부는 곳에 눕힐 수도 있었다. 하물며 은밀한 방에서 단 둘이 밤을 지샐 수도 있었건만 영광은 그 기회에 눈을 감아버리고 말았다.

역에서 양현은 감정을 억제하듯 우두커니 열차의 시간표만 올려다보고 서 있었다. 헤어질 때 양현의 어깨에 흘러내린 자신의 목도리를 다시 여미어주면서,

"편지할게."

달래듯 말했으나 영광은 양현을 범하지 않았다는 안도감보다 오히려 자기 자신에 대한 분노, 자신의 정열을 가로막는 그 수없는 장애물에 대한 증오심 때문에 마음속으로 이를 갈았다.

"그럼 간다."

양현은 고개를 끄덕였다. 개찰구를 빠져나가려는 순간 영광은 저도 모르게 뒤돌아보았다. 양현은 발끝을 내려다보고 서 있었다.

기차 안의 붉은 전등 밑에 영광은 넋 빠진 사람처럼 앉아 있었다.

'양현이는 왜 나더러 오빠라 하지? 영광오빠, 나는 양현의 오빠인가? 나이가 많아서 영광 씨, 하고 부를 수는 없었겠지. 송선생, 하기에는 딴따라 주제에 과람하고, 어울리지도 않지. 희극적이야. 결국 오빠의 친구니까 오빠라……. 양현의 상대는 어째 다 오빠인가! 최윤국이도 오빠다. 양현이는 오빠 아닌 사람 아무개 씨, 아니면 아무개 선생, 그런 남자한테 시집을 가야 한단 말이지? 아니면 처녀로 늙어 죽든가.'

얼토당토않은 바보 같은 말을 마음속으로 지껄이며 영광은 기차에 흔들리고 있었다. 경인선 열차, 창밖의 어둠이 짙어지고 따라서 차내의 색깔이 한결 밝고 붉어져 있었다. 어디메쯤 기차가 달리고 있는지 영광은 알지 못했다.

양현이 곁에 앉아 있는 것 같은 착각에 빠지기도 한다.

'양현의 존재는 내게 은혜인가 저주인가. 분명 양현에게 나는 어두운 미래다. 환국이 옳아, 옳고말구……. 왜 나는 현실과 타협하고 살지 못했나. 현실과 타협하고 살려 했으면 혜숙이하고 나는 헤어지지 않았을 게다. 현실과 타협하고 살려 했으면 환국의 제안을 받아들여 나는 공부를 계속했을 게야. 타협, 그것은 무엇이었지? 내게 타협할 여지를 주었던가? 사회가, 아, 아니야. 지랄 같은 내 성미 탓이지. 천민이면 천민답게 남의 눈치 보아가며 돌다리 두드리듯 살아갈 수도 있었는데 내 지랄 같은 성질 탓이지. 그럼 나는 무엇인가? 마음으로는 왕자(王者)같이 살고 싶었다 그거야? 한데 이상하지 않은

가. 양현의 경우 나는 현실과 타협하고 있으니 말이야. 세속적, 사회적 규범을 나는 존중하고 있지 않느냐 말이다.'

담배를 꺼내어 붙여 문다. 맞은켠에 앉은 노인네가 힐끗 쳐다본다. 지팡이를 무릎 사이에 끼워놓고 그 지팡이를 의지하고 앉은 노인네의 지저분하게 색 바랜 수염, 코에 걸려 있는 연갈색 테가 마모된 듯한 안경, 그리고 노인네 옆에는 노인의 노처인 듯 안노인이 졸고 있었다. 입언저리에 마맛자국이 몇 개 있었다. 굵은 털실로 짠, 그러나 낡아버린 고동색 목도리를 안노인은 두르고 있었다. 목도리에 눈이 갔을 때 영광은 자기 목도리를 풀어서 양현의 목에 감아준 생각이 났다. 외투속에 양현을 집어넣고 껴안으며 바람 부는 염전 사잇길을 걷던 광경이 눈앞에 떠올랐다.

얼어서 차디차게 된 양현의 다리를 주물러주었던 일도 생각났다. 무의식적으로 행한 그 행동들이, 일종의 놀라움으로 영광의 의식 속에서 선명히 되살아났다. 일찍이 단 한 번도 그와 같이 자상하게 사람을 대해본 적이 없었다.

무뚝뚝하게, 때론 충동적이었지만 냉소적이며 무관심한 그의 태도는 늘 여자들을 당황하게 했다.

부친은 물론, 심지어 어머니나 누이, 동생한테까지 다정한 정애를 거의 표시해본 적이 없었다. 다만 영광은 외할아버지가 안아주었을 때 수염에 얼굴을 비비던 어릴 적의 기억은 남아 있었다.

맞은편 노인의 색 바랜 듯한 수염을 멍하니 바라보던 영광은 급히 담배를 눌러 끄고 눈을 감아버린다. 양현을 범하지 못했던 것은 그를 깊이 사랑했기 때문이라는 것을, 영광은 깨닫는다.

서울역에 내린 그는 외투 주머니 속에 손을 찌른 채 어디로 갈까, 광장에 서서 한동안 망설이다가 걷기 시작했다. 그가 간 곳은 악극단 사무실이 있는 뒷길, 다소 후미진 곳이었다. 이 층 건물의 아래층은 치과의원이었고 이 층이 악극단 사무실이었다. 불빛이 새어 나오고 있었다. 치과의원 옆집은 부용(芙蓉)이라는 찻집이었는데 그곳에서도 불빛이 새어 나오고 있었다. 아직은 초저녁이었다. 영광은 좁고 어두운 계단을 밟고 올라간다. 사무실 문을 열고 들어섰을 때 꽹꽹이 유인배가 책상을 모아놓고 그 위에 앉아서 혼자 술을 마시고 있었다. 난로에 석탄이 타고 있어서 실내는 춥지 않았다.

"유선배, 웬일이십니까."

영광이 놀라며 물었다.

"나보다 나일성 씨는 웬일이시우?"

술안주로 콩을 집어 입에 넣고 우물우물 씹으며 말했다. 홀쭉했던 유인배 양 볼에 부승부승 수염이 돋아나서 보기에는 덜 홀쭉했다. 차림은 꾀죄죄했다.

"어디 좀 갔다 오는 길에 들러보았습니다."

"올라오시우. 술 같이합시다."

책상 네 개를 한곳에다 붙여놔서 꽤 넓은 자리였다. 술잔이 며 술병, 김치, 멸치볶음을 담은 그릇 하며 어지럽게 널려 있었다.

"여기서 주무시려고 이래놨습니까?"

"그렇소. 여편네가 달아났으니 집에 가나 마나, 걷고 전차타고 그게 귀찮아서 여기 있기로 했소."

유인배는 남의 얘기 하듯 아무렇지도 않게 말했다. 그 말은 못 들은 체하며 영광은 외투를 벗고 술판이 벌어진 책상 위에 올라가 앉는다.

"술은 어디서 구하셨습니까."

"돈 있으면 얼마든지, 시절이 이렇다고 술이 없겠소. 돈만 있으면 호랑이 눈썹도 구할 수 있소이다."

유인배는 맹물이 담겨 있는 커피잔을 들어서 난로를 향해 휙 물을 버린다. 물방울이 난롯가에 굴러떨어지면서 피시식! 요란한 소리와 함께 김이 서린다. 유인배는 소주병을 기울여 커피잔에 술을 부었다.

"드시우."

"네."

영광은 천천히 술을 마신다. 타듯 창자를 타고 내려가는 술, 숨이 좀 트이는 것 같았다. 어쨌거나 진풍경이 아닐 수 없었다. 그러나 영광은 그런 것에 대해서는 전혀 느낌이 없는 듯 유인배와 함께 술을 즐기는 분위기에 젖어든다.

"나일성 씨."

"네."

"어떻게 생각해보면 마음 편한 세상 아니오?"

"글쎄올시다."

"내일도 없고, 모레도 없고, 미래도 없고…… 다만 오늘, 오늘만 있다는 것이 얼마나 홀가분한지, 안 그렇소? 내가 한 말은 그런 뜻이오."

영광이 오기까지 얼마나 술을 마셨는지 알 수 없지만 마누라가 달아난 비극의 주인공치고는 천하태평, 유인배는 비스듬히 영광을 쳐다보며 말했다.

"나일성 씨."

또 불렀다.

"네."

"당신 굉장히 할 말이 많은 사람이야."

"……."

"한데 왜 말을 안 하는 거요?"

영광은 쓰게 웃는다.

"사연이 많아. 마음속으로 만고풍상 다 겪었을 게야."

"이런 직업 가진 사람들, 만고풍상 안 겪은 사람이 있겠습니까?"

"그렇지도 않소."

유인배는 고개를 흔들었다.

"오히려 단순하고 단조롭지."

"그럴까요?"

"별로 생각들을 안 하거든."

"……."

"내 경우만 하더라도 그래요. 용이 못 된 이무기지만 말씀이야."

그 말은 바이올리니스트를 꿈꾸다가 경음악으로 빠져버린 일을 두고 한 말인 것 같았다.

"정면대결 해보아야 뭐 나오는 것 있어? 피장파장인데, 갈 때가 되면 가는 거고, 올 때가 되면 오는 거고, 팔다리에서 힘을 빼버리고, 바다 위에 떠다니는 해파리같이 사는 거지 뭐. 나일성 씨, 안 그래요? 고민할 것 없어요. 내 말이 틀렸어요?"

"아니요."

"그럼, 아니고말고. 팔다리에 힘 주어봤자 뿌러지기 십상이지. 온갖 잡신들이 한낮에 한길을 활보하는 세상, 평범하게 저속하게 진담 반 농담 반 그렇게, 아암 그렇게 살아야지."

횡설수설 같기도 하고 아닌 것 같기도 했다.

주거니 받거니, 될 소리 안 될 소리 늘어놓으면서 술을 마시는데 술이 바닥나기 시작했다.

"나일성 씨."

"네."

"나 다녀올 테니까 가지 말구 기다리시우. 아 기다리고 있으란 말이오."

자기 없는 새 달아나기라도 하면 어쩌나 두려워하듯 말하고 유인배는 엉금엉금 책상 위에서 내려갔다. 난로에 석탄 두어 삽 퍼서 넣고 나서 비틀거리며 나간다. 화장실에 가는가 싶었는데 얼마 후 나타났을 때 유인배는 술병 하나를 들고 있었다.

"그게 뭐지요?"

영광이 의아해하며 물었다.

"뭐긴? 보시다시피 술이지요. 망우리(忘憂里)로 가는 이 술!"

술병을 쳐들어 보인다.

"인생에 만일 술이 없었다면 그건 사막, 사막이지, 안 그렇소? 나일성 씨."

유인배는 엉금엉금 책상 위로 기어 올라왔다.

"술을 쌓아둔 창고라도 있었습니까?"

"아암, 있지요."

"……?"

"그게 어딘고 하니, 바로 부용이다, 그 말씀이오."

"아."

비로소 영광은 납득을 한다. 그러고 보니 커피잔이다, 김치보시기, 멸치볶음, 그런 것은 다 부용에서 올려보낸 것인 성싶었다. 부용이란 치과의원 옆에 붙어 있는 찻집 상호이자 동시에 그곳 주인 마담의 이름이었다.

"부용이는 참 괜찮은 계집이오."

책상 위에 올라와 앉아서 술병을 따며 유인배는 느긋하게 말했다.

"요조숙녀는 아니지만 그 계집이 자존심은 있거든. 그러나 내가 부용이를 좋아하는 것은 지 살고 싶은 대로 사는, 소위 자유인이라는 그 점이오. 내일 땅이 꺼지는 한이 있어도 오늘 근심 없이 산다, 그 낙천적인 면도 좋고, 나일성 씨는 그렇게 생각하지 않소?"

"글쎄요. 그런 것 같더군요."

"글쎄요? 그런 것 같더군요? 무관심이다 그 말씀이군. 부용이는 나일성 씨한테 결코 무관심이 아니던데?"

하며 술을 붓다 말고,

"거 너무 재지 마슈. 사내자식이 좀 허랑한 데도 있고 듬직하게 받아주는 구석도 있어야지, 계집을 벌레 보듯 그래서야 쓰나. 배용자의 경우도 그렇지 않소? 따지고 보면 계집이 없는 세상도 사막이요 꽃 없는 나비, 무어에다 쓰겠소. 그것들 다아 우리 반쪽 아니겠소."

"모르시는 말씀이오."

"모르다니."

하고는 술을 마신다.

"이 이상 더 어찌 허랑합니까?"

"그야 나일성 씨가 도덕군자 아닌 것쯤은 나도 알지. 그러나 여하튼 까다롭고 고약해."

화제에 오른 부용이라는 여자는, 어디서 무엇을 했는지 그의 전력을 아는 사람이 거의 없었지만 한때 이 악극단에 소속되었던 가수와 동서한 일이 있었고 그 가수가 병들어 죽은 후 부용이라는 찻집을 차려서 이 바닥 사람들의 주변을 맴돌며 떠나지 않고 있었다. 찻집을 해서, 또 요즘 같은 시국에 떼돈이 벌어지는 것도 아니었지만 그는 애당초 금전에는 개의치 않았던 것 같았다. 남자 문제로 심심찮게 소문은 나돌았으나 성격이 좋다고나 할까, 웬만한 일에는 화를 내는 법이 없었고 늘 분위기가 밝았다. 그리고 그를 도와주는 사람보다 그에게 신세 지는 사람이 많았으며 없으면 없는 대로 있으면 있는 대로 쓰고 소위 하루살이, 그러니까 악단 사람들과도 죽이 맞아서 그 자신 한 식구로 치부하는 모양이었다.

"나일성 씨도 아시다시피 우리들이 몸담고 있는 이 바닥의 의식수준이란 것이 그러하고 그런 거 아니오? 하지만은 나는 그런 게 좋소. 단순하고 솔직하고 원색적이며 적당히 센티멘털하고 유치하고 또 저속하고, 철새같이 홀가분하며 가진 것 없고……. 사실 뭐 별것도 아니면서 격조니 체통이니를 따지고 드는, 기름때 손때 묻은 가전지물 같은 그곳이 내 태생인데, 그곳이 난 영 마음에 안 들어. 물론 그곳에서는 내가 마음에 안 드는 그런 정도가 아니지만 말씀이야. 옛날 같았으면 거적에 말아서 떡을 치고 산에나 갖다 내버렸을 거구, 세상이

하 어지러우니 별의별 놈의 종자가 다 생겨나 집안 망신이다 하지만."

술을 마시고 손으로 멸치볶음, 멸치 꼬랑지 쪽을 살짝 집어서 입에 넣은 유인배는 하던 말을 계속한다.

"체통이다, 격조다, 사람의 도리, 조상의 피 운운, 그따위 말이나 생각들이 곰팡이 슬고 굳어버린 인절미같이, 흥! 저승길 따라가는 만장같이, 사라져가며 못쓰게 된 그런 것들을 거머잡고 늘어진들, 뭘 어쩌자는 게지요? 도시 어쩌자는 게지요? 죽은 자식 고추 만지는 격이지. 안 그렇소? 나일성 씨. 흥! 전답 팔고 가산 날리며 기생방에 틀어박혀 술에 골망태가 되어도 망국의 한을 울부짖고 비분강개만 한다면 그것도 충절로 생각하는 어리석은 상투쟁이들, 깡쨍이만은 안 된다."

한숨 돌리듯 술을 마시고 나서,

"그러니까 그게 뭐냐, 넌더리가 나는 그곳 물줄기를 타고 내려온 내 여편네. 그렇지, 그 여편네도 내게는 타인이다아, 거추장스런 존재다, 내 말은 그거요. 달아나기를 자알했다, 흠…… 전차를 타고 밤길을 걸어서 문패가 붙은 집 앞에까지 가서 문 열어라! 할 필요가 없고 동네 개들이 깡쨍이를 비웃으며 짖어대는 소리 안 들어서 좋고, 무엇보다 대문 열어주면서 이웃 보기 망신스럽느니 창피스럽느니 하는 여편네 잔소리 안 듣는 것이 얼마나 홀가분한지, 앓던 이 빠진 것만치 시원하고."

"진심으로 그리 생각하시는 겁니까?"

별 성의도 없이 영광이 물었다.

"암, 아암, 진심이고말고, 이 해방감! 맛보지 않은 사람은 모를 게요. 한마디로 황홀하고 감미롭고 신이 나지. 나일성 씨 눈에는 내가 이러는 게 허세로 보여요? 허세로 보이느냐 말씀이오!"

술잔을 쳐들고 삿대질하듯, 하다가는 또 술을 마신다.

"경험 안 해본 사람은 절대로 내 이 기분 몰라! 계집이란 친구같이 되어야. 술친구가 되고 잠자리 친구가 되고 말벗이 되고 그래야지, 생애의 정열을 다 쏟아서 계집을 사랑한다는 것, 그것 다 신파지 신파."

"이해할 수 있을 것 같습니다."

영광은 혼잣말같이 뇌었다. 역시 무성의한 어투였다.

"나일성 씨!"

"네."

"당신 보면 말이야, 뒷간에 가서 볼일 다 못 보고 나온 사람같이, 왜 그래요? 늘 엉거주춤, 아니면 관심 없다, 그런 식이고, 남의 일은 다 같잖게 뵌다 그거야?"

사실 영광은 남의 일에 관심을 가질 심정이 아니었다. 평소에도 그랬었지만 오늘 밤 영광은 아주 고통스러웠다.

"진흙창에 들어왔으면 몸에 흙도 묻혀야 하고 뒹굴기도 해야지, 턱없이 건방지다 말씀이야. 밸이 틀려서 못 견디겠구먼."

건성으로 남의 말을 듣고 있는 듯한 영광의 태도가 못마땅했는지, 술에 취했고 이 일 저 일 심기가 불편하여 저도 모르게 그러는지 유인배는 노골적으로 시비 걸듯 말했다.

"제가 선배님을 불쾌하게 했다면 용서하십시오. 저는 이곳을 진흙창으로 생각하고 있지 않습니다."

"아니야, 그렇지 않아! 나일성 씨 당신은 이 바닥 사람들을 경멸하고 있어. 나만은 다르다, 너희들하고는 다르다, 물론 다르겠지. 잘났으니까 말씀이야."

영광은 쓰게 웃는다.

"도모지 왜 화가 났는지 모르겠습니다."

"당신은 언제든 떠날 수 있게 그런 몸가짐으로, 비록 경음악이나마 당신은 대단한 재질을 가지고 있는데도 불구하고 정열은커녕 자기 자신의 음악까지 경멸하고 있단 말씀이야."

처음으로 영광의 표정이 흔들렸다. 놀란 것 같았다.

"눈에 보이지 않는 무장이 너무나 철저해. 나는 진작부터 그걸 느꼈어. 이 사람한테는 깊은 사연이 있다, 이곳은 잠시 머물다가 가는 곳이다, 마치 숨어 사는 중죄인같이. 도대체 나일성 씨, 당신은 어디서 왔지?"

"산간마을 강가에서 왔겠지요."

산간마을 강가라는 말에는 백정이 날가죽을 무두질하는 강가라는 의미가 들어 있었다. 영광은 술 한 잔을 입 속에 털어 넣고 허허헛 허허! 하며 흐느끼듯 힘없이 웃었다.

"나일성 씨 눈에는 살기가 있어. 어떤 때는 푸른 칼날이 희번득이고."

내친 길, 되돌려지지 않았는지 유인배 말의 강도는 강해졌다.

"아마 근본이 그래서 그런가 보지요."

웃다가 영광은 타는 듯한 눈빛으로 유인배를 쳐다본다. 순간 유인배는 부르르 떨었다. 술이 확 깨는 그런 표정이었다. 영광도 그 순간 자신의 머리가 불덩어리로 변한 것을 느꼈다.

"아, 이거 참."

유인배는 고개를 흔들었다. 취기를 털어내려는 듯,

"이거 참, 이건 내 주의 주장이 아니지. 나일성 씨, 내 실례가 많았소."

어느새 영광의 눈에는 그 불길이 사그라들고 없었다. 다만 허공 같은 것이 있었을 뿐이다. 그는 몸을 움직이려다 말고,

"아."

낮게 소리쳤다.

"왜, 왜 그러는 거요?"

"다리가."

"다리가?"

"시큰했습니다. 이제 괜찮습니다."

"나일성 씨."

"……."

"언짢게 생각지 마시오. 나 그리 나쁜 놈 아니오."

"압니다."

"일종의 동류(同類)의식이었을 게요. 용으로 승천하려다 이무기가 돼버린, 동병상련인지, 아 아니 그게 아니오. 다만 나는 당신의 특이한 면이 궁금했는지 모르지. 자 술이나 합시다."

유인배는 흐릿한 눈빛으로 술잔을 들어 올렸다.

그렇게 보지 않았는데 의외로 감상적인 유인배를 멀거니 쳐다보다가 영광도 술잔을 들었다. 두 사내는 침묵 속으로 빠져든다. 그러자니 거듭하여 술을 마실 수밖에 없었다. 난로에서는 석탄이 타고 있었지만 그러나 화력은 줄어들고 있었다.

'내려가서 석탄을 넣어야지. 석탄을 넣어야 해.'

영광은 마음속으로 중얼거렸다. 조금 전에도 중얼거렸다. 그러나 선뜻 일어서지지가 않았다. 이제 괜찮다고 하기는 했으나 다리의 통증은 가시지 않았고 몸은 한없는 나락으로 가라앉는 것만 같았다. 염전이 있는 그 마을 길에서 신나게 웃다가 영광은 여태까지 이렇게 웃어본 적이 없었다고 양현에게 말했지만 동경서 몸을 다친 후 영광은 오늘같이 뛰고 달리고, 그렇게 많이 걸어본 적이 없었다. 아무튼 다리에 동티가 나기는 단단히 난 모양이었다.

'집까지 갈 수 있을까?'

가게가 달려 있는 그 시골집 방에서도 다리가 시큰했는데, 다리는 계속해서 아팠는지 모른다. 자각하지 못했을 뿐 마침

문을 열고 여자가 들어왔다. 차반에 냄비를 받쳐들고 들어온 여자는 부용이었다. 회색 몸뻬에다가 짙푸른, 아주 색깔이 세련된 털 재킷을 입고 있었다.

"날씨 굉장하네요. 아아 추워."

부용이는 양어깨를 움츠리며 떠는 시늉을 했다.

"그게 뭐야."

알면서 유인배가 물었다.

"두부찌개예요."

책상 위의 허섭스레기 같은 김치보시기 멸치볶음 그런 것을 밀어내고 찌개 냄비를 놓은 부용은 얼굴을 들면서 영광을 향해 눈인사를 했다. 쌍꺼풀이 진 눈이 컸다. 눈만이 아니었다. 도토름한 입도 컸고 콧날도 오똑한 편이었다. 그러나 얼굴은 작았다. 몸집도 자그마했으며 그 자태에는 어딘지 모르게 연연한 것이 있었다.

"뜨거운 국물이라도 마셔가면서 술을 해야지. 속 버려요."

"흥, 말이 좋아 불로초다."

유인배가 빈정거리니까,

"왜요? 어디가 또 아프신가요?"

부용이 응수했다.

"누가 그 속 모를까 봐서? 훤히 들여다보인다."

"아이 참."

부용은 웃었다.

"내가 술 가지러 갔을 때, 그때 말이야. 나일성 씨가 와 있다는 말 하지 않았더라면 이 두부찌개가 이 층까지 행차를 했겠는가, 할 말 있으면 해보시지그래."

"그래요, 그래요. 속 편한 대로 생각하세요."

"하여간 인사는 그쪽에다 해야겠구먼. 나일성 씨 고맙소. 다 당신 덕분에 집 없는 들개가 이 추운 밤에 따근따근한 국물 맛이라도 천신하게 됐으니 말씀이야."

그러나 말에 가시는 들어 있지 않았다. 영광은 쑥스럽게 웃었다.

"엄살도 보통 엄살이 아니네요. 아 글쎄, 부인이 잠시 동안 집 비웠다고 사방팔방 만나는 사람마다 마누라가 달아났다, 나발을 불어야 해요? 한두 번이라야 속아주지. 안 그래요? 나일성 씨."

부용은 영광에게 동의를 구하듯 쳐다본다. 영광은 뜨악해하는 표정을 지었다. 실은 몇 해 전에, 만취한 영광은 부용과 밤을 함께한 일이 한 번 있었다. 화류계의 여자들하고는 약간 달라서 술이 깨었을 때 영광은 몹시 꺼림칙했는데 본래 사람이나 애정 문제에 집착하지 않는 담박한 성미여서 그랬던지, 불장난이라는 것을 뻔히 알기 때문에 상대에게 부담을 주지 않기 위해 그랬던지, 하여간 부용은 조금도 영광을 불편하게 하지 않았다. 남들 앞에서도 그랬고 단둘이 마주쳤을 때도 애상적(哀傷的)인 그런 눈빛을 보인 적이 없었다.

"집을 비웠다구? 아니야. 달아난 거라구."

유인배 말에 부용은 어이없어하며,

"친정으로 말이지요?"

"그걸 내가 어떻게 알아."

"그러다가 항상 돌아오지 않았어요? 얼마나 속을 썩였으면 그랬을까? 나라도 그랬을 거예요. 아니 숫제 돌아오지도 않았을 거예요."

"시끄러!"

"해방됐다! 자유다, 하시면서 속마음은 안 그런 모양이지요?"

"나불거리지 말고 난로에 석탄이나 넣어."

"네에, 분부대로 하겠습니다. 상감마마."

부용은 난로에다 한 삽 두 삽, 석탄을 넣는다.

"그리고 라디오도 좀 켜봐."

"어어? 이 양반이 날 부인으로 착각하는 거 아니에요?"

"아아, 그 뭐냐 그런 게 아니고."

유인배는 약간 당황하며 팔을 내저었다.

"책상에 올라와 있으니 한 번 내려가는 것이 힘들어서 그래. 그러지 말고, 부용 씨 나 설탕 구해다 줄게, 미안해."

"대본영 발표, 그딴 것 들어서 뭘 해요?"

그러나 부용은 라디오의 스위치를 돌렸다.

그러나 대본영(大本營) 발표 그따위 것은 아니었고 일기예보를 방송하고 있었다. 내일 아침은 기온이 영하 이십사 도까지 내려갈 것이라는 예보였다.

"더 들으시겠어요?"

"꺼."

부용은 의자 하나를 끌고 와서 책상머리에 놓고 앉았다. 두 사내는 마치 누각 위에 앉아 있는 것 같았고 부용이는 누각 밑에서 올려다보는 형세다. 턱을 쳐들어야 남자들 얼굴을 볼 수 있었다.

"영하 이십사 도까지 내려간다니……. 어서 겨울이 갔으면 좋겠어요. 유선생님."

"왜 불러."

"나한테는 술 한잔 안 주실 거예요?"

말하면서 부용은 찌개 냄비와 함께 올려온 작은 술잔을 차 반에서 제 앞으로 옮겨놓는다. 유인배는 잠자코 술을 부어준 다. 그러고 나서,

"형무소에 있는 사람이 큰일이구먼."

하고 불쑥 말했다.

"누구 아는 사람이라도 들어갔습니까?"

영광이 물었다.

"아는 사람이라기보다 내 육촌 형님인데 예방구금령에 걸렸어요."

"사상범이군요."

"전에, 그러니까 계명회사건에 관련됐지요."

"계명회라구요?"

"나일성 씨도 아시오?"

"알지요."

영광은 환국의 부친 김길상을 생각했다. 김길상을 생각한다는 것은 곧 세상 떠난 부친을 연상하는 일이었다.

"유인성이라구, 내 육촌 형님인데."

유인배는 갑자기 어세를 낮추면서 말했다.

"나는 그 형님을 존경합니다. 문중에서 다 나를 내쳤지만, 친형제도 내게 등을 돌렸지만 인성형님만은 그러질 않았소. 엄격하고 대쪽 같은 성품인데 의외로 편견이 없어요. 하여간 그 집 꼴이 말이 아닌데 찾아가볼 수도 없고, 아무리 성인군자라도 여자 하나 잘못 만나게 되면……. 원래 인격자라 성품이 덜 된 마누라를 타이르고 위하며 사신 분인데 저렇게 되고 보니, 집안을 쑥밭으로 만들어놨어요."

유인배는 영광에게 친밀감을 나타내었다.

"계명회사건으로 복역했던 분이 내 친구의 부친이었소. 이번에도 들어갔지요."

"누군데!"

"김길상이라구, 아마 호적상으로는 최길상으로 돼 있는 모양이더군요."

"알아요! 만나뵌 일은 없지만 그 사건의 주모자였지요 아마."

영광은 고개를 끄덕였다. 부용도 심각한 얼굴로 두 사람의 말을 듣고 있었다.

"이 사태를 질질 끌고 간다면 그분들 살아 나올 가망이 없어요."

"……."

"날씨라도 부조를 해주었으면 좋겠는데. 세상 참 더럽지. 어떤 사람은 형무소 마룻바닥에서 이 겨울을 나는데, 어떤 놈은 전선, 왜놈 군대 위문공연을 하러 다녀야 하고."

"악기나 목소리에 무슨 죄가 있겠어요. 왜놈의 스파이가 되어 제 동족을 감옥에 보내는 사람도 있는데."

부용의 말이었다. 그러나 그 말을 할 때 부용의 얼굴은 아주 험악했다. 그 격렬한 태도가 이상했던지,

"우리 주변에 그런 사람이라도 있단 말이오?"

유인배는 저도 모르게 부용한테 경어를 쓰고 있었다.

"그런 거는 아니지만……. 배용자가 골절상을 입고 병원에 입원했어요."

하고 엉뚱한 말을 했다.

"뭐? 배용자가 병원에 입원을 해?"

이야기가 확 꺾이는 바람에 유인배나 영광도 어리둥절한다.

"네, 골절이래요."

"어디가?"

"다리요."

"어떻게 알았지?"

"나하고 함께 가다가 그 봉변을 당했거든요."

"봉변이라면?"

"남도 아닌 용자의 친언니한테 당한 거지요."

"친언니라면 배설잔데? 무슨 얘긴지 도통 모르겠다."

"나도 깊은 내막은 모르지만 나하고 용자가 덕수궁 돌담 옆을 지나가는데 그 언니라는 배설자를 만났지 뭐예요?"

"그래서?"

"다짜고짜 욕설을 하면서 용자의 머리채를 거머쥐고 때리는 거예요. 그리고 한다는 말이 네년이 집을 가르쳐주었지, 그리고 또 네년도 감옥에 가서 썩어야 정신이 들 게다, 가슴을 와락와락 흔들다가 떠밀었어요. 얼음판에 나자빠졌지 뭡니까. 그때 다리가 부러진 모양이에요."

"거 배설자라는 계집, 질이 안 좋기로 소문이 나 있는데 자매간에 무슨 일이 있어 그랬을까?"

"마귀같이 생겼데요. 머리칼을 감아쥐는 손가락이며 팔이 꼭 뱀같이 보였어요. 정말 꿈에 볼까 겁나요."

"그 계집, 일본의 첩자라는 소문도 있어. 하여간 남자 여자 접근 안 하는 게 상수야."

일본의 첩자라는 유인배 말에 부용은 별로 놀라지 않았다. 그는 이미 그 사실을 알고 있었던 것 같았고, 왜놈의 스파이가 되어 제 동족을 감옥에 보내는 사람도 있다. 조금 전에 한 말만 하더라도 배설자를 지목하고서 뇌까린 것 같았다.

"유선생님은 용자언니에 대한 얘길 뉘한테서 들으셨어요?"

"음, 그게 그러니까 내 육촌 누님인데, 인성형님의 누이동생."

누이동생이라는 데서 유인배는 잠시 말을 끊었다. 한순간 이었지만 그는 유인성의 누이이자 유인경의 동생인 인실의 얼 굴을 떠올렸던 것이다.

"그 누님은 원래 온화하고 차분한 성품인데, 배설자가 한때 누님 이웃에 살았다 하더군. 그 무렵 인경이누님은 시부모가 모두 세상을 떴고 집안이 적적했던 참이라 혼자 사는 배설자 를, 그것도 독립운동을 하다가 중국에서 부친이 죽었다, 해서 동정을 했던 모양이야. 왜, 그 배용자도 그런 말 하고 다녔잖 아? 중국에서 아버지가 독립운동 했느니 어쩌니."

"그랬지요."

"독립운동을 했기는커녕 오히려 그 반대였던 모양인데, 배 용자는 그냥 언니가 하는 대로 말했는지 모르지. 성질이 고약 하구 푼수 없이 콧대가 높아 그렇지 단순하고, 사악한 여자는 아니지 않아?"

부용이는 영광을 힐끗 쳐다보고 나서,

"제가 보기에도…… 용자는 의도적으로 거짓말한 것 같지 는 않아요. 다소 허풍 떠는 버릇은 있지만."

"하여간 사정은 그랬고 배설자는 목적이 있어서 접근해왔겠지만 누님이 피해본 거는 별로 없다 하더군. 다만 그 집을 드나들던 누님의 친구가 된통 당한 거야. 혹 나일성 씨도 알고 있는지 모르지만 권오송이라고 극작간데."

"나는 모릅니다."

다리의 통증 때문에 영광은 얼굴을 찌푸리며 말했다. 언제였던지 술자리에서 유인배가 배용자의 언니 배설자에 관해 얘기한 것은 영광이도 기억하고 있었다.

"아무튼 누님의 친구는 그 권오송 씨 부인이었는데 감정적인 데다가 서둘러대는 성미라 남편까지 동원하여 배설자를 도와주었다 하더군. 말하자면 무용발표회가 뭔가를 후원해서 무용에다가 그놈의 가짜인지 가(家) 자인지 그것을 붙이게끔 해주었다는 게야. 그런데 그 행실 나쁜 계집이 권오송 씨를 유혹하려다가 그게 먹혀 들어가지 않으니까 원한을 품었고 그 복수심 강한 계집은 벼르고 기다렸던 모양이라. 지금 권오송 씨는 형무소에 수감돼 있어."

"무슨 죄목으로요?"

영광이 물었다.

"죄목이야 붙이려고 마음만 먹으면 얼마든지 있지요. 반전 반일을 선동한 죄, 뭐 그런 거 아니겠소? 권오송 씨는 그런 올가미 씌우는 것을 경계하며 진작부터 낙향을 했는데 이미 배설자에게 찍혔으니 어쩌겠수? 그를 시골에서 불러올리는 데 배설자의 강한 입김이 있었다는 겁니다."

"배설자라는 그 여자의 지위가 그리 대단한가요?"

영광이 또 물었다.

"배설자의 지위가 대단하기보다 동서하고 있는 일본인이 그 바닥에서는 상당한 권한을 가지고 있고 원래 배설자는 그놈의 끄나풀이라 하더구먼."

"음……."

"서울로 끌려온 권오송 씨에게 전쟁을 찬양하고 승리를 기약하는 연극대본을 써라, 징병제를 환영하고 지원병의 지원을 독려하는 극본을 써라, 일은 그렇게 되었는데 결국 응하지 않으니까 집어넣은 것 아니겠소? 배설자가 노린 것도 바로 그거였을 게요. 세상이란 참, 요지경, 요지경이오. 한때는 권오송 씨 적들이 그 사람을 변절자로 몰았고 동지를 팔아먹은 배신자로 낙인찍은 일이 있었지요. 관변에서 돈을 받아 잡지를 하느니, 극단을 운영하느니 하고, 이원진과 가깝다는 것이 그 혐의의 발상이었지요. 그때 인성형님하고, 서의돈이라고 굉장한 걸물이 있어요. 그 두 사람이 들어서 불길을 잡아주었지요. 내가 요지경이라고 말하는 것은 그 무렵, 권오송을 매도하던 무리들은 정세가 험악해지면서 거의 대부분 전향을 하고 일본에 빌붙어 진충보국을 맹세했는데 변절자, 민족 반역자로 몰렸던 권오송 씨는 형무소에 들어가 있으니 말입니다. 참말로 웃기는 세상 아닌가요? 인간이란 도대체 몇 겹의 인두겁을 쓰고 있는지…… 모르겠어요."

"시간이 해결해주는 거 아닐까요?"

부용이 말했다.

"우리는 지금 시간을 기다리고 있는 것 아닙니까?"

부용이 거듭 말했다. 다소 놀란 듯 유인배는 부용을 내려다보다가,

"그런 똑똑한 말 할 줄은 몰랐다."

"그러면, 유선생님은 여직까지 저를 백치로 아셨어요?"

하면서 부용은 젓가락 한끝으로 유인배의 무릎을 찔렀다.

"그렇지는 않지만 남자를 꽤나 좋아하는 여자로만 알았지."

"너무 심한데요?"

부용은 빤히 올려다본다.

"양해사항인데 뭘 그래."

"성질대로 하자면 얼굴에 술잔이라도 던지고 싶지만 말은 살을 파고들어가는 것도 아니며 형무소에 끌어들일 그럴 내용도 아니니까, 유선생이 섭섭해서 그러는 거 이해하고 있어요."

"내가 섭섭해할 거 뭐 있누."

"제가 한 번도 유선생을 유혹한 일이 없었잖아요."

"이쿠."

유인배는 손바닥으로 자기 이마를 탁 쳤다.

"유선배 오늘은 여러 번 당합니다?"

영광이 웃었다.

"부인이 친정으로 달아났기 때문에 공연히 저한테 분풀이

하는 거예요. 진득이 참고 기다리면 돌아올 건데 저 호들갑이
지 뭡니까?"

"뭐, 어째? 말 다 했어?"

부용은 까르르 웃었다.

"다 안 했지만 관둘게요. 대신 설탕 구해준다 하셨지요? 그
건 약속이니 꼭 지켜야 해요."

"알 게 뭐람. 그보다 시간이 늦었는데 나일성 씨, 집에 가기
는 틀린 일이오."

"늦은 시간도 시간이지만 다리가, 가게 안 돼 있습니다."

"그러나 밤을 지샐 수도 없고, 여기서는 두 사람이 잘 수도
없어요. 부용이한테 신세 져야겠수."

"그렇게라도 해야겠습니다. 우선 다리에 찜질부터 해야겠
는데."

영광은 머뭇거리지 않고 말했다.

"찜질해드릴게요."

부용이 얼른 말했다.

"부용이는 좋겠다."

유인배는 장난스럽게 한쪽 눈을 감아 보인다.

"대신 난로에 석탄 넣는 것 잊지 말구, 알았어?"

"네, 알아모시겠습니다."

했으나 부용은 유인배가 생각한 것만큼 기뻐하거나 수줍어하
지 않았다.

부용에게 의지하며 계단을 내려온 영광은 가까스로 찻집 부용으로 들어갔다. 텅 빈 홀에는 냉기가 돌았다. 난로가 꺼진 지 오래인 것 같았다. 시간이 시간인 만큼 많지도 않은 손님들은 벌써 돌아갔을 테고 주방일, 차 나르는 일을 겸해 하고 있는 윤이엄마도 이미 돌아가고 없었다. 하기야 뭐 비워놨다고 도둑이 들 시절도 아니고 도둑맞을 만한 것도 없었지만. 부용은 영광을 부축하여 홀 뒤켠에 있는 작은 자기 방으로 데려가서 자리를 깔고 누인다.

"미안해 어쩌지?"

"걱정 마세요. 곧 찜질해드릴 테니까요."

부용은 부엌인지 어딘지를 나가더니 한참 만에 더운물과 수건을 가지고 왔다. 그러는 새 영광은 피곤한 잠에 빠진 것 같았다. 잠시 망설이다가 부용은 영광의 바지를 벗기고 무릎 전후에 더운 수건을 올려놓는다. 영광은 잠시 실눈을 뜨고 보다가 더욱더 깊은 잠에 빠지는 것 같았다.

부용은 수건을 갈아내고 뜨거운 것을 다리에 올려놓곤 하면서 하염없이 사내 얼굴을 바라본다.

'저렇게 생겨가지고 어찌 운명이 순탄하겠어.'

부용은 점쟁이 같은 말을 마음속으로 중얼거린다. 잠든 영광의 모습은 속세하고 아무런 관련이 없는 것처럼 보였다. 어두운 그늘, 지친 듯 창백한 낯빛, 이따금 눈 밑에 이는 경련까지, 그는 이 세상에 존재하는 남자 같지가 않았다. 그런데 어딘지 모르게 통곡하고 있는 것만 같았다. 그리고 부용은 자신도 통곡을 하고 있는 것만 같았다. 그것은 이상한 일치감이었는데 한편 멀고도 먼 곳으로 사라지는 울음 같기도 했다.

'어느 여인이 이 남자를 낳았을까? 왜 이 남자는 항상 영혼을 닫아놓고 있을까? 도대체 이 남자는 어디서 왔을까? 여자를 품을 때도 나일성 씨의 가슴은 텅 비어 있었어.'

식은 수건을 들어내고 더운물에 적신 수건을 올려놓은 뒤 부용은 대야를 들고 밖으로 나와 더운물을 떠 왔다.

"양현아! 그러지 마! 그, 그러지 마! 안 돼!"

방에 들어섰을 때 영광은 잠결 속에서 외치고 있었다. 그러더니 그는 다리가 아팠던지 신음하며 돌아누웠다.

밤은 조용조용히 깊어갔고 두 시가 지났을 때는 다시 밤은 조금씩 조금씩 아침을 향해 기어가는 듯 느껴졌다.

'양현이? 양현이가 누굴까? 양현이…… 그러지 마! 안 돼?'

부용은 두 무릎을 안고 웅크리며 눈만 치뜨고 영광의 옆모습을 내려다본다.

'아무도, 어떤 여자도 이 남자하고 살 수 없을 거야. 그건 틀림없는 일일 거야.'

좁은 방이었다. 영광이 옆에 부용이 드러누우면 가득 차버리는 그런 방이었다. 벽에는 옷가지가 커튼처럼 주렁주렁 늘어져 있었다.

세 시가 지났을 때쯤, 부용의 눈꺼풀도 무겁게 아래로 내려왔고 찜질도 그만둔 상태였다. 영광이 눈을 비비며 슬그머니 몸을 일으켰다.

"여태 안 자고, 그러고 있었어요?"

대답 대신 부용은 식어버린 물수건을 들어내고 이불자락을 당겨 영광의 아랫도리를 덮어준다.

"다리는 좀 어떠세요?"

그럴 필요도 없는데 부용은 어색하게 이불을 다독거리며 낮은 소리로 물었다.

"한결 가벼워진 것 같소."

"찜질은 더 안 해도 괜찮겠지요?"

"괜찮소."

"그럼 주무세요. 날 새려면 아직이에요."

"부용 씨는 안 잘 거요?"

"제 걱정은 마시구요. 세 시가 좀 넘었나 봐요."

부용을 멍하니 바라보다가,

"내 옆에 와서 누워요."

하고 영광이 말했다. 위로하듯 아주 부드러운 음성이었다. 옆에 가서 누우나 마나 눕게 된다면 바로 옆이며 자연 몸은 밀착하게 돼 있었다.

"자아."

팔을 잡아끈다.

"잠깐만요."

부용은 걷어 올린 머리를 지탱하게 하는 핀을 풀었다. 검은 머리가 양어깨에 쏟아져 내리며 흩어졌다. 천천히 털 재킷을 벗고 몸뻬도 양말도 벗었다. 하얀 속치마에 연두색, 하늘거리는 새틴 블라우스의 모습은 사치스러우면서 정감적으로 보였다. 팔을 뻗어 전등을 끈다. 찻집 홀과 반대 방향 벽면에 나 있는 작은 창문 유리창이 어둠 속에서 희미하게 떠올랐다. 부용은 등을 돌리며 영광이 옆에 눕는다. 영광은 여자의 몸을 돌려 놓고 그 가슴에 얼굴을 묻으며 한숨 쉰다. 부용의 심장이 뛰고 있었다. 세차게 어지럽게 뛰고 있었다. 입술을 찾아 열광적으로 입 맞추며 영광은 고향을 그리워하듯 가슴을 더듬는다.

남자와 여자, 원초적 남자와 여자의 행위를 검은 면사포를 쓴 여신같이 어둠은 지켜보고 있었다. 지구상 시간은 정지하고 있었다. 절정을 넘어섰을 때 갑자기 시간은 되살아나서 똑딱거리며 새벽이 다가오고 있는 것을 느끼게 했다. 다만 시간만 흐르고 있었다. 레일을 넘어가는 기차 바퀴처럼 시간은 순간을 밀어내고 있었다. 감아놓은 태엽이 풀리어나가듯, 눈금 하나하나가 사라져가듯, 권태스런 일상이, 세월이……. 영광은 한숨을 삼킨다. 얼마나 시간이 지나갔을까?

"불 좀 켜봐요."

영광의 목소리가 울렸다. 부용은 휘청거리듯 일어서서 전등을 켰다. 영광은 시계를 들여다본다. 순간 부용의 얼굴에는 말할 수 없이 쓸쓸한 그늘이 지나갔다. 삶의 허망함, 아무것

도 가질 수 없는 마지막까지 혼자 떠나야 하는 사람의 운명
에, 한순간 불꽃 같은 환상은 대체 무엇인가. 그것은 상실감
을 더했을 뿐이다.

"아직, 통행금지가 해제되려면 한참 있어야 할 거예요."

"……"

"좀 기다렸다 가셔야 할 거예요."

"물 좀 주겠소?"

"예."

따뜻하게 데운 보리차를 부용이 가져왔을 때 이부자리는
아랫목에 밀어붙여 놨고 영광은 바지랑 윗도리를 다 챙겨입
고 떠날 사람같이 앉아 있었다.

"드세요."

물그릇을 내민다.

"음."

물그릇을 받아 바닥이 나게 다 마신 영광은 천천히 담배를
찾아서 붙여 문다. 부용이 재떨이를 내밀었다. 그리고 타인같
이 나그네같이 떠나게 될 사내의 얼굴을 덤덤히 바라본다.

"정말 다리는 괜찮은 거예요?"

"괜찮소."

"날씨가 추워서 그런가요?"

"그런 모양이오."

건성으로 대꾸하며 피어오르는 담배 연기 사이로 흐려지기

도 하는 부용을 바라본다.

"부용 씨는."

"그 씨는 좀 빼줄 수 없나요?"

"……."

"정말 인색하네요. 좀 가슴이 넓어도 되는데, 발가벗고서 격식 차려 인사하는 것 같네요."

부용의 말은 신랄했다. 영광의 얼굴에는 아무런 동요가 없었다. 그러나 순순히 어투는 바꾸었다.

"부용이는 이 바닥을 왜 떠나지 않고 있지?"

"갈 곳이 있어야 떠나지요."

"이곳이 좋아서 그런 거는 아니구?"

"정도 들었겠지요."

"그럼 앞으로도 안 떠날 거요?"

"그냥 있는 거지요 뭐. 떠난다, 안 떠난다, 그런 생각 해본 적이 없어요."

"음…… 부용이는 어디서 왔지?"

"그건 물어서 뭣 하시게요?"

"하긴 그래."

아까 영광이 잠들었을 때 부용도 마음속으로 뇌어본 말이 었다. 도대체 이 남자는 어디서 왔을까 하고.

"나일성 씨는 어디서 왔지요?"

역습하듯 부용이 물었다.

"그런 것 물어서 뭣 하게?"

부용과 같은 대답을 하고 나서 영광은 픽 웃었다. 부용도 피시시 웃었다.

"어디로 멀리 가볼 생각 없어?"

"어디루요? 시베리아? 사하라사막?"

"만주 같은 곳에."

"그건 또 왜 그러지요?"

커다란 눈동자에 의혹이 잔뜩 실린다.

"별 이유는 없고 내년, 북지 위문공연 때, 나 만주에서 떨어질까 싶어서."

"그럼 저더러 동행하자 그 말씀인가요?"

"굳이 그렇다는 건 아니지만."

영광의 얼굴에 막연해하는 빛이 떠돌았다.

"그때는 애인과 함께 가야지요."

"……?"

"양현이가 누구예요?"

"뭐라구!"

얼굴빛이 확 변한다.

"꿈속에서 부르던 이름이지 않아요? 그런 곳엔 사랑하는 사람과 함께 가야 하는 거 아닐까요?"

"아인걸……."

"네? 나일성 씨한테 아이가 있었어요?"

부용이 깜짝 놀란다.

"내 아이는 아니지만 어려. 아주 어려."

하다가 영광은 소리를 내어 웃었다. 왜 웃는지 부용이도 몰랐고 영광이 자신도 알 수 없는, 흐느끼듯 웃었다. 연신 웃으며 영광은 일어섰다. 겨우 웃음을 멈추며,

"나 이 층에 가 있겠어. 외투도 거기 있구."

하고 말했다.

"그럭허세요. 해장국 끓여 갈게요."

영광은 이 층으로 올라왔다. 방 안이 썰렁했다. 곯아떨어진 줄만 알았던 유인배가,

"신방 잘 치르었소?"

하고 말을 걸었다. 그는 책상 위에 담요를 쓰고 앉아 있었다.

"아니! 여태 안 주무셨습니까?"

"조금 전에, 추워서 잠이 깼어요. 지금 난로에다 불을 피우느냐 마느냐 생각 중이오."

"따뜻한 방에서 잔 죄로 제가 피우지요."

영광은 신문지를 모아서 꾸겨가며 난로에 넣고 난롯가에 굴러 있는 나무토막도 던져넣고 불을 피운다. 나무토막에 불이 옮겨 붙는 것을 보고 석탄을 몇 삽 퍼 넣는다.

"부용 씨가 해장국 끓여 온다 했으니 춥더라도 좀 참으시오."

영광은 벗어놨던 외투를 걸치며 책상 위로 올라가지는 않고 걸터앉는다.

"어젯밤에는 될 소리 안 될 소리 많이 지껄였지요?"

유인배가 좀 미안하다는 듯 말했다.

"될 소리 안 될 소리는 아니었지만 유선배한테도 감상이 남아 있더군요."

"감상이라구요? 하하핫 하핫…… 핫, 나 원래가 그래요. 해서 용이 못 되고 이무기가 된 거지."

"아무나가 용이 되겠습니까? 용이 된들 뭘 합니까."

"그래요. 옳은 말이오. 따뜻한 방에서 잔 나일성 씨나 밤새 꽁꽁 언 이 유인배나 다 같이 아침을 기다리고 있으니 말이오. 그나저나 다리는 좀 어떻소? 괜찮소?"

"많이 가벼워졌습니다. 찜질한 덕분에 걸을 만합니다."

"그렇군. 역시 일기가 차면 통증이 도지는 모양이지요?"

"……?"

"누구한테선가 들었어요. 나일성 씨 다리는 후천적으로 그리됐다는 얘길."

"자업자득이지요. 죽었든가, 이리되지 말아야 했든가."

드물게 영광은 마음을 열어주듯 말했다. 그것을 느낀 듯 유인배는 형님이나 된 듯 자상하게,

"그래도 죽는 것보담이야 사는 게 낫지. 인생은 사는 데 뜻이 있는 거요. 부귀영화야말로 헛된 꿈이오."

"실패한 사람의 자기 위안 아닌가요?"

"나는 가끔 거지가 부러울 때가 있소. 그들은 자유인이니까."

"정말 자유인일까요?"

"아암, 자유인이지요. 그들에게는 집착할 집도 없고 가족도 없고 한 끼 걱정만 하면 되니까."

"그것은 유선배가 그런 처지에 있어보지 않았기 때문에 하시는 말씀이지요. 본인들은 결코 자유인이라 생각지 않을 겁니다. 간혹 그런 사람이 있을지 모르지만."

"아아 아니지. 의식하지 않는다고 해서 여건이 달라지는 것은 아니지 않소. 그들은 가진 자보다는 많은 자유를 누리고 있어요. 무형유형으로 가진 것이 많으면 많을수록 자유는 저당 잡히게 마련이니까, 내 얘기가 틀렸단 말인가요?"

"그래도 모든 사람은 유형무형 많은 것을 가지기를 원하지 않습니까."

"그러니까 인간들은 미망(迷妄)에 빠져서 고통스러워하지."

"하면은 유선배께서 목하, 연습을 하고 계시다 그 말입니까? 담요 쓰고 추운 방에서."

"나는 틀렸어요. 그게 안 되거든. 최후의 줄을 놓아버릴 용기가 없어요."

"오늘 저녁에는 집으로 돌아가십시오."

"집으로……."

"부인께서 기다리고 계실 겁니다."

유인배도 그 생각을 했던지,

"못난 여편네."

하고 중얼거렸다.

영광은 부용이가 끓여 온 해장국을 유인배와 함께 먹고 통금이 해제된 거리에 나왔다. 사방은 어두웠다. 도시는 아직 잠에서 깨어나 있지 않은 것 같았고 환하게 전등을 밝히고 종을 땡땡 치며 지나가는 전차 안에도 승객은 거의 없었다. 담배를 꺼내어 물고 바람을 막으며 담뱃불을 붙이는데 그 순간, 갑자기 가슴에다가 불을 댕기기라도 한 듯 환국에 대한 그리움이 영광의 마음에 치솟았다. 그를 만나지 못한 지가 벌써 석 달 가까이나 되었던 것이다.

'그도 지금 힘들 거야.'

걸음을 옮긴다. 아픈 다리가 거뜬하고 가벼워진 것은 아니었지만 걸을 만은 했다. 그러나 한겨울의 새벽바람보다 영광의 가슴을 매섭게 에는 것은 외로움이었다.

전차를 타고, 쓸어놓은 듯 사람 없는 거리, 헐벗은 가로수, 굳게 문을 닫은 건물들을 내다본다. 그러나 영광의 마음속의 풍경은 그 끝없는 염전, 끝 간 데 없이 이어졌을 바다를 아득한 곳에 둔 그 염전 풍경이었다.

돈암동 종점에서 영광은 내렸다. 거리는 연옥색 안개에 묻혀 있었다. 그 안개 속에 오가는 사람이 더러 있었다. 자전거를 타고 가는 청년도 눈에 띄었다.

'환국이한테 가볼까?'

이미 혜화동을 지나왔는데 영광은 중얼거렸다. 만나러 갈 수 없었다. 그와의 우정이 끝났다는 생각은 하지 않았으나 스스럼없이 찾아갈 수 없었다. 왜 하필 이런 아침에 그가 보고 싶고 만나고 싶은가. 영광은 그 생각을 하며 골목을 지나서 집 앞에 이르렀다.

"어머니."

낮은 목소리로 부르며 살그머니 대문을 흔든다. 그 순간 방문 여는 소리, 발짝 소리, 대문의 빗장 푸는 소리, 영선네가 얼굴을 내밀었다. 손목에는 염주를 걸고 있었다. 옷매무새는 단정했고, 그는 대문 흔드는 소리에만 귀를 기울이고 있었던 것 같았다.

"안 주무시고 계셨어요?"

순한 양과 같이 심약해진 것 같은 영광의 모습을 유심히 쳐다보던 영선네는,

"아니다, 좀 일찍 일어났다."

대답을 하면서도 얼굴을 피하는 영광을 계속해 쳐다본다. 집 안으로 들어간 영광은 자기 거처방으로 곧장 들어갔고 영선네는 우두커니 마루에 선 채 거부하는 것과도 같이 닫혀진 아들 방의 방문을 멍하니 바라보다가 염주를 팔에서 벗겨 안방에 놔두고 부엌으로 내려간다.

자랄 때부터 그랬었다. 영광은 아들이기보다 어렵고 힘들었으며 두려운 존재였다. 어렵고 두려웠다는 것은, 그것은 숭배하는 마음이기도 했다. 그 감정은 맹목적이며 신앙에 가까

운 것이었다. 영선이나 막내 영구는 여느 어머니와 마찬가지로 영선네에게는 그냥 딸이며 아들이었으나 영광은 그렇지 않았다. 부산에 있을 때, 혜숙의 어머니가 쳐들어와서 백정의 자식이 어찌 감히 남의 집 귀한 딸자식을 넘보느냐, 하며 갖은 수모를 가하고 떠났을 때, 영선네는 내 잘난 아들! 하며 울었다. 영선네의 그 숭배감 속에는 깊은 죄의식이 있었다. 백정의 피를 물려준 죄의식이었다. 그것은 결코 영선네 자신의 잘못은 아니었으며 그 또한 피해자였건만 그것을 운명적인 것으로는 생각지 않고 오로지 자기 탓으로만 치부하는 영선네였다. 좌절하는 아들을 볼 때마다, 진주에서 농청과 형평사운동이 크게 충돌했을 무렵, 학부형들 압력에 못 이겨 영광이 보통학교에서 쫓겨났고 그길로 부산으로 가게 되었을 때도 그랬었고 중학교에서도 연애편지 정도면 근신이나 정학 정도로 그칠 일이었는데 혜숙이 집에서의 강경한 항의로 학교를 떠나지 않으면 안 되었을 때 영선네는 세상에서 숨어 사는 것만으로는 안 되고 잘난 내 아들을 위하여 아주 이 세상에서 사라져야 한다는 생각을 했다. 절에 다니면서 열렬하게 부처님한테 귀의하지 않았던들, 영선네는 죽었을는지도 모른다.

"어머니 무슨 죄졌습니까? 우리가 남한테 무슨 몹쓸 짓이라도 했습니까? 왜 세상을 그렇게 두려워하십니까. 제발 그러지 마십시오."

언젠가 영광은 그런 말을 했다.

"기운 좀 내십시오. 화도 내고 악도 쓰고 남들같이 좀 그래 보십시오. 장바닥에서 생선 파는 아지매같이 시비도 걸고 억지도 쓰고, 왜 그리 노상 움츠리고만 계십니까."

그런 말도 했다.

'자아가 전과 같지 않다. 어디 몸이 아픈 거는 아닐까?'

영선네는 쌀을 일면서 마음속으로 중얼거렸다. 아닌 게 아니라 영광은 요즈막에 와서 많이 수척해졌다.

방에서 나오는 기척이 있었다. 영광은 수돗가에 가서 냉수로 얼굴을 씻는 모양이었다. 영선네는 바가지로 솥의 더운물을 얼른 펐으나 들고 나가지를 못한다. 청하지도 않았지만 이미 영광은 세수를 끝낸 듯 들고 나온 수건으로 얼굴을 닦으며 제 방으로 들어가고 말았다. 밥을 안쳐놓고 부뚜막에 걸터앉아 파를 다듬으며 영선네는 또 마음속으로 중얼거린다.

'아무래도 몸이 성찮은갑다.'

영선네 눈에 비친 영광은 늘 어딘지 모르게 거친 바위같이 거세었다. 그런가 하면 얼음장같이 냉엄하고 도통 무슨 생각을 하고 있는지 알 수 없었다. 아무것도 받아들이지 않으려는 독불장군, 부모나 형제에게도 마음을 열려 하지 않았다. 원체 영선네도 말이 없는 사람이지만 거의 한 번도 모자간에 속마음 얘기를 해본 적이 없었다. 한데 영선네는 그런 것을 섭섭하게 생각하지 않았다. 그러한 남을 불편하게 하는 성품을 영선네는 대단히 존엄스런 것으로 생각했다. 꼬리표를 달고 다니든 간에 아들을 부도덕하다 생각한 일이 없었고 악극단에서 나팔인가 피리를 분다 해서 퇴폐한 인간으로 보지 않았다. 집을 뛰쳐나갔고 수년을 소식 한 장 없이 지냈다 하여 불효막심한 자식으로도 생각하지 않았다. 여학생하고 편지질을 했다고 해서, 동경서 부모의 허락도 없이 여자와 동서 생활을 했다고 해서, 대학에 진학하라는 최참판댁 제의를 마다하고 딴따라 패거리를 따라다닌다 해서, 불량배같이 일본인과 쌈질을 하며 몸을 망가뜨렸다 해서, 그러한 일들이 아들에 대한 판단을 좌우하지는 않았다. 어떤 경우에도 그럴 만한 정당한 이유가 있을 것으로 영선네는 믿고 있었다. 아들이 천박하고 비천하지 않다는 것을 믿은 것이다. 그에게는 언제나 범치 못할 힘을 가진 존엄한 존재로 아들이 눈에 비쳤던 것이다. 그랬는데 근래에 와서 그런 아들의 모습이 달라져 보이기 시작했던 것이다. 어디가 아픈지 모른다는 생각은 다만 육체적인 데 대한 기우만은 아니었던 것이다.

영선네가 조반상을 들고 들어갔을 때 영광은 이불 위에 엎드려져 있었다. 잠든 것은 아니었고, 그는 밥상이 놓이기 전에 일어나 앉았다.

"어젯밤에 술을 마셨냐?"

"네."

하고는 모자간에 달리 할 말이 없었다. 영선네가 일어서 나가려 하자,

"어머니."

하고 영광이 불렀다.

"일전에 부산에서 뭘 가져왔다 하셨는데 그게 무슨 얘기지요?"

"내 말하지 않았던가?"

"말씀하신 것 같은데 무심히 들은 것 같습니다."

"그러니까 우리가 만주로 떠나기 전에 이웃 간에 허물없이 지낸 사람한테 살림 부시레기를 다 주고 갔지. 하도 급히 떠나는 바람에 팔고 어쩌고 할 새도 없었네라. 그때 너 책도 그 집으로 옮겨놨제. 그것만은 좀 보관을 해두었다가 찾을 때 내달라고 했다."

"그걸 가져왔다 그 말씀입니까."

"음, 다 가져올 수는 없고 조금 가져왔다."

"그거 어디 있습니까?"

"골방에 있는데 가져다줄까?"

"아닙니다. 제가 가져오지요."

"그래 그라믄 그래라. 부산 그 집에 남아 있는 책도 수을찮다. 오면 가면 찾아다 놓을 작정이다."

영광은 아무 말도 하지 않고 국에 밥을 말아 먹는다.

'도대체 그 책들이 내게 무슨 필요가 있지?'

"그 책들은 할아부지가 장만해주신 거나 다름이 없제. 그래서 버릴 수가 없었다. 네가 보든 안 보든."

"잘하셨습니다."

하고 영광은 수저를 놨다.

"어째 그것밖에 안 먹노?"

그 정도의 말도 생략하고 사는 것이 이들 모자의 일상이었지만 영선네는 책 애기가 나온 김에 뭔지 모르지만 영광의 입에서 다른 말이 나올 것 같기도 하여 말을 이었던 것이다.

"해장국을 먹고 왔습니다……. 할아부지가, 그렇지요. 내 책은 모두 할아부지 쌈짓돈으로 산 거니까요."

영광은 쓸쓸하게 웃었다. 영선네는 그 쓸쓸한 웃음도 아들에게서 처음 본다는 생각을 했다. 나이 들어 그렇다고 생각을 해야 할지, 영광에게 큰 변화가 오고 있다고 생각을 해야 할지 영선네는 어떤 분명치 않은 예감에 쫓기듯 밥상을 들고 부엌으로 나왔다. 그리고 숭늉을 떠서 아들 방으로 다시 들어갔다.

"어머니."

"와."

"지가 참 불효막심한 놈이지요?"

"멋 땀시 그런 말을 하노."

"지도 사람의 자식이니까요."

"쾌깡시럽게 와 그런 말을 할꼬? 숭늉이나 마시라."

영선네는 그릇을 내민다. 그걸 받아 한 모금 마시고 방바닥에 그릇을 놓은 영광은,

"여태 할아버지를 까맣게 잊고 있었습니다."

"생각하믄 머하노. 눈 한분 감으믄 그만이제."

"어머니도 생각 안 하십니까?"

"나야…… 생각하지. 생각한다."

"저한테는 할아버지가 아버지 같았지요."

"그런 소리 마라. 니 아부지 맘 니는 모린다. 니 아부지도 나 겉은 사람 만내서, 하시지 않아도 될 고생을 하싰다."

순간 영선네 눈에 눈물이 가득 고인다.

영선네의 눈물은 영광을 당황하게 했다. 그러나 영광이 이상으로 당황한 것은 정작 영선네였다. 그 자신은 전혀 예기치 못한 눈물이었고 수습하기에도 매우 난감했던 것이다.

"제가 뭐, 아버지를 비난해서 한 말은 아니었습니다."

"아, 안다."

하더니 영선네는 도망치듯 급히 방에서 나갔다. 한참 후 영선네는 낑낑대며 보따리 두 개를 영광의 방에다 옮기는 것이었다. 지난 초가을, 갑자기 영광이 내려가라 해서 통영 영선의 집에 다녀오던 길, 우연히 들른 옛날 이웃집에서 미리 작심했던 것도 아니었는데 영선네는 책 보따리 두 개를 들고 왔던 것이다.

"어머니."

"……."

"좀 앉아보시지요."

"바쁜데…… 설거지,"

하다 말고 영선네는 무안 타는 아이같이 표정이 어설퍼진다.

"우리 옛날 일은 다 잊고 삽시다."

뜻밖의 말에 영선네는 놀라기도 하고 어리둥절하기도 한
다.

"제가 우리 가족한테 무슨 원망이 있었겠습니까. 원망은 아
버지가…… 저를 원망 많이 하셨을 것입니다."

"부모가 자식을 우예 원망하겠노. 아이다."

"철이 늦게 들어서."

영광의 얼굴도 무안을 타는 아이 같았다. 어머니를 눈부셔
하는 것 같았다.

'니가 잘난 탓이제. 니 외할아부지 말씸대로 아무렇게나 생
기났으믄 대대로 짝을 만나서 자식 낳고 안 살았겄나. 내가
무신 벵이 도져서 책을 가지왔는지 모리겄다. 그렇기 책을 많
이 읽고 노심초사 안 했이믄 세상을 그러려니 함서 살았일 긴
데…….'

"어머니."

"와."

"저는, 그렇지만 아버지처럼 살지는 않을 겁니다. 저는요,
내 가족들하고 양지바른 곳에서 살고 싶습니다."

"아부지가 어때서? 다 우리 살게 해놓고 가싰다. 니 아부지
겉은 사램이 어디 있어서? 마음으로는 자게 식구들이 은금보
화였제. 어이서 우떻기 돌아가싰는지 흔적도 모리는 부모, 우

짜다가 나 겉은 거를 만내서 생기난 너거들, 그기이 다 니 아부지 가심에 맺힌 한인기라. 그 한이 없었다믄 멋 땀시 찬 서리 맞아감서 그리 살았겄노."

"압니다. 알지요. 그러나 저는 그 한을 버릴랍니다."

"한이 어디 안 가지겠다 해서 안 가지지는 기가? 또 한이 없는 사람이 어디 있을 기고. 니가 그런 말을 한께……. 아까 가족들하고 살겠다 했제?"

"……."

"그렇다믄 장개부터 들어라. 부모 형제사 떠나는 사람 아니가."

"차차, 차차 갈 때가 되면 가야겠지요."

주저앉듯 하는 말에 영선네는 오히려 자신이 지나쳐 왔다는 생각을 했는지 엉거주춤 일어서려는 몸짓을 했다.

"하기사 니가 그러이 내가 무신 말을 또 하겄노."

숭늉 그릇을 들고 영선네는 허둥지둥 나갔다. 그리고 부엌에서 달그락거리는 소리가 들려왔다.

영광은 팔을 뻗어 보따리 하나를 끌어당겼다. 보자기의 매듭을 풀었을 때 가지런히 쌓아올린 책이 나타났다. 맨 위에 올려져 있는 것은 사륙반절(四六半切)보다, 그러니까 문고판보다 약간 컸는데 앙증스럽고 예쁜 책 두 권이었다. 들어보니까 제법 묵직하게 느껴진다. 양장본이었기 때문이다. 짙푸른 하늘색에 박혀 있는 것은 금을 입힌 활자였다. 지난밤 부용이가 입고 있던 바로 그 재킷의 빛깔과 흡사하다. 정말 손 위에 올려 놓고 굴려보고 싶게 앙증스럽고 귀여운 책이다. 그것은 쓰보우치 쇼요[坪內逍遙]가 번역한 셰익스피어 전집 중의 두 권이었다. 한 권 한 권 들어내어 본다. 세계문학전집 중의 『불란서 근대 희곡집』이 있었고 뜻하지 않게 『영시개론』이 있었다. 금서인 히틀러의 『나의 투쟁』, 구와바라 다케오[桑原武夫]가 번역한 아랑의 예술론집, 육백 페이지에 가까운 두꺼운 책도 있었다.

'......?'

아무래도 그것은 자기 책이 아닌 것 같았다. 책 뒷면을 들쳐보니 소화(昭和) 16년 5월 발행이다. 분명하게 그것은 자기 책이 아니었다. 불과 삼사 년 전에 나온 책인데 어째 그것이 이 속에 들어 있는지 영광은 도무지 알 수가 없었다. 그러나 그 의문은 의문인 채 밀어놓고, 영광은 신기했다. 시간이 마치 뒤로 돌아가고 있는 것을 느낀다. 책 한 권 한 권을 사서 모으던 그 시절의 희열이 회상되었다. 할아버지 쌈지 속에서 나오던 꼬깃꼬깃 접은 일 원짜리, 때론 오 원짜리 지폐, 오십 전 십 전짜리 주화가 눈앞에 떠올랐다. 그리고 영광은 그 책들 중에서 노트 한 권을 들어내었다. 그것은 자기 자신의 시, 습작노트였던 것이다. 영광의 머릿속에 떠오른 것은, 선명하게 떠오른 것은 그 시절의 오기가 오늘까지 자신을 지탱하고 있었다는 깨달음이었다.

4장 만 리(萬里) 길을 오가며

오가타의 누님 유키코는 딸의 몸 풀 날이 얼마 안 남았다면서 아주 가늘고 흰 털실로 갓난아기 양말을 짜고 있었다. 본시부터 다소 겉늙어 보이는 편이었지만 오십을 넘고 또 서넛을 더 먹은 유키코는 아주 늙은 여자로 보였다. 흰머리는 별로 눈에 띄지 않았지만 얼굴은 주름투성이었다. 그럼에도 불구하고 깨끗해 보였으며 교양의 흔적이 남아 있었다. 아이 넷을 기르고 사업하는 남편, 그에게는 늘 근심 걱정이 많았다. 오가타는 그러한 누님 모습에 마음이 아팠다.

"태어나도 기뻐해줄 아비가 있나. 이런 전시, 세상에 나오는 아이가 너무나 가여워."

손가락에 실을 감으며 유키코는 혼잣말같이 뇌었다. 사위가 얼마 전에 전선으로 나갔고, 사위뿐인가, 두 아들도 출정했으며 그중 둘째가 이미 전사를 했다. 간신히 장남 시게루[繁]만은 경찰 간부로서 근무지 경도(京都)에서 살고 있었다.

하녀가 차를 달여왔다. 유키코는 하던 일을 밀어놓고 동생에게 들라고 권했다. 오가타는 차를 마시면서,

"참 조용하군."

하고 말했다.

"무서울 만큼."

유키코의 말이었다.

"집이 너무 커요."

"그렇지?"

유키코는 고개를 끄덕이며 말했다. 대가족이었던 집안이 졸지 간에 황혼기에 들어선 부부와 하녀 한 사람, 세 식구가 남게 되었던 것이다. 남편 요시에 에이사쿠[吉江榮作]는 강한 통제 속에서, 그러나 아직은 현역으로 사업을 끌어나가고 있었다.

"소개령(疏開令)이 내렸으니까 어떻게 해야겠지만 도통 궁리가 나지 않아."

"갈 곳은 생각해두었어요?"

"그게 글쎄…… 북해도 쪽에 있긴 있지만 나 혼자 가서 뭘 하겠니?"

"시게루는 어떻게 한다던가요?"

"그쪽은 아이들이 있으니까, 가게 된다면 친정 쪽과 합류할 모양이더군."

"참 큰일이군요."

"난 차라리 여기서 죽고 싶어."

"……."

"자식들 다 잃고 살아남아 뭘 하겠니. 살아남는다는 건 수치야."

"아직은 그리 급박하지 않으니까 너무 극단적인 생각은 마십시오."

"소개령은 뭘 의미하는 거니? 폭격에 대비하는 거 아니면 본토를 격전장으로 삼을 의도 아니겠어?"

"그건 그렇지요."

"만주는 어떠니?"

"만주……. 그걸 어떻게 알겠어요? 미군의 본토상륙이 먼저가 될지 그건 모르지요. 대개는 비슷하겠지만 안전한 곳은 없어요. 아직은 사이판도(島)가 견디고 있으니까."

"그래도 희망은 없어."

한동안 침묵이 흐른다. 식어버린 차를 마신다.

"지에코상 소식은 들었겠지?"

뜨개질하던 것을 들면서 유키코는 말을 이었다.

"네, 오래전에요."

"최근 소식은 모르겠구나."

"그렇지요."

"신코아주머니랑 함께 살아."

"……."

"신코아주머니는 여전히 젊으시고 아름다워. 어머니와 딸이 다 홀로되어, 하기야 뭐 그 집뿐이겠니?"

"큰아버지는 암으로 돌아가셨다면요?"

"응, 췌장암인데 돌아가실 때는 참 비참했어."

"그 양반, 군인 기질이 아니었는데."

"그래. 깐깐하시고 내성적이며 사실은 굉장히 섬세하셨지.

호방한 아버지하고는 전혀 딴판이었다."

"지금 살아 계셨다 하더라도 괴로웠을 겁니다."

"그랬을 거야. 이나카 사무라이가 판을 치는 세상 아니니?"

"언제는 안 그랬습니까?"

"그래두……."

"전에는 창만 찌르면 고기가 잡혔으니까 뽐낼 만도 했지요. 지금은 도끼 든 사람하고 맞대거리를 하자니 본색이 나올밖에요. 사실 그동안 잠자는 사람들 걷어차고 빼앗은 거지."

"글쎄……. 아무튼 그동안 들떠 있던 국민들, 이제사 우리가 어디쯤 와 있는가 깨닫기 시작했지. 그러나 나가서 죽어주는 것 이외 무슨 수가 있겠니? 진작부터 그런 생각을 했던 너, 그런 점에서 나는 너를 존경한다."

"존경이라니요."

오가타는 씁쓸하게 웃었다.

"지에코상 한번 찾아보지 않겠니?"

"글쎄요."

"위로도 하고."

"그렇게 하는 것이 오히려 지에코를 슬프게 할 것 같아서, 모르는 체 내버려두는 것이 좋지 않겠어요?"

"그럴까? 이런 시국에 묻는다는 자체가 어설프기는 하지만 너 결혼 안 한 거지? 했니?"

"했다고 생각하십시오."

"그럼 했구나."

"……."

"하기는 부모님 다 돌아가시고, 형제가 뭐라 하겠니. 나이도 오십을 바라보는 마당에."

유키코는 한숨을 내쉬었다.

"형님은 언제 오시지요?"

"오늘은 좀 일찍 올 게다. 연일 회의다 뭐다 하고 늦었지만."

"사업형편은 어떻습니까?"

"사업이라니? 참, 그 말만 하면 난 골치가 아파. 국책공장의 감독이다, 감독. 자세한 거는 형님 오거든 물어봐."

유키코는 눈살을 찌푸렸다.

"이게 어디 사는 거니? 딸애들은 모두 정신대로 공장에 나가야 하구, 주부는 주부대로 방위대에 편입이 되어서 죽창(竹槍)훈련까지 받으니, 그러니까 우치지니하는 준비를 하라는 얘기 아니겠어? 관공서, 학교, 회사는 말할 것도 없고 남자는 모조리 군대 아니면 징용이야. 이 전시라는 비상조치에서 빠져나갈 사람은 대일본제국에는 단 한 사람도 없어."

"조선인들 징용에 비하면 일본인들 징용은 천국입니다. 조선인 노동자는 사람도 짐승도 아닌 기계지요. 일본은 언젠가 벌을 받을 것입니다."

"그 얘기는 나도 들었다. 몹쓸 사람들……. 조선여성들 정신대 얘기도 들었어."

"도시락 싸들고 공장으로 일하러 나가는 젊은 여자들, 그들이 불만에 차서 못 견디겠다, 못 견디겠다 하고 있을 때 전선에서는 마구 무차별로 끌고 온 조선 처녀들이 하루에도 수십 명, 심할 때는 오십 명 이상의 군인 놈들을 받아내고 있었습니다."

유키코 얼굴에 피가 모여들었다. 수치와 분노였다.

"나는 내 자신이 일본인이라는 데 대하여 세 번 절망하고 증오했습니다."

"……."

"한번은 남경학살사건이었고 두 번째는 조선의 처녀들, 그 더러운 짐승들의 지옥 같은 형상을 생각할 때였습니다."

오가타는 세 번째 절망과 증오에 대해서는 말하지 않는다. 그것은 중국인들의 목을 잘라서 그것을 배추같이 무더기로 쌓아올려 놓고, 죽인 중국인 남근(男根)을 베어 목이 잘린 그 입에다가 마치 시가처럼 물려놓고 무공을 자랑하기 위하여 그 앞에서 사진을 찍어 가족에게 보냈다는 얘기다. 누이였지만 그도 여성이라 오가타는 차마 입 밖에 내어 말할 수가 없었던 것이다.

유키코는 수치와 분노를 삭이느라 애를 쓰는 것 같았다. 기계적으로 실을 바늘에 감으면서 갓난아기 양말 짜는 데만 열중하려고 애를 쓰는 것 같았다. 흰 실뭉치는 구르다간 멎곤 했다. 전등이 들어왔다. 유키코는 한숨을 쉬며 오가타를 힐끗 쳐다본다. 그러고 나서 앞에 한 말들을 털어내기라도 하듯 화제를 돌렸는데 그것은 어쩔 수 없이 김빠진 얘기가 아닐 수 없었다.

"사과 궤짝에 토마토 당근 같은 것 심어 먹고, 식량난에 허덕이면서 국민들은 궁핍한 생활을 이어나가는데 총리 그 사람은 도시 어떻게 되어먹었는지, 그렇게도 할 일이 없는지 글쎄 남의 가정집 주방이나 기웃거리고 쓰레기통을 뒤져보질 않나."

"정말 그랬답니까?"

"그래. 기가 막혀서. 정말 상식 이하도 이만저만이야? 뭐야? 쌀알 하나 하수구에 버렸나 안 버렸나 그거 감시하자는 게야 뭐야. 명색이 재상인데 그런 짓거리를 하고 다녀? 일의 선후도 모르는 사람이 나라 중책을 맡았으니 승산 없는 전쟁을 시작했지. 미드웨이해전의 참패를 감추기 위하여 항공모함 네 척을 잃고도 한 척 침몰했다, 그따위로 국민을 속이면서, 정말 말도 안 돼."

총리대신 도조가 틈을 내어 시민들 주방을 살펴보고 쓰레기통을 들여다보고 다닌 것은 사실이며 그 일 때문에 비웃음을 산 것도 사실이다. 그러나 차츰 흥분하기 시작하는 유키코의 태도도 다분히 신경질이었다.

"그만큼 자상하니, 뭐가 나쁘지요?"

비꼬듯, 흥분하는 유키코를 놀려주듯 오가타가 말했다.

"그 사람이 물러나야 한다는 것은 시국을 다소 아는 사람들의 일치된 의견이야. 모두 쉬쉬하기는 하지만. 소문에 의하면 신문기사의 사소한 잘못, 그러니까 비판적 색채겠지, 그것 때문에 기자들 모가지가 짤리고 아카가미를 발부하여 전선으로 보낸다지 않아."

"누님 그 방면의 소식이 밝군요."

"반전론자를 국적(國賊)으로 규정하고 매도하며 성토하던 국민들은 지금 무슨 생각을 할까? 난 그것이 궁금해."

좀처럼 그러지 않았던 사람이, 오가타는 그러한 누님의 흥분된 모습을 거의 본 일이 없었다. 아이들 키우고 가정을 말없이 지키는 전형적인 현모양처였던 유키코, 그러나 그에게 남다른 점이 있었다면 대단한 독서가였다는 것인데, 해서 옛날부터 집안에서는 유일하게 오가타를 이해해주었고 서로 말이 통하기도 했다. 남편 요시에조차 온순한 아내의 박식을 존중했으며 때로는 그에게 자문을 구하는 일도 있었다.

유키코가 존경하는 사람 중에는 고토쿠 슈스이[幸德秋水]와 오스기 사카에[大杉榮]가 있었다. 사회주의나 무정부주의, 그런 이데올로기에 공명한 것은 결코 아니었지만, 사회주의자였던 한 사람은 노일전쟁 당시 반전론을 펴다가 사회의 지탄과 정부의 탄압을 받았으며 결국에는 형장의 이슬로 사라졌고 또 다른 한 사람은 아나키스트로서 관동진재 때 헌병 대위 아마카스 마사히코[甘粕正彦]에게 살해되어 아내, 조카와 함께 우물에 던져져서 생을 마쳤는데 유키코는 비극적인 그들 생애에 대하여 끝없이 동정했고 신념에 살다 간 그들 강렬한 영혼에 대단한 숭배감을 나타내었던 것이다. 아무튼 유키코는 대단한 식견을 가진 여자였다.

물론 아들 하나를 잃었고 또 아들과 사위를 전선에 보낸 어머니로서의 근심과 분노가 없지는 않았겠으나 일본 정부, 특히 군부와 일본 국민을 보는 그의 시각이 부당했던 것은 아니었다. 다만 그의 신경질적인 표현 속에는 암담한 미래에 대한 초조감, 절망감이 있었던 것은 사실이다.

"생필품 구하기가 힘드는데 누님은 용케 그런 털실을 구했군요."

오가타는 자신의 감정도 그랬고 유키코의 흥분도 가라앉힐 겸, 화제를 돌렸다.

"뭐? 어디서 구했느냐구? 지금 동경 바닥에서는 노끈 같은 혼방사도 구하기가 힘들어. 이것은 옛날에 쓰다 남은 것이야."

유키코는 실뭉치를 집어 들고 눌러보면서 말했다. 갓난아기, 갓난아기의 양말, 가느다랗게 이어지는 하얀 털실, 오가타는 삶의 모습이 그 얼마나 가냘픈 것인가를 느낀다. 그리고 아들 쇼지의 모습이 따갑게, 눈앞에 떠올랐다. 마침 유키코의 남편 요시에가 돌아왔다.

"어, 왔구나!"

우울한 표정으로 들어서던 요시에는 처남을 보자 몹시 반가워하며 활짝 웃었다. 두루뭉수리한 동안(童顔)에 몸은 비대한 편이었다.

"왔다는 얘기는 들었지. 그러지 않아도 꼭 한번 만나야겠다고 벼르고 있던 참이야. 잘 왔다."

"건강해 뵈는군요."

"건강? 말도 말어. 죽을 지경이다. 눈치 살이 찐 거지. 여보."

요시에는 아내를 건너다보았다.

"왜 거 배급 받아놓은 술 있지요?"

"저녁은 어쩌고요?"

"저녁 먹으면 술 할 수가 있나, 모처럼 지로가 왔는데. 정말 할 말이 많아. 태산만큼 할 말이 많소."

"여기서 하시겠어요?"

"아니 내 서재에서, 술상은 그리로 갖다주시오. 자아. 서재로 가세나."

요시에는 오가타의 팔을 잡아끌며 서둘렀다.

"성미도 급하십니다. 옷부터 갈아입으셔야지요."

딱하다는 듯 유키코가 말했다.

"앗, 참 그런가?"

요시에는 침실로 들어가서 도테라*로 갈아입고 나왔다.

서재에는 책이 가득 들어차 있었고 집 안에서는 가장 후미진 방이었다. 몇 마디 얘기를 나누고 있는 동안 하녀가 자부다이를 들여다 놓고 갔다. 간빈*에는 따뜻한 일본술이 들어 있었다. 사카즈키에 술을 부어서 두 사내는 말없이 마신다. 아까 몹시 반가워하던 것과는 달리 요시에의 표정은 무겁게 가라앉았다.

"어쩌면 자네하고 술 마시는 것도 오늘 밤이 마지막이 될지도 모르겠다."

"왜 그런 말을 합니까."

"아니야. 우리 솔직해지자고."

"……."

"모두가 꿀 먹은 벙어리야."

활짝 웃었을 때는 양같이 어질어 보이던 요시에의 눈이 칼날처럼 차갑게 빛나고 있었다. 왕년에 수재로 이름을 날렸고 동경대 경제과를 나온 그는 학문의 길로 가려다 말고 실업계에 투신한 만큼 보기와는 달리 매우 예리한 사람이었다.

"언제는 안 그랬습니까? 죽으라면 죽었지 군소리하는 국민이 아니지 않습니까."

"빈정거리지 말고."

"빈정거리나 마나, 꿀 먹은 벙어리가 아니라 하더라도 어쩌겠어요. 잡아볼 지푸라기만 한 기회도 없어진 거 아닙니까."

"내 말은 망하더라도 어떻게 망하느냐 그걸세."

"도조가 있는 한 선택의 여지가 없지요."

"그래, 선택의 여지가 없다. 그는 영웅주의며 히틀러보다 질이 떨어지는 독재자야. 이미 통치권과 통수권은 천황에게 있는 것이 아니며 도조가 쥐고 있어. 헌병과 경찰은 도조의 사병으로서 국민은 물론 정객들, 심지어 중신(重臣)들까지 철저히 감시하고 있고 모모한 사람들은 도청에 전전긍긍하고 있는 실정이다."

두 사람은 천천히 술잔을 비운다.

"소용없는 그깟 일 다 그만두고, 요즘 형님 형편은 어떻습니까?"

"나? 나 말인가? 지금 시국에 내가 어디 있어? 대일본제국 어디에도 누구에게도 나라는 것은 없다."

말하고서 요시에는 헛웃음을 웃었다.

"형님 얘기가 아니고 사업 얘깁니다."

"그게 그거지."

"대강 짐작은 합니다만."

"내 형편 같은 건 말할 필요가 없고 일본의 경제 돌아가는 얘기나 하지. 자네가 짐작하는 대로지만 구제불능이다. 어떻게 생겨먹었는지 도조라는 인간은 기구나 조직을 바꾸는 것이 취미인 모양이야. 만들었다가는 망가뜨리고 만들었다가는 망가뜨리고, 장난감쯤으로 알고 있는지 그게 능산데, 시시각각 뭐가 어떻게 변할지 알 수 없지만 경제기구가 확대되고 통합되어 회사나 공장이 수없이 무너지고 있는 것이 현실이야. 결국 거대한 기구 하나가 국가경영으로 가는 거 아니겠어? 하기야 그 전에 일본은 망하겠지만 말이야. 지난 유월 발표한,

전력증강 기업정비요강에서도 명시되었듯이 제1종 섬유공업과 제3종 일용품공업은 제2종의 항공기 제조공업을 위해 금속류를 회수하고 그 설비, 자재, 인력까지 제2종에 전용하는 것을 골자로 하고 있어. 결국 그렇게 되면 정부는 보다 많은 국채와 공채를 국민한테 강매하게 되고 저축운동도 한층 강화할 거 아니겠어? 결국 국민들은 바늘 한 개도 나무바늘을 만들어서 쓰게 될 것이며 원시생활로 돌아가는 것이 뻔하고 또 국민들 호주머니를 언제까지 털어내겠느냐. 아까도 말했지만 그러기 전에 망하기야 망하겠지. 더 간단하게 얘기하자면 끝없이 끝없이 쇠붙이를 바다에 내다 버리고 나면, 그러고 나면 어쩔 것인가."

"원시인이 되든 뭐가 되든 사람 자체가 전쟁물자 아닙니까. 오히려 가장 요긴한 자원이지요. 인체에서 기름도 짜낼 수 있고."

하다가 두 사내는 서로를 바라보며 한동안 말을 못한다. 마음들이 격해 있기는 했으나 너무 끔찍스런 일이었기 때문이다.

"일본이 망하더라도 사람의 목숨이나마 건지려면 도조를 타도해야 해. 반드시 타도해야 해."

"그러나 현재 그걸 못하고 있지 않습니까."

"그래, 그걸 못하고 있지. 일본인이 용감무쌍하다는 것은 새빨간 거짓말이야. 가장 겁이 많은 사람들, 이러한 통제하에서 꼼짝 못하고 순종하는 민족을 어찌 용감무쌍하다 할 수 있으리. 명령에 복종하는 것은 약한 무리의 특성 아닌가. 명치 이후, 과거에도 그랬지만 혁명이다, 쿠데타다, 수없이 요란했던 그 사건들만 해도 이념에 의한 혁명은 물론이고 핍박받고 억압당하여 일어선 경우는 없었다. 군부를 등에 업은, 즉 강자들의 난동이었지. 칼 쥔 놈들의 짓거리 아니었어? 그것은 천황을 위하고 국가를 위하고, 어떤 미사여구로 꾸며대도 결국은 정권 차원 아니었나 그 말일세. 군부가 정권을 장악하기 위한 싸움이었다. 전쟁은 군부의 승리로써 나타난 현상이지. 그야말로 호골로 자처하는 고로쓰키들, 청렴하다 하는 것들은 융통성 없는 돌대가리들이고 옷초코초이* 재사연하는 것들, 그런 것들의 집단이 군부 아니었나 말이야. 군인정신이란 하부구조를 다지는 수단에 불과한 거고, 술수만 능했지 무식한 것들이 모여서 결국 나라를 말아먹는 거야."

요시에는 신랄했다.

"사실 그들이 싫어하는 게 지식분자지요."

"지식분자라는 것도 그렇지. 어용 아닌 지식분자가 어디 있어?"

"국체가 바뀌지 않는 한, 어용을 면할 수 있겠습니까?"

요시에는 깜짝 놀라며 오가타를 쳐다본다.

"그렇다면?"

"군주가 현인신인 이상 진리 진실의 추구는 불가능한 것 아니겠어요? 역사적으로 항상 남의 것을 모방할 수밖에 없었던 것은 바로 원인이 거기 있지요. 일본이 칼, 무기 말고 해놓은 게 뭐 있습니까? 진리 아닌 것이 대본(大本)으로 되어 있는 이상 군부는 영원히 그 국체라는 것을 떠메고 다닐 겁니다. 형님 생각은 어떠시오?"

"글쎄 그것까지는……."

"기만이지요. 기만을 위해 국민들은 목숨과 충성을 바쳐왔습니다. 군부에서 지식분자를, 그나마 어용인데도 불구하고 싫어하는 이유가 그 때문이 아닐까요?"

"……."

"다 부질없는 얘기지요."

요시에는 침묵을 지키고 있었다. 하녀가 데운 술을 가져왔다. 그리고 절을 하고 나갔다.

"학병제도 실시하게 되었고, 소개명령도 내려졌어."

요시에는 중얼거리듯 말했다.

"사이판도는 풍전등화구요."

오가타 역시 중얼거리듯 말했다.

"사정이 이쯤 됐으면 앞으로 도조는 어떤 곡예를 할까?"

"곡예나 마나 그것도 그럴 여지가 있을 때 얘기지요. 카드는 본토결전 하나밖에 더 있습니까. 화평을 결심하지 않는 한."

"화평이라…… 화평."

중얼거리다가 요시에는 오가타의 얼굴을 멍청히 바라본다.

"자네 같은 사람 입에서도 그런 말이 나오는 걸 보면, 얼마나 일본인들 터무니없는 호기로 일을 그르쳐왔는가, 설명은 충분하다. 화평이라고? 말도 안 되는 소리, 무조건 항복이야, 무조건 항복!"

천황제를 부정하는 오가타의 말에 동조하지 않았던 요시에였으나 화평이라는 말에는, 그 엄청난 허위성에 분노하는 것이었다.

"형님도 딱하시오. 천황제를 부정 못하는 형님 앞에서 무조건 항복이라니, 그 말 할 수 있겠습니까?"

"그렇게 되나?"

두 사람은 동시에 허탈한 듯 웃는다.

"그래 맞다, 맞어. 일본인에게 항복이란 있을 수 없지. 정복, 정벌이라는 그 달콤한 말에 길들어져왔으니까, 정말 일본인들은 모두 죽을 각오가 돼 있는 걸까?"

"천만에요. 다만 죽을 각오를 강요당하고 있을 뿐이지요. 죽음을 강요하는 그 열렬한 분자야말로 마지막까지 살아남으려할 걸요? 국민을 제물로 삼으려는 의도가 뭡니까? 바로 마지막까지 살아남으려는 자들의 본능 아니겠어요? 그 본능 때문에 눈이 어두워 이미 사리판단을 못하고 있어요. 만일 자신들이 죽겠다 한다면 국민은 살릴 수 있겠지요. 군부나 황실이나."

두 사람은 오랫동안 말없이 술을 마신다. 어쨌든 이들은 좋았던 시절에 청소년기를 보낸 사람들이다. 아주 상층은 아니었지만 상층의 하위쯤 될까, 중류의 상위쯤 될까, 침략과 약

탈 덕분에, 저변의 그 많은 생명들이 남의 산하에 뼈를 묻어준 덕분에 누릴 수 있었던 좋은 시절, 그렇다고 본다면 이들 역시 나라의 은공을 부인할 수 없을 것이며 그 숱하게 죽어간 사람들에 대해서도 빚을 지고 있는 셈이다. 이제 죽어야 하는 것은 자기 자신들 아닌가. 미묘한 심리적 딜레마에 빠져들지 않을 수 없었다. 누구를 성토하고 비난할 것인가. 참담한 기분이다. 청일전쟁, 일로전쟁, 한반도 점령, 만주사변에서 중일전쟁, 그리고 미일전쟁에 이르기까지 국민(공범자)의 환호 속에서 분명 나라를 지키기 위한 싸움은 아니었다. 침략을 애국으로 날조하여 국민을 전선으로 전선으로 내몰았던 그들, 침략과 약탈이 목적인 만큼 제아무리 정의라는 허수아비를 내세워도 그것은 범죄자이며 짐승의 본능이며 남경대학살 같은 지옥은 전개되게 마련이었다. 하루에 수십 명의 병사를 받아내야만 했던 정신대의 존재도 필요했을 것이다.

"사이판도만 무너지면 오키나와가 깨질 게고 그런 다음 본토가 될 것인데 제공권을 장악한 미군은 상륙하기 전에 국토를 초토로 만들겠지."

"초토화된 국토에서 노약자 부녀자들은 죽창 들고 대항할 거구요."

"참 만화 같은 얘기야. 포화 속에서 죽창 들고 아녀자들이 뭘 어쩌겠다는 거지? 비장한 것도 정도껏, 안고 적진에 뛰어들 폭탄도 동이 났다는 얘기야? 세계 어느 곳에 이 같은 포악한 일이 있을 수 있겠는가."

"당장 눈앞에 들이닥친 일도 아니니 관둡시다. 혹 누가 압니까? 그때가 되면 가미카제가 와서 도와줄지. 아세아에서 온갖 잔혹한 짓을 도맡아 하면서도 일본은 늘 천우신조에 의지해왔으니 말입니다. 신은 아마도 늘 악마 편에 서는 모양이지요?"

"이건 내가 들은 얘긴데."

요시에는 빈정거리는 오가타 말은 귀담아듣지 않고 술잔을 가만히 내려다보며 말했다.

"아주 얘기가 고약해."

"⋯⋯."

"천황을 만주로 모셔간다는 육군의 계획이 있다는 게야."

"만주로? 그러면 만주로 천도한다 그 말인가요?"

"그렇지."

요시에가 들었다면 그것은 세간에 떠도는 단순한 풍문은 아닐 것이다. 그의 주변이나 친구들 중에는 상당한 요로의 인사들이 있었기 때문이다.

"만주국은 어쩌구요?"

"그거야 관동군들한테는 식은 죽 먹기 아닌가. 명분 따질 겨를이 어디 있어?"

"하기는 있을 법한 일이군요. 만주사변을 저질렀던 무리들도 그 당시, 정부에서 응하지 않는다면 만주에서 저희들이 건국하겠다며 협박한 일도 있었으니까."

"만일에 천황이 응하지 않는다면 다른 황족을 옹립할 가능성도 충분히 있다, 그런 말도 있어."

"……."

"사실 황족이나 중신들 중에는 전쟁을 이 정도로 끝내자, 상당수 그런 생각들 하는 모양이지만 군부가 무서워서 벙어리에다 귀머거리 행세. 죽어도 좋다는 사람이 몇 있어야, 그래야 도조를 들어내도 낼 거 아니냐."

"충분히 상상할 수 있는 일입니다."

"음."

"용감무쌍한 일본인 실상이 바로 그거 아닙니까? 무관 앞에서는 군소리 한번 못하는 문관, 우리 역사가 바로 그거 아니던가요? 영원한 군정."

"작년 시월 임시국회가 열렸을 때 국회의원 나카노[中野正剛]가 할복자살한 사건 자네도 알지?"

"압니다."

"상당히 충격을 받았다. 나하고도 아는 사인데 아까운 인물이야. 문장가에다 그만한 웅변은 드물어."

"하자가 없는 것도 아니지요. 고노에[近衛]시대에는 친군파(親軍派)였잖습니까?"

"몇 가지 잘못은 있었지. 삼국동맹을 추진한 일도 그렇고, 여하튼 그의 죽음은 《아사히[朝日]신문》에,"

"전시 재상론(戰時宰相論) 말이지요? 그건 저도 읽었습니다.

도조에 대한 맹렬한 규탄이더군요."

"아사히신문은 그 일 때문에, 지난 정월이었지? 발금(發禁) 처분을 받았는데 뒤늦게 시월 조언비어(造言飛語)의 죄목으로 나카노는 헌병대에 끌려갔거든. 그러니까 10월 26일 국회가 열리게 됐으니 어쩔 것인가. 국회의원의 억류는 국회의 승인을 받아야 하거든. 하는 수 없이 26일 나카노는 석방이 됐는데 이튿날 배를 가르고 죽었단 말이야. 그런데 그 사건에 대하여 어느 누구 한 사람 진상을 알려고 하지 않아. 왜 죽었는지 모르겠다는 말 이외는. 시절이 이러하니 황족이나 중신들이 몸조심할밖에. 사실 그들에게 무슨 힘이 있나."

"만주로 천도를 한다면…… 다른 황족을 옹립할 가능성도 있고, 그야말로 단노우라[壇の浦]의 비극이 재연될 판이군요."

"단노우라의 비극."

두 사내는 서로 마주 보며 실소를 한다. 단노우라의 비극이란 헤이안조[平安朝] 말기, 권세의 절정에 있던 헤이케[平家]는 그 일문의 총수 다이라노 기요모리[平淸盛]가 죽음으로써 쇠퇴의 길을 밟게 되고 드디어 겐지[源氏]에게 쫓기어 진기[神器]와 어린 천황 안토쿠[安德]를 데리고 단노우라에 이르게 된다. 이곳에서 최후의 결전을 하고 헤이케는 전멸하게 되는데 그때 기요모리의 아내이자 안토쿠의 외조모인 니이노아마[二位尼]가 안토쿠를 안고 바다에 빠져 죽은 역사적 사건을 두고 한 말이다. 군벌이 현인신인 천황을 죽이고 유폐하고 머리를 깎아 중으로 살게 하며 왕위를 박탈하고 볼모로 삼고, 그와 같은 비정한 사건들은 일본 역사에 비일비재하다. 때문에 만주 천도나 새로운 황족의 옹립이라는 말은 이들 두 사나이에게 실감으로 다가온 것이 사실이다.

"그러나 그것은 불가능한 일일 것입니다."

오가타는 그 같은 상상이나 예측을 뒤집어엎듯 말했다.

"어째서? 그곳에는 관동군이 있어."

"소련을 생각해보십시오."

"……."

"독일이 나가떨어진 지금, 소련이 뭣 때문에 주저하겠습니까. 게다가 중공군은 어떻고요? 만주 일대 중공의 조직은 상당히 강력한 것으로 보고 있는 사람이 많습니다."

"흠."

"군부는 그렇게 하고 싶어도 못할 것입니다."

"자네는 어쩔 것인가."

"어쩌다니요?"

"귀국할 생각이 없는가."

"그럴 생각을 안 해본 것은 아니었지만."

오가타는 아들 쇼지의 모습을 떠올렸다. 사실 그는 아들을 위해 일본으로 돌아올까 생각했던 일이 있었다. 그러나 그는 만주를 뜰 수가 없었다. 쇼지가 조찬하 부부라는, 절대적 안전지대에 있다는 것도 그렇지만 인실이 숨 쉬는 하늘 밑, 어디서 무엇을 하는지 알 수 없었지만 그와 가까운 곳에 있다는 의식이 그를 만주서 뜨지 못하게 했을 것이다.

"일이 년이야 뻗댈 수 있지 않을까요? 어차피 뜬구름인데요 뭐. 형님은 어쩌시렵니까?"

"어쩌고 자시고가 있나. 죽을 때가 오면 남부끄럽지 않게 죽는 거지."

"그런 사정이야 만주에 있는 일본인도 다 마찬가집니다."

"좋은 시절, 흥청거리다가 벌 받는 거지 뭐."

"좋은 시절이 멍에였지요."

"자네 형은 요즘 어떻게 지내나. 만난 지가 오래됐어."

"용감무쌍한 일본인이지요. 관료주의가 골수에까지 박혀버렸으니 만나도 재미없을 겁니다."

"자네는 집사람하고 많이 닮았어. 자네 쪽이 훨씬 더 순수하지만 말이야. 그래 언제 떠날 건가."

"이삼일 후에 갈까 생각하는데."

"그럼 어디에 있나."

"여기저기, 형 집에도 있고."

"갈 때까지 여기서 묵으면 어때? 나도 답답하고, 마음 털어놓고 얘기할 사람이 없어."

"털어놓고 말할 수 없는 사정이야 다른 사람들이라고 안 그렇겠어요?"

"그럴 게야."

"올 때마다 느끼는 일인데요, 이상합니다."

"뭐가 이상해?"

"사람들은 각각 자기 의식에다 빗장을 굳게 걸어놓고, 빗장을 걸어놓은 그 하나하나가 모여서 집단을 이루고 있다는 사실 말입니다."

"……."

"그 거대한 집단이 같은 방향으로 이리저리 움직이고 있는 현상이 아무래도 납득이 가지 않습니다. 그것은 견디는 걸까요? 아니면 아주 고착이 되어버린 것일까요?"

"무슨 말을 하려는지 못 알아듣겠군."

"형님도 그 무리 속에서 잘 보이지 않는 모양이지요? 그럴 수 없이 많은 사람들이 아비를 잃고 아들 남편을 잃었는데 어찌해서 일본열도에는 통곡 소리가 없을까요? 흐느끼는 소리, 눈물도 없는 것 같은 생각이 듭니다. 참 기괴한 일이지요. 그로테스크합니다. 이렇게 철저하게 훈련된 민족이 세계 어디에 또 있을까요. 도대체 일본인은 몇 겹이나 허울을 쓰고 살아야 합니까? 울지 않는 민족이 어디 또 있겠습니까."

"남몰래 울겠지."

"저는 자자부레한 그런 것을 두고 말한 것은 아닙니다. 절제를 지나서, 긴 역사가 흐르는 동안, 굳어버리고 완전한 습관이 돼버린 것 같아요. 솔직히 말해서 일본인들은 매우 예의 바르고 친절하고 정직하기도 하지만 가슴에 묻어둔 불씨가 없는 것 같습니다. 남의 일에 상관하지 않는 냉담함, 사실 마음속 깊이에 통곡이, 울음이 없고서 어찌 사색을 할 수 있겠습니까? 종교에 귀의할 수도 없지요. 진리를 탐구하고 문화를 형성할 수도 없습니다. 일본인에게 진정한 종교가 있습니까? 진정한 이데올로기가 있습니까? 종교는 습관으로서 존재하고 이데올로기는 심한 말로 유행에 불과한 것 아닙니까? 1920년대, 뭔가 달라지는구나 하고 생각했습니다. 그러나 그게 아니었어요. 어쩌면 그렇게 일제히 순식간에 원대복귀를 하느냐 말입니다. 뭐가 일본인들을 이렇게 만들었을까요? 칼입니다. 거짓도 믿게 하는 칼 말입니다."

"자네는 변함이 없는 이상주의자구먼."

"칼과 현인신의 맹신이 없어지지 않는 한 일본인은 언제까지나 차디찬 가슴으로 살아야 할 겁니다. 정말 슬프지요."

"아닌 게 아니라 집사람도 그 비슷한 말을 하더군. 어찌 이 땅에는 슬퍼하고 눈물을 흘릴 자유도 없는가 하고. 둘째가 전사한 후로는 영 사람이 달라졌어. 셋째마저 죽을 거라는, 밤마다 악몽에 시달리는 것 같애. 옛날 마비키 하던 시절을 생각해서 참아라, 내가 그렇게 말했으나 그게 그렇게 안 되는가 봐."

그런 말을 하는데 요시에 눈가가 빨개졌고 심하게 눈을 깜박거렸다. 오가타는 새삼스럽게 별로 늙지 않는 동안을, 그러나 반백이 된 자형의 머리를 물끄러미 바라본다. 항상 밝았고 만사를 긍정적으로 보는 사람이었는데, 하고 오가타는 생각한다. 마비키란 솎아낸다는 뜻인데 옛날 식량사정이 어려웠던 시절, 일본에서는 아이를 솎아내듯 죽였던 것이다.

요시에랑 함께 자고 이튿날 조반도 그곳에서 먹은 오가타는 열 시쯤 또 들르겠다는 말을 남겨놓고 집을 나섰다. 거리는 작년에 왔을 때보다 또 달라져 있었다. 겨울 하늘이 낮게 내려앉은 도시에는 작년보다 현저하게 색채가 줄어든 것 같았다. 헐벗은 가로수처럼. 이따금 노년기에 접어든 사람 중에 신사복과 외투 입은 모습이 눈에 띄긴 했으나 그것도 어딘지 모르게 꼬질꼬질, 늙은 모습과 더불어 입성도 낡아만 보였다. 오가타는 자기 자신도 저 나이쯤 되면 저러려니, 인실이는 어떻게 변하여 나타날까? 한심한 생각이 들었다. 하기는 그 나이가 되도록 살아 있을지, 생전에 인실이를 만나게 될지, 오가타는 외투 주머니에 손을 찌르고 동경의 낮게 내려앉은 겨울 하늘을, 턱을 쳐들며 올려다본다.

조후에 있는 조찬하 집에 갔을 때 노리코가 마침 집에서 나오는 것이었다. 검정 몸뻬에 감색 윗도리를 입고 있었으며 손에는 천으로 만든 큼직한 가방을 들고 있었다.

"어머나, 이제 오세요?"

"네."

"쇼지가 아빠랑 함께 늦게까지 기다렸습니다."

활짝 웃으며 말했으나 매번 느끼는 일이었지만 노리코 눈에는 일종의 원망 비슷한 것이 있었다. 사실 노리코의 그 눈빛 때문에 어젯밤에는 돌아오지 못하고 그곳에 주저앉았던 것이다.

"어디 가십니까?"

"뻔하지 않습니까? 부인회에 갑니다. 오늘은 무슨 일을 하라 할지 모르지만 어서 들어가보십시오."

"네, 그럼 다녀오십시오."

오가타는 안도의 숨을 내쉬었다. 노리코는 걸음을 빨리하며 간다. 그 뒷모습을 오가타는 한참 동안 바라보고 있었다.

웃는 얼굴 속에 원망하는 눈빛, 그것은 오가타의 느낌만은 아니었다. 사실 노리코는 오가타에게 원망 비슷한 감정을 품고 있었다. 무척 자제하는 것 같았지만 오가타가 와 있는 동안 노리코의 감정은 어떤 슬픔으로 나타나기도 했다.

하얼빈에서 쇼지가 자기 아들이라는 것을 알고 동경을 다녀간 후 오가타는 매년 정초를 전후하여 동경에 오곤 했다. 어떤 때는 안타깝게 이삼일을 보내고 떠나야 했으며 어떤 때는 일주일, 길어야 십 일 정도, 찬하 집에 머물기도 했고 형네 집에 유숙하기도 하면서 찬하 집을 오가며 쇼지를 바라보고 쇼지와 얘기하며 때론 함께 나다니기도 했다. 이번에도 동경에 와서 사 일이 지났다. 하룻밤은 찬하 집에서 보냈으나 노리코의 눈치가 보여 형네 집으로 갔고 어젯밤은 누님 집에서 잤다. 그러나 낮에는 어김없이 찬하 집을 방문했다. 그러한 오가타의 행동이, 또 쇼지에게 나타내는 그의 애정이 심상치 않음을 노리코가 느낀 것은 당연했다. 아무리 무심한 여자일지라도 핏줄이 닿은 그들 모습에서 의혹을 가지지 않을 수는 없었을 것이다. 첫해에는 만주 방면을 여행한 찬하와 함께 왔기 때문에 무망중 그것을 깨닫지 못했으나 이듬해 오가타가 나타났을 때, 애절하게 쇼지를 바라보는 그의 눈빛에서 노리코는 전류같이 지나가는 한 가지 생각, 그것은 바로 경악이었다.

"여보, 저한테 정직하게 말씀해주십시오."

드디어 노리코는 찬하에게 정색을 하고 말했다.

"오가타상, 우리 쇼지의 생부지요? 틀림없어요. 그렇지요?"

찬하는 몹시 당황했다. 그리고 머쓱해진 얼굴로 노리코를 바라볼 뿐이었다.

"당신은 참 무서운 분이군요."

"⋯⋯."

"어쩌면 십여 년 동안 그렇게 감쪽같이 절 속일 수 있었을까요."

"속인 것은 아니었소."

"속인 것 아니라구 말씀하셨습니까?"

"다만 말하지 않았을 뿐이오."

"어째서요?"

"실은 오가타상도 모르고 있었소."

"모르다니요?"

"말하자면 오가타상에게도 당신에게처럼, 속였다면 속인

거지요."

"왭니까? 어째서 그렇게 해야만 했습니까?"

"약속이었으니까……. 내 동족과의 약속이었소."

"그렇다면 결국 그 약속은 지켜지지 않았다 그 말씀이군요."

"아니."

"……?"

"그건, 그건 내가 깬 게 아니오. 물론 그렇게 하게끔 작용은 했지만 상대방에서 오가타상에게 알린 거요."

노리코는 그것이 무엇인지 전혀 알 수 없었지만 아무튼 절박한 심정, 복잡한 사정은 상상할 수 있었다. 찬하에 대한 노여움도 어느 정도 풀어졌다. 그러나 노리코는 의기소침했다. 자세한 진상에 접근할 수 없는 것이 자신의 입장이었다. 그것은 찬하와의 오랜 생활에서 지켜온 일이며 더군다나 내 동족과의 약속이라는 말에서 노리코는 강하게 자신이 제지당한 느낌을 받았던 것이다.

"오가타상이 알았으면 저한테도 얘기해주실 수 있잖습니까. 저만 따돌려놓고 섭섭합니다."

"섭섭하다……. 하지만 몰랐던 편이 훨씬 낫지. 당신은 지금 섭섭한 게 아니오. 겁을 먹고 있어요."

"……."

"아까 약속이라 했지만, 물론 약속이었지요. 하지만 내 마음속에는 오가타상이 영원히 모르기를 바라는 그런 못된 욕망도 있었소. 나는 쇼지를 잃고 싶지 않았거든."

노리코 눈에 간절한 빛이 돌았다.

"당신의 마음을 아프게 하고 싶지 않았소. 사실 나는 요즘, 당신을 고맙게 생각하고 있어요. 다른 사람들도 물론 그럴 것이오. 당신이 쇼지를 사랑했다는 것은 쇼지에게만이 아니라 그 아이와 관련된 모든 사람에 대한 축복이었소."

"아, 아닙니다. 쇼짱은 저에게 큰 빛이었습니다. 저는 그 애를 바라보는 것만으로도 행복했습니다. 젖을 물려서 기르지는 않았지만 저는 엄마였으니까요."

노리코는 눈물을 흘렸다.

"차라리 당신과 어떤 여자와의 사이에서 쇼짱이 태어났더라면, 그 편이 훨씬 좋았을걸, 데려가지는 않을 거 아니에요?"

"데려가지 않아. 걱정 말아요."

"언젠가는."

"자식은 누구나 다 어른이 되면 떠나는 거요. 당신 그러고 보니 날 의심하기도 한 모양인데?"

"가끔은 그랬습니다."

"당신하고 살면서 나 그런 짓 안 해. 아이까지 낳을 지경이면 이혼하지."

하는데 찬하 뇌리를 스치고 가는 얼굴, 명희였다. 노리코 모르게 오랫동안 가슴에 묻어두었던 여자, 이제는 타인으로 지나가버렸다고 생각한 임명희의 모습.

거의 잊고 있었으며 생각하고 싶지 않았는데, 자기 사랑의 허무를 이제는 새김질하고 싶지 않았는데, 그러나 그 쓰라림보다 강하게 찬하 가슴에 와닿는 것은 동반자로서 노리코를 얼마나 신뢰하고 있는가, 가정이라는 유대가 얼마나 강인한 것인가 그것이었다. 그 자각이었다. 어떻게 보면 생존본능과 같은 것이었는지 모른다. 나쁘게 생각하면은 인생을 정리해가며 더 이상 덫에 걸리지 말고 괴로움과도 작별하고 싶은 노회한 계산이었는지 모른다. 이제 찬하는 자기 입지나 정신 세계를 분석하려 하지 않았고 방황하려 하지도 않았다. 근자에 와서 그는 일 년에 몇 차례씩 하던 여행도 하지 않게 되었다. 방황을 끝낸 것이다. 그것은 또한 패배를 의미하는 것이기도 했다. 한편 노리코는 남편의 진실을 확인한 것 같았다. 당신과 살면서 나 그런 짓 안 해! 그 말은 의심의 여지가 없었다. 그러나 오가타가 쇼지의 생부라는 것을 알고부터 노리코는 미묘한 갈등에 빠졌다. 오가타가 나타날 때마다 그가 침입자로 느껴졌고 자신이 소외당하는 것 같은 기분을 떨쳐버릴 수 없게 되었던 것이다. 오가타의 기분을 상하게 해서는 안 된다하며 거듭거듭 자신을 타일렀지만 눈빛에서까지 그것을 감출수 없었다. 두 사람 사이에 흐르는 복잡한 감정의 대립은 두 사람 다 함께 느끼고 있었다. 서로가 내보이려 하지 않았건만 어쩔 수 없이 서로는 그것을 감지했다. 그러나 그들은 쇼지와 오가타의 관계가 부자라는 사실에 대해서는 한 번도 터놓고 애기한 적이 없었다. 마치 성난 부스럼에 손을 대는 것을 무서워하듯 그 일을 언급하는 일체의 행위를 취하지 않았다. 특히 노리코가 그것을 두려워했다.

오가타가 집 안으로 들어갔을 때 찬하는 거실에서 차 한 잔을 앞에 두고 신문을 읽는 중이었다.

"간밤에는 어디서 잤소?"

신문을 접고 찻잔을 들며 찬하는 물었다.

"설마 노숙한 거는 아니겠지요?"

농담이었지만 오가타의 마음을 어루만지는 심사가 배어 있었다. 노리코를 의식하여 처신에 신경을 쓰는 오가타가 안쓰러웠던 모양이다.

"누이 집에서 자형과 한잔 걸쳤지요. 무력한 사내 둘이 이불 밑에서 활개치는 그따위 한심스런 소리나 지껄이면서 밤을 샜어요."

오가타는 찬하 맞은편 자리에 앉으며 말했다.

"여기저기서 끌려간다는 소문인데 당신 같은 피라미, 입조심해야 할 거요."

무엇을 지껄였는지 대강 짐작을 한 듯 찬하 충고 비슷한 말을 했다.

"나 끝까지 살아남을 거요. 걱정 마시오."

"술이 있었으니 그래도 그 댁 사정은 괜찮은 모양이군."

"배급받은 술이라 하더군요."

"나는 어제 양주 두 병 구해다가 모셔놓았소."

"도조가 쓰레기통 검사하고 다닌다 하던데 비국민 소릴 듣겠소."

"고래 싸움에 새우 등 터진다는 말이 있지. 우리 같은 새우, 등 터지는 것만도 억울한데, 사실 나야 비국민이지 뭐?"

하는데 목소리를 들었던지 쇼지가 거실 문을 열고 들여다본다.

"아저씨!"

소리를 지른다. 그러나 옛날같이 앳되고 카랑카랑한 목소리는 아니다. 오가타가 돌아보며 웃는다. 쇼지는 이제 중학생이었다. 키도 많이 자랐고 몸은 튼튼해 보였다.

"아버지하고 늦게까지 기다렸어요."

오가타 옆으로 다가오며 쇼지는 말했다.

"내 핑계하지 마. 너 혼자 기다리고선."

찬하가 시치미를 떼었다.

"아저씨 오시면 술병 딴다 하셨잖아요."

어글어글하고, 쇼지는 몇 년 전보다 더 미소년으로 성장해 있었다. 해마다 오는 오가타 눈에도 쇼지는 몰라보게 큰 것 같았고 다듬어져 한층 빛나는 것 같았다. 과연 이 아이가 내 아들일까? 싶으리만큼.

"아버지."

"왜 그래? 이 배신자야."

눈을 부릅뜨다가 찬하 얼굴에는 저절로 웃음이 떠오른다.

"또 오가타상한테 미주알고주알 일러바칠 거야?"

"안 그럴게요. 아버지."

"그럼 요구사항이 뭐야?"

"아침에 생각했는데요."

"뭘?"

"우리 아저씨랑 함께 여행가요."

"여행? 어딜?"

"삿포로 안 될까요?"

"삿포로라…… 거긴 어째서?"

묻다가 찬하는 오가타를 쳐다본다. 오가타는 그냥 웃고만
있었다.

"혹시 두 사람이 모의한 거 아니오?"

하니까 오가타는 팔을 내저으며,

"그런 억울한 소리 마시오."

했고 쇼지는 쇼지대로,

"순전히 이건 제 생각입니다. 아버지."

하고 항의를 한다.

찬하가 모의를 했다 한 것은, 한때 오가타가 삿포로에 거주
하면서 교편을 잡은 일이 있었기 때문이다.

"그러면 모의를 안 했다 하자, 하지만 왜 하필이면 삿포로
냐? 아버지 생각에는 겨울이니까 북쪽보다 남쪽이 좋을 것 같

은데?"

찬하는 웃으며 쇼지에게 물었다.

"그거는, 그거는 말이지요."

막상 말을 하려니까 막연한 것 같았다.

"저어…… 구보 사카에[久保榮] 고향이잖아요?"

"뭐라 했나?"

그 말은 오가타 입에서 튀어나왔다.

"그리고 또오, 아리시마 다케오[有島武郎]도 삿포로 농과대학을 다녔구요."

찬하는 싱글벙글 웃으며 들었으나 오가타의 눈은 점점 크게 벌어졌다.

"그래서?"

서두르며 오가타는 쇼지의 말을 재촉했다. 그러한 오가타 태도에 주눅이 들었던지 얼른 말을 못하다가,

"구보 사카에가 쓴 『가잔바이치』를 읽었습니다."

"그건 희곡이다!"

극작가가 쓴 『가잔바이치[火山灰地]』가 희곡인 것은 이상할 것도 없는데 오가타는 강조하듯 말했다. 구보가 소설을 쓰지 않았던 것은 아니었지만.

"희, 희곡입니다. 그리고 아리시마의 『카인의 후예』도 읽었는데 모두 북해도가, 북해도에 관한 얘기라서."

오가타는 아연실색 말을 잇지 못한다.

"거 이상할 것 없어요. 소학교 때 세계문학전집을 읽어버리는 애도 있으니까. 쇼지가 서고를 들락거리면서 그런 책들을 빼내 와서 읽는 것은 알고 있었지만. 그 작품을 읽고 감동을 받았다 그 얘기로구나."

"저기 그러니까, 작품에 나오는 황량한 풍경을 실제로 보고 싶었습니다."

"그러냐?"

하다가 찬하는 한동안 무슨 생각을 하는 것 같더니,

"쇼지, 그러면 우리 더 멀리, 북쪽으로 가보는 게 어때? 더 황량한 벌판으로 말이야."

"그게 어딘데요, 아버지."

"만주."

"네?"

쇼지와 오가타는 동시에 놀란다.

"정말입니까?"

오가타가 물었다.

"전에도 그런 생각 안 해본 건 아니었소. 쇼지를 데리고 만주를 한 바퀴 돌고 올까 생각한 적이 있었어요."

오가타의 안경 속의 눈이 빨개졌다.

순간,

"만세!"

하며 쇼지는 두 팔을 번쩍 치켜들었다.

"방학도 얼마 안 남았으니까 가게 된다면 서둘러야 할 게야."

"네, 아버지!"

"그리고 쇼지."

"네."

"우리 셋이서 모의한 거니까 넌 입 다물고 있어야 해. 엄마한테는 내가 공작할 테니까."

"알았습니다!"

"모레쯤 떠날 수 있겠소?"

오가타에게 물었다.

"저는 언제든지요, 언제든지 좋습니다."

감사하는 마음과 흥분 때문에 오가타의 얼굴은 상기되어 있었다. 찬하도 즉흥적인 결정이었지만 여행, 오래간만에 하게 될 여행에 대한 설렘을 나타내었다.

"그럼 아버지 저는요."

하다 말고 성급한 몸짓을 하며, 꽁지에 불붙은 듯 쇼지는 거실에서 쫓아나가는 것이었다.

"정말 여러 가지로 놀라게 하는군요."

"기분 나쁘지는 않지요?"

장난스런 찬하 말에,

"물론입니다."

잠시 고개를 숙이고 있던 오가타는,

"쇼지가 아리시마의 소설을 읽었다는 것도 그렇지만 『가잔 바이치』를 읽었다는 얘기는 충격이었습니다."

"뭐 의도적으로 선택해서 읽는 거는 아닐 것이고 손에 잡히는 대로, 우연히 읽었을 게요."

"물론 그런 줄은 알지만 어쩐지 그쪽을 선호하는 게 아닌가 싶어서, 너무 어리지 않습니까? 이제 나이 겨우 열네 살인데."

"걱정이 되어 그러시오?"

"아, 아닙니다. 그런 게 아니라, 신기해서요. 수준이 월등하지 않습니까? 좀 상상이 안 됩니다."

"나도 중학 이 학년 때 『죄와 벌』을 읽었어요. 입센의 희곡집도 있었고."

"그렇게 말하니까, 하긴."

"부모는 다 자기 자식을 어리게 보는 경향이 있어요."

아리시마나 구보는 다 같이 프롤레타리아 작가였다. 특히 구보는 사상적 입장이 확고했으며 드물게 사회주의 리얼리즘의 이론과 예술적 형상화를 일치하는 데 성공한 작가로서, 리얼리즘 연극 발전에 큰 획을 그은 사람이었다.

1935년 리얼리즘 논쟁 때도 식민지 조선인 동지에게 뜨거운 애정과 연대감을 나타낸 시, 「비 내리는 시나가와[品川]역」을 쓴 나카노 시게하루[中野重治]와 극작가 무라야마 도모요시[村山智順]를 비판하여 구보는 사회주의 리얼리즘의 기계적인 도입에 반대했던 것이다. 그러나 그는 흔들리지 않는 사회주의자로

서 신극운동의 주류였으며 프롤레타리아 연극의 지도적 위치
에 있었다 할 수 있고 일관되게 활동해온 사람이다. 몇 해 전
에 검거되었다가 보석된 후 현재는 침묵 상태다. 쇼지가 읽었
다는 『가잔바이치』는 그의 대표작으로서 북해도 도카치[十勝]
라는 화산재 지대를 배경으로 가혹한 자연과 인간관계에서
빚어지는 갈등, 제도와 인습의 상충, 삶과 맞서서 치열하게
투쟁하는 현지인의 생활 과정을 그린 것으로 내용이 가득 찼
고 구성이 탄탄한 구보의 대표적 희곡이라 할 수 있고, 중일
전쟁 초기, 그 살벌한 전쟁 분위기 속에서 아슬아슬한 지경에
까지 밀고 나간 작가의 저항정신을 나타낸 작품이다.

"그 애가 아리시마의 소설을 읽고 있는 것은 보았지만 구보
의 희곡을 읽었다는 얘기는 오늘 처음 들었소. 그리고 보니
그새 세월이 많이 흘렀구먼."

찬하는 감회가 새로운 듯 말했다.

"우리도 늙었구요."

"늙었지요. 아이들한테 백기 들 날이 얼마 남았겠소? 쇼지
가 『카인의 후예』를 읽고서 내게 질문을 하더구면요."

"뭐라구요?"

"아버지도 읽었는가, 읽고 난 뒤 기분이 어떻던가, 뭐 그런
질문이었는데, 그래서 농담 반 진담 반, 고리키의 『체르캇시』
를 흉내 낸 거라 했지요. 쇼지의 얼굴이 벌게지더구면."

찬하는 그때 일이 생각났던지 빙그레 웃었다.

"그것도 읽었던가요?"

"내 말을 듣고서 찾아내 읽은 눈치였는데 쇼지는 다르다고 주장하더구먼. 그리고 또 아리시마가 북해도에 있는 자기 농장을 소작인들에게 나누어준 일에 대해서 아버지는 어떻게 생각하는가 하고 묻질 않겠소?"

"거 참 맹랑하군."

"그래서 또 농담 반 진담 반, 대답했지요. 그거는 톨스토이 흉내를 낸 거라구, 얼굴이 또 시뻘게지더군요. 그러면 아버지는 그게 나쁘다는 애깁니까? 하고 따지질 않겠소?"

"혼났군요. 그래서 뭐라 했습니까."

"나쁘다는 게 아니라, 그것은 아리시마의 고뇌라 했지요."

"아리시마의 고뇌라……."

한 번 뇌어보며 오가타도 싱긋 웃었다.

"일상에서 볼 때는 아직 어린데 그 방면에서는 조숙한 것 같소."

"서고를 개방해놓은 탓도 있겠지요. 뜻을 몰라도 많이 읽어두는 것은 좋은 일이지요. 나이 들면 책도 못 읽어요."

"다 한가한 얘기지 뭐."

"자기 독자가 십사 세 소년이라면 아리시마도 좀 놀랄 걸요?"

"사라지고 없는 사람, 놀라고 자시고 할 것도 없지."

"그 사람 죽은 지도 이십 년, 아마 그렇게 될걸? 불행한 사내지요."

"우리보다는 덜 불행하지요."

오가타는 말뜻을 생각해보듯 찬하 얼굴을 바라본다.

"독자들에게는 남의 아내와 동반자살한 그의 생애와 최후가 매우 로맨틱한 것처럼 보이겠지만 과연 그의 생애가 로맨틱했을까? 또 한편에서는 그의 출신 성분과는 상관없이 그를 프롤레타리아 작가로 보는데 나는 그런 생각이 안 들어요. 아리시마는 허무주의, 아나키스트로 종시했던 사람 아닐까요?"

"동감이오. 하지만 산카상은 어떤 뜻으로 그가 우리보다 덜 불행하다 하는 거요?"

"우리라기보다, 나라 해야겠지. 구차스럽게 살고 있으니 말이오."

"그건 자학이오. 지금 구차스럽게 살지 않는 사람이 과연 얼마나 될까요?"

"그것도 자위고."

"그렇담 결론이 없는 거 아닙니까."

오가타의 목소리는 좀 날카로웠다.

"그래 맞아요, 맞소. 특공대가 되지 않는 이상 입 다물어야지. 하하핫……."

점심때가 되어 찬하의 딸 후미랑 네 식구가 식탁에 마주 앉았다.

"쇼짱 무슨 좋은 일 있니? 아까부터 싱글벙글 왜 그리 웃어?"

"아, 아니야. 아무 일도 없어."

쇼지는 찬하를 보면서 당황하며 성난 얼굴이 된다. 사실 쇼지는 여행 얘기를 누나에게 하고 싶어서 견딜 수가 없었다.

"아무래도 이상해."

"뭐가?"

입 속에 밥을 밀어 넣으며 쇼지는 후미에게 곁눈질을 했다.

"아저씨."

"응."

"쇼짱하고 약속했어요? 어디 가기로?"

"아, 아니다. 나는 모르는 일이야."

오가타는 시치미를 떼면서도 눈을 꿈벅거렸다.

쇼지도 시치미를 떼자니 좀 괴로웠던지 찬하 눈치를 힐끔힐끔 살핀다. 아버지 그만 얘기해요, 하듯. 후미는 그런 쇼지의 눈길을 재빨리 잡아채고서,

"아버지."

하고 불렀다.

"이제 나한테 화살이냐?"

"남성들끼리만 무슨 일 꾸민 거지요? 그렇지요? 저랑 어머니만 빼놓고, 아무래도 수상해."

"냄새를 맡는 후미 너의 코는 엽견(獵犬)보다 예민하다. 당할 재간 없구나."

"거 보세요. 저의 직감이 빗나간 적은 한 번도 없었어요."

후미는 의기양양이다.

"이렇게 된 이상 항복이다."

찬하가 말하자 쇼지도 두 팔을 드는 시늉을 하며,

"누나, 나도 항복."

하고 킬킬 웃는다.

"이 배신자, 아저씨도요."

쇼지와 오가타를 번갈아 노려보다가, 으르렁거리는 시늉을
하다가,

"실토해."

후미는 쇼지를 윽박지른다.

"실은 말이야. 아저씨 따라서 만주 다녀오려구."

찬하가 대신 말했다.

"물론 쇼짱도 가는 거지요?"

"그래."

"그럼 저도 갈 거예요."

"무슨 소리야?"

"왜요, 아버지?"

"안 돼."

"왜 안 되지요?"

"여자니까."

"남녀 구별하시는 거예요? 아버지 같은 분도?"

"구별하는 게 아니다."

"그럼요?"

"그곳은 너무 살벌해."

"왕도낙토(王道樂土)라 하던데요?"

찬하를 놀리듯 말했다.

"팔로군이 곳곳에 숨어 있어서 어디서 총탄이 날아올지도 모르고."

찬하 역시 딸을 놀려대듯 말했다.

"실력 있어요. 학교에서 사격술을 배웠거든요."

따라나서지 않을 것을 빤히 알면서, 결코 데려가지 않을 것을 알면서 부녀간에 괜히 해보는 수작이었다.

"팔로군한테 잡혀가거든 나는 조선인 딸이오, 그 말 잊지 말고."

"나 조선 귀족의 딸이오, 하면 안 되겠지요?"

그 말에 웃음판이 벌어졌다. 후미는 조선인 아버지에 일본인 어머니, 그런 남다른 환경에 대하여 저항을 느끼지 않는 것 같았다.

노리코는 저녁때가 거의 다 되어 돌아왔다.

"어머니! 어머니!"

그가 들어서자마자 후미가 호들갑을 떨었다.

"왜 이리 소란이냐?"

"쇼짱 만주 데려간대요!"

"뭐?"

노리코의 낯빛이 순간 하얗게 변했다.

"어머니, 왜 그래?"

"만주에 데리고 가다니, 그게 무슨 소리냐?"

"아버지 여행하시는데 함께 데리고 간다 하셨어요."

"여행에 따라간단 말이지?"

"네. 난 억울해."

거실로 들어온 노리코는 혼자 있는 찬하에게 대뜸,

"오가타상은 어디 갔어요?"

"누님 댁에 간다면서."

"후미가 하는 얘기, 그게 무슨 뜻이지요?"

낯빛이 달라진 노리코를 놀란 듯 찬하는 바라본다.

"쇼짱을 데려간다는 얘긴가요? 여행을 함께 한다는 뜻인가
요?"

찬하는 행여 아이들이 들어올까 염려하는지 문 쪽을 살피
다가 일어섰다.

"할 얘기 있으면 날 따라오시오."

낮은 목소리로 말했다.

서재에서 마주 앉은 부부는 서로를 망연한 얼굴로 바라본다.

"당신 지나치게 신경을 쓰는 것 같소."

"제 말에 대답부터 해주십시오."

"쇼지가 여행하고 싶다 해서 얘기가 그리된 거요. 당신이
그러니까 오가타상이 괴로워하지 않소."

"괴로운 것은 저예요."

"며칠 있다 돌아올 건데 왜 그러우?"

"⋯⋯."

"당신 오가타상한테 부담 주면 안 돼. 지금 당장 데려간다
해도 우리로서는 할 말이 없는 일 아니오."

"왜 할 말이 없습니까. 법적으로도 그 애는 우리 아들입니다."

"법적으로 싸우겠다는 거요?"

"말을 하자면 그렇다는 얘기지요."

"쇼지를 사랑한다면 그런 말 입 밖에 내서는 안 돼요."

노리코는 두 손으로 얼굴을 감싸며 흑 하고 흐느낀다.

"오가타상은 당신 기분 때문에 매우 조심스럽게 처신하고
있소. 그 사람 입장이 되어서 한번 생각해볼 수는 없겠소? 선
량하고 순수한 사람이오."

"그건 저도 알아요."

떠날 무렵에는 노리코의 태도도 훨씬 누그러져 있었다. 연
락선을 타고 갈 때 뱃멀미를 하면 어쩌느냐, 만주 가서는 한
눈팔지 말고 아버지 옆에 꼭 붙어다녀야 한다는 둥, 그곳은
추우니까 동상에 걸리지 않게 털장갑 털모자를 꼭 쓰고 끼고
다니라는 둥, 그답지 않게 늙은이처럼 잔걱정을 많이 하는 것
이었다. 후미는 실상 가고 싶은 생각도 없으면서 일부러 심통
이 잔뜩 난 표정을 짓고 있었으며 쇼지는 마냥 들떠 있었다.
미지의 땅을 향해 날갯짓하는 어린 바다제비처럼 설레고 있
었던 것이다.

"쇼짱."

"네, 어머니."

"거기 가면 나 보고 싶지 않겠어?"

역시 서운한지 노리코가 물었다.

"일주일이면 돌아올 건데요 뭐."

"아버지는 열흘쯤 걸릴 거라 하시던데? 열흘이면 너무 길어."

"잠시예요. 어머니."

"그럴까?"

"어머니, 나 근사한 선물 사 오겠어요."

"근사한 선물이란 뭘까?"

"만주에 관한 책 모조리 꺼내어 봤는데요, 그곳에선 담비 털이 유명하대요. 어머니 담비 목도리는 어때요?"

"어마나, 그런 걸? 하지만 너한테 무슨 그런 큰돈이 있을 거라구."

"아버지보고 사시라구 제가 조를 겁니다."

"그럼 나는, 나한테는 무슨 선물 사 올 거니?"

후미가 따지듯 물었다.

"누나는 말이야, 그림책에 봤는데 손에 끼는 것 있잖아. 두 손을 찌르는 털토시 같은 것 말이야."

"아아 그래, 영화에서 봤다. 사 올 거니?"

"아버지한테 부탁할게. 꼭 사달라고."

"그새 쇼짱 궁리 많이 했구나. 제법이야."

후미는 기분이 나쁘지는 않은 모양이다. 쇼지는 선물 사 오는 것도 여행의 큰 즐거움으로 간직했던 것 같았다. 가만히 듣고만 있던 찬하는,

"꿈 깨. 공수표야. 요즘 그런 걸 어디 가서 구하니?"

"없어요? 정말 없어요, 아버지?"

쇼지는 크게 소리 내어 물었다. 그리고 역력하게 낙담하는 표정이다.

"혹 있을지도 몰라. 아저씨가 구해볼게."

오가타는 풀이 죽은 쇼지를 달래듯 말했다.

"하얼빈 같은 곳에 가면."

하얼빈이라는 말을 하는 순간 오가타의 가슴이 뛰었다. 인실을 만날 수 있을지 모른다는 가느다란 희망 때문이다. 사실 쇼지와 함께 만주로 간다는 결정을 내렸던 그 순간부터 오가타는 인실이 생각을 했던 것이다.

어쨌거나 일행은 출발했다. 노리코가 걱정한 대로 쇼지는 연락선에서 멀미를 심하게 했다. 처음 타본 배였기에 심리적인 것도 있었던 것 같다.

"괜찮다, 괜찮아. 좀 참으면 돼."

하고 찬하는 말했으나 오가타는 안절부절못하고 쇼지를 데리고 선실 밖으로 나가곤 했다. 그러다가 또 바닷바람이 거세고 매서워서 혹 감기 들지 않을까 걱정이 되어 선실로 데리고 들어오는 것이었다. 그러한 부자를 바라보며 찬하는 안쓰럽기

도 했고 부럽기도 했다.

"사내자식이, 참아라. 뱃멀미는 뭍에 내리는 순간 깨끗이 없어진다."

"이제 괜찮아요. 아버지. 아저씨 죄송합니다."

오가타는 죄송하다는 말이 섭섭했던 것 같다. 고개를 갸우뚱하며,

"친한 사이에선 그런 말 안 하는 거야."

바다는 한결 잔잔해졌다. 뭍이 가까워졌는지 갈매기가 울며 날고 있었다. 고깃배도 몇 척 바다에 떠 있는 것을 볼 수 있었다. 선객들은 차차 선실에서 갑판 위로 나타나기 시작했다.

"이제 다 왔다."

찬하가 말했다. 사방에 어둠이 깔리기 시작했다. 이윽고 연락선은 유장하게 뱃고동을 울리며 항구로 들어갔다. 항구에는 불빛이 별같이 돋아나 있었다. 찬하의 말대로 배에서 내리는 순간 쇼지의 뱃멀미는 거짓말같이 나아버렸다.

"여기가 조선이에요? 아버지."

"응, 너의 아버지의 나라다."

대답하면서 찬하는 마음속으론 다른 대답을 했다.

'쇼지, 너의 어머니의 나라다.'

부산 거리로 일행은 밀려 나왔다. 부둣가의 불빛들, 낯선 사람들, 낯선 복장, 그리고 알아들을 수 없는 언어, 찬하는 아버지의 나라라 했지만 쇼지는 남의 나라, 이국에 온 것을 실

감한다. 아이를 업은 여인이 무거운 짐꾸러미를 이고 지나가는 모습이 보였다. 늙은 지게꾼이 짐을 지고 가는 모습도 눈에 띄었다. 참담한 느낌이다. 남루한 이 추운 겨울날 얼어서 구부러진 손을 내밀며 동냥하는 거지, 그 풍경은 쇼지의 가슴을 아프게 했다.

"왜 저 사람들은 저렇게 불쌍하게 살아야 하나요?"

쇼지는 오가타에게 물었다.

"차차 알게 될 거다. 차차, 네가 커서 어른이 되면."

뻔한 사실인데, 오가타는 쇼지의 반쪽이 이 나라, 가난하고 핍박받는 조선의, 그 민족의 아들이라는 사실을 다시금 뼈저리게 느낀다.

'그래 내 아들아! 너의 어머니는 바로 저 불쌍한 동족을 위하여 북만주, 네가 보고 싶어 하는 황량한 벌판에서 지금 싸우고 있단다. 가해자로서 괴로워하고 있는 일본인, 나를 언제인가 아버지로 네가 받아들이듯 동족을 위하여 투쟁하는 조선의 여성도 언젠가는 네가 어머니로 받아들여야 한다. 우리는 민족이기 이전에 사람이라는 사실도 너는 받아들여야 한다. 세상은 민족과 민족의 투쟁이 없어지고 억압하는 자와 억압당하는 자의 투쟁으로 진행되어야 하며, 그렇게 될 때 비로소 지상에는 식민지라는 존재가 없어질 것이다. 그리고 너의 어머니와 나의 슬픈 사랑, 비극도 없어질 것이다.'

잡답 속을 헤쳐서, 가로등의 빛이 달무리처럼 번지고 있는 조용한 거리에 들어선 일행은 일본 여관을 찾아들었다. 오가타와 찬하가 오면 가면 이용하는 단골 여관이었다. 뚱뚱하고 지분 냄새가 나는 사십 대, 여관 여주인이 이들을 반갑게 맞이했다.

"어머, 이 아이는 누구예요?"

몸집과 달리 가늘고 높은 목소리는 노래하는 것 같았다. 숱이 많은 머리를 틀어올렸고 빗을 꽂은 모습은 전형적인 일본 여자다.

"내 아들이오."

찬하가 대꾸했다.

"어머나, 그래요? 참 미소년이네. 정말 너무 잘생겼어. 어디 보자아, 아버지는 별로 안 닮은 것 같은데 어머니가 굉장한 미인인가 보지?"

하고 수다를 떠는데 쇼지는 성난 것처럼 서 있었다.

"미소년의 아버지를 위하여 술 좀 안 될까?"

술 생각이 간절했던지 찬하는 여주인에게 부탁한다.

"누구 청이라구, 네 좋아요. 하지만 많이는 안 돼요."

하고 손을 흔들어 보인다.

"고맙소."

"저녁은 어쩌시겠어요? 하고 오셨나요?"

"이런 시국에 어디 가서 밥을 얻어먹습니까. 오가타상, 일단 저녁을 하지?"

"그러지요. 쇼짱이 배고플 테니까."

저녁을 끝내고 이런저런 얘기를 하다가 쇼지가 잠든 것을 보고 두 사내는 오가타가 든 방으로 자리를 옮긴다. 그리고 부탁해놓은 술상을 받았다.

"실은 돌아올 때 갈 곳이 있었는데 들르지 못하겠군요."

술잔을 비우면서 생각난 듯 오가타가 말했다.

"어딘데요?"

"마산."

"마산? 거기는 왜요?"

"결핵요양소에 가려구."

"아아, 유선생 아들이 있다는 그 요양소 말이지요?"

"네."

"정성이 보통 아니오."

"정성이라기보다 글쎄요. 쇼지에게는 사촌 형님 아닙니까."

"그렇게 챙기려 들면 한이 없지. 고마운 일이기는 하지만."

"일종의 죗값인지도 모르지요. 유인성 그분 가슴에다가 저는 대못을 박았으니까요."

"그리 생각할 수도 있겠지요. 하지만 그렇게 따지고 든다면 대못 박지 않고 사는 사람이 얼마나 되겠어요? 오가타상은 그러면 인실 씨와의 일을 죄라 생각하는 거요?"

"아니오, 천만에요. 하지만 어떤 진실 때문에 피해받게 되는 경우도 있지 않습니까? 해서 절대선(絶對善)이 없다 할 수도 있고."

"그렇지…… 대못을 박았다 하니까 하는 말이오만 내 경우도 부모의 가슴에 대못을 박았지요."

찬하는 서글프게 웃었다.

"방탕한 자식 이상으로. 가문을 지우려는 내 양심은 진실로 그게 양심이었나 생각할 때가 있어요. 오히려 이기심이 아니었던가, 관념적인 것이지 하하하핫핫……."

"네, 알아요. 소작인들한테 농장을 나누어준 것을 두고 산카상은 아리시마의 고뇌라 한 말, 알 수 있습니다. 그건 다만 운명에 발버둥치는 것 이외 아무것도 아니었다 그거지요?"

"그렇소. 덫에 걸린 것처럼 발버둥치는 거지요. 그러나 그게 남이 친 덫이 아니거든. 스스로가 쳐놓은 거지요. 이제는 뭐 그런 것 다 생각하고 싶지 않소. 내가 나를 내 속에다 가두었으면 그런대로 지낼 수밖에요. 밥을 먹고 여행을 하고 술도 마시고……. 결백하면 얼마나 결백하겠소. 의적(義賊)도 활동을 해야 가난한 사람들 쌀말이나 나누어주게 되지. 평생 할 일 없이, 한 일도 없이, 그래요, 부모 가슴에 대못질만 했지. 하하핫 핫…… 늘 주저앉아서, 잊었는가 싶었는데 털고 일어나서 밖에 나오고 보니 그따위 망상이 다시 달겨드는군. 오가타상."

"네."

"난 당신이 부럽소."

"미안합니다."

하며 오가타는 고개를 숙였다. 의외로 부럽다는 찬하의 말을 부정하지 않는 것이다.

"죽는 날까지 잃지 않을 희망이 있고 인간에 대한 믿음이 있고 애정이 있고…… 당신의 시간은 시시각각 생동하고 있는 것 같소. 개인으로 오가타 당신은 순수하게 인생을 잘 살아왔다 할 수 있겠지. 그러나 나는 틀렸어요. 철저하게 틀렸어."

좀처럼 자기 내면에 관한 얘기를 하는 일이 없었고 흐트러진 모습을 드러낸 일도 드물었으며 조선조 말엽 권문세가의 자제로서 몸에 익힌 절도를 유지해온 조찬하였었는데, 그러나 그 같은 자포자기적이며 파괴적인 말의 내용과는 달리 온건하고 침착한 일상의 모습으로 찬하는 조용히 술을 마신다. 그의 괴로움은 그가 말하지 않아도 오가타는 이미 잘 알고 있었다. 어느 편에도 속할 수 없는 그의 입장의 외로움을 이십년이 꽉 차는 세월 동안 가까이 사귀면서 지켜보았던 것이다. 아리시마가 자기 농장을 소작인들에게 나누어준 데 대하여 쇼지가 질문했을 때 농담 반 진담 반, 톨스토이 흉내를 냈다 했다는, 또 그게 나쁘다는 얘기냐고 쇼지가 따져 물었을 때 그것은 아리시마의 고뇌다 하고 대답했다는 찬하, 왜 그런 말을 했는지 오가타는 이해할 수 있었다. 가진 것에 대하여 느끼는 콤플렉스, 오늘날 역사가 어디를 향해 진행하고 있는가, 역사는 어떻게 진행되어왔는가 그것을 자각한 지식인, 특히 자기 자신에게 엄격하며 남에게는 심약한 사람이 빠지기 쉬운 그 같은 콤플렉스는 사실 치유하기 어려운 병리현상이다. 지식인들의 고민과 방황이 대개는 그런 데서 연유되고 또 대개는 한 번쯤 통과하게 마련이다. 그러나 가진 것을 나누었다 하여 의식이 해방되는 것도 아니며 콤플렉스가 해소되는 것도 아니다. 가장 낮은 곳으로 내려오지 않는 이상 나누었다는 것은 시혜자로서의 새로운 콤플렉스가 싹트게 마련이다. 계급의식의 메워질 수 없는 간격을, 새로운 소외감을 인식할 뿐이다. 더구나 역사의 격변기 속에서 친일파로 살아남은 가문을 짊어져야 하는 조찬하의 처지로서는 실로 갈 곳이 없다. 일본의 정책 자체가 놀고먹어라, 거들먹거리며 살아보아라, 그것이 조선조 말엽을 산 권문세가에게 베푸는 일본의 온정이다. 그러나 그것은 민족 반역자로서 민족이 쏘아대는 화살의 표적이기도 한 것이다. 서서히 놀다가 거들먹거리다가 죽어가라, 친일에 광분하며 새로이 부상하려는 분자들에게는 말단 말직이나 안겨서 부려먹으면 되는 거고. 그러나 조찬하가 누릴 수 있었던 것을 포기한 것은 이성에 의해서가 아니었으며 그것은 감정이었다는 데 그의 회한이 있었던 것이다. 부모 가슴에 대못을 박았다는 그의 술회 자체가 회한을 의미한다. 애정 문제로 좌절한 그의 인생의 출발점, 오가타는 파도가 방죽을 치던 그 바닷가를 가끔 생각한다. 자신에게는 인실과의 사랑이 이루어진 곳이지만 찬하는 산산이 부서진 곳이기도 했다. 물빛이 눈부시게 푸르고 호수같이 아름다운 바다였다. 바라크 같은 분교가 있었고 인실의 은사였다는 여자, 찬하에게는 형수였던 검정 옷 입은 여자, 얼음장같이 차디찬 얼굴에 혐오감마저 숨기려 하지 않았었다. 그곳에서 오가타는 철저하게 부서지는 찬하를 목격했다. 그 상처가 얼마나 깊고 큰 것인지 오가타는 피부로 그것을 느꼈다.

"시시한 얘기는 다 그만둡시다. 그보다 최씨 댁에서는 어떻게 견디고 있는지 모르겠소."

찬하는 화제를 돌렸다.

"무슨 말씀이오? 환국이아버님 때문인가요?"

"아니 학병제가 실시됐으니 말이오."

"그래서요?"

"그 댁 둘째가 걸렸을 겁니다."

"아니 졸업하지 않았습니까? 벌써 했을 텐데요?"

"졸업이야 오래전에 했지요. 다시 경제과에 들어갔고 그나마 일 년을 쉬었다지요? 운수가 나빴소. 금년이 졸업인데. 하기야 졸업생도 끌고 간다 하기는 하더구먼."

"그래요……."

오가타는 말을 끊었다가,

"그건 정말 불운이군요. 졸업해서 취직을 했어도 한참 됐을 텐데."

"사회생활 하기 싫어서 그랬겠지만, 아주 명석한 아이였는데……. 바깥분은 감옥에 계시고 아들까지, 하기야 뭐 다 겪는 일이니까."

"지원은 했을까요?"

"안 하고 배기겠어요? 학교 법문계는 다 문을 닫았는데 붕 떠서 어디로 가겠어요? 징용에 끌려갈 텐데."

"환국이 그 사람 힘들겠소."

"어머님이 젤 힘들지요."

"그동안 그 학생은 더러 만났습니까?"

"거의 못 만났지요. 처음에는 더러 집에 찾아오곤 했는데 환국이하고는 달라서……. 작년 봄이었던가? 우연히 요요기 [代代木]에서 만났소. 아직 재학 중이라는 말을 그때 들었어요."

"우리가 진주에 갔을 때 아마 중학생이었지요?"

오가타 말에, 다소 멈칫하다가,

"그랬을 거요."

싹둑 자르듯 찬하는 대답했다.

"그러면 서른 살이 가까울 텐데?"

"……."

"그건 정말 너무했다."

"너무하나 마나, 정말 불쌍한 정경이오. 차라리 총검을 내밀고 잡아가는 편이 낫지."

"네?"

"조선 천지, 지식인이란 지식인, 이름 석 자가 한 번이라도 지면에 박혔던 사람이면, 교육자는 물론, 그들을 몰아내어 바로 그들을 하수인으로 학생들을 끌어내고 있질 않소. 내 제자를, 내 뒤에 올 후진을, 민족의 꽃인 학생들을 죽음의 길로 몰아넣고 있는 참혹한 정경 말이오. 그중에는 앞장서서 날뛰는 친일분자들이 과반이겠으나 죽도 살도 못해 그 짓 하는 사람들도 많을 게요. 신문지상에 나타난 글들을 보면 분노보다 오히려 그 참혹함에 눈물이 납니다. 사람의 영혼을 이렇게까지 짜내는 대일본제국의 천황은 그야말로 신이로구나, 절대자로구나, 다만 그도 세상을 하직한다는 사실만 빼놓고."

"그런 일이야 어디 어제 그제에 시작되었습니까?"

"잔혹해, 너무 잔혹해. 학생들은 전선으로 내몰아서 죽이구 지식인들은 모조리 혼을 빼서 죽이구, 감옥에 가두어서 죽이구, 나 같은 존재는 모멸감으로 이미 박제가 되어버렸지만 그나마 글을 쓰고 연설을 하지 않게 되어 구슬픈 다행이긴 하지만 하하하핫……."

찬하는 독약을 마시듯 술을 마신다. 그의 감정은 순전히 갈지자였다. 여관에 들어서자마자 여주인에게 술을 부탁하던 찬하, 굴간과 같이, 오직 가냘픈 불빛과도 같은 아이들과 아내를 바라보며 침잠해 있던 그가 몇 해 만에 조선땅을 밟고 보니 온갖 것이 무질서하게 그의 뇌리를 어지럽히는 모양이었다.

"그나저나, 말이 났으니, 오가타상은 귀찮게 구는 사람 없어요?"

화제는 다시 바뀌었다.

"귀찮게 굴다니요?"

"유선생이랑 모두 감옥에 있는데 오가타상도 계명회사건에 연루됐으니 묻는 말이오."

"그 얘기…… 별로 귀찮게 하는 일은 없지만."

"일본인이라 그런가?"

"피라미니까 그렇겠지요."

"그럴까?"

"그간 얌전하게 있었지요. 제가 관계한 일도 없구."

"아무튼 일본의 진보적 세력이란 그 자체가 수상쩍어."

"산카상, 나 공산주의자는 아니오."

"알지요. 알어."

"비밀에는 함구하는 방관자일 뿐입니다."

오가타는 묘한 말을 했다.

"공산당 서기장이라는 자가 천황 밑에 공산주의 체제를 둔다는 말을 안 하나."

"그건 지난날 군주제 철폐를 들고 나왔다가 송두리째 무너진 때문이지요. 3·15사건 때 공산당이 당한 걸 생각하면, 이 잡듯 했고 손톱을 뽑는 그 무시무시한 고문을, 그야말로 지옥 같은 고문을 생각하면, 그래도 공산당은 재건되었어요. 나는 산카상처럼 그리 과소평가하지는 않습니다. 군부와 결탁한 진보세력도 있었지만, 또 오늘날 그 대부분이 전향을 했지만 사실 3·15의 그 대탄압이 없었더라면 일본이 변혁될 기회는 있었을 것입니다. 공산주의 국가가 아니더라도. 저변의 저항 세력, 그 에너지는 20년대에 있어서 폭발 직전이었지요. 소위 그것을 잠재우기 위해 고안해낸 것이 보통선거였구요. 그 보통선거는 또 공산주의, 그 밖의 여러 가지 성격의 단체, 그것들의 뿌리를 뽑기 위한 것이기도 했지요. 조선인민만 주권이 없었던 것은 아닙니다. 천황제 국가인 일본에도 국민의 주권이 없기론 마찬가지지요. 일본의 형편도 조선에서 지금 학도병 때문에 지식분자들이 하수인으로 등장하듯 끊임없이 우익 테러리스트들이 준동하고 있지 않습니까? 치안유지법 개악(改惡)에 반대하고 나선 야마센이 우익 테러리스트에게 살해된 것도 예의 하납니다. 생각해보십시오. 국가의 변혁과 사유재산의 부정이 잠재의식 속에 있었다고 떼거지를 쓰며 치안유지법을 적용하여 감옥에 처넣는 현실에서 그 치열성은 인정해주어야 합니다."

"문제는 실전에 약했던 거지."

"그것은 인정합니다. 조선에서는 싸움의 터가 있었으니까요. 만주 중국 연해주, 무장할 수 있는 터는 있었지요. 독립이라는 절실한 목표도 있었구요."

"그 말에도 일리는 있소. 정말 이런 상황은 존재하기 위한 필연성일까? 그들은 그런 식으로 존재하고 우리는 이런 식으로 존재의 위협을 느껴야 하며 또 존재할 수 없다는 것은 그게 무심한 시간과 공간의 필연성일까?"

"나는 그런 생각 안 합니다."

"허 참, 우리 이런 얘기 해도 되는지 모르겠네?"

찬하는 정신이 든 듯 말했고 오가타는 방문을 열고 내다본다.

복도는 말갛게 뻗어 있었으며 호젓했다. 사람의 그림자라곤 없었다. 이층 창 밖에는 소나무 한 그루가 있었고 창문이 바람에 흔들리고 있었다. 옆방도 비어 있는 것 같았다.

이튿날 일행은 북으로 가는 기차에 몸을 실었다. 기차가 달리는 동안에도 그랬지만 가다가 어느 역두에 머물렀을 때도 쇼지는 지치지 않고 창밖 풍경을 내다보고 있었다. 그 풍경 속에 녹아들어간 듯한 눈빛이었다. 척박한 철로연변의 땅이며 대부분 남루한 차림의 조선인들이 쇼지 눈에 어떤 의미를 지니며 다가오는 것일까? 오가타는 문득 그런 생각을 했다. 조선땅 산골에다 쇼지를 풀어놓고 싶은 충동을 느끼기도 했다. 그것은 부성(父性)의 본능 같은 것이었는지 모른다. 시시각각 일본 본토에 다가오고 있는 전화(戰火)를 예감하고, 예측불허, 만주대륙의 상황, 어떠한 대혼란이 일어날지 모르는 그런 것에 대한 강박이 조선땅 산골에다 아이를 풀어놓고 싶다는 황당한 생각을 유발했는지 모른다. 진실로 오가타는 쇼지를 위하여 이 불행한 시대를 절감하는 것이었다.

기차간에서는 각기 다 말이 없었다. 찬하의 머릿속에는 무슨 생각이 오가고 있었는지, 그는 신문을 보다가 책자를 꺼내어 읽다가 때로는 눈을 감고 깊은 생각에 빠져드는 것처럼 보이기도 했다. 용무가 없는 여행이란 항상 그러한 것이지만 그것은 일종의 탈출이다. 그러나 배를 탔을 때나 기차를 탔을 때는 그것이 탈출이기보다 유리(遊離)현상으로 나타난다. 탈출하는 대지를 잃기 때문에 개체에 응결되는 자각과 동시에 운명과의 수직선을 그으며 불확실한 의식의 세계는 확대된다. 그것은 죽음의 행로가 이러할지 모른다는 쓸쓸함이며, 자유의 개념이란 결국 개체에 대한 인식에 불과하다는 것을 깨닫게 된다. 그럼에도 사람들은 여행을 꿈꾸며 또 여행을 반복한다. 왜일까? 조찬하와 오가타 지로도 그러한 여행을 수없이 반복해온 사람이다. 그러나 오가타에게 이번 여행은 예외였다. 그는 여행을 한다기보다 쇼지와 함께 있다는 의미에 그의 생각은 집중되어 있었다. 그것은 자유에 대한 갈망이 아니며 애정에 대한 갈망이었다. 쇼지를 통한 인실에 대한 갈망이며 인실을 통한 쇼지에 대한 사랑의 갈망이었다.

신경 오가타의 사택에서 여장을 푼 일행은 편안한 하룻밤을 보냈다. 근년에 와서 하숙 생활을 청산하고 사택으로 옮긴 오가타는 만주인 노파 한 사람을 시중꾼으로 데리고 있었다. 요리 솜씨도 좋아서 찬하나 쇼지는 음식에서부터 매사에 불편을 느끼지 않았다. 그리고 사택은 조용했으며 깨끗했다.

조반을 끝내고 차를 마시면서,

"나는 치치하얼 쪽으로 갈 생각이오."

찬하가 말을 꺼내었다.

"가능하면 하이라얼에 들르고도 싶고."

"무슨 소립니까?"

의아해하며 오가타가 되물었다.

"우리 하얼빈에서 합류합시다."

"그럼 헤어져서 여행을 하겠다 그 말씀이시오?"

오가타는 펄쩍 뛰었다.

"아버지."

쇼지는 깜짝 놀란다.

"하도 여러 번 와놔서 신경은 신물이 나서 그런다."

"그럼 저는 어쩌구."

"너는 아저씨 따라서 구경하구, 하얼빈에서 만나면 돼."

"저는 아버지 따라가겠어요."

"그것은 안 된다. 그곳은 험하고 추위도 굉장해. 아이들 갈 곳이 못 된다."

"그런 법이 어디 있어요? 험하고 추운 곳이면 아버지도 안 되잖아요?"

오가타는 주거니 받거니 하는 찬하와 쇼지를 번갈아 보며 말이 없었다. 찬하가 혼자 가고 싶어 하는 심정을 알 것 같았기 때문이다. 결국 쇼지는 찬하에게 설득을 당했고 신경에서 하루를 보낸 뒤 찬하는 떠났다.

"불안하냐?"

오가타가 혼자 남은 쇼지에게 말했다.

"네."

사실 쇼지는 몹시 불안해하는 얼굴이었다. 오가타가 쇼지의 생부가 아니었더라면 찬하는 그를 오가타에게 맡겨놓고 떠나지는 않았을 것이다. 오가타는 찬하가 떠난 뒤, 만일 쇼지를 이런 식으로 아주 자기에게 맡겨버렸다면, 그럴 경우의 쇼지를 생각해본다. 쇼지 역시 아버지가 아무리 오가타와 친근한 사이일지라도 낯선 곳에 자기만 남겨놓고 떠난 것을 이해할 수 없었다. 어떤 배신감이라고나 할까, 원망스러움을 누를 수 없었고 여행의 흥취마저 싹 가시고 말았다.

"불안해할 것 없다. 그곳은 워낙이 추운 곳이라서."

"그러면 아버지가 안 가실 수도 있잖아요."

"너 아버지 취미가 여행이라는 거 알지? 오래간만에 나오신 거야. 또 앞으론 좀처럼 여행하기도 어려워질 거구."

오가타는 달래었으나 쇼지의 얼굴은 좀처럼 밝아지지 않았다.

"자아, 우리도 슬슬 움직여보자."

쇼지는 마지못해 따라나섰다.

마차를 타고 시내를 한 바퀴 돌았다. 연도 건물에는 별 관심이 없는 듯, 그러나 쇼지는 엄청난 가로 너비에는 놀라는 것 같았다. 가로는 벌판같이 넓었고 거의가 직선으로 뚫려 있었다. 그리고 지나가는 우마차와 털모자를 깊숙하게 쓴 만주인 어자(馭者), 그 무표정한 모습에는 관심을 나타내었다. 달려가는 일본군 군마의 무리를 힐끗힐끗 쳐다보기도 했다. 어디로 가나 일본군의 카키색 군복은 두드러졌고 조화를 깨뜨리고 있었다.

"아저씨, 저 마차에는 왜 저리 얼음이 꽁꽁 얼어붙어 있어요?"

앞서가는 마차를 가리키며 쇼지가 물었다.

"물을 파는 마차다."

"물을 팔아요?"

"음, 강에 가서 얼음을 깨고 물을 길어다가 시민들한테 파는 게야."

"수도가 없나요?"

"수도 없는 집이 많아서 그래."

"왜 그렇지요?"

"신경은 신도시니까. 십 년도 채 안 되었거든. 만주 일대가 대부분 그래."

"얼음이 두껍겠다."

"그럼 두껍지."

"뭘로 깰까?"

"글쎄다."

"치치하얼은 교과서에서도 배워서 알겠는데 하이라얼이란 곳은 어떤 도시지요?"

쇼지는 시내 구경을 하는 동안에도 줄곧 떠나간 찬하 생각을 하고 있었던 것 같았다.

"그곳은 치치하얼보다 훨씬 더 서북쪽인데 그곳에서 좀 더
가면 국경도시 만주리가 있고, 호룽바일 고원의 중심도시라
할 수 있다."

"그러니까 고원지대로군요."

"그렇지."

"저도 바로 그런 곳에 가고 싶었는데, 도시엔 별로 흥미가
없어요."

끝끝내 떠나간 찬하 생각만 하는 쇼지가 오가타에게는 좀
야속했고 어떤 선망을 느끼기도 한다.

"요다음에 갈 기회가 있겠지."

하다가 오가타는 마음속으로 그것이 언제쯤일까? 하고 반문
해보는 것이었다.

"요다음에 기회가 있었으면 참 좋겠다."

간절히 희망하듯 오가타는 덧붙여서 말했다.

"그렇게 춥고 험한 곳에서 사람들은 뭘 하고 살아요?"

"주로 목축을 하며 살지. 사람들은 자연조건이 냉엄하면 오
히려 자연에 순응하며 사는 게야. 사람과 사람이 투쟁하는 곳
이야말로 자연과도 투쟁을 하는 법이고, 해서 자연을 정복한
다는 말을 많이 하는 곳이 문명사회다. 하이라얼에 가면 낙타
가 썰매를 끌어."

"아저씨는 가보셨어요?"

"그럼. 그리고 그곳에는 몽고인들이 많아. 몽고 무역의 요지이거든. 라마승도 많고."

"라마교는 불교지요?"

"그래 불교다. 라마교의 본산은 티베트이고."

"일본 불교하고 다르나요?"

"다르지."

"어떻게요?"

"성스럽지. 그 점이 다르다."

쇼지는 잠시 생각하는 것 같았다.

이들은 시내를 돌다가 황룡공원으로 갔다. 빙판을 이룬 남호(南湖)는 장관이었다. 아득하게 먼 곳에 숲이 있었다. 야트막한 숲이. 그러고는 온통 호수였다. 스케이트를 타는 사람들이 적지 않았건만 워낙이 넓은 호수여서 사람들은 띄엄띄엄 눈에 띄었고 더러는 한곳에 몰려 있기도 했다. 햇빛이 빙판에 미끄러지고 있었다.

"굉장해요. 모든 게 다 넓어요. 굉장히 넓어요."

"그래 모두가 다 넓지. 생각이 아득해질 만큼 만주 벌판은 넓어. 일본의 국토도 이렇게 넓고 섬이 아니었던들 좀 더 멀리 세상을 내다볼 수도 있으련만."

"그렇지만 일본은 이 넓은 대륙을 정복하지 않았습니까."

쇼지의 그 목소리는 일본인의 목소리였다.

"이 땅의 사람들은, 그러나 결코 정복되지 않았다."

"어째서요? 일본의 지배 밑에 있는데도."

"일본인은 다만 왔다가 가는 사람이야. 이 땅의 임자는 이 땅에 뿌리내리고 사는 사람들, 이 땅에서 태어난 민족이지. 그것은 쇼짱도 알아두어야 해."

"가끔 아버지도 그 비슷한 말씀을 하시지만."

"차차 크면 알게 된다."

"아버지는 그 말씀을 꽤 자주 하셨어요. 전 어리지만 말씀하시면 알아들을 수도 있는데 어른들은 너무 걱정을 많이 하시는 것 같아요. 어머니도 그렇구요."

"말을 해도 네가 이해 못하는 부분이 많아서 그런다. 그리고 말로써 아는 것보다 쇼지 너 자신이 몸으로 느껴서 알게 되는 것이 중요하니까."

"아저씨."

"응."

"지금 일본은 전쟁에 지고 있는 거지요? 그렇지요?"

오가타는 저도 모르게 쇼지를 노려본다.

"이런 말 하면 안 되는 거지요?"

노려보는 오가타의 눈을 쳐다보며 쇼지는 나직한 목소리로 말했다.

"그래."

오가타도 나직하게 힘없는 목소리로 말했다. 쇼지는 돌을 주워 던지려다 말고 물결치는 호수가 아니며 빙판으로 번들

거리는 호수인 것을 깨달았는지 주워 들었던 돌을 슬그머니 놓아버린다.

"쇼짱 스케이트 탈까?"

"⋯⋯."

"스케이트 빌릴 수 있는데."

쇼지는 고개를 저었다.

"스케이트 타는 사람들, 만주인이 많겠지요?"

"그렇지 않아. 일본인이 훨씬 많을 거야."

"왜지요? 여긴 만주국 아니에요?"

"크면 알게 된다는 것이 내 입버릇이라면, 쇼짱은 왜지요? 그게 입버릇인 모양이지?"

쇼지는 웃었다.

"만주인들은 대개 다 가난하니까. 뽐내는 일본인 꼴도 보기 싫을 거구."

"아저씨는 일본인이면서 일본인이 싫은가 부지요? 그래서 우리 아버지하고 친한 건가요?"

"그렇지는 않다. 잘못되어가는 일본이 싫구 잘못 생각하는 일본인이 싫어. 그러나 옳은 생각을 하며 인류를 걱정하는 일본인도 많단다."

"나는 뽐내거나 그러지 않을 거예요. 어른이 되어서도 불쌍한 사람 편에 설 겁니다."

"그래야지."

"학교에도 목검을 휘두르는 깡패 같은 녀석이 있어요. 참 꼴불견입니다. 졸업하면 아라와시*가 되어서 영미 귀축은 씨도 남기지 않고 쳐부수겠다며 큰소리 탕탕 치고 기세가 여간 아닙니다. 도대체 사람들은 무엇 땜에 전쟁을 하는지 모르겠어요."

오가타는 쇼지의 등을 토닥토닥 두드려준다. 마음 같아서는 꼭 껴안아주고 싶었다. 그러나 자제한다.

멀리, 먼 곳 호숫가의 야트막한 숲을 바라본다.

'히토미, 당신은 지금 어디에 있어? 당신 아들이 이렇게 훌륭하게 생장하여 만주땅을 밟고 있는데……'

숲 위에는 호수 빛과 같은 하늘이 있었다. 그곳은 마치 땅끝같이 느껴졌다. 만주땅에서는 언제나 땅끝이 시야에 들어온다. 그러나 가도 가도 땅끝은 없다. 그것은 마치 오가타의 희망 같은 것이기도 했다.

"점심때가 다 됐군."

오가타는 시계를 보며 말했다.

"쇼짱 돌아가자."

시내로 되돌아온 오가타는 단골로 다니는 왜식점 우즈라 [鶉]에 들어갔다. 순 일본식으로 꾸며놓은 식당이었다. 손님들은 그다지 많지가 않았다. 물론 모두가 일본인이었다. 쇼지를 앞세우고 테이블 사이를 지나가는데 화장이 짙은, 사십 가까워 뵈는 여자가 오가타를 빤히 쳐다본다. 여자는 반백 머리의 오십 대 중반쯤의 사내와 함께 식사를 하는 중이었다.

"오가타상."

여자 옆을 지나치려 했을 때, 여자는 다소 날카롭게 불렀다.

"어!"

오가타는 깜짝 놀란다. 그는 다름 아닌 고가 세쓰코[古賀節子]였던 것이다.

"오래간만이에요."

다소 비꼬듯 말했다.

"오래간만이군."

오가타는 난처해하며 말했다.

"듣던 대로 건재하셨군요."

"다롄[大連]에 산다는 얘길 들었는데."

"볼일이 있어서 잠시 들른 거예요. 여직 결혼 안 하셨다구요?"

"그, 그런 셈이오."

"여보, 인사하세요. 옛날 알던 사람이에요."

반백 머리의 사내를 쳐다보는 세쓰코의 눈빛은 차가웠고 어투도 결코 공손하지는 않았다.

"아, 그래."

사내는 게걸스럽게 밥을 먹다 말고 젓가락을 놓으며 부시시 일어섰다.

"여긴 내 남편이에요."

세쓰코 말에 오가타는 머쓱해하다가,

"그렇습니까? 저는 오가타 지로라 합니다. 아무쪼록……."

"나는 오오모리 시게요시[大森茂吉]라 하오."

서로 고개를 숙이며 인사를 한다. 이마가 다붙고 입술이 두툼한 오오모리라는 사내는 부유한 것 같았으나 교양은 없어 보였다. 그는 도로 자리에 앉았다. 그리고 다시 밥을 먹기 시작했는데 세쓰코는 그러한 남편이 안중에 없는 것 같았다.

"그럼 나중에……."

오가타는 가볍게 머리를 숙이며 떠나려 하는데,

"무라카미상 소식은 듣나요?"

세쓰코는 매달리듯 물었다.

"상해에 가 있다는 얘기는 들었소만."

"그래요? 나미에상하고는 아주 헤어졌나요?"

"그런 모양이오."

오가타는 빨리 이 자리에서 떠나고 싶어 했으나 세쓰코는 놓아주지 않으려는 듯 또 물었다.

"다에코상이 정신병원에 들어갔다는 것, 그것 사실인가요?"

"잘 모르겠는데."

"아 참, 이 아이는 누구예요? 나도 모르는 아이가 이미 있었어요?"

세쓰코는 쇼지에게 눈길을 돌렸다.

"아, 아니 친구의 아들이오."

"이상하네? 오가타상을 많이 닮았는데?"

"그, 그럼."

오가타는 뿌리치듯 그 자리를 떠났다. 그리고 되도록 먼 자리에 가서 등을 돌리고 앉았다.

"쇼짱 배고프지?"

공연히 눈부셔하며 오가타는 물었다.

"별로요."

"뭘 먹을까?"

"먹고 싶은 것 다 되나요?"

"그럼 되고말고."

"이나리즈시*가 먹고 싶어요."

오가타는 이나리즈시와 김초밥을 주문했다.

"동경에서는 밖에 나가도 좀처럼 사먹을 수 없다던데……."

"만주는 일본인들의 천국이거든. 누구나가 먹고 싶은 것 다 먹는 건 아니지만 일본인들은 풍족해."

따끈한 미소시루와 초밥을 쇼지와 함께 먹으면서 오가타는 등 뒤에 세쓰코 시선이 느껴져서 몹시 불안했다. 쇼지와 함께가 아니었다면 그를 예사롭게 대할 수도 있었을 것이지만, 다 지나간 일이 아닌가. 그러나 애정은 없었으나 몇 번인가 밤을 함께 보낸 여자, 아직 그 여자에게는 미련이 있었는지 그 절실해하는 눈은 아무래도 마음에 꺼림칙했다. 세쓰코가 돈푼 있는 장사꾼의 후처로 들어갔다는 얘기는 진작부터 들어서 알고 있었다. 세쓰코의 경우도 무라카미며 나미에, 다에코의 소식을 물어볼 필요가 없었다. 나미에가 그때 동경에 간 후 돌아오지 않았던 것은 그 당시 이미 알려진 일이었고 다에코도 구애(求愛)를 거절한 무라카미에게 식칼을 들고 덤비다가, 그 사건으로 일본에 보내졌고 그곳에서 정신병원에 들어갔다는 소식을 세쓰코가 신경에 있을 때 다 들었던 만큼 새삼스럽게 물어볼 필요가 없었던 것이다. 이야기를 잇자니까 그렇게 된 것이다. 하여간 세쓰코를 만난 것이 쇼지에게 켕기는 일인 것만은 사실이다.

식사를 끝내고 일어섰을 때 오가타는 조심스럽게 뒤돌아본다. 세쓰코 내외가 앉았던 자리는 비어 있었다. 돌아간 모양이었다. 오가타는 안도의 숨을 가느다랗게 내쉬었다.

이틀 동안 신경서 어물쩡거리다가, 어물쩡거렸다는 것은 쇼지가 시무룩해 있었기 때문이다. 그는 매사에 흥미를 잃은 듯했고 찬하 생각만 하는 것 같았다. 그리고 몹시 불안해하는 것 같았다.

"우리 그럼 하얼빈에 미리 가 있을까? 거기서 아버지 오는 동안 기다리는 게 어때?"

"네, 그래요!"

비로소 쇼지는 활기차게 대답했다. 아직은 소년이었다. 만리타국, 전후좌우 끝 간 데 없는 망망대륙에서 다시 만날 것을 기약하기는 했으나 아버지와 헤어졌다는 것이 두렵지 않을 수 없었을 것이다. 그러나 그보다 그들 부자간의 각별한 사랑이 쇼지로 하여금 찬하의 신변을 걱정하게 한 것이다. 그러한 아이를 바라보며 오가타는 오가타대로 고민하게 되었다. 진실을 알았을 때 쇼지의 충격을 상상하기 때문이다.

기차로 장장 여덟 시간 이상이 걸리는 신경과 하얼빈 사이, 언덕 하나 볼 수 없는 벌판을 기차는 일직선으로 마치 화살이 날듯 가고 있었다. 쇼지는 지쳤는지 차창 밖 풍경을 보다가는 잠들곤 했다. 오가타도 눈을 감은 채 생각에 잠겨 있었다.

'십여 년 전만 해도 당신은 천황을 부정하지 못했소. 홍구공원(虹口公園)사건 때 감격한 당신은 내 집을 찾아와서 조선독립운동에 투신하고 싶다고까지 했지만 천황을 부정 못했소. 그런데 오가타상 당신은 지금 확고하게 군주제를 부정하는군요.'

동경서 찬하가 하던 말이 생각났다.

'도대체 사람들은 무엇 땜에 전쟁을 하는지 모르겠어요.'

남호 호숫가에서 하던 쇼지의 말도 생각이 났다. 그리고 그 생각은 차창 밖 풍경처럼 날아갔다.

'무라카미상 소식은 들나요?'

하고 묻던 화장이 짙은 세쓰코의 얼굴이 떠올랐다. 무라카미의 집, 그 객실에 모여든 사람들 얼굴이 떠올랐다. 직업은 각각이었지만 그만그만한 인텔리들이 모여서 마작을 하고 술을 마시며 부정적 시국관을 가지고 있던 사내들, 상당한 연배였던 중학교 교사 오이[大井]는 귀국했고 만철(滿鐵)에서 만드는 홍보영화에 관계하고 있던 하야시[林]는 체포되어 지금 어떻게 되었는지 모른다. 그의 군부 비판은 그 당시 상당히 과격했던 것을 오가타는 기억하고 있었다. 그러한 사람들이 오가타 의식 속에서 차창 밖 풍경처럼 날려가고 있었다.

하얼빈역에 내린 오가타는 언제나 이곳에 서면 그러했듯이 역두에서 인실을 보았던 그 당시를 회상하게 된다. 인실이 탄 마차를 뒤쫓다가 놓쳐버렸던 그때의 미쳐버릴 것만 같았던 절망을 되새겨보는 것이다.

쇼지를 데리고 사람들을 헤치고 나온 오가타는 곧장 호텔로 향하였다. 마차를 타고 가는데 쇼지는 신경에서와는 다르게 호기심에 가득 찬 눈빛으로 거리를 바라보는 것이었다. 오가타 역시 마음이 설레기로는 쇼지의 유가 아니었다. 하얼빈이라면 수도 없이 와본 곳이다. 예전에도 여러 번 왔었지만 송화강 강가에서 애절하게 인실과 헤어진 후 해마다, 어떤 때는 두세 번이나 찾곤 했던 곳이다. 올 때마다 가슴 설레는 곳이었지만 이번의 방문이야말로 그 어느 때보다 각별한 감회가 있었다. 그것은 말할 것도 없이 쇼지를 동반했다는 그 사실 때문이다.

그새 오가타는 윤광오, 심수앵 부부와 깊은 우정을 맺게 되었다. 수앵은 오가타에게 말할 수 없이 깊은 동정을 나타내었고 윤광오는 친구로서, 또 동경진재 때 그 재난을 피할 수 있게 보호해준 은인으로서 오가타를 민족적인 편견 없이 대했을 뿐만 아니라 그의 맑은 감성을 윤광오는 사랑하게 되었다.

다만 그들 부부가 함구하고 있는 것은 인실에 대한 일이었다. 그들이 고작 한다는 것은 간접적인 말이었는데 걱정하지 말아요, 그것뿐이었다. 오가타는 그 말을 듣기 위하여 장장 여덟 시간을 소요하는 이곳을 찾아오는지도 모른다. 걱정하지 말아요.

"아저씨."

"응."

"이곳은 신경하고 영 달라요."

"그렇지?"

"신경은 뭔가 네모 반듯반듯, 건물도 그렇구요. 하지만 길이 넓은 데는 놀랐어요. 굉장했어요."

"하얼빈은 어때?"

"이상해요."

"어떻게?"

"보지 못한 곳에 처음 와보는 기분이 아주 강하게 들어요."

"음."

"하지만 제가 상상한 지나인의 도시는 전혀 아닌 것 같아요."

"만주가 중국인의 나라도 아니었지만."

"네?"

"한때 만주족이 청나라를 세워서 중국을 통치했으니까 그렇게 생각할 수도 있겠지."

"그건 좀, 알기는 아는데……."

"만주족은 한족(漢族)과는 다르다. 발해국을 세운 말갈과 금나라 청나라를 세운 여진이 만주족인데 조선 민족의 피도 많이 섞여 있어."

"조선 민족의 피요?"

쇼지는 놀란다.

"그래, 조선 민족의 피, 발해국을 세운 사람이 대조영(大祚榮)이라고 고구려사람이었거든. 뿐만 아니라 신라가 삼국을 통일했을 때 북방의 많은 영토를 당에 내어주었고 영토 따라서 조선 민족도 많이 떨어져나가 만주족과 동화했으니까."

"역사시간에 그런 것 가르쳐주지 않아요."

"……."

한동안 쇼지는 입을 다물고 있었다. 오가타도 말이 없었다.

"그런데 아저씨."

쇼지가 말을 꺼내었다.

"이 하얼빈은 누가 만들었어요? 만주족이 만들었나요?"

"아니지."

"그럼?"

"러시아가 건설한 도시야."

"그럼 일로전쟁 전이군요."

"그렇지. 너 보기는 이 도시가 어떠냐?"

"이상하지만 아름다운 것 같아요."

"그래 아름답다. 다롄도 참 아름다운 도시야. 그곳 역시 러

시아가 건설한 도시거든. 모두 동양적인 것은 아니지만 이런
게 다 각기 다른 민족이 갖는 문화의 특색이다. 이상하게 느
끼는 것은 바로 그 특색 때문이지."

"네."

쇼지는 수굿하게 오가타의 말을 들었다.

"하얼빈에서 북쪽으로 올라가면 흥안령(興安嶺)이라고, 아마
지리시간에 배웠을 게야."

"네."

"울창한 삼림지댄데 그 가장자리에 흑룡강이 흐르고 있어.
큰 강이야. 어족이 징그럽게 많아. 아이만 한 고기가 잡혀."

"정말입니까?"

"그럼. 송화강도 크고, 송화강에서도 그런 큰 고기가 잡히
지만 말이야."

"흑룡강은 러시아하고 국경선 아닙니까?"

"그렇지. 우수리강도 그렇고 만주하고의 국경이지. 그런데
그 흥안령 이쪽 지대가 유명한 수렵장이다. 곰이며 순록, 네가
말한 담비 목도리의 그 담비도 그곳에서 대부분 잡히는 거다."

"담비! 아저씨 잊지 않으셨지요?"

쇼지는 갑자기 소리를 높였다.

"일구월심이구나."

오가타는 웃었다.

"걱정 마라. 노력해볼게."

"약속했어요?"

"음."

동경에서 담비 목도리 얘기가 나왔을 때 구해보겠노라고 한 오가타의 말이 전혀 근거 없는 것은 아니었다. 얼마 전까지도 윤광오는 모피무역을 했기 때문이다.

호텔에 도착한 오가타는 쇼지에게 목욕을 하라고 서둘러댔다. 긴 여행 끝이어서 쇼지는 순순히 응했다. 그리고 서둘러 저녁을 먹은 뒤,

"쇼짱, 나가자."

"저녁인데요?"

쇼지는 목욕하고 저녁까지 먹은 탓인지 졸음이 오는 모양이었다.

"너랑 가볼 곳이 있어."

"어딘데요?"

"아저씨하고 아주 친한 사람의 집이야."

쇼지는 왜 아저씨하고 친한 사람의 집에 자기도 함께 가야 하는지 의혹스런 눈빛으로 바라보는 것이었다.

"담비 목도리를 구할 수 있는 분이거든."

오가타는 얼렁뚱땅 둘러대는데 마음속으로는 이미 흥분을 하고 있었다. 쇼지를 보고 광오 부부가 어떤 생각을 할지 궁금해 죽을 지경이었다. 담비 얘기가 나오자 쇼지는 싹 달라진다.

"네, 가요. 아저씨!"

졸음도 달아난 것 같았다. 외투를 챙겨 들었고 털모자 목도
리 장갑을 쓰고 두르고 끼고 하면서 오가타보다 더 서두르는
것이었다.

"쇼짱."

"네."

"너 어머니가 그렇게도 좋아?"

"네, 세상에서 우리 엄마가 젤 좋아요. 아버지두요."

"그래? 부럽구나."

"아저씨는 어머니를 좋아하지 않으셨어요?"

"너처럼은 아니었지만 아저씨도 어머니를 사랑했단다."

쇼지의 눈동자를 들여다보며 오가타는,

'언제인지 모르지만 너를 낳아준 어머니 그리고 나를 쇼지
너는 산카상 부부만큼 사랑할 수 있을까? 아니, 아니다. 사랑
하지 않아도 좋다. 네가 내 자식이라는 그것만으로도 나는 행
복하다.'

두 사람은 호텔을 나왔다. 마차를 타고 허공로(許公路)로 향
했다.

운회약국은 작년과 다름없이 그 자리에서 영업을 하고 있
었다. 전쟁이 막바지에 이르고 있었지만, 독일과의 싸움에서
승리를 거둔 소련이 언제 어떻게 밀고 내려올지 알 수 없었지
만 허공로는 여전히 번화가였고 불빛도 밝았다. 엄동이지만
초저녁이라 상점의 문들은 아직 닫지 않고 있었다. 문을 밀고

오가타가 먼저 들어섰다. 물자결핍이 날로 심화되어 운회약국도 내부는 썰렁했다. 광오와 수앵이 부부 두 사람이 난롯가에 서 있다가 동시에,

"오가타상."

하고 불렀다. 오가타는 재빨리 입술에 손가락을 대면서 돌아본다. 쇼지가 급히 약국으로 들어온 것이다. 부부의 눈은 또 동시에 쇼지에게로 쏠렸다.

"초정월에 웬일이오."

광오가 물었다.

"바람이 그렇게 불었어요."

오가타는 들뜬 목소리로 대답했다.

"쇼짱 인사해. 아저씨의 친구분이시다."

"안녕하세요?"

쇼지는 스스럽게 인사를 했다.

"친구의 아들입니다."

부부는 놀라움과 감동으로 아이를 바라보다가,

"그래, 잘 왔다. 참 잘 왔어."

광오가 약간 목멘 소리로 말을 했다.

"여보, 우리 얼른 집으로 들어갑시다."

윤광오는 수앵을 보고 말했다.

"네, 그래요."

수앵의 대답하는 목소리도 목멘 것 같았다. 설명이 필요 없

었다. 이들 부부는 쇼지를 보는 순간 인실의 아들이라는 것을 깨달은 것이다. 오가타가 소년을 데려왔다는 것만으로도 알아차릴 수 있는 일이었지만 쇼지의 얼굴에서 그들은 역력한 인실의 모습을 보았던 것이다.

"정말 꿈같네요. 오가타상."

집으로 돌아갈 채비를 하면서 수앵이 말했다.

일행은 밖으로 나왔다.

"아저씨 어디 가는 거예요?"

쇼지는 낮은 목소리로 물었다.

"집에, 집에 가는 거다."

"집이 따로 있어요?"

"그럼. 가까운 곳에."

광오와 수앵은 앞서가면서 뒤따라오는 오가타와 쇼지를 뒤돌아보고 뒤돌아보곤 했다.

"어쩌면 아이가 저렇게도 잘생겼지요? 너무 놀랐어요."

"인실 씨를 많이 닮았어."

"네, 그래요. 어디서 만나더라도 단박 알아볼 것 같았어요."

"오가타상 굉장히 흥분했어."

"얼굴이 벌게져서…… 얼마나 마음이 착잡할까."

"착잡하기는, 저 친구 개선장군 같은 기분일 게요."

"그럴까요? 저는 가슴이 아플 것 같아요. 아들이라 말하지도 못하는 오가타상의 심정이 오죽하겠어요?"

"미래가 있질 않소. 괜찮아. 그에게는 정말, 저 아이가 축복이오."

대강 조찬하하고의 관계를 알고 있었으며 그간의 사정도 알고 있는 이들 부부였다. 처음 오가타와 쇼지가 약국으로 들어섰을 때 광오나 수앵은 단박에 인실의 아들인 것을 짐작했고 그 어려운 부자 상봉의 절차를 끝낸 줄 알았다. 그렇지 않고서는 오가타를 따라올 아이가 있을 턱이 없었다. 말하지 말라는 신호로 오가타가 입술에 손가락을 얹은 것도 그렇지만 아이는 아이대로 오가타를 아저씨라 부르는 통에 내심 이들 부부는 실망하기도 했던 것이다.

"그간 오가타상은 열심히 살았어. 애처로울 만큼, 세상에 저런 사내도 드물 거요."

오가타가 하얼빈을 자주 방문했을 뿐만 아니라, 윤광오도 볼일이 있어 신경으로 가게 되면 오가타를 만나곤 했다. 보다 더 확실하게 말을 한다면 윤광오는 사업상 출장을 가장하고 조직에서 부여한 임무를 띠고서 신경에 나타나는 것이며 때에 따라서는 오가타의 숙소, 사택을 이용하여 사람을 만나기도 했으며 동지의 피신처가 된 일도 있었다. 오가타 집에 있는 가정부, 만주인 노파도 단순한 가정부는 아니었다. 부산여관에서 찬하를 보고 오가타는, 비밀에는 함구하는 방관자일 뿐입니다, 그런 묘한 말을 했는데 바로 윤광오와의 관계를 두고 그랬던 것이다. 언젠가 윤광오는 오가타와 함께 술을 마셨는

데 이런저런 얘기 끝에,

"중국인은 조직을 운영하는 데나 조직 생활에 상당히 숙달돼 있는 것 같소. 성질이 느긋해서 그런지 신해혁명 이후 계속되는 혼란에 단련이 되어 그런지, 조선인들은 그 점에 있어서는 아직인 것 같아요. 비밀보장이 상당히 어려워."

무심결에 한 말이었지만 듣기에 따라서는 너 입 조심해, 그렇게 받아들일 수도 있었다.

"윤상."

오가타는 상당히 취해 있었는데 갑자기 정색을 하고 불렀다.

"변명한다고 오해하지 마시오. 나는 그것을 극복하는 데 이십 년 이상의 세월이 걸렸소."

광오는 그때 어리둥절해하며 오가타를 쳐다보았다.

"나는 말입니다. 나는 내 개인의 사랑을 애국이라는 가치보다 우위에 둡니다. 왜냐하면, 내 조국이 정의롭지 못한 전쟁을 하기 때문입니다. 반대로 히토미상은 자신을 희생하며 민족을 위해 몸을 바치고 있지요. 그것은 핍박받는 내 민족을 압제로부터 해방시키려는 싸움이기 때문입니다. 나도 히토미상과 같은 입장에 선다면 당연히 내 사랑을 희생시켰을 것입니다." ·

그것은 자기 입지의 표명인 동시 순진한 사람 이용한다는 윤광오의 자책과 만일의 경우를 염두에 둔 불안에 대하여 쐐기를 박는 말이기도 했다.

따뜻한 불빛이 새나오는 집 안으로 일행은 들어갔다. 집 안은 포근하고 정돈이 잘되어 있었으며 중국식 러시아식의 절충된 듯한 장식품 가구들, 쇼지는 그것들이 신기한 듯 사방을 둘러본다. 순 일본식 가옥과 가구 집기에 길들여진 쇼지에게는 이 같은 집안 내부가 썩 흥미로웠던 것 같았다. 오가타도 마음이 놓인 듯 소파에 깊숙이 몸을 묻었다. 향기 짙은 차를 끓여 내왔다.

"어떻게 함께 오게 되었소?"

광오가 물었다.

"동경에 갔다가 우연히, 그리되었어요. 이 애 아버지랑 함께 왔지요."

"그분은 그럼?"

"신경에서 헤어졌습니다. 치치하얼, 하이라얼에 갔다가 이곳에서 합류하기로 했어요."

"그곳에 무슨 용무라도 있어서?"

"아니오. 본래 그 양반 여행광이거든요. 몇 해 동안 꿈쩍하지 않으니까 아마 새처럼 혼자 날고 싶었을 겁니다."

수앵은 편안해 보이는 연초록빛 옷으로 갈아입고 아주 예쁜 접시에 과자를 담아 들고 나타났다. 그의 모습은 봄이 온 것처럼 화사했다.

"쇼짱 이거 먹어요."

수앵의 입에서 쇼짱이라는 말이 자연스럽게 흘러나왔다.

오가타를 통해 수없이 들어본 이름이었기 때문이다. 쇼지는
의아해하는 표정을 지었다.

"먹어."

광오도 쇼지를 쳐다보며 부드럽게 말했다.

"네, 고맙습니다."

모자를 벗고 장갑도 벗고 외투까지 벗어버린 쇼지는 광오
와 수앵의 눈에 확실하게 그 모습을 드러내었다. 그를 바라보
는 내외의 눈에는 형용하기 어려운 어떤 감동이 지나간다.

"쇼짱 이곳은 몹시 춥지?"

수앵이 또 말했다.

"굉장히 추워요."

"이제 안 춥지?"

"네, 따뜻합니다."

수앵의 눈에 눈물이 어렸다.

'언니, 인실언니! 이런 비극이 또 어디 있겠어요?'

수앵의 귀에는 인실의 통곡이 들려오는 것 같았다. 저도 모
르게 눈물을 흘린다.

"여보."

광오가 힐난하듯 쳐다보고 오가타는 당황한다. 쇼지는 더
욱더 의혹에 찬 표정이다. 수앵은 얼른 눈물을 거두었다.

"오가타상 우리 술 좀 할까요?"

광오는 분위기를 휘적여버리듯 말했다.

"아, 아닙니다. 일찍 가서 자야 합니다. 피곤할 테니까."

"호텔로 갈 거요?"

"네."

"그만 여기서 자지."

"그렇게 하세요."

수앵이도 권했다.

"아, 아니 가야 합니다. 내일 또 오지요. 그보다 부탁이 하나 있는데."

"……?"

"담비 목도리 구할 수 있을까요?"

순간 의혹에 차 있던 쇼지 얼굴에 기대와 기쁨이 나타났다.

"그건 뭐 하려구?"

"쇼짱의 소원입니다. 어머니한테 선물할 거랍니다. 효자거든요."

그 말에 광오와 수앵은 정신이 번쩍 드는 것 같았다. 그들은 현실로 돌아왔다.

"구하려면 구할 수 있지요."

광오 대답에,

"정말입니까? 아저씨!"

쇼지는 뛸듯 좋아했다.

"그래. 나 전에는 모피장사를 했거든."

"그, 그럼 우리 누나."

하다가 흥분한 쇼지는 말을 잇지 못한다.

"저 그 러시아 여성들이 끼는 자그마한 털토시 있지 않습니까?"

오가타가 대신 말했다.

"아아 그거."

하다가 광오는 웃는다.

"약속했거든요. 같이 못 와서 불쌍하기도 하구요."

"알았어. 걱정 마라. 이 아저씨가 꼭 구해주겠다. 그래 만주에 와보니 기분이 어때?"

"아버지하고 함께 왔으면 최고였을 거예요."

"곧 오실 건데 뭐."

"그래두요."

수앵의 시선이 오가타에 갔다. 오가타는 웃고 있었다. 마냥 행복하게 웃고 있었다. 이 광경이 인실에게 전해질 것을 믿으면서.

"쇼짱의 아버지 어머니는 참 좋으신 분인가 봐."

수앵이 한숨 쉬듯 말했다.

"우리 어머니는요, 동상 걸릴 거라고 막 걱정하셨어요. 모자 장갑 잊지 말고 쓰고 껴라, 막 잔소릴 하시잖아요?"

이런저런 얘기를 하다가 오가타는 일찍 자야 한다면서 일어섰다. 그리고 함께 호텔까지 따라가겠다는 광오의 말을 뿌리치고 나선다.

"소년아, 우리 악수하자."

광오가 쇼지에게 손을 내밀었다. 쇼지는 웃으며 손을 잡았다. 수앵이도 쇼지의 손을 잡으며,

"잘 가아. 그리고 오가타상."

"네."

"내일 아침은 집에 오셔서 잡수세요."

"그러지요. 맛있는 것 많이 장만해주셔야 합니다."

"걱정 마세요. 진수성찬으로 차릴게요."

그들과 헤어져서 오가타와 쇼지는 거리로 나왔다. 오가타는 쇼지의 어깨를 감싸 안듯 걷는다.

"춥지?"

"괜찮아요."

마차가 또각또각 말굽 소리를 내며 다가왔다. 마차를 탄다.

"아저씨."

"응."

"좀 이상해요."

"뭐가?"

"그 아주머니 왜 울지요?"

"그, 그건."

오가타는 당황한다.

"그건 말이야, 그 아주머니한테는 아이가 없거든. 그래 슬퍼서 그러시는 거다."

그것으로 쇼지는 납득이 된 것 같았다. 그러나 다시,

"어째 저의 이름을 아시지요?"

하고 물었다.

"내가 널 그렇게 불렀으니까. 안 그랬던가? 하긴 친한 사이
니까 동경 갔다 오면 쇼짱 얘길 하기도 하구."

"그래요? 그분들하고 어떻게 친해졌지요?"

"윤상은 동경서 공불 했거든."

"아아, 그랬구나. 아주머니는 미인이지요?"

"그럼. 그분은 러시아에서 태어났고 러시아에서 자랐다."

"그거 정말입니까?"

"정말이지 않고."

"일본말을 잘하시던데요?"

"중국말도 썩 잘하시지."

"그래요? 러시아에서 태어났다면."

"이민 간 거지. 부모가."

마차가 멎었다. 호텔 앞의 가등이 호텔건물 일부를 비춰주
고 있었다.

5장 평사리의 어둠

섬진강이 풀리기 시작했다. 강둑에는 쑥을 캐는 아이들 아

낙들의 모습을 볼 수 있었다. 봄은 멀지 않은 곳에 와 있는 듯
싶었고 그러나 강바람은 아직 매웠다.

나룻배 뱃삯도 내기가 어려운 가난뱅이 부자가 갈비[枯松葉]
둥치를 올려놓은 지게를 지고 읍내로 향하는 길인지 걷고 있
었다. 때 묻은 수건을 목에 감고, 바람을 안으며 가기 때문인
지 코가 빨갛다. 아비는 오십을 넘긴 듯 아들은 열네댓 살쯤.

"아부지."

"칩다, 잠자코 걸어라."

"갈비 팔믄 간개기(간고기) 두어 마리 사입시다."

"팔리야만 개기를 사든지 말든지, 배급소금도 사얄 긴데."

"할매가 개기 노래를 불러쌓십니다."

"……."

"설도 쇠어야 한께요."

"칩다, 어서 걸어라."

이때 마을 길에서 장연학이 걸어 내려왔다.

"나무 팔러 가요?"

연학이 먼저 물었다.

"야. 설 쇠러 가십니까?"

연학은 출타 차림이었다.

"그렇구마. 육로로 갈라 카요?"

"나무 한 짐 얼매나 받을 기라고 나룻배 타고 우쩌고 하겠
소."

253

"가만있자아, 얼매나 받을 기요?"

"머로요?"

"나무 말이오."

"시세를 알아야제요. 장에 가서 남 파는 거 봐감서."

"날 따라오소."

"야?"

"날 따라오라니까."

비로소 나무를 사겠다는 뜻을 알아차린 사내는,

"가자, 수야!"

목소리에 힘이 돌아왔다. 연학은 발길을 돌렸고 부자는 길을 꺾었다.

"모두 고생이오."

앞서가며 연학이 말했다.

"시운이 나빠서."

뒤따라가면서 사내는 대답이라도 해야 할 것 같았는지 그런 말을 건성으로 중얼거렸다. 그는 웃담에 사는 박서방이었는데 인사 정도는 하고 지내지만 연학은 그의 형편에 대해서도 잘 알지 못했다.

'모레가 음력 설인데 나무 팔아서 제수 장만할 요량인 모양인데, 못 팔믄 허행할 거 아니가. 이 단대목에.'

연학이 박서방 부자를 데리고 간 곳은 최참판댁 아닌 성환의 집이었다. 집 안에는 인기척이 없었다. 귀남네는 마실을

254

갔는지.

"여기 내리놓으소."

연학은 마당을 가리켰다.

"우리 아아 거는 우짤고요?"

"함께 내리소."

아비의 갈비 단은 컸고 아들의 갈비 단은 작았다.

"음, 그라믄."

하다가 연학은 오 원짜리 지폐 한 장을 품에서 꺼내었다.

"저기 거슬러줄 돈이 있어야제요."

박서방은 난감해했다.

"큰 단은 삼 원이고 작은 나뭇단은 이 원, 나도 시세는 모리오. 우선 그렇게 받아두소."

"그런께⋯⋯. 면소 서기 월급이 삼십 원이라 카던지, 하므는 오 원이라, 그거는 안 되제요."

"⋯⋯?"

"나중에 도둑놈 보짱 소리 듣고 접지 않구마요."

"값이야 내가 정한 거 아니오. 잠자코 집어넣으소."

그때 방문이 열리면서 성환할매가 더듬거리며 기다시피 하며 마루로 나왔다.

"자, 장서방가?"

"야."

"설 쇠러 간다 카더이."

"나무 두 단 갖다 났십니다."

"나무를? 그거는 와 가지고 왔는고? 귀남아 귀남아!"

"마실 갔는지 없네요."

"방금 있었는데?"

더듬거리며 마루에서 내려오려는 것을 연학이 말린다. 빈
지게를 진 박서방 부자가 우두커니 그 광경을 바라본다.

"그만 방에 들어가시이소. 그러다가 넘어지기라도 하믄 우
짤라고?"

"아, 아이다."

"허허 참."

성환할매는 눈이 멀었던 것이다. 성환이 학병에 끌려나갔
다는 소식을 듣고 그는 눈이 멀고 말았다. 남희 때문에 노심
초사하고 있었던 차중에 성환의 소식은 결국 노인의 눈을 멀
게 한 것이다. 진주에서 병을 고친 남희는 지금 도솔암에 가
서 정양하고 있었다.

"그라믄 다니오겠십니다."

"그, 그래라."

성환의 집에서 나오자,

"노인네가 참 딱하게 됐십니다."

박서방이 말했다.

"시운이 나빠서."

연학은 자조하듯 하늘을 올려다보며 박서방이 하던 말을

되풀이했다. 겨울 까마귀가 무리를 지어 날아간다.

"덜 서럽아서 눈물도 나지, 직통으로 당하고 보믄 눈물도
안 나는 기라요."

박서방이 부시시 하는 말이었다. 바람을 안고 읍내까지 갔
다가 운수불길하면 나무도 못 팔고 온종일 부자가 장터에서
떨었을지도 모르는데 마을 길에서 다행히 나무는 처분이 되
었고 게다가 적잖은 횡재도 한 셈인데 박서방은 연학을 만난
그때나 지금이나 별반 표정의 변화가 없었다. 빈 지게, 가벼
워진 지게를 지고 어른들 뒤에서 우쭐우쭐 걷는 아들만은 마
냥 기분이 좋아서 싱글벙글하고 있었다.

"집에서도 누가 끌리나갔소?"

연학이 물었다.

"대동지란을 나라고 우찌 피할 깁니까. 이런 시절에는 무자
식이 상팔자라, 한 놈도 아니고 둘이나 뺏아갔소. 비리갱이
겉은 막내 놈 하나 냉기놓고."

"무자식이 상팔자라…… 맞는 말이오. 징용에 갔소?"

"야."

"하기야 머, 징용이나 군대에 가는 거나 그기이 그거지."

그러고는 말이 끊겼다. 마을은 온통 비어버린 듯 조용했다.

"장주사."

연학은 고개를 돌려 박서방을 쳐다본다. 검붉은 얼굴보다
목에 더 많은 주름이 널려 있었다. 입춘이 지나갔다고는 하나

옷이 얇았다.

"석이어무이 살아온 내력을 다 압니까?"

성환할매라 하지 않고 그는 석이어무이라 했다.

"대강은 들어서 알지마는 와요?"

"장주사는 이곳 태생이 아닌께 저저이는 모릴 깁니다."

"……."

"석이가 지금 살아 있다믄 나이가 나보다 한두 살 아래, 아
마 그리됐일 깁니다. 어릴 적에는 함께 나무도 하러 댕깄고
강가에 매욕도 하고…… 그런 동무였소."

하다 말고 박서방은 꼬깃꼬깃 접은 소매 끝을 풀어서 피우다
남은 담배꽁초를 하나 집어낸다. 그것을 입에 물더니 성냥개비
하나를 꺼내 들고 슬그머니 쭈그리며 앉아서 길가 바위에 성
냥을 그어 불이 일자 바람을 두 손으로 막으며 조심스럽게 불
을 붙인다. 일어선 그는 시원하게 연기를 내어뿜는데 다시 갈
까마귀 떼가 요란스럽게 울어대며 푸른 보리밭에 내려앉는다.

"동네에서 의병이 일어났던 그때였소. 세세히 다 말을 하자
카믄 길고, 아무튼 그때 석이아부지가 왜놈 병정한테 붙잡히
서 끌리가는데, 지금도 눈앞에 선하요. 신발짝을 벗어들고 아
부지! 아부지! 함시로…… 울고 따라가던 석이 생각이 납니
다. 그때, 사람들이 조준구 그놈을 직이비리고 산으로 들어가
는 건데."

"직일라꼬 찾았으나 못 찾았다 그러더마."

"그러씨, 그랬이믄 석이아부지는 죽지 않았을 깁니다."

박서방은 말을 끊고 담배를 깊숙이 빨았다. 그리고 연기를
토했다.

"석이어무이도 참 기박한 팔자요. 눈이 멀게도 됐십니다."

"그러나 아직은 다아 산 거는 아닌께 내일 일을 우찌 알겄
소."

갈림길까지 왔을 때 박서방은 지게를 벗어 아들 지게 위에
얹었다.

"니는 집에 가거라."

"아부지이, 나도."

"허허어, 할 일 없이 머할라꼬?"

"그라믄 아부지."

"……."

"개기 사올 기지요?"

박서방은 아무 말 않고 걸음을 옮긴다.

"아부지이!"

"어 가거라."

돌아보지 않고 손만 저었다. 나루터까지 왔다. 나룻배를 기
다리는 동안 박서방은 말이 없었고 연학이 역시 말이 없었다.

성환할매가 눈이 멀었다는 말을 듣고도 연학은 그 집에 가
지 않았다. 그러다가 도솔암에 다녀온 후 찾아갔다. 성환할매
는 모든 희망을 다 놓아버린 것처럼 보였다. 도솔암에 다녀오

는 길이라 했지만 남희가 어떻던가 묻지도 않았다. 연학은 성환할매 귀에다 대고 속삭였다.

"기운 내이소."

"……."

"조금만 참으시이소. 일본놈들 곧 망할 깁니다. 그라믄 석이도 돌아오고 성환이도 돌아올 깁니다."

그 말에 심봉사처럼 눈을 뜬 것은 아니었지만 희미한 희망의 줄을 거머잡은 듯, 그러나 성환할매는 고개를 저었다. 이제는 안 속겠다는 그런 몸짓이었다. 이제는 속지 않겠다.

"남희도 잘 있십니다. 병도 나았고."

아무도 모르는 병명, 남희 본인조차 모르는 병, 허정윤과 자기만 아는 그 참혹한 병명은 어떠한 무게보다 무겁게 연학을 휘청거리게 한다.

"아이가 마음만 좀 돌리묵으믄 될 깁니다. 신경이 아주 약해져서."

말을 하면서도 연학은 남희가 과연 할머니 품에 돌아올 수 있을는지 믿을 수 없었다. 차라리 중이나 되어라, 연학의 기분은 그러했다.

세상에 나가서 그 아이는 살아갈 수 없을 것만 같았다. 남과 같이 웃고 남과 같이 울고, 신명을 내고 화를 내고, 그 측은한 모습을 바라볼 수 없을 것만 같았다. 지금은 멍청해 있기라도 하니 망정이지.

'차라리 중이나 되어 살아라. 부처를 의지하고, 세상 꼴 보지 말고.'

나루터에 서서 연학은 저도 모르게 그 말을 마음속으로 뇌고 있었다. 그런 생각을 뿌리치기라도 하는 듯,

"살기가 어렵겠소. 장골이 둘이나 빠져나갔으니 농사도 그렇고."

하며 박서방에게 말을 걸었다.

"머어…… 목구멍에 죽물이라도 넘어간께 살고 있는 기지요. 언제는 안 그랬건데요? 술잔이라도 마시믄 그때가 잠시 잠시 극락이고 버둥거리봐야 그거 다 허사요."

한이 된다는 말도 이제는 사라지고 없는 것 같았다. 희망이 없는 캄캄절벽, 어디서 빛줄이 새어들어 한을 풀 새날을 기다려본단 말인가. 삶의 의지를 잃은 사람은 비단 성환할매나 박서방뿐만은 아니었다. 최서희도 지금 평사리에 내려와 있었다. 날개 찢긴 나비같이, 거미줄에 걸린 나비같이, 파닥거리지도 않았고 몸부림치지도 않았다. 조용하게 사람을 바라보았다. 만석꾼 살림의 최서희나 나룻배 뱃삯을 선뜻 내놓을 수 없는 박서방이나 눈이 멀어버린 성환할매, 살아보고 싶은 뜻을 잃은 상태는 매일반이었고 그리고 그것은 평등했다. 사람들은 돈만 있으면 귀신도 달랜다는 말을 하는데 그것은 거짓말이다. 산 사람도 달랠 수 없는 경우가 허다하니 말이다. 하물며 서천으로 넘어가는 해를 그 누가 잡을 것이며 망망대해

로 흐르는 물을 누가 막을 것인가. 천리를 거스르는 것이 전쟁이요, 작은 섬나라 대일본제국의 야망이야말로 칼로써 귀신을 잡으려 하니, 재앙은 인간 스스로 만들고서 그 스스로도 덫에 걸리는 것이 아니겠는가.

"안 갈 깁니까?"

박서방 말에 연학은 현실로 돌아온다. 어느새 나룻배는 와 있었고 사람들이 배에 오르고 있었다. 박서방과 연학도 배에 올랐다.

배가 강심 쪽으로 나갔을 때 별안간 아이 울음소리가 났다.

"배가 고픈갑다."

중늙은 여자가 슬픈 목소리로 말했다. 젊은댁네는 업고 있던 아이를 가슴 쪽으로 돌렸다. 한때는 꿈과 희망이 서렸을 유록색 저고리는 구겨져 있었고 동정도 새까맣게 때 묻어 있었다. 빛을 잃은 머리카락이 부스스했다. 댁네는 가슴에 품고 온 젖병을 아이 입에 물린다. 어린아이는 눈과 코뿐이었다. 말라비틀어져서 참으로 두 눈 뜨고 볼 수 없는 참혹한 모습이었다.

꿰맨 장갑을 낀 아낙이,

"젖이 안 나오는가 배요?"

하며 들여다보다가,

"아이구! 애참해라. 이 아이 성상 보소. 젖배를 곯아서 이렇구나."

혀를 끌끌 찬다.

"갈 기거든 아아새끼나 맨들지 말고 가든가."

친정어머니인 듯 중늙은 여자는 악에 받친 듯 말했다.

"그라믄, 아이구, 꽃봉오리 겉은 나이에 아아 아배가 죽었
단 말이오?"

아낙은 거듭 혀를 찬다.

"죽었다믄 죽었거니 하고나 살제요."

"보국대에 나갔는가 배."

"보국댄지 죽을댄지……. 젖이라도 나오믄 좀 좋아? 에미
새끼 한꺼번에 말라 죽겠다."

"어무이 그만하소."

젊은댁네는 힘없는 소리로 말했다. 콧물이 손등 위에 떨어
졌다. 아이는 고무 젖꼭지를 얼마 빨지도 못하고 젖꼭지를 내
뱉으며 또 울었다. 불어오는 바람에 흐느끼다가는 또 운다.

"초산인 모양인데 호욕 가다가 놀라거나 뇌심초사를 하믄
젖이 안 나오는 경우가 있다 하더마요."

"남정네가 떠나자 아일 낳았이니 무신 온정신이었겠소. 그
만 하늘하고 땅하고 딱 붙었이믄 좋겠소."

중늙은 여자는 눈물을 닦는다.

"말미도 안 주고 사람을 그렇기 잡아가는 법이 어디 있겠
소? 못 살아요, 못 사요."

"예삿일 아니네. 설탕이며 꿀이며 흔한 시절에도 젖 없는

아이를 키울라 카믄 골병이 드는데 설탕이 금탕값인 요새 정말로 예삿일 아니오. 아아가 꼬지꼬지 말라서."

"금탕이나 마나 구할 수는 있고? 돈도 없지마는."

"그라믄 암죽은 우떻기 하요?"

"에미가 쌀을 씹어서 끓이오. 그런다고 얼매나 단맛이 나겄소."

주거니 받거니 하는 말을 귓가에 흘려들으며, 하동 나루터에서 연학은 배에서 내렸다.

"박서방, 그라믄 장 봐 가소."

"야, 살피 가입시다. 고맙구마요."

처음으로 박서방은 감사의 마음을 표했다. 그들은 헤어져서, 한 사람은 장터로, 한 사람은 차부로 향한다.

이튿날 정오 가까이, 하동읍 차부에 내린 환국은 잠시 망설이다가 이부사댁을 방문했다. 마침 이시우와 그의 아내, 아이가 와 있었다. 집 안 분위기는 암울했다. 내일은 설이었고 시국이 시국인 만큼 음식장만은 간소하게 하기는 하는 모양이었지만.

환국은 마루에 외투를 벗어놓고 안방으로 들어가서 박씨에게 절을 올린다.

"신색이 말이 아니구먼. 하기는 왜 안 그렇겠나. 양가가 다 이 무슨 날벼락인지."

절을 받고 나서 한 말인데 실은 박씨 자신의 신색도 말이 아니었다. 이시우의 얼굴도 까칠해 보였다.

"설마 민우한테 무슨 일이야 있겠습니까. 부디 마음을 단단
하게 가지셔야 합니다."

위로의 말이었다.

"가부간에, 소식이나 알아야 할 거 아니냐? 답답해서."

"무모한 짓 할 사람도 아니구, 연락을 취할 형편도 아니잖
습니까."

"그리 생각하다가도…… 윤국이처럼 나가는 편이 낫지 않
았나 하는 생각도 들구."

한동안 침묵이 지나갔다.

"그럼 저는."

환국이 일어섰다.

"시각이 중천인데 점심이나 들고 가게."

붙잡듯 박씨가 말했다.

"아닙니다. 가봐야겠습니다."

평사리에 자주 내려오는 일도 없었고 작년까지만 해도 설
명절은 진주에서 지냈다. 그러나 평사리에 올 때는 대개 이부
사댁에 들르곤 하는 환국이었다. 그러나 그는 결코 오래 머무
는 일이 없었다. 갈 길이 바빠서도 그랬겠지만 늘 기분이 서
먹했기 때문이다. 그리고 이 집에서는 존중받지 못하는 아버
지에 대한 슬픔도 있었다.

"형님, 저도 함께 가지요."

시우도 일어서며 말했다.

"자네가? 그럴 것 없네."

"갔다가 저녁때 내려오지요 뭐."

"그래 다녀오너라. 어머님께서 상심이 얼마나 크겠느냐."

뜨악해할 줄 알았는데 박씨는 뜻밖에 선선히 권했다. 인연도 깊었고 골도 깊은 양가의 오랜 관계, 그러나 서로가 같은 어려움에 처하고 보니 박씨 마음에 쌓인 앙금이 다소는 가라앉는 것 같았다.

대문을 나서면서 시우가 물었다.

"가족은요?"

"집사람이 임신 중이네."

우울하게 환국은 대답했다.

장터를 질러서 나루터를 향해 간다. 설 단대목이건만 장터는 썰렁했다. 시든 파며 남새를 앞에 놓고 쭈그리고 앉은 아낙의 파란 입술, 객지에서 설을 쇠어야 하는 늙은 장돌뱅이가 마른 명태 몇 짝을 내어놓고 멍하니 곰방대만 빨고 있는 모습. 봄은 아직도 멀리 있는 것만 같았다. 과연 그들에게도 봄 한 철은 있었을까?

두 사람은 나루터에 가서 마침 떠나려 하는 나룻배에 오른다. 그리고 평사리까지 가는 동안 두 사내는 말이 없었다. 생각보다 적은 선객들도 말이 없었으며 배 안에는 아이 하나를 데리고 온 김영호 부부도 있었다. 몽치도 있었다. 영호는 국민복을 입고 있었고 숙이는 자주색 솜저고리에 검정 치마를 입고 있었다. 환국은 뱃전에 서서 대안을 하염없이 바라보며 서 있었기 때문에 영호 부부를 보지 못했다. 설령 보았다 하더라도 인사를 하고 지낼 처지는 아니었지만. 영호나 숙이는 환국을 강하게 의식하고 있었다. 영호는 양가의 내력 때문에, 숙이는 윤국의 형님이라는 이유 때문에 환국을 강하게 의식했다.

배가 평사리에 닿자 서둘러 내린 환국과 시우는 곧장 마을을 향해서 갔고 영호 일행은 꾸무럭거렸다. 배에서 내린 뒤에도 꾸무럭거렸다.

"색히 가입시다. 칩운데 머를 꾸무럭거리고 있소?"

양손에 짐을 들고 앞서가던 몽치가 돌아보며 말했다.

"누구 숨넘어가나? 엎어지면 코 닿을 긴데 서둘기는 왜 서둘러."

영호의 볼멘소리였다. 그러한 남편을 숙이는 힐끗 쳐다본다.

환국이와 시우는 무거운 마음을 안고 집 안으로 들어섰다. 집 안의 냉기가 두 사람의 이마를 치는 것 같았다. 마치 사람이 살지 않는 빈집같이, 집이 큰 만큼 그 황량함도 어떤 괴기를 자아내고 있었다. 겨우 뒤뜰 우물 쪽에서 사람의 말소리가 희미하게 들려왔고 달가닥거리는 소리도 들려왔다. 제수는 마련된 모양이었으며 음식도 만드는 것 같았다. 마루로 올라간 환국은 방 앞에서,

"어머님, 제가 왔습니다."

"들어오너라."

낮은 서희의 목소리였다. 방문을 열고 들어서며,

"시우도 왔습니다."

서희는 눈을 들어 시우를 쳐다본다. 한순간 그의 눈은 혼란을 일으키고 있었다. 보료 위에 가만히 앉아 있던 서희는 들어서는 시우를 보는 순간 이상현으로 착각을 했던 것이다. 서희는 세웠던 한쪽 무릎을 누이며 눈을 내리깔았다.

"바쁠 터인데 오기는 뭐 하러 와."

혼잣말같이 서희는 중얼거렸다. 얼굴은 여위었고 핏기가 없었다. 몸도 졸아든 듯 조그맣게 보였다. 그러나 이상한 것은 그런 모습이 왠지 앳돼 뵈는 것이다.

"저녁때 내려가면 됩니다. 절 받으십시오."

시우가 절을 한 뒤 환국이도 말없이 절을 했다. 그리고 두 사람은 무릎을 꿇고 앉았다.

"하동에는 언제 왔는가."

"어제저녁 때 왔습니다."

"어머님이랑 모두 근심이 많으시겠다."

그러고는 말이 뚝 끊어졌다. 환국이와 시우는 그런 침묵이 견디기 힘들었다. 보이지 않는 어떤 것이 자신을 꽁꽁 묶어놓은 듯, 입이 붙어버린 듯 말을 이을 수가 없었다. 옛날의 그 도도했던 위엄은 사라졌으나 그와는 또 다른, 그것은 다만 침

묵이었는데 매우 이상한 힘으로 압도해오는 것이었다. 그것
은 나타나지 않는 눈물이었는지 모른다. 나타나지 않는 절망
비통이었는지 모른다. 마침 환국이 돌아온 기척을 알아차린
안자가 나타났다. 서희는 안자에게,

"손님 점심을 준비하게."

하고 이른다.

"그러면 어머님 저희들은 물러가겠습니다."

환국의 말에 서희는 고개를 끄덕였다.

환국이 내려올 것을 예상하고 계속 불을 지폈는지 사랑의
방은 따뜻했다. 방 안은 정갈했으며 하얀 장지문으로 햇빛이
스며들고 있었다. 안자가 잽싸게 차를 끓여 왔다.

"어머님은 늘 저러고 계시었소?"

환국은 안자에게 물었다.

"대개는…… 별당에 더러 나가시기도 하고, 일전에는 사랑
을 둘러보시더니 돌아가신 아버님이 몹시 무서웠다는 말씀을
하시더군요. 좀처럼 그런 말씀은 안 하시는데."

안자는 시우의 기색을 살펴가며 말했다. 안자는 나갔다.

"윤국이는 어떻게 안 나갈 수도 있지 않았을까요?"

시우가 말했다.

"본인의 의사였지. 뾰족한 대안도 없이 설득하려 했지만 완
강했어. 도망을 다닐 수 없는 것은 아니지만 어머니가 곤욕을
치르게 될 것이고, 훈련이 끝난 뒤 다행히 중국 쪽으로 가게

된다면 탈출할 기회가 있을지 모른다, 그러면서 의사를 굽히려 하지 않았다."

"대부분 중국으로 가지 않겠습니까? 일본군을 남방으로 빼내자면."

"글쎄……. 그건 희망사항이지. 꼭 그렇게 되리라 어떻게 믿어?"

"그렇기는 하지만."

"만일 남방으로 배치된다면…… 절망이지. 뭐라 말할 수가 없어. 너무 괴로워."

"저기 혹."

"……."

"양현이 땜에……."

조심스럽게 말을 하다 만다.

"나도 처음에는 그런 생각 안 해본 것은 아니나 그렇지는 않아. 윤국이는 뭔가 확고한 생각을 하고 있는 것 같더구먼."

"기회가 오면 팔로군으로 넘어간다 그겁니까?"

"그런 말은 안 했어. 그러나 중국이나 만주 방면이라면 전혀 발붙일 곳이 없는 것도 아니구."

"상처는 컸을 겁니다."

"컸겠지. 성질이 강하면서도 내성적인 면이 있으니까."

"어떻게 세상 사는 것이 이렇게도 뜻대로 안 되는 걸까요? 악이 존재하는 때문만도 아니지 않습니까?"

"그건 우문이다."

"압니다."

"자네는 어떤가?"

"뭐 말입니까?"

"경찰에 시달리지 않는가?"

"성가시게 굴지요. 병원으로 찾아오는 데만 그치지 않고 하동까지 와서 연락이 있을 것이다, 말해라 하는 식으로 어머니한테 공갈 협박도 하니까요."

"그랬을 게야."

"하지만 민우가 일본에서 행방을 감추고 조선으로 나온 흔적이 없으니까 아무리 닦달을 해도 소용없는 노릇이지요."

"일본에서 숨어버렸다면 몸 붙일 만한 곳이 있어서 그랬던 것 아닐까?"

"그런지도 모르고, 제발 그러기를 바라고 있지만 즉흥적일 수도 있지 않겠습니까? 그런 성질도 있어요. 어머니가 근심하시는 것도 그 점 때문입니다. 어디서 죽지 않았는가 그런 생각도 하시는 모양인데 이제는 하늘에다 맡겨야지요. 일본으로 한번 가볼까 하는 생각도 합니다만."

"이 시기를 길게 끌면 전문학교 대학교뿐만 아니라 중학교도 문을 닫게 될 게다."

"그렇겠지요."

점심상이 들어왔다. 두 사람은 점심을 먹기 시작했다. 사랑뜨락에는 까치가 와서 울었다. 어디서 반가운 손님이 올 거라고 우짖는지.

"지금 양현이는 어디 있습니까?"

시우가 갑자기 물었다.

"인천에."

"왜 내려오지 않지요?"

시우는 미안한 마음을 노여움으로 나타내었다.

"집안이 이 지경 됐는데 정신이 있는 아입니까?"

환국의 표정은 미묘했다. 미묘했다기보다 착잡했다. 이시우가 양현의 배다른 오빠라는 것은 기정사실인데 오늘 새삼스럽게 그가 양현의 육친인 것을 강하게 느끼는 것은 무슨 까닭이었는지, 그것은 양현과의 거리를 인식한 때문인지 모른다. 필경에는 남이었구나 하는 서글프고 괘씸한 마음, 그런 성질이었을 것이다.

환국이 말이 없자 시우는 몹시 겸연쩍어했다. 공연한 말을 꺼내었다 후회를 하면서도 그쯤 해서 말을 끊어버릴 수가 없었다.

"어머니께서 용서 안 하시지요? 그러실 겁니다."

"말씀이 없으시니 낸들 어찌 알겠나."

시우는 상대가 누구인지 알지 못했으나 사랑하는 사람이 있다 하던 양현의 고백을 생각했고 환국은 송영광의 얼굴을 떠올렸다.

"그 얘기는 관두지. 죽고 사는 문제가 아니지 않은가."

해거름에 시우는 떠났다.

환국은 혼자 된 방에서 남몰래 울었다. 적막강산, 고립무원, 한 사람 한 사람 떠나가는 것을 이제는 더 이상 참을 수 없을 것만 같았다. 어머니 곁에서 한 사람 한 사람 떠나갔다는 것은 더더군다나 견딜 수 없는 일이었다. 언제나 당당하고 위엄에 차 있던 어머니가, 찬 이슬에 날개를 접은 나비같이 숨만 쉬고 있는 것 같은 안방의 어머니, 기가 막힐 일이었다. 환국은 부친이 형무소에 수감될 때 울지 못했던 것을 합하여 지금 눈물을 흘리고 있는지 모른다. 윤국이 학병으로 나가게 된 것은 너무나 졸지 간의 일이었다. 설마 했었다. 나이가 많은 데다 농과대학은 이미 졸업했고, 그러나 그보다 나가겠다는 의사를 끝끝내 굽히지 않았던 것이 더 큰 문제였다. 전혀 예상하지 못했던 일이었던 것이다. 어디서 뭐가 어떻게 잘못되어 일이 그렇게 되었는지, 환국은 시일이 지날수록 그렇게도 대응할 방도가 없었는가, 그것은 순전히 자기 자신이 무능했기 때문이라는 회한이 날이 갈수록 쌓이는 것이었다. 그리고 자신의 반쪽이 잘려나간 것을 절감하는 것이다.

전등에 불이 켜졌다. 밖은 어둑어둑했다. 환국은 팔베개를 하고 드러누웠다. 전등이 켜지자 방 안은 더욱 환해졌다. 도배한 지 며칠이 안 되었는가 상기도 종이 냄새 풀 냄새가 코끝에 풍겨왔다. 연학의 도배 솜씨인 것을 환국은 짐작했다.

'아저씨가 계셨으니 그나마 다행이었지.'

아내 덕희가 임신한 것은 사실이나 여행을 해도 지장이 없
는 시기였으니까 데리고 오려고 했으면 같이 올 수도 있었다.
그러나 철없는 덕희가 도움이 될 것 같지는 않았다. 섣불리
양현의 얘기라도 꺼낸다면 집안 분위기가 이상해질 것이고 어
머니의 상심이 깊어질 것을 생각하고 환국은 혼자 내려온 것
이다. 덕희의 존재는 어려움을 겪을 때마다 환국을 더욱 외롭
게 했다. 막내딸로서 응석받이로 자란 때문인지 문제의 심각
성에는 별 관심이 없는 그를 볼 때 환국은 타인을 대하는 것
같은 느낌이 드는 것이었다.

'이럴 때 양현이가 어머니 곁에 있어주었으면 얼마나 좋을
까…….'

그 생각은 잠시였다. 떠날 때 윤국의 모습이 시야 가득히
들어섰다. 우울했다기보다 쓸쓸한 모습이었다. 무슨 생각을
하는지 알 수 없었지만 환국은 그가 양현의 생각을 하고 있는
것같이 느껴졌다.

"어떡허든 살아야 해. 어떡허든 돌아와야…….."

목이 메어 말끝을 맺지 못하는데 윤국은 다만 웃었다.

'망할 계집애!'

차마 나타나지는 못하고 명희 집에 와서 양현이 울었다는
얘기는 나중에 들었다. 덕희는,

"이중인격자예요. 그럴 수 있어요?"

하고 맹렬히 비난했다.

"모르거든 가만히 있어요!"

환국이 소리를 지르는 바람에 덕희는 불만스럽게 입을 다물었다.

이시우에게도 그런 말을 했지만 양현이 때문에 윤국이 그 길을 선택했다고 생각하지는 않았으나 만일에 양현하고 결혼을 했다든지 양현이 다른 사람을 사랑하고 있다는 사실을 몰랐더라면 윤국이 떠나는 모습이 그렇지는 않았으리란 생각이 드는 것이었다.

'병신 같은 자식, 그렇다면 왜 진작 의사 표시를 못했나! 나이가 몇 살인데? 삼십이 다 돼가지고.'

마음이 약해서도, 소극적인 성격 때문에 그랬던 것도 아니라는 것은 잘 알고 있었다. 남매간이라는 의식을 극복하기 어려워서 그랬으리라는 것은 충분히 짐작할 수 있었다. 그럼에도 불구하고 환국이는 화를 내고 있는 것이다. 화를 낸다기보다 그것은 윤국에 대한 견딜 수 없는 연민이었다.

안자가 와서 저녁상 가져올까 보냐고 물었다.

"아니, 생각 없습니다."

환국이 일어나 앉으며 말했다.

"재영아버지까지 이러면 어떻게 해? 정말 이러다가는 큰일 나겠네."

"나 괜찮소. 걱정 마십시오."

울어서 눈이 부숭부숭한 환국의 얼굴을 한참 동안 바라보다가 더 이상 뭐라 하지 않았으나 마루를 질러나가면서 안자는 혼자 중얼거렸다.

　"이런 명절이 어디 있어? 초상집이지. 양현이라도 함께 왔으면 좋잖아? 심란해 죽겠는데 바람까지 불고."

　간도에서 이곳까지 따라왔던 안자였다.

　환국이 윤국이, 그리고 양현을 기르다시피 했던 인연이고 보면 그도 마음은 아팠을 것이다. 그의 말대로 정말 이같이 쓸쓸하게 설을 맞이해야 하는 일은 처음이었다.

　밖은 아주 어두워졌고 바람이 불었다. 그것도 큰 바람이 일 모양이다. 멀리서 기차가 달리는 소리와도 같이 바람이 달려오는 소리가 들려왔다.

　안자가 가고 얼마 안 되었을 때, 어둠을 찢어발기듯 여자의 울음소리가 들려왔다. 아주 가까운 곳에서 들려왔다. 환국은 벌떡 일어섰다. 그리고 방문을 열고 달려나간다. 건이아범과 건이네도 쫓아 나왔다. 대문을 열었을 때 대문 한 귀퉁이에 여자가 웅크리고 앉아서 통곡을 하고 있었다.

　"전지 가져오시오!"

　환국의 말에 건이아범은 되돌아서 뛰어가고 안자도 달려나왔다. 전지를 가지고 나온 건이아범이 그곳을 비췄을 때 남루한 옷차림의 여자는 웅크린 채 그냥 계속하여 통곡을 하는 것이었다.

"아니, 엽이엄마 아니오?"

건이네가 놀라서 소리쳤다.

"대체 무신 일이오?"

건이아범이 물었다. 바람이 나무를 뒤흔들고 있었다. 옷자락이 마구 나부끼고 머리칼이 곤두섰다. 하늘은 칠흑같이 어두웠다.

"집 안으로 데리고 가시오."

환국이 말했다. 안자와 건이네가 부축하다시피 엽이네를 끌고 집 안으로 들어갔을 때 서희는 대청에 나와 서 있었다.

"마님 요, 용서하시이소."

엽이네는 연신 울면서 말했다. 불빛 아래 나타난 그의 형상이 처참했다.

"엽이엄마, 할 말이 있으면 우리 방으로 갑시다."

건이네가 엽이네 팔을 잡아끈다.

"관두어라."

서희 말이었다.

"내게 할 말이 있는 모양인데."

"무슨 할 말이 있겠십니까."

하다 말고 엽이네는 다시 통곡을 하는 것이었다.

"날씨가 찬데 어머님은 들어가십시오. 제가 처리하겠습니다."

환국이 말에 건이네는 간신히 엽이네를 달래며 안자가 거처하는 방으로 데리고 들어간다. 통곡은 멈추었으나 엽이네

는 흐느껴 울었다. 가엾은 짐승같이 울었다. 환국은 그들의
뒤를 따라 방으로 들어왔다.

"어, 어디 가, 가서 말할 곳도 없고, 무작정, 무작정······ 여길
왔십니다."

겨우 말을 하려 했으나 엽이네는 다음 말을 잇지 못했다.
때 묻은 옷, 손등은 갈라져서 피가 배어나고 있었다. 머리며
얼굴이며 마치 불에 그슬러놓은 사람 같았다. 눈에서는 끝없
이 눈물이 흘러내리고 있었다. 건이네가 환국에게 대충 설명
을 했다. 개동이아비 우서방이 죽었을 때 그 현장에서 목격을
한 엽이네가 재판정에서 증언을 했고 그 증언으로 오서방의
형이 가벼워진 얘기며 그것으로 인하여 우서방네 식구들이 엽
이네를 그 얼마나 핍박했는가, 개동이가 면소 서기가 되면서,
징용을 뽑을 때 첫째로 끌어낸 것이 엽이였고 둘째 아들이 열
여덟이던 작년 이맘때 둘째마저 끌어갈 것을 두려워하며 엽이
식구들이 야간도주한 일, 대강 건이네의 얘기는 그러했다.

"엽이엄마, 그동안 어디 가 있었습니까?"

"부, 부산에."

"뭘 하구요."

"처음에는 부자가 지게품도 팔고 그, 그럭저럭 입에 풀칠은
했는데 그, 그만."

엽이네는 허리를 꺾듯 방바닥에 엎드려 또 울기 시작했다.

"허 참, 이러지 말고 얘기를 하소. 서방님이 기시는데 이라

믄 되겠십니까."

건이아범이 짜증을 내듯 말했다.

"길, 길 가다가 둘째 놈도 잽히갔소!"

"어디로요?"

"징용, 어이구우."

건이네는 엽이네 등을 토닥토닥 두드리며,

"그래서 어찌 되었어요? 얘기를 해야만 방도를 생각해도 할
거 아닙니까? 서방님 계실 때 얘길 하세요."

건이네는 옛날 서울 조준구 집에서 훈련된 대로 여전히 서
울 말씨를 쓰고 있었다.

"애 아배는 벵이 나고 비사리 겉은 제집아아하고…… 묵고
살 길이 없었소."

엽이네는 겨우 울음소리를 거두었다. 그러나 눈에서는 쉴
새 없이 눈물이 흐르고 있었다.

"죽더라도 집에 가서 죽자, 그라고 왔십니다. 얼썽* 겉은 집에
와보이…… 애 아배는 시적 죽을 것 겉고 제집아아는 꽁꽁 얼어
서…… 제우 나무 한 단을 얻어다가 군불을 때놓고, 문짝도
없어진 방에 거적을 쳐서 애 아배를 눕혀놓고 보이 내일 우떻
기 될갑세 오늘 밤은 살겠고나,"

하다 말고 엽이네는 두 손으로 머리를 싸안는다.

"생때겉은 내 자식, 둘이나 잃고 모진 에미 그래도 못 죽고
돌아 안 왔십니까?"

"잘 돌아왔어요. 아들이야 전장에 간 것도 아니고 돌아올 날을 기다려야지요."

건이네 말에 엽이네는 고개를 흔들었다.

"아입니다. 가믄은 살아서 못 돌아온다 모두 그럽디다."

"그건 그렇고 무신 일로 여기 왔는가 그거나 얘기하소."

우두커니 서 있는 환국에게 신경을 쓰며 건이아범은 역시 짜증스럽게 말했다. 그러나 엽이네는 한순간 몽상에 빠진 사람같이 건이아범을 멍하니 쳐다본다. 왜 눈물을 흘리고 있는가, 이곳에 뭣 하러 왔는가 생각이 안 난다는 그런 눈빛이었다. 환국이와 건이아범은 순간적으로 이 아낙이 정상이 아니구나 그 생각이 스치면서 몹시 당황한다. 그러나 엽이네 눈에 슬픔과 공포가 되살아났다.

"오늘 자고 나믄, 내일부터 우가 식구들이 몰리와서 우리를 동네에 놔두겠십니까? 그라믄 우리 식구, 죽는 길밖에 없십니다. 무작정, 나도 모르게 여기로 왔십니다."

"걱정 마십시오."

환국이 말이었다.

"예?"

엽이네는 화다닥 놀란다. 그런 말을 들으리라곤 꿈에도 생각 안 했던 것 같았다.

"그렇게는 못할 겁니다."

"예? 저기."

환국을 바로 쳐다보지도 못하고 엽이네는 믿어지지 않았던지 멍청해진다. 다른 사람들도 좀 놀라는 것 같았다. 환국의 단호한 태도에, 집안의 태산 같은 근심을 생각하기도 했고.

"건이어머니, 뭐 따뜻한 음식이라도 챙겨서 이 사람 집에 데려다주시오. 이불이 필요하면 그것도 보내주고."

환국이는 방에서 나갔다. 그는 곧장 안방으로 들어갔다.

"무슨 일이냐?"

환국은 대충 사정 얘기를 했다. 서희는 아무런 반응 없이 들었다. 그리고 그 일에 대해서 가타부타 말을 하지 않았다.

"옛날 내 할머니께서는."

"……."

"너는 모를 게다."

"네."

서희는 아들 둘을 기르면서 지난 일을 얘기한 적은 거의 없었다. 조선으로 돌아온 후에도 진주를 본거지로 삼고 평사리를 기피하는 경향마저 있었다. 모두가 다 괴로운 추억이었기 때문인지 모른다.

"대단한 분이셨다는 얘기는 들어서 압니다만."

"남아 장부 중에서 그만한 어른이 계실까? 그 어른이 어떻게 사셨는지…… 이 집 구석구석에서 할머님의 모습이 보여."

환국의 얼굴에 불안이 나타난다.

"학같이 고귀하시고 사물에 정통하시며 허나 암호랑이같이 무서우셨지."

환국은 안자가 아까 하던 말이 생각났다.

"별당에 더러 나가시기도 하고, 일전에는 사랑을 둘러보시더니 돌아가신 아버님이 몹시 무서웠다는 말씀을 하시더군요. 좀처럼 그런 말씀은 안 하시는데."

서희는 지난 그때 일을 생각하고 있었다. 아주 어린 옛날이었다. 할머니와 함께 가마를 타고 갔을 때였다. 논에서 밭에서 일하던 남정네 아낙들, 길가에 서 있던 노인, 그들은 모두 가마를 향해 절을 했다. 바람이 이랑을 만들며 벼를 쓸고 지나가고 있었다. 엉덩이에 쇠똥이 잔뜩 묻은 어미소와 송아지가 물이 말라서 바닥이 드러난 개울가에 앉아 있었다. 물이 괴어 있는 개울가에서 아낙 한 사람과 아이들이 낯을 씻고 있었는데 가마를 본 그들은 기겁을 했다. 마치 메뚜기처럼 개울 건너 메밀밭으로 뛰어가서 숨는 것이었다. 가마를 멈추게 한 할머니는 누구냐고 물었다. 아무도 대답하는 사람이 없었다. 김서방 얼굴은 사색이 돼 있었다.

"메밀밭에 숨은 아낙은 누구냐?"

할머니는 거듭 물었다.

"무슨 까닭으로 숨는지 불러오너라."

가마 앞에 끌리다시피 나타난 아낙은 땅바닥에 몸을 던지듯 엎드렸다.

"누군고?"

"마, 마님!"

"……."

"마님 죽여주시오."

"이 동네 사는 아낙이냐?"

할머니는 시선을 옮기며 김서방에게 물었다.

"예, 그 죽일 놈의 치, 칠성이 계집이옵니다."

"칠성이……."

"주, 죽여주시오. 어린 자식 데리고 모진 목숨 못 끊고…….
마, 마님!"

아낙은 드디어 울음을 터뜨렸다.

"울음을 그치라니께!"

김서방이 발을 굴렀고 아낙은 울음소리를 죽였다.

"아이가 몇이냐?"

"예 마님, 셋입니다."

아이들은 메밀밭에 숨은 채 나타나지 않았다.

"뭘 하고 사는고?"

"예, 품팔이, 품을 팔아서 겨우 풀칠을 하고."

찢어진 적삼 사이로 때가 밀린 등짝이 내비치고 그 등이 떨
고 있었다.

"음…… 그래 알았느니라."

그는 다름 아닌 아버지 살해에 간접이나마 가담했다가 처
형된 칠성의 아낙, 동네에서 추방되었다가 몰래 돌아온 임이

네였던 것이다.

어제 일같이 눈앞에 생생하게 떠올랐다. 왜 그때 일이 생각났을까? 서희는 아마도 마을 아낙이 와서 통곡을 한 때문에 그 기억이 되살아났을 것이란 생각을 한다. 기억은 땅에 묻어두었다. 이곳 평사리에 갈피갈피 접어서 묻어두었다. 그러나 그것은 구백 생멸(生滅)이 있다는 한 찰나, 찰나의 연속이 아니던가? 하면은 내가 억겁을 살았단 말일까? 그것이 시공을 뚫고 가는 섬광이었다면 나는 한 찰나를 산 셈이 된다. 그러나 한 생명이 땅과 하늘 사이에 있는 이상 기억은 생명과 더불어 떠나지 않는 것, 그것이 한이로구나. 죄업이든 슬픈 이별이든 또는 만남이든 횡액이든, 기억의 사람들이 뿌리를 내렸던 곳이며 내 또한 뿌리를 내렸던 곳, 아아 기억, 수많은 기억들은 억겁의 길만큼이나 길고도 많구나. 서희는 망망대해에 던져진 것처럼 기억의 바다에서 자맥질하다가 간신히 현실로 돌아온다.

"언제 가려느냐?"

환국은 환국이대로 깊은 생각에 잠겨 있었다.

"네?"

"서울에는 언제 가려느냐?"

"아 네. 며칠 묵었다 가겠습니다."

"며칠 묵었다가……."

"어머님."

"……."

"이곳이 적적하실 텐데 그만 진주로 돌아가시지요."

"아니다. 이제는 내가 나갈 필요가 없다. 부인회다 무엇이다 하고 나갈 필요 없어."

"그런 뜻이 아니라."

"그런 뜻 아닌 것도 알어. 인연 없는 중생들 꼴에 신물이 나서 그런다. 맞대결한들 무슨 소용이며 그럴 힘도 없고 그럴 필요도 이제는 없어지지 않았느냐?"

"……."

"그보다 초하루 지내고 모레, 나를 도솔암으로 데려가다오."

"그러겠습니다."

"웬 바람이 저리 부느냐?"

"그러기 말입니다. 이제 주무셔야지요."

"잠이 올까……. 바람이 심하군."

"그러면 저는 이만 물러가겠습니다."

밖으로 나섰을 때 바람 지나가는 소리뿐 집 안에 인적기가 없었다. 엽이네를 데리고 마을로 내려간 모양이었다. 행랑 쪽 건이네 거처에만 불빛이 있었다. 건이아범 혼자서 제상에 오를 밤을 치고 있는지 모른다.

환국이 여자 통곡 소리에 놀라 사랑에서 뛰어나간 것은, 그럴 리가 없겠는데 처음에는 서희의 울음소리가 아닌가 하는 생각이었고 다음은 양현이가 돌아와서 대문 밖에서 통곡하는 게 아닌가 그런 생각에서였다. 그럴 리가 없는데 하면서도.

'어머님이 달라지셨다. 왜 저러실까?'

왜 그러는지, 어째 그것을 모르겠는가. 그러면서도 환국은 믿을 수 없었다. 기강하고 당당하고 위엄에 가득 찬 그 모습이 변하리라 생각해본 일이 없었기 때문이며 옛날 일을 말한다는 것도 불길한 예감을 느끼게 했다.

이튿날 음력으로 정월 초하루, 행사를 다 끝내고 느지막이 환국은 김훈장댁을 찾아갔다. 세배하러 왔다는 구실이었지만 실은 범석을 만나기 위해 온 것이다. 김훈장댁 식구들은 매우 놀랐다. 환국이 최참판댁 당주여서가 아니라 관계가 소원했기 때문이다. 윤국은 중학 시절부터 방학 때 평사리로 오면 범석을 자주 찾았으나 환국은 평사리에 자주 내려오는 편도 아니었으며 오래 머무는 일도 없었기 때문이다. 환국이도 범석이라는 인물에 대하여 윤국으로부터 들은 것 이외 그의 인품에 대하여 소상히 알지 못했다. 그러나 어머니의 스승이었던 김훈장 아들 내외에게 세배를 하러 왔다는 것이 법도에 어긋난 일은 아니었다.

"외지에 있다 보니 이럴 기회가 없었습니다. 죄송합니다."

환국은 안방에서 한경이 내외에게 세배를 했다. 그리고 범석과는 맞절을 했다.

"진작 찾아봬야 하는 건데 부끄럽습니다."

사랑으로 범석과 함께 가면서 환국은 다시 한번 유감의 뜻을 표했다.

사랑으로 들어가서 자리에 앉기가 무섭게 범석이댁네가 술상을 내왔다. 신겸노복(身兼奴僕)이라 하며 김훈장이 구차하게 손님을 맞이했던 옛날과 다름없이 사랑방은 초라하고 여느 농가의 방을 방불케 했다. 다만 아랫목에 쌓인 책자는 모두 상당한 수준의 것이었다.

"마을 형편은 장서방한테 들어서 모르는 바는 아니지만."

권하는 술잔을 들며 환국이 허두를 꺼내었다.

"형편을 알았다 한들 최선생이 뭘 어떻게 할 수 있었겠소."

범석은 냉담하게 말했다. 그러나 심한 패배의 고통이 그의 눈빛 속에서 지나갔다. 체념의 빛이기도 했다.

"계속해서 외지로만 나돌다 보니, 하여간 이유야 여하튼 무관심하고 무책임했던 것만은 사실이오."

"그렇다고 말할 수는 없지요. 최참판댁의 사정이 태평했던 것도 아니었고 그럴 겨를인들 있었겠습니까."

나이가 서너 살은 위였지만 범석은 말을 낮추지는 않았다.

"설령 최선생이 나섰다 해도 될 일이 아니구요."

"……."

"그보다 윤국이가 학병으로 나갔으니 심려가 크겠소. 장차 큰 기둥감이었는데 무사히 돌아오기를 빌 뿐이오."

"고맙소. 어쩔 수 없는 일이었지요."

"지리산에 피신할 수도 있었는데 어찌 그 궁리는 못하였는지, 지금 산에는 그런 처지의 사람들이 적잖게 모여들고 있다는 말을 들었소."

"그럴 형편이 아니었습니다."

환국은 그 일에 대하여 더 이상 말하지 않고 어젯밤 있었던 일을 대략 설명을 한다. 범석은 충격을 받은 것 같았다. 한동안 말이 없다가 술을 마신 뒤,

"부산으로 가기 전에, 우가네 식구들한테 행패를 당할 때마다 내게 와서 울곤 했지요. 나는 아무것도 해줄 수 없었소. 떠나고는 영영 소식이 없는 오서방의 경우도 그렇고, 사람이 이렇게도 무력할 수 있는가 한탄도 했으나, 죽어서 그 꼴을 안 보든지 입 다물고 있든지, 소용없었소."

"……."

"군청으로 가서 진정도 하고. 그것 다 어리석은 짓이었소. 짐승이라 창으로 찔러 죽일 수 있겠소? 사람이라 타일러볼 수가 있겠소? 말을 하자면 일종의 악령이오."

대범한 범석이도 넌더리를 치며 증오감을 나타내었다.

"진정서를 냈다 해서 우리가 당한 봉변도 이루 말할 수 없었소. 어머님한테 폭행까지 하며 덤비는데 호소할 길이 있어야지요."

그 말을 듣는 순간 환국의 얼굴이 벌겋게 상기되었다.

"상반을 지금 와서 가르자는 얘기는 아니오만 누구 한 사람 영(令)을 세울 사람이 없는 것이 마을 실정이오."

"마을 사람들이 단결을 한다면."

"나도 시도를 해봤지만 허사였소."

"……."

"마을 사람들의 상처가 깊은 거지요. 어제오늘 시작된 것도 아니구 아주 황폐해버렸어요."

"어제오늘 일이 아니라는 것은?"

"잘 아시겠지만 조준구라는 인물이 서울서 내려오면서부터 이 마을에 횡액이 시작된 거지요. 최참판댁은 말할 것도 없고."

환국의 낯빛도 약간 달라진다.

"흉년이 들었던 그해, 곡식을 받은 사람과 받지 못한 사람 사이의 대립에서 마을의 분열이 시작된 거요. 외견상으로는 최참판댁에 대한 의리였지만 실상 조준구는 일본 세력의 옷 자락을 끌고 들어왔다는 것이 문제였어요. 하긴 뭐 그게 다 우리가 태어나기 이전의 일이어서 추측을 해볼 뿐이지만."

"나는 그런 것을 생각해보지도 않았습니다. 어쩌면 고향이 라는 의식조차 없었는지 모르지요. 간도에서 태어나기도 했 지만…… 지난 얘기는 우리 집안에서는 일종의 금기가 돼 있 었으니까요."

"그랬을 거요. 그리고 두 번째는 의병이 일어났을 때 산으 로 들어간 사람과 들어가지 않던 사람들 간에 파인 골을 들 수 있지요. 표면화되지는 않았지만 의식 밑바닥에 흐르고 있 는 겁니다. 왜냐하면 그것은 어쩔 수 없이 가해자와 피해자로,

그만큼 참혹한 일들이 많았으니까, 지금 우가 놈을 중심으로 동네가 갈라져 있는 것도 단순히 오늘에 일어난 현상만은 아닌 게요. 다만 다르다면 가해자 편이나 피해자 편이나 그 모두가 체념을 하고 있다 그렇게 말할 수 있을 게요. 체념."

"김선생도 체념하고 계신가요?"

"체념 상태라 할 수 있지요. 다만 기다린다는 변명이 있다, 그게 좀 다를까요?"

범석은 씁쓸하게 웃었다.

"그러나 달라진 점이 없는 것은 아니오."

"그게 뭡니까?"

"우가 놈 편에 섰던 약삭빠른 사람들도 결국 자식들을 빼앗겼다는 점이고 군청에서도 이제는 실적을 올릴 인원조차 없어졌으니 우가 놈의 콧김이 약해지지 않았나, 이건 내 추측이오."

말한 뒤 범석은 술을 마셨다.

범석에게는 패배 의식뿐만 아니라 무력감에서 오는 자기비하의 흔적도 있었으며 일이 년 동안 세월의 때가 한꺼번에 묻어버리고 만 것 같은 느낌도 없지 않았다. 그것은 그가 간직해왔던 이상을 잃어버렸다는 것을 뜻한다. 늘씬한 뼈대에 진솔은 아니었으나 설이라고 깨끗한 차림이었지만 그의 양어깨에 실려 있는 것은 생활의 고달픔이었다. 환국이와 범석은 매우 대조적으로 보였다. 물론 삶의 바탕에서 다르기 때문이기도 했겠지만 환국은 단순하게, 범석은 보다 복잡하고 부정적인 그 내면을 드러내고 있는 것 같았다.

"그리고 또 한 가지가 있소."

"……."

"이제는 징병제가 실시되었고, 학병도 나가는 마당에 그깟 지원병 따위가 대수겠소?"

환국은 잠자코 듣기만 한다.

"개동이 놈이 마을에서 행패를 자행한 것이며, 서기질을 하게 된 것은 모두 지원병에 나간 동생 덕분인데 그게 이제는 빛바래졌으니, 대신 윤국이가 학병으로 나갔고, 말하자면 최참판댁 약점이 상쇄된 셈 아니오? 이제는 언권이 좀 설지도 모르지요. 이런 말 한다는 것이 치사스럽기는 하지만."

하다가 범석은 입을 다물었다.

"그렇게 되는군요."

중얼거리듯 말했으나 환국이도 기분은 과히 좋지 않았다. 쌓인 울분 때문에 그런다 생각은 했으나 왠지 모르게 범석의 말 속에는 비아냥거리는 것이 있는 것 같은 기분이 든다. 그것은 서로가 서먹해지는 데서도 느낄 수 있었다. 환국이라고 어찌 상처가 없겠는가. 집안의 내력 자체가 예민한 그에게는 상처였다. 그리고 사실은 김훈장댁과 최참판댁 사이에도 미묘한 것이 흐르고 있었다. 일종의 애증 같은 것이 얽혀 있었다. 그것을 범석이 의식했건 아니했건 간에. 나이 어렸던 윤국이가 진작부터 사회문제에 눈을 떴고 자기 집의 부를 부정하며 방황했던 시절, 목마른 것처럼 범석을 찾아오곤 했을 무렵 범석은 윤국이를 동생같이 사랑했고 또 존중했다. 그러나 범석은 자신도 모르게 환국에게는 저항을 느끼는 것이다. 별로 만난 적이 없어 그럴 테지만 그러나 그것만은 아니었다. 열등감이었는지 모른다. 월등한 환경에서 풍요롭게, 게다가 천하가 아는 근화방직 사장의 사위가 아닌가. 양손에 떡을 쥔 환국에 대한 비판 의식이었는지 모른다.

김훈장댁에서 돌아온 환국은 예정한 대로 이튿날 서희와 함께 도솔암으로 떠났고 다음 날로 그는 급히 평사리로 돌아왔다. 그리고 설을 쇠고 온 연학이와 함께 밤이 깊도록 얘기를 나누는 것이었다. 개동이 문제뿐만 아니라 연학은 환국에게 보고하고 의논할 일이 많았다. 해서 그도 환국을 만나기 위해 급히 돌아온 것이다.

"윤국이한테 들어서 다소는 알고 있지만 김범석 씨 그분의 형편은 어떻습니까?"

얘기를 다 끝낸 뒤 환국은 넌지시 물었다.

"어렵지. 여느 농가하고 다를 것 없고, 통영에 사는 고모가 다소 도와주기는 하는 모양인데."

"사람은 신실하지요?"

"그야 된 사람이제. 보통핵교밖에는 안 나왔지마는, 독학을 해서 학식이 깊다 하더마."

"그 얘기는 윤국이한테 들었습니다."

"게다가 사람이 근해서 농사도 열심히 짓고, 옛날 김훈장맨크로 글 모리는 동네 사람 일도 곧잘 봐주고."

"우리 집에 대한 감정은 어떤지요?"

환국은 주저하다가 물었다. 연학은 무슨 생각을 했는지 환국을 빤히 쳐다본다.

"그건 와 묻는고?"

"글쎄요, 그냥 물어보았습니다."

"나쁜 감정을 가짔일 리가 없제."

"......"

"김훈장을 만주서 이장해 올 직에도 자네 아버님이 힘을 많이 썼고, 제자된 도리를 다 한 기라."

"그 어른한테 아버님도 글을 배우셨다 그 말씀이오?"

"그랬다 하더마. 만주 가기 전에, 자네 증조모께서 살아 기실 적에 그 어른이 김훈장한테 역부러 부탁을 해서 그랬다 하던데, 그거 다 삼대 구 년 묵은 옛 이야기. 지금 젊은 사람들하고는 상관없는 일이라. 하기야 머, 다소 까끄러운 면이 있기야 있겄제. 읍내 이부사댁도 그렇고."

"그러니까 제 부모님, 그분들 혼인 때문에 그런 거지요?"

"사람 사는 기이 그래서 복잡한 거 아니겄나. 나도 실은 들은 얘기니 세세히야 우찌 알까마는, 김훈장이 자네 아버님을 몹시 아끼고 기대를 걸었던 것은 틀림이 없었던 모양인데 그러나 혼인을 반대하고 그 일 때문에 진노한 것은 법도 때문일

기고, 그래저래 해서 만주서는 그 어른하고 등이 졌다 하더마. 그러자니 사고무친한 남의 땅에서 노인의 말로가 고독할 수밖에 없고 돌아가실 직에는 임종하는 사람도 없었다 카이. 하기야 머 잘잘못이 어느 쪽에 있었는지 그거는 모릴 일이제."

"그간의 사정 알 만합니다."

환국이 말했다.

"고집불통의 노인이, 성질이 그랬으니 만주땅까지 가싰겄지마는."

"어머님의 고집도 보통은 아니지요."

"그랬이니 환(環)고향할 수 있었고."

"어쨌든 그 댁에서 그런 일들을 알았다면 당연히 섭섭해하지 않았겠습니까? 저라도."

"범석이 그 사람이 무슨 말을 했는지 모리겄다마는, 맘에 낄 것 없다. 부모 대에 있었던 일을, 그 사람도 개명한 처진데 조부하고 생각이 같지는 않을 기다."

연학은 묘하게 말을 둘러댄다.

"무슨 말을 했다기보다, 아니, 아무 말도 하지 않았습니다."

강하게 부인한다. 밤은 소리 없이 지나가고 있었다. 이들 사이에서는 별로 거리낄 것이 없었다. 첫째 이들은 동지라 할 수 있었고 때론 아저씨 조카로 정이 오갔으며 형식으로는 주종 간이라 할 수 있었다.

"사람마다 외롭지 않은 사람이 어디 있을까마는, 자네 어머님은 노상 비단옷 입고 밤길 걷기, 남몰래 하는 일을 어느 누가 알 것인가. 그분은 태산겉이 바람을 막아주시고, 물심양면으로 그러지 않았더라믄 모두 싼싼조각이 났지. 장부로 태어나지 못한 것이 다만 한이라."

"아저씨도 그런 말씀 하실 줄 압니까? 뜻밖인데요?"

환국은 큰 위안을 받은 듯 미소했다.

"와, 나는 목석이건데? 하기는 늙으이 말이 많아진다."

환국이 평사리를 떠나던 날은 일기가 쾌청했다. 마을은 엽이네의 귀향으로 어수선한 분위기였지만. 그도 그럴 것이 우가네 식구들이 몇 차롄가 엽이네 집 앞을 시위하듯 지나갔고 들으란 듯 울타리 밖에서 욕설을 퍼붓기도 했으며 엽이네 식구들이 뭘 먹으며 누구의 도움을 받는가 수소문하기 시작했던 것이다.

"그만했이믄 잊일 때도 됐는데 도모지 우떻기 생기묵은 종자인지 질기기가 쇠방석이다."

"와 아니라. 전생에 무신 척이 져서 저렇기 실이 노이 되게 시루겄노. 정말 이제 보는 사람도 신물이 나구마."

"엽이네가 불상해서 또옥 죽겄다. 야갈리겉이(되바라지고 모르는 것이 없는) 약은 제집도 아니고 순해빠져서, 어디 한분 달라들기를 하나, 그런께 더 흔들어대는 거 아니가. 개도 무는 개를 돌아본다 하는데 사생결단, 한분 막 나가보기라도 했이믄."

"말도 마라. 그 엄전한 김훈장댁 식구들 당하는 꼴 못 보았나? 엽이네가 달라들기라도 해보제? 권속들이 찢어 직일라 칼 기구마. 가이방해야. 오서방이 머 그리 죽을 말을 했다고 우가가 낫을 들고 나왔겠노."

"그는 그렇고 얘기를 들은께 최참판댁에서 곡식도 보내주고."

"우가 놈 집구석에서는 벌써 그걸 알고 있다 하더마."

"어느새?"

"말 물어 나르는 것들이 있인께."

"아이가, 아이가, 그래도 최참판댁은 어쩔 수 없을 거로? 그때가 언제였지? 와 그때 개동이 놈 그 댁 마님한테 혼쭐이 난 일 말이다."

"성환할매를 자전거에 치어놨을 때, 알지이. 그때 개동이가 땅바닥에 엎드리서 빌었제. 아무리 그놈이 찰랑개비 재주가 있기로 그 댁이사, 더군다나 둘째 아들이 학병으로 나갔다 카이 그까짓 지원병하고 유가 되나."

"하모, 유가 아니고말고. 높은 핵교에서 공부 많이 한 사람하고 보통핵교밖에 못 나온 것하고, 유만부동이제. 이를테면 한쪽은 장수감이지마는 재동이 놈이사 만판 날뛰보아야 졸때기밖에 더 되겠나?"

우가 식구들에게 원한이 있는 마을 아낙들의 수군대는 말이었다. 그런데 마을에는 미묘한 기류가 흐르고 있었다. 배운 것도 없고 바깥 물정도 모르는 농사꾼들이 어쩌면 그렇게 민감할 수 있는지, 신기스러울 지경이었다. 누가 가르쳐준 것도 아닌데 그들은 현실을 파악하고 있었다. 시달리다 보면 자연 그렇게 되는 것인지. 우가네와 반대 입장, 혹은 관망하면서 강약이 부동하다고 한탄하며 체념했던 사람들, 그들의 기세가 은근히 치솟는 듯했고 범석이 말한 것처럼 우가네 편에 섰던 약삭빠른 사람들도 결국 늦었느냐 일렀느냐는 차이가 있었을 뿐 자식들을 징용에 빼앗긴 입장에는 다를 것이 없고, 그러니 별무소득이라 그들 역시 전과는 다르게 열을 올리며 우가네를 두둔하는 사람이 별로 없었다. 그들은 그들대로 수군덕거렸다.

"그때사 장원급제라도 한 거맨크로 동네가 야단 아니더나."

"제물에 야단이었지. 그렇게 난리굿을 쳐도 지원병에 자식 내놓는 사람, 우가네 말고는 없었다."

"아무튼지 간에 면장이 안 오나 읍내 유지들이 인사를 하러 오고, 말만 한 가시나들이 꽃다발을 들고 찾아오지를 않나, 오빠 오빠 함시로, 그때는 정말 호강했지."

"그거사 핵교에서 가라고 선생이 시킨께 온 거 아니겄나. 설마 제 발로 걸어왔이까?"

우물가에서 빨래를 하던 몸집이 조그맣고 까무잡잡하게 생긴 아낙이 타박을 주듯 말하니까 복동이댁네는 보리쌀을 씻으면서,

"그거는 모리는 소리다."

"모르기는 머를 몰라."

"그중에 조달(早熟)한 제집아도 있어서 손수건도 맨들어 가지오고 강가를 재동이하고 함께 걷는 것도 내가 봤다 카이. 제집아가 저래서는 신세 조지지 하고 그때 생각했구마."

자신 있게 말했다.

그 당시 읍내 국민학교 상급반 여학생들이 소위 국책에 협조하는 학교 선생들에 의해 지원병 환영회다 송별회다, 그런 행사에 동원된 것은 사실이다. 그중에서도 열성적인 교사는 아이들을 개별 방문하게 하여 지원병을 격려하곤 했던 것이다. 시골이기 때문에 상급반에는 취학이 늦어져서 십오륙 세의 여식 아이들도 더러 있었으며 시골에서는 그 나이가 결혼 적령기이기도 했다. 당국에서는 지원병을 영웅으로 조작하고 근사하게 떠받쳤으며 요란하게 홍보하는 바람에 철없는 아이들이 그 같은 분위기에 휩싸여 사나이답고 씩씩하며 추물이 아닌 이상 동경의 대상이 되기도 했다. 전시에는 노상 카키색이 매력적으로 보이게 마련이니까.

"그때 재동이어매 해구는 꼴 생각 안 나나?"

"와 안 나. 눈꼴 사나웠지."

"아들이 이기고 돌아오믄 혼인하자. 김칫국부터 마신 제집아가 하나 있었제. 나잇값도 못하고 제집아아를 앞세워서 얼매나 갈롱을 피우더노."

"가관이었지. 그놈의 제집아 지금은 시집갔는지 모리겄다."

"우리끼리니께 하는 말이지마는 이기고 돌아오믄 딸 줄 기든가? 어림없다. 여식아를 핵교까지 보냈다믄 밥술이나 묵는 집안일 긴데 안 그렇나?"

"아이고 말도 마라. 그놈의 유세, 말말이 나라에 아들 바쳤다, 요새는 그 말 안 하더마."

우물가에서 험담을 하고 있을 때 마을에는 뜻밖의 사람이 나타났다. 방금 전에 면장이 오고 읍내 유지가 오고 하면서 말을 주고받았는데 바로 그 면장나으리가 나타난 것이다.

"보래 보래, 저기 가는 사램이 면장 아니가. 면장이제?"

"그렇네. 어디 가는 길까? 개동이 집에 가는가?"

"아니다. 상구 위로 가는데?"

작달막한 키의 면장은 나이가 많은 탓인지 쉬엄쉬엄 걸어가고 있었다.

"최참판댁에 가는갑다!"

"어디? 참말 그렇네. 웬일일까?"

아닌 게 아니라 면장은 최참판댁으로 들어갔다. 그는 넓은 집 안을 이리저리 둘러보면서,

"계십니까."

좀체 사람이 나타나지 않는다. 면장은 헛기침을 하고 나서,

"계십니까!"

"누구요."

건이아범이 행랑 쪽에서 돌아나오며,

"아니! 면장어른."

놀란다.

"웬일이십니까?"

"아무도 안 기신가?"

"잠시 기다리시이소."

건이아범은 허둥지둥 사랑으로 달려간다.

"면장이 왔는데 우짠 일일까요?"

"면장이 와?"

연학은 슬그머니 웃고 있었다. 예상하고 있었던 것 같았다. 천천히 안마당으로 나간 연학은 두리뭉실하게 생긴 면장에게 고개를 숙여 인사를 한 뒤,

"웬일이십니까?"

짐짓 놀라는 시늉을 한다.

"아 예. 좀 볼일이 있어서, 당주께서는 서울로 가셨소?"

정중하게 물었다.

"예 갔십니다만, 하여간 사랑에 드시지요."

"집이 굉장히 넓소. 멀리서 보긴 보았는데."

면장은 연학을 뒤따라가며 말했다.

"면장어른 댁도 작은 집은 아니지요."

"여기 비하면 집이랄 것도 없지요."

면장은 화심리에 살고 있었다. 사랑으로 들어온 면장은,

"부인께서도 안 계신지요."

"마침 도솔암에 가시고."

"진작 인사를 올린다는 것이……. 모두 진주에 계시다는 말을 들었기에."

말은 그렇게 했으나 길상이 때문에 지방의, 더군다나 말단 관리들은 기피하는 집이었던 것이다.

"예, 대개는 진주에 기시지요."

면장은 대개 그 지방유지들에게 주는 일제의 말단공직인데 말하자면 일종의 선심이다. 해서 시골의 면장은 실무보다 명예직일 경우가 많다. 면장도 알아야 해먹는다는 속담이 있는 것도 그 때문이다. 이 면장 역시 먹고살기 위한 직분은 아니며 상당한 가산이 있다는 얘기를 연학은 전해 들어서 알고 있었다. 보기에도 부골스런 구석이 있었다.

"이번에는 이 댁 자제분이 학병으로 나갔다 하는데 면장으로서 인사가 늦었소이다."

드디어 면장 입에서 학병 얘기가 나왔다. 윤국의 학병 출정은 과연, 이 집에의 접근이 금기로 된 바로 그것이 깨어졌음을 느끼게 한다. 범석의 말대로 길상의 문제와 상쇄가 된 모양이었다.

"솔직히 말을 하자면 이 근동에서 최참판댁을 모르는 사람은 없을 게요. 나 역시 남이 아는 만큼은 아는데."

안다는 말에는 좋은 뜻, 나쁜 뜻이 다 포함되어 있었다. 최참판댁의 영광과 치욕이, 존경과 저속한 호기심이 포함되어 있었다. 그것은 누구나 느끼게 되는 그 혼란스러움이기도 했다.

"내가 아주 어렸을 때, 이 댁의 돌아가신 어른이 말 타고 화심리 장암 선생 댁에 오시던 것을 기억하고 있소. 그러나 지체가 다르니 내왕할 처지는 아니었고 폐가가 되다시피 한 내력도 그렇지마는…… 면장질을 하면서부터 당연히 인사도 드리고 해야 하는 건데 이 댁 바깥분이 독립운동에 가담하여 나로서는 입장이 난처했소."

솔직한 말이었다.

"대학은 못 갔으나 나도 중학 공부까지는 했으니 무지몽매하다 할 수는 없으나."

그런 말을 털어놓는 것으로 보아 면장은 최참판댁뿐만 아니라 장연학에 대해서도 잘 알고 있는 것 같았다. 본시 하동 태생이며 그의 백부가 여수에서 어업으로 성공하여 대단한 재력가라는 것, 수십 년 최참판댁 일을 도맡아온, 말이 관리인이지 상당한 영향력과 실력을 가지고 있다는 것을 그는 알고 있는 것 같았다. 은근한 태도로 미루어볼 때.

"실은 어제 군수가 불러서 갔지요."

"예."

"이 댁 당주께서 군수영감을 만난 모양인데."

"예? 그런 말 못 들었는데요?"

연학은 시치미를 뗀다.

"어제, 그저께라던지?"

"아아, 그러니께 서울 가는 길에 들른 모양이구마요. 헌데 무신 일로 군수영감을 찾아갔일까요?"

하다가,

"그래 군수영감께서는 우리 집 최선생을 만나주싰다 그 말 씸이오?"

짐짓 놀라는 척한다.

"물론이오. 그분이 누굽니까. 세상이 다 아는 최참판댁 당 주 아니오? 어디 그것뿐이겠소? 근화방직의 서랑이신데 그분 이 만나자 한다면 도백인들 거절하겠소?"

당주라는 말은 아까부터 귀에 거슬렸다. 길상이 영어의 몸 이 되어 집을 비우고 있으니 그렇게 말하는 것인지 모르지만 어떤 면에서는 길상을 이 집의 주인으로 간주하지 않는 심리 적인 것이 있었는지 모른다.

"시킬 일은 없십니까?"

문밖에서 건이아범이 조심스럽게 말했다.

"술상 보아오게."

연학이 말했다.

"알았십니다."

건이아범의 물러가는 기척이 들려왔다.

"군수영감이 나를 부른 것은 다름이 아니라 우개동이 목을 쳐라, 그 일 때문이었소."

"우개동이를!"

"사실은 그동안 우리도 애 많이 먹었지요. 지원병 가족이라 국책상 어쩔 수 없이 참아온 셈인데, 뿐만 아니라 군청에도 발발이 진정서다 투서다, 문제가 많았소. 얼마 전에는 외딴집에 사는 여식 아이를 겁탈한 일이 있었고, 말하자면 사람이 아닌 짐승이오. 예의범절도 모르는, 무지하여 도모지 분별이라는 게 없고 식자도 짧아서 서기 자격이나 어디 있었소? 국책상 하는 수 없이 채용을 했던 건데 말썽이 이만저만이라야지요."

"그래 목을 짜르기로 했십니까?"

연학은 신중하게 물었다.

"누구의 영이라고? 반대하는 사람도 없고 앓던 이 빠진 것만큼이나 모두 시원해할 거요."

누구의 영이라고? 그 누구는 물론 군수를 지칭하는 것이었지만 환국을 지칭하는 것이기도 했다. 그러니까 면장은 그 일에 대한 보고차 방문한 것 같았다.

"그는 그렇고 이 댁 부인께서는 상심이 크시겠소."

면장은 화제를 돌렸다.

"원래 기강한 분이니께 하루 이틀 겪는 일도 아니고."

"대단한 분이지요. 이 댁의 내림이 그렇지 않소? 아마 나보다 연세가 두세 살 아래일 게요. 그러고 보니 세월도 많이 흘렀고 세상도 많이 변했소이다."

술상이 들어왔다. 주거니 받거니 술을 마신다. 면장은 홀가 분한 표정이었고 연학이 역시 홀가분해하는 얼굴이었다.

"말이 면장이지……. 인심 잃지 않으려고 노력은 하지마는 시국이 시국인 만치."

술을 마시면서 고백 비슷하게 내비치다가 그만둔다.

"시국이 그러하니 우짜겄소. 면장 혼자서 하는 일도 아니고 그런데 우개동이가 사람 공출하는 데는 공이 컸을 터인데 목 짜르기가 쉬울까요?"

사람 공출이라는 장연학 말에 면장은 순간 당황하다가 눈 살을 찌푸렸다.

"그건 그렇소만 그렇기 때문에 문제가 많지요."

"무신 문제지요?"

"요즘 세상, 아시다시피 취직하기가 쉽소? 하늘의 별 따기 보다 어렵고, 대학 전문학교를 나와가지고도, 고문(高等文官) 파스나 했다면 모를까, 말단 자리 하나 얻을 수 없는 실정 아 니오. 해서 돈푼 있는 집 자식들, 배를 타겠소, 농사를 짓겠 소. 자연 어정개비로 놀고묵을 수밖에 없는데 우리 면내에도 밥술 먹는 부자가 없는 것도 아니며, 결국 그런 어정개비들의 당면한 일이 징용 아니겠소? 그러니 자연 부정도 생기게 되는 데, 우개동이 그자가 그것을 기화(機和)로, 빼낼 권한도 없으면 서 그런 사람들 등을 쳐먹고 다닌 거요. 그것도 체모 없이 대 나 깨나 아무 데나 가서 이분거리고, 투서 진정서가 모두 그런 내용이오."

하고 면장은 쓰다는 듯 입맛을 다셨다. 그런 사정이야 연학도 대강 짐작은 하고 있는 터였다.

"뭐 지 주제에 큰돈이야 받아먹었을까마는, 부자한테는 푼돈이라도 딱한 사람들한테는 눈물나는 돈 아니겠소? 지 놈 아니라 면장인 나도 누굴 빼내고 어쩌고 그렇게는 못해요. 나도 그동안 진퇴양난, 면장질을 그만둘까 생각한 일도 여러 번이오. 그 자리에 목을 매는 처지도 아니고. 그러나 뉘를 내면 (두드러지면) 신양에 좋을 것이 없고 눌러앉아 있자니 마음이 편칠 않소."

술이 들어가자 어느 정도 그는 속마음을 털어놓는다. 그러나 그것은 변명이기도 했다.

"살자니 별수 없지요."

"내 가친은 의원으로서 이 근동에서는 명이 높았던 문의원의 제자였지요. 가업을 이어받았더라면 좋았을 것을, 중학교를 나오고 보니 그런 직업이 시들해서, 집에서는 양의사가 돼라 했으나 공부가 모자라 그 길로도 못 가고."

어눌하게 신상 얘기도 했다. 그러나 그는 과음하지는 않고 한 시간 넘게 머물다가 벗어놓았던 외투와 모자를 들었다. 면장은 연학에게 작별인사를 하고 대문을 나섰다. 내리막길을 내려가는데 어느새 전달이 되었던지 개동어미가 정자나무 뒤에 숨어서 살피고 있다가 면장이 내려오는 것을 보는 순간 눈

꼬리가 치올라가면서 입술을 실룩거린다. 그러나 머리를 쓰다듬고 나서면서,

"면장나으리."

하고 엎어질 만큼 허리를 굽혀 절을 한다.

"우짠 일이십니까?"

걸음을 멈춘 면장은,

"뉘시지요?"

의아해한다.

"아이구, 우리 재동이가 병정으로 나갈 때 우리 집에도 오시지 않았습니까."

"아아."

"인제 아시겠십니까."

"예."

"여기는 무신 일로."

"예 좀, 인사나 할려구 왔소."

"저기 우리 개동이가."

"예. 추운데, 그러면 나는 먼저 실례하겠소."

면사무소로 돌아온 면장은 외투와 모자를 벗어 걸어놓고 잠시 난로에 손을 쬐다가 개동이를 불러들인다. 개동의 낯빛은 푸르죽죽했고 눈알은 불안하게 움직이고 있었다. 그 얼굴을 힐끗 쳐다본 면장은,

"거기 좀 앉게."

개동은 의자를 두르르 끌어내며 거친 몸짓으로 앉는다.

"자네 내일부터 면소에 나오지 말게."

"야? 그기이 무신 소리요?"

제 귀를 의심하듯 고개를 갸웃거린다.

"내일부터 면소에는 나오지 말라 했네. 파면이란 말일세."

"이기이 무슨 날벼락 겉은 소립니까? 파면이라꼬요?"

무슨 문제가 생긴 것은 짐작한 눈치였으나 파면에 대해서는 생각 못했던 일이었던 것 같다. 얼굴이 하얗게 변해갔다.

"안됐지만 할 수 없네."

"누구 마음대로! 최가 놈 집구석에서 모함을 했구마요!"

"무슨 소리를 하나. 버르장머리하고는, 작인이 지주보고 그래도 되는 겐가? 또 그 댁은 왜 들먹이나."

"면장이 지금 그 집에 갔다 오는 길이니께 하는 말이오! 어림없다! 어림없어!"

"그 집에 내가 갔다온 것은 어떻게 알았는고?"

"방금 여편네가 다녀갔소. 면장이 그 집에 가더라고."

면장은 쓰게 웃는다.

"허허어. 자네 식구들은 손발이 척척 잘 맞는 모양이네. 하지마는 마음에 찔리는 것이 없다면 그럴 필요가 있겠나? 왜 그래야 하는가."

찔끔하다가 다짐 두듯 주먹을 불끈 쥔 개동은,

"참 알다가도 모릴 일이구마요. 면장은 우째서 역적질을 한

그 집에는 갔으며 버르장머리가 있느니 없느니 그 집 편역은
와 듭니까?"

"내가 못 갈 데를 갔다아 그 말인가?"

"그라믄 갈 데를 갔다 그 말이오? 그라믄 한 당이 됐다 그
말이구마요. 사단이 있어도 보통 사단 아니구마."

개동이는 제정신이 아니었다.

"사단은 무슨 사단, 어제 군수영감을 만났더니 인사하러 가
지 않았다고 꾸중하시기에 간거고, 우리 면내에서 학병으로
나갔으면 의당 인사를 차려야 하는 거 아니겠나? 여하튼 그
일에 대해서는 자네가 왈가왈부할 까닭도 없고 그럴 처지도
아니네."

학병이라는 말에 망연자실, 할 말을 잃은 개동은 순간 눈알
이 시뻘겋게 물들었다.

"내가 파면당하는 이유가 머요!"

울부짖듯 소리쳤다. 어느덧 면장 방 앞에는 직원과 면에 볼
일을 보러 왔던 촌사람들이 모여들었다.

"곰곰이 생각하면 알 만한 일이지. 가타부타 말 못할 걸세."

개동은 벌떡 일어섰다. 그리고 면장에게 삿대질을 하면서,

"친일파인 이 나를!"

하다가 그런 중에도 말이 잘못된 것을 느꼈던지 수정을 한다.

"일본에 온갖 충성을 다하고 밤낮으로 국가를 위해 일을 해
온 이 나를! 그렇게는 못 기요! 내 동생은 천황폐하를 위해

사지에 갔소! 그, 그 가족을 이렇게 홀대하고 벌주는 법이 어디 있소오!"

"자네 동생뿐이겠나. 이제는 징병이 실시되어 이 나라 젊은 사람은 너 나 할 것 없이 다 나가게 돼 있네. 대학 다니는 학생들도 총 메고 전선에 나가는 형편인데 자네나 자네 동생만 천황폐하에게 충성하는 거는 아니지 않는가."

"뿐이오! 나는 우짜고요! 내 실적은 우짜고요! 내만큼 징용에 사람 많이 뽑아낸 놈이 있이믄 나, 나, 나와보라 카소!"

주먹으로 책상을 쾅! 친다.

"그러한 나를 몰아내? 분명히 여기는 사단이 있구마는. 최가 놈 집구석에서 돈 얼매 받아묵었소? 아니믄 독립운동에 가담했단 말이오? 나 경찰서에 갈 기요! 가서 이 사단을 풀어야겠소! 이런 법이 세상에 어디 있노! 이 나를, 다른 사람도 아닌 나, 나, 나."

하다가 숨이 막혔는지 캑캑거린다.

"어림 반 푼어치도 없다! 면장 모가지가 붙어 있일 긴가, 내 목이 떨어질 긴가 어디 두고 볼 기구마. 경찰서에는 나하고 친한 형사도 있고 날 우습기 보았다가는 면장이고 나발이고 없다! 없어!"

발광이다, 책상을 친다.

"그래, 어서 경찰서에 가보게. 자네 갈 곳이 바로 거기니까."

"뭐라꼬?"

책상 치는 동작이 멎었다.

"이보게 우서기, 그만 되기 만행이네. 그나마 동생 덕 본 셈
이지. 뇌물에다 공갈 협박 사기까지 치고서 콩밥을 면하게 된
거는 순전히 자네 동생 때문이네. 군수영감께서 출정가족이
라 봐주신 거다. 아무 말 말고, 아무리 전시라고는 하나, 또
시골구석 말단이라고는 하나 총독부의 행정이 그리 어수룩하
지는 않다. 이 어리석은 사람 같으니라고, 군말 말고 짐 챙겨
서 떠나는 것이 신양에 이로울 걸세."

개동이는 그만 바닥에 주저앉고 말았다. 그러더니 일어섰
다. 몸을 비틀듯 돌아서서 한 발 두 발 걸어 나간다. 모여 있
던 사람들이 길을 열어준다.

"이 사람들이 왜 이러고들 있나."

면장은 모여 있는 사람들을 보며 눈살을 찌푸렸다. 어지간
한 사람이었다. 면장은 끝내 어성을 높이지 않았고 평소와 별
다르지 않은 얼굴이었다.

"내가 이 원수를 안 갚을 줄 아나?"

나가다 말고 별안간 개동이 돌아섰다.

"내가 이 원수를 안 갚을 줄 아나!"

울부짖었다.

"우가네가 독종인 것은 세상이 다 안다!"

면장은 마지막 비수를 꽂듯,

"길게 저러면 순사들 서슬에 견디기나 할까?"

개동이는 짐도 챙기지 않고 선불 맞은 멧돼지처럼 면소에서 뛰쳐나갔다.

해가 지고 어둑어둑해졌을 때 술에 만취가 된 개동이는 어디서 뒹굴었는지 얼굴이 피투성이가 되어 집으로 돌아왔다.

"아이고! 이기이 무신 일고! 내 아들 죽네!"

개동어미가 손뼉을 치며 고함을 질렀다. 물을 길어 오던 개동이댁네가 얼른 물동이를 내려놓고,

"와, 와 이렇기 됐십니까!"

놀라서 다가오는데 개동이는 다짜고짜 아낙을 패기 시작했다. 아낙이 비명을 지르건만 개동어미는 말릴 생각은 하지 않고 내 아들 죽는다고 소리소리 지르고 있었다. 간신히 아낙은 피하여 부엌으로 달아났고 개동어미는 아들 팔을 잡고 늘어졌다.

"어느 놈이 니를 이 지경 맨들었노! 말해라! 말해! 내가 가서 배애지를 쑤시 직일란다. 최가 놈 집구석에서 니한테 이러더나? 내 가서 불을 싸질러부리겄다!"

부엌칼이라도 찾아들고 달려나갈 기세다. 그러나 개동이 어미의 팔을 잡았다.

개동어미의 손뼉 치며 고함치는 소리에 개동이댁네는 죽어자빠지는 것같이 비명을 지르고, 동네 사람들이 모여들지 않을 수 없었다.

"와 이 카노? 무신 일고!"

어디 갔던지 뒤늦게 나타난 일동이가 동네 사람들을 밀어 젖히며 마당으로 들어섰다.

"오매! 이기이 우찌 된 일이오?"

"니 동생 얼굴 보아라. 나도 가심이 터진다! 우예 된 일인 지. 어이구!"

한 팔은 아들에게 잡힌 채, 다른 한 손으로 개동어미는 제 가슴을 쾅! 쳤다.

"어느 놈이 니를 팼노! 그놈이 누고!"

"내가 나를 팼제요."

일그러진 웃음을 띠며 처음으로 개동이 입을 열었다.

"무신 말고? 세상에, 니가 니를 팼다꼬?"

"다 끝장났소."

"이놈아, 자초지종 말을 해라!"

아들에게 잡힌 팔을 빼내려고 애를 쓰며 개동어미는 악을 썼다.

"면소에서 쫓기났소."

중얼거렸다. 개동이 눈에는 동네 사람들이 보이지도 않는 것 같았다. 개동어미와 일동이는 넋이 나간 듯 피투성이가 된 개동을 쳐다본다. 그러다가,

"그럴 리 없다."

개동어미가 중얼거렸다.

"그럴 리 없다! 좀 똑똑히 말해도고 이놈아! 말 못하겠나?"

"면소에서 모가지가 떨어졌다 말이오. 그래도 못 알아듣겠소!"

울부짖듯 말했다. 개동어미와 일동이 땅바닥에 털썩 주저앉았고 부엌으로 달아났던 개동이댁네가 툭바리같이 부어터진 입술을 한 손으로 가리고 내다본다. 모여들었던 동네 사람들, 마치 파도가 인 것처럼, 세찬 바람이 보리밭을 지나가는 것처럼 일렁인다.

"아이고 그라믄."

복동이댁네가 입을 여는 순간 봉기 자부가 잠자코 있으라는 듯 옆구리를 찔렀다. 이때 땅바닥에서 벌떡 일어선 개동어미는 며느리가 내려놓았던 물동이를 번쩍 치켜들었다. 그러나 앞뒤로 몸을 비틀거렸다.

"구겡났나! 경사났나! 몰독다(잘됐다) 싶으제? 이 연놈들아!"

동네 사람들에게 물을 끼얹는다는 것이 오히려 물동이를 안고 넘어져 자신이 물벼락을 맞는다. 동네 사람들은 저도 모르게 킬킬거리며 웃었다. 아이들도 웃었다. 비로소 동네 사람들을 의식한 개동이 어미를 끌어 일으킨다.

"이런다고 죽은 자식 돌아오겠소. 말짱 허사요. 방으로 들어가입시다. 말할 긴께."

맨 먼저 일동이 방으로 기어 들어갔다. 흠씬 물에 젖어서 흐느적거리는 어미를 끌다시피 개동이도 방으로 들어갔다. 부엌에서 내다보고 서 있던 며느리도 조르르 방으로 따라 들어갔다. 그리고 방문은 닫혀버리고 말았다. 그런 뒤 방에서는 아무 기척이 없었다. 사람들은 비로소 닫혀진 방문을 향해 야유와 욕설을 터뜨렸다.

이윽고 사람들은 흩어지기 시작했다. 그러나 흥분한 그들은 집으로 돌아가지 않고 끼리끼리 이 집 저 집으로 모여들었다. 발 빠른 젊은 축들, 중년들이 와서 목격한 그 광경은 집에 남아 있던 늙은 사람들에게, 삽시간에 전달이 되었다. 권불십년이니, 달도 차면 기우느니, 바깥 노인들은 그런 말을 하면서도, 이놈을 때려 죽인다며 몽둥이를 찾는 사내들을 말리었다.

"바쁘잖네. 아직은 왜놈 세상인데 서둘다가 봉변 당할라."

그러나 개동이한테 끌려서 징용에 나간 사람의 가족, 봐주겠다는 바람에 있는 것 없는 것 다 바쳤건만 결국 나도 할 수 없다는 말 한마디로 아들을 끌고 가던 개동에게 깊은 원한을 품었던 부모들, 그들은 이제 외고 펴고 분통을 터뜨리며 우가네 일족을 저주하는 것이었다.

야무네 집에는 인호 또래의 아낙들이 모여들었다. 인호의 손아래 동서 오복이네도 왔다. 인호는 본시 말수가 적은 편이라 비시시 웃기만 했으나 우가네 식구들한테 곤욕을 치르기론 누구 못지않았다.

"그 몹쓸 놈이 이제사 천벌을 받았구나."

야무네의 첫마디였다.

"그거만 가지고 될 기던가요? 어림없제. 이자 시작입니다."

모인 중에서 한 아낙이 말했다.

"하모. 안 되고말고. 노상 웃묵에 배미(뱀) 들앉은 것 겉더니 깨소끔맨치로 세상에 이리 꼬소한 일이 어디 또 있겠소. 인호도 십 년 묵은 체증이 다 내리갔일 기다."

다른 아낙이 맞장구를 쳤다.

"참말이제 얼마나 당했노? 오죽하믄 인호가 머리 깎고 중이 될라 했이까. 내 원수는 남이 갚아준다는 옛말 하나 그른 기이 없다. 사람이 죄짓고는 못 사네라. 죄지어서 남 주나?"

나잇살이나 든 사람의 말이었고 그는 다시 야무네를 향해 말을 이었다.

"성님 이자는 옛말하고 살겠소. 야무가 보지락보지락 일어나서 꿈쩍이는 거를 보이 우리도 참 보기가 좋소."

"그래, 이제 나는 원도 한도 없다. 내일 눈감아도 편안히 가겠다."

야무네는 인호를 쳐다보며 웃었다.

"그게 다 인호 덕 아니겠소. 일동이 놈이 보쌈이라도 해갔이믄 우짤 뻔했소?"

"그러니 세상조화가 요상체. 우찌 신령이 없다 하겠노. 다 성님 심덕 탓으로, 하기사 인호도 그렇제. 여자한테는 벽을 지고 있어도 남정네가 있이야, 세상에 혼자 사는 여자같이 불쌍까."

"그는 그렇고 이분 일은 다 최참판댁에서 설동해서(앞장서서)

한 일이라 카는데 그기이 정말인가 모리겠네."

"틀림없소. 어제 면장이 최참판댁을 다녀갔다 하더마요."

"이자는 한숨 돌리겠다."

"엽이네를 최참판댁에서 돌보아준다믄서요?"

"하모, 양식도 보내주고 이불이며, 어제는 건이네가 헌 옷을 챙겨서 갖다주더라 그러더마. 밤에 가서 대성통곡을 한 보람이 있었제."

모두 웃는다.

"마침 서울에서 큰아들이 내려와 있었으니, 그기이 다 연때가 맞아서 그리된 거 아니겠나."

"그것뿐만은 아닌 기라. 그 댁 작은아들이 학병인가 뭔가 나갔기 따문에 말발이 섰다 그러더마."

"그 점도 있었겠제. 아무튼지 간에 이분에는 우리가 큰 덕을 본 기다."

와글바글 얘기를 모두 한마디씩 하는데,

"오복아."

아무네는 둘째 며느리를 불렀다.

"야, 엄니."

"너거 집에 호박오가리 좀 있제?"

"좀 있일 깁니다."

"그라믄 좀 갖다줄래?"

"어디 쓰실라꼬요? 명절도 다 갔는데."

"씰 데가 좀 있다. 지금 좀 가지오니라."

"야."

오복이네가 나가자,

"어무이 어디 쓰실라꼬 그러십니까."

인호가 다시 물었다.

"성환할매 죽 좀 쑤어 갈라꼬."

하자 연신 지껄이던 아낙들은 입을 다물었다.

"불쌍한 할매, 다 된 밥에 재 뿌리는 격이제."

야무네는 한탄했다.

"와 아니라요. 기가 맥힙니다."

"어디 한두 가지가. 손주 손녀 그것들 아니더믄 그 할매 살아 있지도 안 했일 기다. 눈이 멀게도 됐제. 일희일비더라고…… 우째 세상일이 이리 고르잖은지 모리겠다."

"그런데 성님."

"와."

"아침녘에 면장이 최참판댁에 왔다가 갔다는데 와 성환할매 집에는 안 갔이까요? 성환이도 대핵콘가 전문핵콘가 댕기다가 군대에 나갔다 카는데."

"그거사 그 댁에 무신 일로 면장이 갔는지도 모리겠고 성환이는 서울 있다가 불각처에 그리됐인께 면장이 알기나 알겠나? 또 가아는 아마도 진주에 기류계가 돼 있일 기구마."

"없는 놈은 성도 없나? 그래도 그렇제요. 할매가 손주 땀시 눈까지 멀었는데 도리가 안 그렇십니까?"

"면장이 온다고 할매 맴이 풀리겄나, 어둡은 눈이 떠지겄나, 천지간에 머가 반갑겄노."

"요새 귀남네는 어매한테 잘한다 캅디다."

"지도 사람이믄 그래야제."

"귀남이는 우떻기 됐이까?"

"별일 없인께 아무 말 안 하겄제."

오복이네가 호박오가리를 가지고 왔다. 야무네는 인호를 보고

"죽 좀 안치라. 누그름하게 잘 쑤어라. 할매가 설도 설 같잖게 쐈는데, 작은딸한테는 기별이나 갔는지 모리겄다."

모두들 돌아가고 야무네는 양푼에 죽을 담아 성환할매를 찾아간다.

"설 쇠고 나믄 천일네나 한분 올란가? 하기사 제사는 진주서 모시닌께 성묘 때 아니믄 오겄나."

야무네는 길을 걸으면서 문득 천일네 생각을 한다. 세 늙은이가 그나마 오순도순 지내던 시절이 그리웠던 것이다.

"불쌍한 할매, 천일네하고 나하고는 잘 풀렸는데 와 할매만 그런고. 손주 공부 끝나믄 영화 보고 살 줄 알았는데 하느님도 무심하시지."

사립문을 들어서면서,

"귀남이 있나?"

"야, 어서 오시이소."

"어매 밥 좀 들었나?"

"노 그렇지요 머. 말도 안 하고, 아침에는 구새(변소)에 빠질
뻔했십니다."

"니가 귀찮더라 캐도 요강을 쓰게 하지 않고 그랬나. 눈먼
사램이 구새 출입을 우찌 하노. 아아도 참 답답다."

"요강 쓰라고 입이 닳도록 말했지마는 도모지."

"할매도 참, 정갈한 성미라 그런갑다. 니가 신경을 써라. 따
라가서 앉혀주든가 해야지."

"그러니께 집을 못 비웁니다."

귀남네는 수굿해져서 말했다.

"아나 이거 받아라. 호박죽인데 별미라꼬 좀 떨란가."

야무네는 양푼을 내밀었다.

"매번 와 이 캅니까. 미안스럽아서 우야꼬?"

하는데,

"어매!"

하고 보따리를 인 아낙이 들어섰다. 고성에 사는 둘째 딸 복
연이었다. 귀남네는 엉겁결에 양푼을 받아 마루 끝에 놔두고,

"복연아!"

하며 울부짖었다. 복연이도 무거운 보따리를 마루 끝에 내려
놓고,

"성아!"

320

자매는 서로 붙들고 통곡을 한다. 야무네는 그 광경을 지켜보고 서 있었다.

　'아웅다웅하더마는, 남 겉으믄 저러겄나. 부모 자식 동기간밖에 없다.'

　"울 어매는 우찌 되었노!"

　"내가 직일 년이제. 다 내 죄다. 내가 받을 죄를 엄니가 받은 기라."

　귀남네는 제 가슴을 쳤다. 성환할매가 눈이 멀었을 때, 그때도 귀남네는 마당에 엎드러져 내 죄라 하며 울었던 것이다. 성환할매는 더듬거리며 방에서 나왔다. 마루에 앉은 그는 딸들의 울음소리가 들려오는 것을 멍하니 바라본다.

　"자아, 자아, 이자 고만 울고, 어매 안 볼 기가."

　뜯어말리듯 야무네가 말했다. 그리고 마루로 올라가서 성환할매를 부축한다.

　"칩운데 머할라꼬 나옵니까. 들어가입시다. 너거들도 들어오니라. 언제꺼지 그러고 있을 기고."

　성환할매를 이끌고 야무네는 방으로 들어간다. 울음을 그친 자매도 뒤따라서 방으로 들어간다. 그리고 복연은 성환할매 무릎에 엎드려 또다시 운다.

　"그만해라."

　덤덤히 앉아 있던 성환할매는 처음으로 입을 떼었다. 복연이는 치맛자락을 걷어서 코를 풀고 눈물을 닦는다.

"복도 없는 울 어매."

"기별을 받고 오는 기가?"

귀남네가 물었다.

"성환이한테서 핀지가 왔더마."

"성환이한테서 핀지가 와?"

"음…… 어디서 핀지를 부쳤는지…… 할매 부탁한다 캄서,
핀지가 온통 눈물로 얼룩이 져 있더라. 그거를 본께 간이 아
파서 똑 죽겠더마."

"……."

"새(해) 안에 올라고 마음을 묵었는데 제사 맽길 사람도 없
고, 머가 일이 잘못돼서 아아들 아배도 함께 못 오고, 멀리 있
이믄 자식도 아닌 기라."

"세상에 니겉이만 함사? 니 겉은 소자가 없다."

야무네 말에

"어디에, 제집자식 그거 열 있이믄 머하겠소?"

"사람 나름이제."

"오빠가 그리된 것도 천추에 한이 되는데 우예 손주까지 그
리되겠십니까? 이자는 손주 너리나 보고 살 긴갑다, 태산겉이
믿었는데 남편 덕 없이믄 자식 덕도 없는 기라요."

코맹맹이 소리로 말하면서 또 치맛자락을 걷어 코를 푼다.

"남편 덕이 없기는 와 없노. 맹대로 못 살고 갔이니 그렇
제."

"맹대로 못 살았이니 남편 덕 없는 기지요. 천지간에 울 어매겉이 박복한 사램이 또 있겠소?"

"온전히 사는 사람이 그리 흔하나? 남도 그러려니, 맘을 편키 묵어야, 그래야 살제."

"성아."

"와."

"요새도 니가 그러나? 정 그렇다믄 나 어매 데리고 갈란다. 아아들 아배도 그러라 카고."

"아이다. 아이다. 요새는 니 성이 얼마나 잘한다고."

야무네 말에,

"지가 잘하는 기이 머 있십니까. 엄니가 지 땜에 인병이 들어서 저리됐일 깁니다. 하지마는 엄니는 내가 모실 기구마."

"엄니 데리가겠다는 맘이사 모릴까마는 아무리 잘한다 캐도 사위는 남의 자식, 여기보다는 안 편할 기다. 싸우고 찌지고 해도 내 푸녁(친척)인께."

야무네가 거들어준다.

"어매, 어매는 우찌 그리 말 한마디 안 합니까?"

뒤늦게 말했다. 야무네와 귀남네는 서로 쳐다본다.

"어매, 멍청이가 됐십니까?"

복연은 안타깝게 말하며 얼굴을 쓸어본다.

"말 좀 하이소."

그래도 대답이 없자 귀남에게 고개를 돌린 복연은,

"성아, 어매가 와 저 카제."

하고 묻는다. 귀남네는 선뜻 말하지 못하고 고개를 숙인다.

"앞을 못 보게 됐다."

야무네는 나직이 말했다.

"머라 캤십니까!"

"성환이가 그리되고부터 앞을 못 본다."

"좋은 일도 없는데 오기는 머하러 왔노."

성환할매는 돌아앉을 듯하며 말했다.

6장 밤새와 억새풀

바쁘다는 곤도를 불러내어 여관방에서 배설자는 술을 마시고 있었다. 으슥한 곳에 있는 여관은 이들이 단골로 다니는 밀회장소이며 배설자가 세 들어 사는 집과도 과히 멀지 않았다. 어지간히 취기가 돈 배설자는 나른한 눈길로 사내를 바라보았으나 도무지 반응이 없다. 배설자는 다가가서 나긋나긋한 긴 팔로 사내의 목을 감는다.

"나 오늘 바빠."

곤도는 설자의 팔을 떼내었다.

"왜 그래요?"

무안도 타지 않고 다시 설자는 사내 가슴에 파고들었다.

"이러지 마!"

떼밀어낸다.

"왜 그러지?"

"바쁘다 했잖아."

"그게 아니겠지."

"아니기는 뭐가 아니야."

"여자가 생긴 거지. 그지?"

"내 나이를 생각해봐. 유키코 하나 감당하기도 힘들어."

따지고 드는 말도 싫지만 설자 육체에는 흥미 없다는 것을 곤도는 나타내었다.

"게다가 마누라도 있고."

하다가 설자는 깔깔 웃는다. 곤도는 담배를 꺼내어 붙여 문다.

"하긴 늙기는 늙었어. 불쌍하게도. 그럼 뭐 하러 나왔지?"

곤도는 지난날 배설자 자매가 어렸을 때, 만주에서 부친과 함께 정보원으로 일한 적이 있었고 나이도 이십 세 가까이 연장인데 설자는 꼬박꼬박 반말이다.

"술만 처먹으면 저따위라. 정 떨어지는군."

곤도는 설자 얼굴에 담배 연기를 훅 내어뿜는다.

"폐물이 되었담 정이 떨어지고 자시고 그런 건 없지. 깨끗하게 손 끊으면 되는 건데 내용이 안 그렇지 않아?"

"그놈의 혓바닥 잡아 빼기 전에 말버릇 고쳐!"

"흥! 새삼스럽게, 우리가 어디 한두 번 싸웠나? 보고 싶어서 불러낸 것도, 보고 싶어서 나온 것도 아니잖아."

설자는 술을 마신다.

"그 말은 맞는 말이야."

"해서요?"

"해서라니."

"내 성질 잘 알 텐데?"

"알지. 독사라는 것 잘 안다. 그래서 날 물겠다 그거야?"

"늑대 같은 놈!"

곤도는 껄껄껄 크게 소리 내어 웃는다.

"이봐 유키코, 그래도 조금은 미련이 있어서 나왔는데 고분
고분 굴지 않으면 어느 귀신이 잡아갔는지도 모르게 된다는
것쯤 잘 알 텐데 안 그런가? 서로 싫증날 때도 됐고."

"그것도 어디 한두 번 들은 얘긴가? 흥! 어차피 난 덫에 걸
린 몸, 고분고분하든 포악하게 굴든 운명은 마찬가지야. 내
아버지의 운명같이."

그 말을 할 때 설자는 고개를 숙였다.

"어, 그것 참 신통하군. 그런 인간적인 면도 있었나?"

곤도는 비웃었다. 숙였던 고개를 치켜들었을 때 배설자는
웃고 있었다.

"오해하지 말아요. 부모 형제, 난 그런 데는 흥미도 애정도
없어."

곤도는 담배와 성냥을 호주머니 속에 집어넣었다.

"나 가야겠어."

일어섰다.

"가지 말아요!"

사내 옷자락을 꽉 잡는다.

"놔."

옷자락을 놔주는 대신 설자는 두 팔로 사내 목을 껴안고 입술이며 볼이며 할 것 없이 키스를 퍼붓는 것이었다. 그것은 육체에 대한 구걸이었다. 실랑이를 하다가 결국 늙은 늑대와 젊은 독사의 몸은 엉겨붙어서 동물이 되고 말았다.

이들의 만남은 늘 그러했고 정사 또한 그러했다. 다른 남자에게 끊임없이 곁눈질을 하면서 마치 최후의 보루같이 설자는 곤도를 놓아주지 않았고 곤도 역시 헤어질 것을 매번 생각하면서도 이 집요한 여자 육체에 탐닉하는 것이었다.

그들은 여관에서 나왔다. 사방은 어두웠다.

"집에까지 데려다주어요."

"그럴 시간 없어."

"요즘 왠지 불안해."

"가까운데 뭘 그래."

곤도는 잘 가라는 말도 없이, 돌아보지도 않고 간다.

"나쁜 놈. 거지 같은 새끼. 가다가 뒈지기나 해!"

악담을 하다가 걷기 시작한다. 술이 과했던지 몸을 가누지 못하고 휘청거린다.

"나쁜 놈, 악마, 지가 나하고 헤어져? 어림없다, 어림없어. 골치가 왜 이리 아프지? 내가 어떻게 살아왔는데…… 나는 고 래심줄보다 질긴 여자야. 나는 죽지 않아. 어느 귀신이 잡아 갔는지도 모르게 된다고? 아버진가 뭔가 하는 사람같이 말이 지? 하지만 나는 아니야. 어허허! 내가 어떻게 살아왔는데? 만주 벌판에서 썩은 고기 쪼아먹는 까마귀같이 살았다."

주택가의 후미진 길이었다. 달도 없고 캄캄했다. 경계심이 병적으로 강한 설자는 밤에 혼자 집으로 가는 일은 거의 없었 다. 밤에는 거의 나다니질 않았다. 여관에서 곤도를 만날 때 는 대개 밤이었으나 그런 날에는 집 앞까지 곤도는 데려다주 었으며 지금같이 혼자 보내는 일은 없었다. 지난번에 동생 용 자를 밀어뜨려 얼음판에 넘어져서 다리에 골절상을 입힌 경 우만 하더라도 바로 그 경계심 때문이었는데 다행히 용자는 깁스를 하고 병원에서 고생은 했으나 완쾌하기는 했다.

이들 자매가 다롄에 있을 때 배설자와 함께 연파(軟派)로 몰 려다니던 친구가 있었는데 우연히 길거리에서 용자를 만나게 되었고 아직 다롄에 살고 있다면서 돌아가기 전에 설자를 한 번 만나고 싶다 했기에 집을 가르쳐준 것이 화근이었던 것이 다. 설자가 자주 이사를 다니는 것도 그 경계심 때문이었다. 온갖 후안무치한 행동을 하고도 눈썹 하나 까딱하지 않는 그 였지만 자기 자신을 지키는 데는 세심하고 치밀했으며 정체 를 감추는 데도 천재적이었다.

보고 싶어 불러낸 것도 아니며 보고 싶어서 나온 것도 아니라는 곤도와 배설자의 관계는 사실이었지만 그럼에도 불구하고 설자는 다른 때와는 달리 충격을 다소 받은 것 같다. 다소 술을 많이 마시기는 했으나 속이 영 편치 않았던 것이다.

"재능 있고 머리 비상하고, 아버지라는 사람이 살아 있을 적에는 나도 근사했단 말이야. 공주는 아니었는지 모르지만 무용도 배우고 피아노도 쳤지. 내 엄마가 누군지는 기억도 없고, 용자 그 계집애 어미는 기억이 나는데 구두를 닦아서 신겨주곤 했지. 난 그렇게 자랐다구. 촌구석에서 짚세기 끌고 다닐 적에, 내 몸을 탐했던 사내들도 많았구, 나한테 한번 빠지면 아무도 헤어나질 못했지. 아암 내가 도망가기 전에는, 왜 이리 눈앞이 몽롱할까? 어지럽다."

설자는 길켠에 엎드려 토하기 시작했다. 그때였다. 그림자같이 다가선 사내가 설자의 팔을 비트는 것과 동시 입에 재갈을 물렸다. 그것은 전광석화 같아서 설자는 비명 한번 지르지를 못했다. 두 팔을 뒤로 돌려서 준비해온 노끈으로 묶은 사내는,

"걸어!"

하고 나직이 명령했다. 설자가 몸부림치며 움직이지 않자 사내는 옆으로 바싹 끌어당겨서 끌고 간다. 주택가 뒤쪽 언덕으로 올라간 사내는 소나무에다 설자를 세우고 묶었다.

"천우신조다."

사내는 담배를 꺼내어 붙여 물며 말했다.

"내 목소리만 들어도 너는 살아남지 못할 것을 알았을 게야."

설자는 머리를 마구 흔들어대었다.

"네가 거처하는 방이 어딘지 언제 잠이 드는지, 주인집 사내가 언제 숙직을 하는지 나는 면밀하게 조사를 다 했어. 강도로 침입하여 너를 죽이려 했는데, 오늘 밤 말이야. 이거 무슨 기적이냐?"

"……."

"나는 너를 반드시 죽여야만 했다. 만주에서도 너의 행적은 열 번 죽어 마땅했는데 국내로 들어와서도 넌 스파이로 계속 활약을 해왔어. 시간 끌 것도 없고 더 이상 고통 주고 싶지도 않아."

사내는 품에서 비수를 꺼내어 신음하듯 낮은 소리를 내며 설자 가슴을 향해 찔렀다. 소생을 두려워하듯 사내는 다시 목을 향해 칼을 찔렀다. 그리고 숲속을 향해 칼을 던진 뒤 터덜터덜 언덕을 향해 내려간다.

설자 자신이 중얼거린 대로 부친이 죽은 후 만주 벌판에서 썩은 고기를 쪼아먹는 까마귀같이 살았을 무렵, 설자가 관계한 사내 중의 하나가 이 사람이었다. 순진한 청년이었던 그는 어쩌다 운수불길하여 배설자 유혹에 빠져서 헤어나지 못하게 되었고, 독립지사의 딸이며 부친은 왜경에 의해 살해되었다는 허언에 속았으며 철없이 형의 활동 상황을 발설한 그것이 빌미가 되어 상당한 독립운동의 조직이었던 것이 파괴되었고 형과 그의 동지 한 사람이 일본 헌병에 의해 총살되고 말았던 것이다. 형의 넋을 위로하는 마음도 있었겠지만 사내는 배설자를 죽이지 않고는 설 자리가 없었던 것이다. 배설자는 그 공로로 서울까지 피신해 올 수 있었다. 그리고 곤도는 그의 뒤를 봐주게 된 것이다. 어쨌거나 배설자는 그의 죗값으로 쥐도 새도 모르게 비참한 최후를 맞이했으며 그의 생애는 끝이 났다.

이틀 후 소나무에 묶여진 채 처참하게 죽은 배설자의 기사가 신문에 났다. 신문에는 치정으로 몰아가는 추측기사였고 무용가라는 신분이 밝혀져 있었다. 일본 경찰의 정보원이라는 진실이 밝혀졌다면 사람들은 당연히 독립운동단체의 테러였을 것이란 생각에 미쳤을 터이지만, 설사 취재하는 기자들이 그 사실을 알았다손 치더라도 그것은 기사화할 수 없는 사안이었다. 아닌 게 아니라 그 사건은 그것으로 슬그머니 신문 지상에서 사라지고 말았다.

배설자 살해사건에 부딪친 곤도는,

'내가 집 앞까지 데려다주었으면 그런 일은 없었을 게야.'

마음속으로 중얼거렸으나 후회는 아니었다. 다소의 충격이 었을 뿐이었다. 그리고 단순한 치정에 얽힌 사건이 아니라는 것을 직감했다. 만주를 연상했던 것이다. 범행이 대담하고 치밀했기 때문이다. 그러나 그는 치정에 연유된 사건일지 모른다는 생각도 배제하지는 않았다. 설자의 악랄함, 가증스런 이중성격, 점액질과도 같은 탐욕, 그리고 그의 육체의 비밀을 아는 만큼 파멸의 구렁창에 빠진 남자가 있을 것이란 상상은 어렵잖은 일이었다. 그런데 곤도는 어떤 안도감을 느끼는 것이었다. 자신이 할 일을 남이 해주었다는 묘한 안도감이었다. 배설자도 이제는 어지간히 써먹었다. 시국이 시국인지라 웬만큼 성가시다 생각하는 인물들은 대개 묶어놨고 삼엄한 전시체제하에, 국내에서의 활동은 거의 불가능했으며 어쨌거나 지식인들을 총동원하다시피, 별다른 저항 없이 학병 문제도 일단락된 상태여서 한숨 돌리는 판국인데 배설자가 뭐 그리 요긴할 것인가. 쓸 만큼 쓰고 버리는 것이 그 세계의 생리다. 매장하건 추방하건 별문제가 되지 않았지만 곤도는 쾌락에 대한 욕구를 아주 버리지는 못하였고, 청산할 수 있는 자신의 의지를 확신할 수도 없었던 참이어서 남이 해결해준 데 대하여 안도를 했던 것이다. 참으로 배설자의 맞수다운 사내의 생각이었고 한낱 고깃덩어리로 최후를 맞이한 여자나 여생을 고깃덩어리로 살아갈 사내나 따지고 보면 피장파장이다.

"원래 소행이 나빠서 말이야. 남자관계가 복잡했거든."

경찰서에서 곤도는 손가락으로 코끝을 긁으며 말했다. 촉수가 만주 쪽으로 뻗었지만 그것에는 일단 언급을 보류한다.

"치밀한 계획에 의한 것만은 틀림이 없습니다. 대담하고 완벽하고, 전문가 같은 느낌이 듭니다. 물론 금품을 노린 강도의 소행으론 볼 수 없으니까 이건 일종 테러리스트가 한 짓이 아닐까요?"

담당형사가 한 말이었다.

"글쎄 그런 방향으로 생각할 수도 있으나 무슨 거물이라구."

곤도는 적극적으로 찬동하지 않는 듯 말했다. 결국 탐문수사에 나섰지만 배설자의 사생활이 워낙 비밀에 싸여 있었으며 이렇다고 지목할 만한 단서는 나오지 않았다. 그러나 동생 용자와의 말다툼, 빙판에 넘어뜨려 용자가 골절상을 입은 일이 걸려들었다. 그러나 용자의 알리바이는 확실했다. 왜 다투었느냐에 초점이 맞추어졌다. 그리고 용자뿐만 아니라 그날 동행했고 다투는 것을 목격했던 찻집 부용의 여주인 부용이도 불려갔다.

"언니 배설자하고는 왜 싸웠나. 그도 대로상에서."

담당형사는 용자에게 험상궂게 물었다. 대답이 없자,

"자매 사이에 무슨 원한이 그리 깊었지? 다리가 뿌러질 만큼 싸웠다니 말이야."

형사는 담배를 꼬나물고 용자를 노려본다.

"다리는 빙판에 넘어져서 그리된 건데요 뭐. 언니가 무슨 힘으로 분질렀겠습니까."

"그래? 왜 싸웠나."

"본시부터 사이가 나빴어요. 우린 배다른 자매거든요."

"그건 알어. 그래서 사람을 시켜 그랬나? 가령 너 애인이라든가, 그런 사내한테 부탁해서 말이야."

"뭐라구요? 무슨 소리 하는 거예요!"

"싸우게 된 이유를 왜 말 못하나!"

"기가 막혀서. 이런 법이 어디 있어."

용자는 울었다.

"언닌 잘살면서 날 한 번도 도와주지 않았어요. 서로 감정
이 삐딱하니까 대하면 싫은 말 하게 되구, 그날도 남 등쳐서
잘산다 그랬더니 날 떠밀었어요."

용자는 사실과 다른 말을 했다.

"남 등쳐서 잘산다?"

"언니의 생활이 그런걸요. 부잣집 여자들하고 어울려 다니
면서 무용가 행셀 하구. 돈 좀 빌려달라 해도, 언제나 거절했
어요."

"그래 원한이 쌓였구나."

계속 실랑이를 했으나 용자 입에서 어떤 여자에게 집을 가
르쳐주었다고 배설자가 펄펄 뛰었다는 말은 나오지 않았다.
부용이도 대개 그 비슷한 말을 했다. 남의 등쳐먹고 산다 했
을 때 배설자가 동생을 떠밀었다고 사실과 다른 얘기를 했던
것이다.

많은 시달림을 받다가 그들은 풀려났다. 곤도는 성질이 못
됐고 과대망상증에다가 터무니없이 자존심이 강한 배용자를,
그러나 단순하고 악한 여자가 아니라는 것을 잘 알고 있었다.

그간의 사정도 익히 알고 있었다. 애당초 용자에게 혐의를 두지 않았던 것이다. 다만 부하 형사가 갖고 놀게 내버려두었다가 지칠 때쯤 내보내라 했던 것이다.

왜 그랬을까? 왜 그들은 집을 가르쳐주었다고 노상에서 만나자마자 배설자가 용자의 뺨부터 때린 얘기를 숨겨야 했을까? 배설자 살해사건과 그 말을 숨겨야 했던 이유는 무엇이며 부용이나 용자도 배설자 죽음과 무슨 관련이라도 있단 말인가.

사실 그것은 별일이 아니었다. 물론 용자와 부용이가 상의하여 사실과 다르게 얘기했던 것이다. 이유는, 만주서 온 옛날의 설자 친구, 그에게 집을 가르쳐준 일 때문에 싸웠다 한다면, 상대는 왜 집을 알려 했는가, 설자는 또 왜 그렇게 심한 거부반응을 했는가 하는 의문이 제기될 수 있고, 만주서 왔다는 그 사실은 매우 중대한 의미를 갖게 된다. 즉, 개인적인 원한을 떠나서 정치적 테러로 문제가 확대될 수 있다. 그렇게 되면 용자 자신 어떤 혐의를 받을지 모를 일이 아닌가. 그것은 부용의 충고였다. 용자도 설자의 행적을 전혀 모른다 할 수 없었다. 즉각 용자가 자기방어의 태세로 돌아간 것은 말할 나위가 없다. 그 방면의 사정을 남보다 잘 아는 처지였으니, 다만 부용이가 어느 정도 설자의 정체를 알고 그랬는지 의심의 여지는 있었으나.

찻집 부용에서는 그 일이 화제가 되었다.

"운수불길하다 보면 길 가다 사람 만난 것도 화근이 될 수 있지."

차를 나르는 부용에게 유인배는 위로 삼아 말했다.

"왜 아니래요? 소 눈깔 같은 그놈의 형사 생각만 해도 소름 끼쳐요."

"골치깨나 썩이겠다."

"그게 무슨 말이에요?"

"눈에 한번 띄었으니까 단속한답시고 나타나서 그놈의 소 눈깔이 부용이를 유혹하면 어쩌누."

"그런 쪼다리도 아니에요."

부용이는 웃으며 탁자 사이를 지나갔다. 그리고 찻집에서 나가는 송영광의 뒷모습을 힐끗 쳐다본다.

"배용자도 큰코다칠 뻔했구먼."

한민수가 차를 마시며 말했다.

"앞으론 우리도 형제간의 다툼을 신중히 할 필요가 있어."

"형제뿐인가, 부부지간은? 특히 유인배 자넨 조심해야 할 게야."

"이 내가, 뭣 땜에?"

유인배는 손가락으로 자기 가슴을 가리키며 어리둥절한 시늉을 한다.

"안사람 속 그만 썩이라는 얘기야. 그럴 때마다 사무실은 난장판이구 기둥서방도 아닌 주제에 부용이 무슨 할 짓인가."

"똥 묻은 개가 겨 묻은 개보고 짖는다는 말이 있긴 있지. 나야 기껏 사무실이나 난장판 만들어놓고 부용이 좀 부려먹고 그것으로 끝나지만 자네는 어떠한가? 좀 물어보자."

"허허허 허허어."

하고 한민수는 웃는다.

"기생방이나 애첩방에 들앉아서 천하태평인 자네 말일세."

"그것 다 한 시절 전의 얘기고, 천하태평으로 쉴 곳이나 있어? 정말 요즘 같아서는 죽을 지경이다."

"메뚜기, 여름 한 철 자알 놀았으니 이젠 눈비 맞고 죽어야지."

"남의 말 하듯."

"남의 말이지 않고? 나야 술이 과한 것이 병, 외입질하고는 담싼 사람이야. 여자가 바치겠다 해도 마다하는 송영광을 빼고 나면 나만큼 담박한 사내도 없다고. 젊은것들 멋모르고 노는 꼴 보면 쓰레기 소리 들어도 마땅해."

"양가 댁 서방님이 하시는 말씀."

한민수는 비꼰다.

"그런 것에 양가고 광대가 어디 있누. 사회주의자도 아닌 주제에 이죽거리기는."

"하여간 그 일은 그만두고, 좀 축소를 해야 살겠는데 엄두가 나지 않아."

한민수는 걱정이 태산이라는 듯 담배를 꺼내어 붙여 문다.

"그놈의 징용 때문에 한사코 눌러붙어서 떨어지지 않으려

하니."

"돈 한 푼 안 주는데 무슨 걱정."

"월급 안 준다고 해서 비용이 전혀 안 드는 것은 아니지 않은가. 당국에서도 눈치를 채고서."

"징용 기피에 이용된다 그거야?"

"음."

"그건 사실 아닌가. 금품 수수설까지 있는데."

한민수는 그것을 부정하지는 않았다.

"꾸려나가기 힘이 드니 어쩌누."

"그러면 나라도 나가줄까? 돈 받고 자리 메우게 말이야."

물론 농담이었다.

"그랬으면 좋겠는데, 밥술 먹는 친척도 많고 나이도 먹을 만큼 먹었으니 내어쫓기에는 적격자지. 하니 보수 적다고 투정이나 말았으면 좋겠네."

한민수의 말도 농담이었다. 악단에서 유인배는 빠져서는 안 되는 존재였기 때문이다.

"만주 공연은 언제야?"

"삼월 말쯤 되지 않을까? 전선위문도 겸해서, 일장기와 카키색 복장이 악단을 죽여주는 거지. 얼마나 존속이 될지 시간 문제지만."

"할 수 없는 노릇이지. 온통 병신들만 사는 세상이야."

"새옹지마라고 진짜 병신은 살판났지 뭐. 군대에도 징용에도 안 가니 말이야."

"오죽 답답하면 하는 말이겠냐마는 하늘이 무너져도 솟아날 구멍이 있다, 그 말이나 믿어야지."

"제에기랄! 어떤 놈같이 배반한 계집 나무에 묶어놓고 죽이는 그런 정열이라도 있었으면. 인생이 꼭 사막 같다."

한민수는 아예 치정사건으로 몰아놓고 말했다.

"정열이 없어 그런가? 그런 계집을 만나지 못해서 그렇지."

"언젠가 자네 얘기했잖아."

"뭘?"

"추녀라고."

"추녀까지는 아니지만 보아서 기분 좋은 용모는 아니야."

"그렇다면 사내들이 왜 빠질까? 잘못 건드렸다간 골로 가고 신세 쫄딱 망한다 했던가?"

"했지."

"그러니까 매력은 따로 있다."

한민수는 킬킬거리며 웃는다.

"하여간 세상은 요지경이야. 부용이 같은 여자한테는 죽네 사네 하는 사내가 없는데……. 시시한 인생, 그렇게 못 잊어 하는 사내 손에 죽는 것도 과히 나쁘지는 않을 거야."

"넋 빠진 소리 짝짝 해. 못 잊어서 죽였는지 그걸 어떻게 알어. 탕녀의 말로지 뭐. 남한테 몹쓸 짓 한 죗값이구."

하면서도 유인배는 그가 경찰의 *끄나풀*이었다는 말은 하지 않는다. 그에게는 배설자에 대한 꽤 많은 정보가 있었다. 유인경을 통해 들은 말이었고 근자에 와서는 권오송 사건의 내막도 알게 되었으며 그 동네 사정에는 비교적 소상했기 때문이다.

"세상이 불공평하다고들 하지만 시간을 기다리는 사람에게는 그렇지도 않아. 나쁜 놈이 잘된다는 것은 일시적인 현상이고, 나이 먹으면 사람들 모습이 달라지는 것이 어디 주름살 때문만이겠나? 그 역정이 모습에 각인되기 때문이야. 자네도 셈만 밝히지 말구."

"불똥이 왜 이쪽으로 튀나? 나 이래 봬도 남 못할 짓은 안 했다구."

"재능 있는 애들, 내치지만 말고 좀 싸안으라고, 길게 내다보고 말이야."

"나한테 그런 힘이 어디 있어."

한민수는 우울하게 말했다.

해가 질락 말락 할 무렵, 부용에게 부탁하여 암시장에서 사다놓은 세숫비누 몇 장을 싸들고 유인배는 전차를 탔다. 인경이 집 앞까지 왔을 때는 사방이 어둑어둑했다.

"웬일이냐? 그동안 통 못 보겠더니."

피곤해 뵈는 얼굴에 미소를 띠며 인경이 말했다.

"형님은 아직입니까?"

"음, 친구가 상배를 해서. 아마 거기서 밤샘을 할 모양이구

340

나."

"누군지 몰라도 고생길에 들었군요."

"왜 아니래? 허니 너도 가숙 소중한 줄 알아야 해."

"와서 뭐라고 일러바쳤군요."

"일러바치나 마나 뻔한 일 아니냐?"

"마산은 좀 어떤가요?"

"그저 그렇지 뭐. 그 생각만 하면 속상해. 그 애만 아니면 오라버니도 좀 편하게 계실 텐데."

"형수는 여전히 그렇습니까?"

"변할 리가 있겠니? 아들 대신 올케가 죽어주었으면 싶어. 오죽하면 그런 생각을 다 하겠니? 짐승만도 못해. 남이 손가락질을 해도 무안한 줄도 몰라. 이제는 친정에서도 붙이지 않는 모양이야. 자식은 그래 놓고 자신은 어디가 조금만 아파도 병원이다 어디다, 용한 의원 찾아서 침 맞으러 다니고, 아무리 이해하려 해도 이해할 수가 없어."

"일종의 정신적 불구자라 할 수 있겠지요. 그렇게 치부하십시오. 세상엔 별의별 사람이 다 있으니까요."

"도척이도 제 자식은 귀엽다 하는데 어찌 제 목숨 하나만 하늘같이 생각할까. 나도 자식 둔 어미지만."

"악모도 더러 있다 하더군요. 자식 팔아먹는 사람도 있으니까. 그보다 일전에 세숫비누가 없다 하셨지요?"

"구했어."

"몇 개 가져왔는데."

유인배는 신문지에 싸온 것을 내밀었다. 인경은 그것을 펴 보며,

"고맙구나. 좋은 비눈가 봐?"

냄새를 킁킁 맡으며 말했다.

"멋쟁이가 사왔으니까 당연히 좋은 걸로 골랐겠지요. 남자들이야 뭐 압니까."

"가만있자. 너 바람피우는 거 아니냐?"

유인배는 손을 흔들면서,

"당치 않은 말씀 마십시오. 제 주변이 온통 그런 것 없이는 못 사는 족속들 아닙니까? 딴따라라고 모두 외입쟁이가 아닙니다. 그럼요."

인경은 웃었다.

"저녁은 먹었니?"

"아니오, 밥 좀 주십시오."

"모처럼 맨정신의 얼굴을 보니 반갑구나. 이제 철이 드는 모양이지?"

"하 참 누님도, 저 주정뱅이 아닙니다."

"아니면?"

"아니라니까요."

"너 술 안 마시고 오는 날은 한 번도 없었다."

"맨정신으로 오기가 뭣해서! 하지만 주정한 일은 없었어요."

"주정했으면 오게 내버려두었겠니? 대문이 좁아라 내쫓았지."

하다가 인경은 찬모를 불러 저녁을 차리라고 이른다. 밖은 아주 어두워졌고 멀리서 전차 종소리가 아렴풋이 들려왔다.

의걸이장과 장롱만 덩그렇게 놓여져 있고 왠지 쓸쓸하게 느껴지는 방에서 유인배는 저녁상을 받는다. 찬모는 불씨를 담으려는지 놋화로를 들고 나간다.

"누님은 저녁 드셨습니까?"

인배가 물었다.

"음, 아까 애들하고."

"이렇게 밥상이라도 내주시는 누님이 계시니까 그나마 이 유인배, 아주 버려진 신세는 아닌 모양입니다."

밥을 뜨면서 말하는 인배 목소리에는 평소의 그답지 않게 외로움 같은 것이 배어 있었다.

"자초한 건데 누굴 원망하니."

"제가 무슨 못할 짓을 했다구, 사람 죽인 살인 죄인도 아니겠고."

밥을 씹어 삼키고 나서,

"화신 앞에서 어제 외삼촌을 만났어요. 못 본 척, 절 피하시더군요. 창피하다 그거 아니겠어요?"

"밥이나 먹어."

"처가 식구들도 그래요. 사위가 뭐 하느냐 물으면 할 말이 없다나요? 따라 살아주니까 고맙기는 하지만 제 처도 역시 창피하다 생각하나 봐요. 그래서 자연 처를 대하는 저의 태도도 거칠어지고."

"그런 식으로 살아왔으니까, 쉽게 생각들이 바뀌겠니? 그러나 너 처는 착한 사람이다. 박대하지 말어."

"압니다."

늘 얼근하게 취해서 찾아왔었다. 만사를 얼렁뚱땅 넘겼고 정색을 하며 얘기한 적도 별로 없었다. 그러한 그가, 낙천적이던 그가 고민은 하고 있었구나, 인경은 생각했고 유인배는 회색 법단 저고리를 입은 인경을, 그 저고리의 하얀 동정을 바라보며 어째 쓸쓸해 뵌다, 누님도 이제 늙는구나, 그런 생각을 한다.

"나이도 들었고, 언제까지 그러고 있을래? 그곳 정리하고 집안과도 화해하는 게 어떨까?"

조심스럽게 인경이 말했다.

"그 생각을 안 해본 것은 아니지만."

"……."

"받아줄 사람들도 아니지 않습니까. 가문에 먹칠했다, 그 생각을 버릴 사람들도 아니구요."

"옛날에는 반가에서 광대가 나오면 멍석에 말아서 때려죽였다는 말이 있긴 있더라만 요즘에야…… 남의 이목이 있어 그렇지 마음속으로는 너를 버리지 않았을 게다."

"받아줄 리도 없겠지만 저 역시 그래요. 뭐 딸린 자식이 있

는 것도 아니고 내 한세상인데 이대로 살다가 죽지요. 그곳은
숨이 막혀 견디질 못할 겁니다."

"네가 나서 자란 곳인데 왜 그런 생각을 하나."

"아편 같은 것이지요 뭐."

"아편?"

"제가 운신하는 곳 말입니다. 흉허물이 없고 자유스러우니
까요. 추한 면도 있지만 발가벗은 인간들 모습에서 서 푼어치
도 안 되는 체면 같은 것 차릴 필요가 없고 뜨내기 같은 인생
이 홀가분해서 좋고 또 너무 오랫동안 그곳에 젖어 있어서."

"……."

"물론 처음에는 저에게도 야망은 있었습니다. 훌륭한 연주
가가 되고 싶었고 작곡도 해보고 싶었습니다. 그것조차 집에
서는 반대하지 않았습니까? 그러나 그것보다 저에게는 재능
이 없었지요. 음악을 좋아했다기보다 신식을 동경했던 겁니
다. 그러니 애초부터 딴따라 기질이지요. 어쨌거나 저는 유랑
극단이 좋습니다. 앞으로 그것이 존속될지 알 수 없지만."

밥은 몇 술 뜨지 않고 유인배는 상을 물렸다.

"하기야 뭐 다 제 하고 싶은 대로 하는 거지 뭐. 인실이나
오빠나 다 그 고집대로."

하다가 말끝을 맺지 못한다.

"그건 경우가 다르지요. 형님이나 인실이는 인생의 속을 보
고 신념대로 사는 거지만 저야 뭐 겉만 보고 이럭저럭 때우는

인생 아닙니까."

"글쎄 나는 잘 모르겠다. 좋은 일은 바랄 수도 없고 더 험한 일이 있을까 겁부터 나는구나."

"쓸데없는 얘기였지요?"

"따지고 보면 그렇구나."

"그보다 누님, 신문 보셨습니까?"

인경은 대답을 하지 않았다.

"사건 모르십니까?"

"아니, 신문 보았어."

"놀라셨지요?"

"끔찍해서 생각하기도 싫어."

얼굴을 잔뜩 찌푸린다.

"세상의 이치가 교묘하다는 생각 안 하셨습니까? 그런 곳에 함정이 있었다니, 악행할 적에는 남보다 오래 살려는 생각이었을 텐데 남보다 먼저 죽으니 말입니다."

"나는 뭐가 뭔지 모르겠다. 살아 있을 적에도 끔찍했는데 죽음까지 너무 끔찍해. 살아 있을 때도 그 계집 생각하면 꿈자리가 사나웠는데 죽었어도 꿈자리가 사납게 됐지 뭐냐."

"꿈자리 사납게도 됐어요."

"그 계집 때문에 얼마나 내가 속이 상했던지, 사람을 의심하는 버릇까지 생기고 말이야."

"그런 인간이 흔히 있었다가는 큰일 나게요? 말하자면 그것도 일종의 성격불구잘 겝니다."

"일본의 밀정 노릇을 하면서 내게는 독립운동 하다가 죽은 사람의 딸이라 했던 그 가증스런 일."

"그게 바로 밀정의 소질 아닙니까. 아무나가 못하지요."

"아주 불쌍하게, 외롭고 조신스리 산다 싶었는데 용모나 잘 났으면?"

"미인이었다면 상류사회, 여자들 속으로 뚫고 들어갔겠어요? 경계하지 않았던 이유 중 하나였지요."

인배는 슬그머니 웃었다.

"소행이 그렇게 난잡했다는 것도 나중에 알고, 기가 막히더군. 어쩜 그렇게 감쪽같이 사람을 속이니? 정말 두렵고 무시무시하다는 생각이 들더구나. 무서웠다. 사람이 그럴 수 있는가 싶어서, 그런 여자도 세상에 있는가 싶어서. 지금도 생각하면 가슴이 두근거려."

인경은 배설자 얘기만 나오면 감정에 혼란을 일으켰다. 오늘 역시 얼굴이 창백해지며 표현을 다 못하여 안타까워하는 것이다.

"강선혜한테 피해 입힌 것을 생각하면, 차마 낯 들고 그 애 집을 찾아가기도 힘들어. 정말 그건 악몽이야."

"너무 자책하지 마십시오."

"어찌 안 그러겠나? 그 집에 그런 횡액이 또 어디 있겠어?"

"어차피 권오송 씨도 당하게 돼 있었어요. 적이 많았으니까."

"선혜는 그게 다 자기 때문이라 하더구나. 권오송 씨 장가 잘못 들어서 그런 거라, 배설자의 경우도 자기가 저지른 일이라 하면서, 결국 내가 저지른 일이기도 하구."

마치 어제 당했던 일처럼 되살아나는 것 같았다.

"요즘 세상 돌아가는 꼴을 보면 오히려 그곳에 들앉아 있는 편이 나을지도 모르지요."

"그런 소리 말어. 당하지 않은 사람은 모른다. 권선생이 고문을 당한다 했을 때 선혜는 차라리 친일파가 돼라 앞장서서 일하라 하면서 울더군."

"가족들이야 그랬겠지요."

"여기저기 모두 상처투성이다. 집집마다 일본놈 피해 안 받은 사람이 없고, 따지고 보면 친일파도 피해자 아니겠니? 민족 반역자가 됐으니 말이야."

"그 말은 옳습니다. 친일파, 배설자의 비참한 죽음도 결국은 왜놈 때문이니까."

유인배는 매우 진중한 태도로 얘기를 하다가 돌아갔다.

인경은 이튿날 강선혜를 찾아갔다. 낮 들고 강선혜를 찾아가기 힘들다 했으나 인경은 권오송이 구속된 후 비교적 자주 강선혜한테 갔었다.

"뭘 하고 있니?"

"어서 와."

선혜 몰골은 말이 아니었다. 병자같이 안색도 나빴다.

"방 안이 왜 이리 널려 있어? 가택수색이라도 한 거니?"

"옷장 정리 좀 하느라고."

"애두 참, 그런 거는 뭣 하러 하니? 그러잖아도 머릿속이 뒤죽박죽 시끄러운데."

"뭐든 일거리를 찾는 것이 요즘 내 일과야."

선혜는 슬그머니 웃긴 웃었다.

"만일 내가 죽기라도 한다면 쓰레기통같이, 남들이 보고 흉 볼 거다, 하는 생각이 들어서 말이야."

"희한한 생각 했구나, 고생하는 사람은 안 죽어."

"배설자 그년 죽는 것 봐."

선혜는 대충대충 방바닥에 쌓인 옷을 개켜서 한쪽으로 밀어놓는다. 인경은 새삼스럽게 경대 거울에 비친 자신의 모습과 선혜의 모습을 번갈아 쳐다보다가 경대를 피하여 자리를 옮겨 앉는다.

"삼 년 묵은 체증이 내려간 듯 속이 씨원할 텐데, 얼굴 좀 펴라 선혜야."

"너는 속이 씨원하니?"

"글쎄……. 그럴 건데 왠지 안 그래."

"그렇지?"

"뭐가?"

"그 무도한 년이 천벌을 받고 죽었는데 기뻐서 춤이라도 추어야 하는 건데 착잡하고 오히려 기분 안 좋아. 배설자하고 가까이 지내던 여자들이 천장에 든 뱀이 없어진 듯 맘이 놓인다고들 하는 모양인데 도대체 사는 게 뭔지 자꾸 생각하게 된다."

"나는 끔찍하고 겁이 나아, 악몽을 계속해서 꾸고 있는 것만 같다."

"누가 죽였을까?"

"그러게 말이야."

"치정일까 원한일까⋯⋯."

"⋯⋯."

"아니면 정치적 테러일까⋯⋯."

"지가 무슨 거물이라구."

"범인은 잡힐까?"

"⋯⋯."

"누가 죽여주지 않나 생각도 했지. 나도 그년을 죽일 수 있다면 생각한 적도 있었어. 하지만 허무할 뿐이야. 사람은 무엇을 위해 사는가, 우울하다. 돈 때문인가 원한 때문인가. 어째서 배설자는 우리에게 그렇게도 원한이 깊었는가 싶은 생각도 들구."

"원한은 무슨 놈의 원한, 그건 악행이구 피해를 준 거지."

인경은 선혜 말을 가로막듯 서둘러 말하기는 했으나 미진했다. 악행이다, 피해를 주었다, 그 표현 자체가 공허했던 것이다. 죽기 전에도 그랬지만 배설자를 생각할 때 늘 인경은 당혹스러웠다. 악녀다, 첩자다, 탕녀다. 물론 그 세 가지 특성을 다 가지고 있었지만 그것만으로는 설명이 다 되지 않고 납득할 수 없는 것, 인경의 세월이 안일했던 것은 아니었으나 특히 친정형편은 비극이라 할 만 했고 자칫하다가는 멸문의 위기에까지 치닫고 있는 현실인데 그러나 인경은 험한 사람을 만난 적이 없었다. 올케가 좀 그렇기는 했으나 대개는 사람의 도리를 중히 여기며 그런 분위기의 친정과 시가에서 사람 보는 시야가 고정되어버렸는지 모르지만 배설자의 정체를 알았을 때는 그야말로 경천동지의 놀라움이었을 것이다. 무엇보다 지금 인경이 충격을 받은 것은 어째서 배설자는 우리에게 그렇게도 원한이 깊었는가, 하는 강선혜의 말이었다. 선혜를 위로하자는 것도 아니었고 배설자의 죽음을 함께 기뻐하자는 것도 아니었으며 공연히 바람난 여자같이 가슴이 벌렁거려서 찾아왔는데 그러한 그에게 선혜가 한 말도 충격이었지만 흐린 날, 우중충한 방, 쓰레기통같이 너저분하게 옷가지가 널려 있는 방에 침울하고 의기소침한 모습으로 앉아 있는 선혜를 발견했다는 것도 실은 뜻밖이었다. 최소한 분풀이가 되었다 하며 웃거나, 과거지사를 열거하며 흥분할 줄 알았다.

'그러면 배설자는 나한테 원한이 있어서 나를 속이고 이용하고 가슴 떨리게 했는가. 사람을 의심하는 버릇, 무섬증을 가지게 했으며 내게 고통을 주었는가. 아니지. 그거는 아니지 않아? 내가 저한테 뭘 어쨌기에? 선혜도 마찬가지야. 뭘 잘못

했지? 권오송 씨가 배설자를 내쳤기 때문에? 그건 적반하장
이다. 지가 왜 원한을 가져? 원한은 선혜 쪽에 있는데……'

"선혜야."

"응."

"너 혹 죽은 배설자를 동정하는 거니?"

"아니야. 다만 피곤해, 만사가 다 피곤할 뿐이야."

"배설자 죽은 게 속 씨원하지도 않고?"

"힘이 다 빠져버렸어. 그동안, 남을 저주한다는 것이 얼마
나 고통스런 일인지 너는 모를게야."

"왜 몰라."

"처음에는 내 스스로 그를 저주했지. 별의별 저주를 다 했
어. 칼 들고 가서 죽이고 싶은 생각도 했다. 하지만 차츰 그것
은 내 의사와 관계없이, 마치 악령이 나를 찾아오듯…… 괴로
우니까 그 계집 생각은 안 하려고 피하려고 하는데 그것이 찾
아오는 거야. 하루에 한두 번, 그때 나는 무당이 되는 것만 같
았다. 내 미움과 저주가 분명히 그 계집한테 가서 꽂힌다는
느낌 말이야. 그건 참 이상한 체험이었다."

나직한 목소리로 선혜는 차근차근 얘기했다.

"그럴 때는 상대가 아프거나 어딘지 불편할 거라는 생각이
드는 거야. 내 미움과 저주가 상대의 살을 파고들어가는 느낌
이 드는 거야. 나는 몸을 흔들면서 그년 생각 안 하려고 안간
힘을 썼어. 정말이야. 아주 잊으려 했어. 하지만 영락없이 하

루에 한두 번은 찾아와서 내 맘속에 들앉는 거 아니겠어? 내 자신이 상하더구나. 병자가 되는 것 같았다. 어떻게 해서, 누구에게 죽임을 당했는지 알 수 없지만 어떤 때는 내가 죽인 것 같은 착각에 빠지는 거야. 왜 그런지 나도 모르겠어. 왜 그런지…….”

“무슨 그런 망측한 생각을 하니. 몸이 허약해서 그런 거다. 얘 정신 차려. 우리가 벌준 게 아니야. 다른 힘이 벌준 거야.”

인경은 내심 매우 놀라고 근심했다. 방에 들어섰을 때도 느꼈지만 선혜 얼굴은 병자 같았다. 단순하고 덜렁대며 부잣집 외동딸로 철없었던 선혜, 허영덩어리였던 선혜의 지난날을 도저히 상상할 수 없었다. 권오송과 결혼하면서 사람이 달라지기는 했으나 이제는 옛날의 그 흔적조차 찾아볼 수 없었다.

“권선생 땜에 노심초사, 심신이 약해져서 그런 거야. 아무래도 시골로 가서 정양하는 게 좋겠다.”

“내가?”

“그리고 나 땜에 권선생이 그리되었다는 생각부터 버려. 일본이 망할 날도 얼마 안 남았다더라. 나도 오빠랑 인실을……. 일본이 망하는 날에는 귀한 사람이 되는 거 아니니?”

“살아남을지 누가 알어.”

“어디 너 같은 사람이 한둘이니? 그래도 너에겐 한 가지 좋은 일이 있잖니?”

“…….”

"모두 학병에 끌려가는데 너의 아들은 이공과라서 학병에도 안 나가구 말이야. 너에게는 남편만 있는 게 아니다. 아들이 있잖아."

"그래도 나는 지쳤어. 힘이 다 빠져버렸어. 살고 싶지가 않아."

강선혜는 재혼하여 권오송과의 사이에서 낳은 아들이 지금 동경 K대학에 재학 중인데 다행히 이공과여서 학병을 면할 수 있었다.

"확실하게 설자 그년은 죽어야 마땅했다. 이제는 나도 뭔가 알 것 같다. 잊으려고 애쓸 것도 없고 생각하려 할 것도 없고 지나간 일이다. 우리를 이 세상에서 데려가고 안 가고는 우리의 뜻이 아니야. 배설자가 죽은 것도 우리의 뜻이 아니듯이, 죽고 싶다는 생각은 하지 말어."

"놀다 갈 거지? 바쁘니?"

"바쁠 것 없다."

"그럼 옷 챙겨 넣는 것 도와주어."

"그래라."

"아직도 너의 올케는 마산 가보지 않았니?"

"안 갔어."

"왜 그러지? 이상하지 않아? 남의 자식도 아닌데."

"병 옮을까 봐 겁나나 봐."

"참 별사람 다 보겠네."

"그래도 남을 해치지는 않으니 다행이야. 오로지 자기 자신만을 생각하니까. 돈 없어지면 어떻게 살까, 병나면 어떻게 하나. 그 본능 하나뿐이야."

"속 편하겠다."

"편하지. 먹고 싶은 것, 몸에 좋다는 것은 다 구해서 먹구, 조금만 추워도 호들갑이고 조금만 더워도 호들갑이구, 오빠는 저리되었으니 단념했고 아들도 병들었으니 단념했고 오직 자기 자신만을 불쌍히 여겨서…… 본시부터 성질이 그랬는데 우리 오빠 그런 여자를 감싸고 살았으니 인격자지. 정말 나는 오빠 존경해. 나랏일 한다는 사람, 처자식 내버리고, 그게 당연한 걸로 알았지만 우리 오빤 안 그랬어. 언제나 넓은 가슴으로 껴안았다. 누이들까지……."

"그걸 누가 모르니? 우리 권선생이 몰렸을 때도 유선생님이 불을 꺼주셨고 뵙기는 몹시 냉정하고 빈틈없는 것 같지만 항상 공평하셨지."

두 여자는 옷을 개키고 챙겨 넣으면서 주거니 받거니 얘기를 한다. 선혜는 다시 안정이 된 것같이 보였다.

"정말 그때, 사실은 그때 권선생이나 내 가슴에 멍이 들었어. 그때 권선생을 친일파로 몰고 동지를 배신했다 하고, 돈을 받고 동지를 팔았느니 어쩌니 하던 사람들, 그들이 지금은 친일에 앞장서서 살아남으려고 버둥거리고 있잖니? 그야말로 돈을 받아 국책 선전의 잡지를 만들고 연극도 하구, 학병들

끌어내는 데 앞장서구."

"일본이 세계를 정복하리라 믿은 때문이겠지."

"정말로 믿어서 그런 걸까?"

"눈이 어두워 그랬겠지. 해외에서 운동하는 사람들, 정말
이가 갈릴 거야."

"혹, 배설자도 그쪽에서 해친 거는 아닐까? 넌 지가 무슨
거물이라고 했지만."

"어느 쪽이면 어떻니? 잘 죽였지. 이제는 주저 없이 말하겠
다. 잘 죽였다구. 나는 악몽을 꾸고 너는 무당이 될 뻔했고."

"무당이라기보다…… 신들린 거 같고 내 독기가 그쪽으로
가는 것 같고 내가 나를 무서워했지."

"이제 괜찮아. 괜찮을 거야. 배고프다 얘."

"점심 차릴 거야."

대강 옷 정리가 끝났을 때 점심상이 들어왔다. 밥을 먹으면
서,

"요즘 명희 선생은 어떻게 사니?"

인경이 물었다. 인실의 여학교 시절, 선생이었기에 인경은
명희 선생이라 했다.

"숨만 쉬고 있는 거지."

"더러 오니?"

"음."

"여전히 아름답지?"

"하지만 좀 늙었어."

"요즘 같아서는 혼자 사는 게 편할지도 몰라."

"그렇지도 않아. 말은 안 하지만 그 앤 평생 친정의 뒤치다 꺼리를 하며 살아."

"너의 친정에서는 너 뒤치다꺼리하듯이 말이지?"

"할 말 없지. 나같이 부모 속 썩인 자식도 드물 거야. 외손 주 하나 낳아서 어머니 아버지 기쁘게 해준 것밖엔 없다. 학 병에 안 나가게 되어 그것이 효도한 걸까?"

"실은 말이야. 뭐 오늘 그 얘기 하러 온 건 아니구, 그동안 잊고 있었는데 명희 선생을 원하는 사람이 있어."

"원하는 사람이야 많지."

"다른 데서도 청혼이 있었어?"

"나한테 얘기한 사람이 한 사람 있었지. 옛날 동경 있을 때 부터 명희를 짝사랑하던 사내였는데 난 명희보고 얘기하지도 않았어."

"왜?"

"보나 마나 거절일 거구 나 역시 야망이 강한 그 사내를 믿 지 않으니까. 지금은 변호사, 상처를 했다나?"

"직업은 괜찮구나."

"너에게 말했다는 사람은? 어떤 사람이니?"

"지금은 별로 하는 일이 없지만 상당한 자산가야. 사람도 점잖고, 애가 둘이지만."

"상처했니?"

"음, 애아버지 친군데 그만하면 괜찮을 것 같지만."

"쉽지 않을 거야. 하지만 모르지. 그 애 둘도 없는 친구가 재혼한다는 말도 있고 그런데 집안이 요즘 시끄러워."

"무슨 일이 있었니?"

밥을 뜨다 말고 인경은 선혜를 쳐다보았다.

"조카가 학병에 끌려갔어."

"오나가나, 요즘 듣는 소식이란 모두 그 얘기, 우리 시가 쪽에서도 한 사람 나갔어."

"조선사람들 심장을 도려내 간 거지."

"……."

"그야말로 전광석화처럼, 왜놈들 재빠른 거는 알아주어야 해."

"누가 그러더구나. 일석이조라구, 전쟁에 써먹으니까 좋고 조선의 두뇌를 없애는 데 그 이상 좋은 방법은 없다는 거야. 만일의 경우를 생각해서 후환을 없게 하는 것도 되구 말이야. 그 아이들이 없으면 누가 앞장서서 일을 도모하겠니?"

"뿐이겠니? 또 있어. 기존의 지식인들은 모두 반역자로, 제 자식을 제 손으로 죽이는 것과 다를 바 없는 그런 죄인으로 만들었지."

"아무튼, 임교장댁도 심려가 많겠다."

"그래……. 명희한테는 말이 조카지, 부모가 무능력하니까,

그 뒷감당도 명희 몫이지."

"능력이 있어도 별수 없지. 모두가 난리로구나."

"난리지……. 끝이 있을 것 같지가 않아."

"죽든 살든 설마 끝이야 없을라구. 끝이 보인다고 말하는 사람도 있어. 우리 오빠, 인실이, 너의 권선생도 만날 날이 있을 거야."

"……."

"믿고 살아야지."

한동안 침묵이 흘렀다.

"명희 얘기가 났으니 하는 말이지만."

선혜는 화제를 돌렸다.

"그 애를 보고 있으면 딱하기도 하고 답답하기도 해. 내 코가 석 자 오 치나 빠져 있는데 남의 걱정할 계제는 아니다만."

"딱하기야 딱하지."

인경은 선혜의 눈치를 살피며 맞장구를 친다.

"원래 맹꽁이 같은 아이였어. 예민하면서도 평생 제자리를 못 찾고, 언제까지 친정 식구들 등에 지고 다닐는지, 바보 같은 명희."

선혜는 그러나 그 얘기에 열중하는 것도 아니며 그냥 건성으로 해보는 말인 것 같았다. 생각은 다른 곳으로 떠돌고 있는 것 같았다.

"명희 그 애도 그렇지만 오빠가 문제야. 어쩌면 그렇게 무능한지, 만년 문청이라니까."

"문청이 뭔데?"

"문청도 몰라? 문학청년."

"너의 서방님은 안 그렇고?"

"내 얘기는 글을 쓰든 잡지를 만들든 간에, 재능과 능력이
있어야 한다, 그 뜻이다. 이건 마치 천석꾼 지주 아들이 주색
에 빠지듯, 생계는 걱정이 없구, 철이 없는 건지 후안무치한
건지, 그 재산이 어떤 재산인데? 명희 불행의 대가 아니니?
그래도 누이를 망쳤다는 생각은 있어서 병이 나구, 병이 나니
까 또 명희 짐이 되고 파파할미가 될 때까지 그럴 거야. 조카
들 공부도 명희가 다 시켰지만 소용없어. 고모한테 부모를 밀
어붙여놓고 분가해서 살고 있으니 그게 도리야?"

"그건 쓸 곳도 없는 고모 재산이 있으니까. 안 그랬으면 왜
책임을 안 지겠어. 불량한 자식들도 아닌데."

"결국 적당히 비굴하면서 고생은 면하겠다, 안일하게 살자,
그거지 뭐. 3·1운동 때 옥살이를 했다 해서 또 이건 하는 일
없이 만년 지사(志士)거든. 참 기가 막혀. 이것도 저것도 아닌
남의 인생에 눌리어 명희는 도대체 뭐니? 바보 같은 것!"

선혜의 어투는 신랄했다. 그리고 그 말은 어느 정도 사실이
기도 했다. 그러나 양미간에 신경질이 실리면서 흥분하는 선
혜, 무의식적으로 밥을 짓이기고 있는 선혜를 정상으로 보기
어려웠다. 인경은 몹시 불안해하는 표정이다. 늘 거침없이 말

하는 선혜 성미를 모르는 바 아니나 임명빈을 노골적으로 그렇게까지 성토할 이유가 없다. 선혜의 말대로 자기 코가 석자 오 치나 빠져 있는 형편인데, 역시 배설자 죽음에 대한 개운치 못한 뒷맛 때문인 듯싶었고 그로 인하여 병적인 혹은 이상한 체험을 한 때문인 것 같다.

"조선남자들 대개가 그렇지 뭐. 능력보다 일할 자리가 없는 것이 현실 아니니? 학력이 높을수록…… 친일파가 되든지 아니면 독립투사가 되든지, 그러지 않고서는 모두 어정쩡할밖에 없지 않을까?"

"그러니까 우유부단한 거 아니겠어?"

선혜의 어세가 다소 누그러졌다. 국을 떠먹으며 목을 축인다.

"글쎄……. 그 댁 사정은 나도 좀 아는데 너무 심하게 말하지 말어. 사정이 그리된 걸 어떡허니? 나도 너처럼 친정이 든든했으면 그런 생각 들 때도 있지만."

"너하고 명희 경우는 다르지 않아."

"다를 것 없다. 임교장이 세상 물정에 밝아서 실패 없이 기와공장을 꾸려나갔더라면……."

"그게 다 능력이 없어 그렇지 뭐."

"나는 이해한다. 학벌을 말하자면 우리 오빠 남한테 빠지니? 그런 오빠가 제재소를 하며 살림 꾸려나간 것 선혜 너도 알잖아. 결국 망했지. 그동안 땅을 팔고 해서 이어왔지만 살림이 나가려 드니까 어이없이 그리되더구나. 임교장이 경험 없

는 일을 시작하여 실패 본 것은 능력도 능력이지만 왜놈들의
정책이 그랬다는 거야. 조선사람들 설 자리가 없었던 거지."

그 말에 대해서는 선혜도 잠자코 있었다.

"그리고 또 명희 선생이 오빠 강권에 못 이겨 시집간 것도
아니지 않아?"

"그건 그래."

뭔가 자기 자신이 아닌 길을 치닫고 있었던 것을 겨우 깨달
은 것처럼 선혜는 훨씬 수긋해져서 말했다.

밥상을 내가고 숭늉으로 입가심을 한 두 여자는 멍하니 서
로를 바라본다. 기미가 슬고 까칠하게 메마른 얼굴, 젊음이
다 가버린 모습을 새삼스럽게 바라보는 것이다. 생각해보면
두 사람의 인연도 남다르고 길다면 길다. 유학간 동경에서 명
희와 가까이 지내면서 오늘에 이르기까지, 자매와 같은 정이
지속되었으나 인경은 그보다 어린 시절, 같은 여학교에 다니
면서 공통점이라곤 공부를 잘했다는 것뿐, 비윗살 좋고 말괄
량이 같은 선혜와 조신한 인경이 이상하게 죽이 맞아서 친했
던 것이다. 인경이 시집살이를 하고, 선혜가 초혼에 실패하여
유학이다, 조선에 돌아와서는 적잖이 요란했고 요란한 만큼
풍랑을 겪곤 했을 무렵, 이들 사이가 뜸했다가 인경의 시부모
가 세상을 떠난 뒤부터 이들은 다시 옛 친구 시절로 돌아가
오가며 지냈던 것이다. 그래서 배설자에게 피해를 본 사건도
생겼고, 권오송이 구금된 후로는 인경이 쪽에서 강선혜를 자

주 찾았다. 그리고 마산 결핵요양소에 있는 조카 때문에 인경은 남편 몰래 선혜에게 돈을 빌리기도 했다.

"유선생님한테는 우리 권선생이 신세를 졌는데 내가 진작 챙겨야 했던 일인데 갚을 생각은 말어."

선혜는 그렇게 말하곤 했다.

"선혜야."

"음."

"당분간 친정에 가 있는 게 어떨까?"

"싫어."

"왜?"

"노인네들 한탄하는 얼굴, 견딜 수 없어."

"그래두."

"너 나한테 귀신 붙었을까 봐 겁내는 거지? 무당이라도 될 것 같으니?"

"애두, 무슨 그런 말을 하니."

"걱정 말어. 나 권선생 나올 때까지, 조선이 독립될 때까지는 살 거야. 어째 속이 거북하구나."

선혜는 베개를 꺼내어 드러눕는다.

"너도 누워."

"난 괜찮아. 소화제라도 먹겠니?"

"식곤증이겠지 뭐."

"밥도 얼마 안 먹었는데."

"인경아."

"왜."

"우리가 뭣에 쓸려고 교육을 받았는지 알 수가 없다."

이마에 팔을 얹고 천장을 올려다보며 선혜는 중얼거렸다.

"나 개인으로도 그렇고 조선사회에서 남자도 그렇지만 여
자가 무슨 득이 있었을까?"

"그런 말은 왜 하니? 새삼스럽게."

"그냥 해본 말이야. 너 가고 나면 말할 사람도 없어."

"나야 뭐 학교 졸업하자마자 출가해서 옛날 여자들이 살았
던 방식대로 살았지만 넌 다르지 않니? 남녀평등론도 쓰고 장
안의 멋쟁이 신여성, 좀 요란했어?"

인경은 웃으며 말했고 선혜도 쓴웃음을 띤다.

"눈먼 망아지가 요령 소리만 듣고 갔지. 천방지축 뭐 알기
나 했나? 그래서 오늘 이 꼴이 된 거 아니니?"

"동경으로 갈 때 뭐가 되겠다는 생각도 없이 갔었니?"

"뭐가 되겠다……. 글쎄, 지금 생각이 안 나. 멋이 있는 신
식 여성, 사실은 남자가 싫어서 이혼하고, 서울에 있을 기분
이 아니었어."

"나는 살림하면서 학교 선생이 부러웠어."

"너가?"

"써먹지도 못할 교육은 왜 받았나 싶기도 했고 우격다짐으
로 시집보낸 어머니가 원망스럽기도 했어."

"양머리 하고 하이힐 신은 여선생이 부러웠던 게로구나."

"맞어. 하하핫 하핫……."

인경은 소리 내어 웃었다.

"결국 알맹이가 뭔지도 모르고 겉모양만 보았지. 알맹이를 알았더라면 형무소를 들락거려야 했고 인실이같이 살았을 거야."

"……."

"유행 따라서 부지런히 양복 지어 입고 유식한 말투, 영어 나부랭이나 지껄이고, 아무것도 아닌데, 그건 정말 아무것도 아니었는데, 이렇게 얼굴에 주름이 잡혀 마주 앉아 있는데 말이야. 한심스럽다."

"내 동생 인실이는 어디서 뭘 하고 있을까……."

오랜 세월 동안 인실이 문제는 대범하게 생각하기로 길들여져왔지만 역시 인실의 얘기가 나오니 마음이 어둡게 가라앉고 겨울날 찬 바람 같은 설움이 치미는 것을 인경도 어쩔 수가 없었다.

"살아는 있을 거야."

"살아 있긴 한 모양인데."

명확하게 말하지는 않았다. 그러나 마산 요양소에서 오가타를 한번 만났을 때 인실이 살아 있다는 암시를 받은 적이 있었다.

"언젠가…… 아주 오래전에 너의 친정에서 인실을 만났을 때, 아, 그래 동경진재 직후였어. 인실이 진재를 겪고 돌아왔을 때야. 왜 기억 안 나니? 널 길에서 만나 함께 갔을 때 말이야."

"기억 안 나는데."

"만주 가서 비적단 여두목이 될까, 하고 내가 큰소리쳤지. 진재 때 조선인을 학살한 일 땜에 분개하면서 그랬던 거야. 했더니 인실이가 뭐랬는 줄 아니? 잘 어울릴 것 같애요, 그러더구나."

"전혀 기억이 안 나."

"그땐 넌 어머니 방에 가고 자리에 없었다."

"별놈의 일을 다 기억하구 있구나."

"그래, 다 겉모양만 보구, 일종의 날라리지 뭐겠니? 그랬기 때문에 소위 그놈의 신여성이라는 족속들 남 먼저 황국신민 노래를 부른 게지. 그러고도 낯짝에 철판 깔고서 거룩한 교육자, 재주 있는 문필가 예술가, 사회사업가라, 인실이같이 여옥이같이 사는 여자가 몇 사람이나 되겠어? 진실로 일하는 여자들은 이름도 없어."

"여옥이라면?"

"내가 말하지 않았던가?"

"……?"

"형무소에서 해골바가지가 되어 나왔는데 기적으로 소생했다고."

"아아, 어떤 남자가 지극정성으로 돌보아주어서 살아나왔다는 얘기."

"그래."

"혹 재혼 얘기가 있다는 명희 선생 친한 친구가 그 사람 아니니?"

"맞어."

"그 지극정성의 남자하구?"

"응."

"그래? 잘됐다 해야겠는데 어쩐지 묘하구나."

"실은 나도 그래."

"이제 가봐야겠다."

"더 있다가 가아."

"또 올게……. 나도 마음에 바람이 들었나 봐. 집에 있으면 갑갑증이 나서 견딜 수가 없다."

인경은 일어섰다. 그러나 선뜻 나서지는 못하고,

"선혜야 너 친정에 가 있는 게 좋겠다. 왠지 마음이 안 놓여."

"집에 가면 나 불효해져."

선혜는 일어나 앉으며 머리를 쓰다듬었다.

"옛날 버릇이 나와 어머니 아버지한테, 뭘 잘했다고 신경질을 부리게 돼."

"그래서 세 살 버릇 여든까지 간다 하지 않니."

"나 남한테 죄진 일 없지만 부모한테는 죄 많이 졌다. 벌을 받아서 내가 이런가 봐."

"아니 다행이다."

선혜 집에서 나온 인경은 혜화동의 명희 집으로 찾아갔다.

"유치원 하던 곳이라 해서 왔더니 쉽게 찾았네."

하며 들어서는 인경을 보고 명희는 깜짝 놀란다. 그와 함께
있던 여옥이 역시 몹시 놀라는 표정이었다. 왜냐하면 인경이
처음 왔기 때문이다.

"웬일이세요?"

명희가 말했고 여옥도 인사를 했다.

"낯이 익네?"

인경은 여옥을 바라보며 중얼거렸다. 그가 여옥이라는 것
은 대충 짐작을 했고,

"인실이하고 함께 만난 적이 있습니다."

"우리 인실이하고 아는 사인가요?"

"그럼요."

'무슨 일일까? 인실에 관한 일일까? 인실이 신변에 무슨 일
이라도?'

명희는 긴장하며 그런 생각을 했다. 인경이가 일부러 찾아
올 이유가 없었기 때문이다. 여옥은 여옥대로 배설자에 관한
일이 아닐까 근심하는 표정이다. 배설자를 인경이가 선혜에
게 소개해주었으며 선혜가 그 때문에 화를 입은 얘기는 들어
서 알고 있었다. 그리고 여옥은 다른 곳에서 들은 얘기도 있

어서 명희보다 배설자에 대한 내막을 훨씬 많이 알고 있었다. 게다가 인경의 표정은 밝지 않았던 것이다.

"간단히 얘기만 하고 가겠는데 명희 선생."

인경이 말을 꺼내자,

"제발 선생이라는 말씀은 마세요."

명희는 거북한 듯 말을 가로막았다.

"다름이 아니라 실은 강선혜 때문인데 명희 선생이 선혜 그 애 옆에 좀 가 있었으면 싶어서, 그게 안 되면 선혜를 여기 데려다 놓고 당분간 함께 있는 것도 좋고, 안 될까?"

인경은 명희에 대한 호칭을 고치지 않고 말했다.

여옥과 명희 얼굴빛이 동시에 달라졌다. 보통 일이 아니구나 하는 생각이 들었던 것이다.

"무슨 일이지요? 선혜언니가 어디 아픕니까?"

명희가 물었다.

"별일은 아니지만, 심리적으로 선혜가 몹시 불안한 상태 같아서, 친정에 가 있으라고 내가 권했지만 그건 싫다 하는군요."

"왜 그럴까요? 여지껏 잘 견디어왔는데."

다소 마음을 놓은 듯 명희가 말했다.

"원인은 배설자 그 계집 때문이지요. 충격을 받은 것 같아요."

"그럴 리가 있겠습니까. 기분이 좋다고까지 말할 수는 없지만 자업자득인데 왜 언니가 충격을 받습니까?"

"그건 설명하자면, 설명하기도 어려운데, 나는 이해할 수 있어요. 물론 증오감 배신감 때문에 그리된 일이지만 죽이고 싶다 죽었으면 좋겠다, 그럴 경우 누구나 생각할 수 있는 일 아니겠어요? 한데 그 생각이 차츰 병같이 된 모양이에요."

하다가 인경은 난감해하는 표정으로 말을 잇지 못한다.

"뭐라 설명을 해야 할까…… 선혜 말로는 그런 미움의 마음이 차츰 자기 의사와 상관없이 달려든다는 거예요. 배설자가 눈앞에 떠오르면 그런 때마다 느낌이 이상하다는 거예요. 내가 이렇게 생각할 때 상대방은 아플 거다, 어디가 불편할 거다 그런 생각이 든다고 했어요. 그러고 나면 자기 자신도 지치고 병이 날 지경, 그러니까 일종의 악몽 같은 거지요. 이러다가는 안 되겠다 싶어서 떨쳐버리려 하는데 매일 찾아오는 손님같이 그 증세를 겪게 된다, 그런 말이었고 그 차에 배설자가 죽고 보니 묘하게 자기 자신이 죽인 것 같은 착각에 빠진다는 거예요. 대강 그런 얘긴데…… 얼굴빛도 안 좋고 병색이며 농에서 옷가지를 모조리 꺼내어 정리하고 있는 것도 마음에 걸리고, 뭐라 설명을 해야 할지."

인경은 힘겹게 말을 했으며 그러고도 표현이 잘 안 되어 안타까워하는 표정을 지었다. 명희는 인경의 말을 이해하지 못하는 것 같았다. 다만 정신이 허약해졌다는 것으로만 받아들이는 모양인데 여옥은 혼자 고개를 끄덕였다.

"아무튼 뭐가 어떻다기보다 선혜를 혼자 두면 안 되겠다는 생각을 했지요."

"그건 어렵지 않습니다. 제가 언니 집에 가 있어도 되고 언니가 우리 집에 오셔서 안정될 때까지 계셔도 되구요. 그러지 않아도 내일쯤 여옥이랑 함께 가볼 참이었어요."

"나도 영 엄두가 나지 않았는데 집을 나서서 생각을 하니까 명희 선생하고 의논을 해야겠다 싶었어요. 아무튼 오늘은 늦어서 이 정도로 하고 가겠는데."

인경은 서두르며 일어섰다.

"그쯤 아시고 내가 제대로 말을 했는지 모르겠어요. 하여간 이상한 계집 하나 때문에."

인경이 허둥대는 것은 날이 저물어가는 탓도 있었지만 자기 자신이 재앙을 선혜에게 안겨주었다는 자격지심 때문이기도 한 것 같았다.

"차라도 마시고 가셔야지요."

명희는 할 말이 많은 듯, 짧은 대면이 아쉬운 듯 인경의 팔을 잡았다.

"아니요. 요다음에 또 오지요. 집도 알고 했으니."

서둘러 나간다. 여옥과 명희가 뒤따라 문밖까지 나왔다.

"들어가세요. 느닷없이 나타나서, 저로서는 궁여지책이었어요."

"별말씀을, 오히려 고맙지요."

"이번에 조카가 학병에 나갔다는 얘긴 들었어요. 임교장댁에서 얼마나 심려가 크신지, 그럼."

단거리 경주라도 하듯 그러고는 종종걸음으로 인경은 사라진다. 그가 사라지자 명희는 여옥을 쳐다본다. 명희 얼굴은 창백했다.

"대범하고 점잖은 분이 왜 저럴까? 꽁지에 불붙은 것처럼."

여옥이 중얼거렸다.

"그러게 말이야. 언니가 혹 병이 깊은 것 아닐까? 병원에 가야 할 병이 아닐까? 난 도모지 무슨 얘긴지."

"나는 알겠다."

"……?"

"하여간 방에 들어가자."

방으로 들어온 명희는 엉거주춤하며,

"지금 가봐야 하는 거 아닐까?"

"괜찮아. 걱정 말고 앉기나 해."

"나는 알겠다는 뜻이 뭐니?"

"나는 그런 증세에 시달린 적이 있었거든."

"뭐라구?"

"나도 그런 증세에 시달린 일이 있어. 아주 기분 나쁜 거지. 내 증세를 어떤 사람한테 얘길 했더니 그걸 염력이라 하더구나."

"염력?"

"죽어라, 죽어라, 망해라, 망해라, 절실하게 간절하게 생각하면 상대가 그리된다는 거야."

"끔찍스럽다!"

"끔찍스럽지. 옛날에는 그것 때문에 온갖 비방이 있었던 모양인데 글쎄 그 효험이 얼마나 있었을까?"

명희는 역겹다는 듯 여옥을 쳐다본다.

"내가 징그러우니?"

여옥은 실실 웃으며 말했다.

"신앙을 가진 사람이, 어찌 그런 미신을 입에 올리니."

"비방을 쓴다는 것이 미신인 건 나도 알아. 그걸 누가 옳다고 했나?"

"순교하기 위하여 형무소까지 들어갔다가 죽을 뻔했으면서, 그런 말을 하는 널 이해할 수가 없다."

명희는 드세게 여옥을 비난했다. 실은 여옥의 신앙을 비판했다기보다 사람을 저주하면 그 상대가 죽게도 된다는 말이 명희는 싫었고 불쾌했던 것이다.

"순교하기 위해서 그랬을까……. 독실한 교인도 아니면서 꽤나 외곬으로 얘기하는군. 하지만 그 누구도 자신의 믿음을 절대적인 것이라고 생각하면 그건 안 돼. 오만이야."

하다가 여옥은,

"다른 사람에게는 그런 견해도 있다는 얘기야. 사람이란 살다 보면 원하든 원치 않든 별의별 체험을 하게 되고 착각에 빠질 수도 있는 일이야."

"염력으로 사람을 죽이는 체험도 하게 된다 그 말이니?"

"참, 이 애가 끝까지 얘기 듣지도 않고 왜 이리 서둘러?"

"……."

"그건 일종의 병적 심리 상태라 할 수도 있겠지. 하지만 나도 이상한 체험을 한 건 사실이야."

한동안 말이 없었다. 그러나 여옥의 표정이 달라진 것은 아니었다. 덤덤했다.

"오선권이하고 이혼을 했을 때, 나는 그를 잃었기 때문에 절망했던 것은 아니었어. 슬퍼했던 것도 아니었어. 어쩌면 나는 그를 사랑했다기보다 믿었는지 몰라. 아버지나 오빠가 진실한 교인으로, 영혼이 순결한 사람으로 오선권을 믿었던 것처럼 나도 그렇게 믿었던 거야. 아마 강여사나 인실이 언니가 배설자로 인하여 겪은 일과 어쩌면 비슷했는지 모르지. 믿었던 상대가 어느 날 갑자기 탈을 벗고 본색을 드러냈을 때, 명희야 생각해보아. 잃었다고 절망하겠니? 슬퍼하겠니? 아니야. 분노 혐오감 증오 그 이외 무슨 감정이 있겠어?"

"그만해. 아직까지 그 생각에 매달려 있는 거야? 넌 다 잊었다, 극복했다 했잖니."

"그럼. 오래전에, 구경꾼같이 무심해졌어. 그런 일도 있었거니."

"한데 왜 그 얘길 또 하는 거니."

"그때 병이 났을 때 체험했던 것을 설명하자니까 그래."

"다 잊어버려. 선혜언닌 다만 신경이 허약해져서 그런 거야. 얼마나 오래 시달렸니? 태평스런 본래 성질 땜에 그나마 유지된 거지. 언닌 결혼했을 때부터 주변에 문제가 많았어."

"알아. 하지만 지금 강여사가 겪는 건 그게 아니야. 왜 그리 넌 안 들으려고 체머리를 흔드니? 인간의 영혼이 너가 생각하는 만큼 투명한 것도 아니지만 육체보다는 훨씬 무한한 거야. 종교의 본질은 육신을 구제하는 것보다 영혼을 구제하는 것 아니니?"

"……."

"명희 너도, 통영 바닷가에서 몇 년을 뻗친 것은 분노를 삭이기 위한 것이라 생각지 않니? 물론 각각 그 분노의 대상이나 성질은 다르겠지만 말이야. 하여간 나는 그때 오선권을 용서할 수 없었다. 아니 그 악을 용서할 수 없었어. 처음에는 오선권이 망할 것을 원했지. 그가 가진 그 불의의 것을 다 잃을 것을 원했어. 결코 성공하지는 못하리라. 그러나 나는 그 미움의 감정에서 놓여나려고 했다. 안 되더구나. 그때는 내 의사하고는 상관이 없이 그 미움이 제 마음대로 찾아와서 내 영혼을 파먹는 거야. 그러고 나면 나는 기진하여 꼭 죽을 것만 같았다. 내 미움의 감정이 치열하게 탈 때, 그건 정말 이상한 환상이었어. 내가 치열한 만큼 치밀해지는 그 순간 상대가 온전치 못하리라는 생각이 드는 거야. 너가 듣기 싫어하는 거 알어. 불쾌하고 두렵고 뭐라 형용할 수도 없는, 그건 병이야. 아까 염력이라 했는데 그 말을 한 사람의 말을 빌리자면 여자가 원한을 품으면 오뉴월에 서리가 내린다. 그러니까 그런 염

력도 인간에게 주어진 하나의 능력이라는 거야. 그 사람의 말
로는 개인뿐만 아니라 집단이나 민족도 그 염력 때문에 정권
이 쓰러지기도 하고 독재자가 비명에 가기도 한다, 하니 일본
도 결국은 망할 것이다, 해악을 끼치는 상대는 말하자면 일종
의 마성인데, 분노하여 급사하는 사람이 있고 그 땜에 병들어
서 앓다가 죽는 사람도 있지만 그 사람들은 마성을 이겨낼 능
력이 부족했던 탓이며, 이겨내어 상대를 쓰러뜨리는 사람은
그 능력이 많다는 거고 기가 넘었다, 기가 막힌다, 기가 찬다,
또는 기가 세다, 그런 말들은, 그러니까 그 기라는 것을 능력
으로 본다는 거지. 인간에게는 분명히 보이지 않는 힘이 있고
신비한 경지가 있다는 거야. 예감이라든지 꿈의 암시 같은 것
도 그런 능력에서 오는 거래. 불가에서는 식(識)이 맑으면 그
렇다 한다는 건데 식이 맑아지는 데는 수도가 따르겠지만 말
이야."

　여옥은 명희를 쳐다보았다.

　"그래서?"

　반문하는 명희 눈빛이 좀 몽롱해 보이는 것 같았다. 일상에
적셔져서 그저 그날이 그날인 듯 무미건조하게 지내오다가
조카 희재가 학병에 나가는 격량을 겪었고 산에 있는 임명빈
의 건강이 좋지 않다는 기별을 받고 올케는 내려갔으며 지금
축 늘어진 듯 피곤에 지쳐 있었던 명희에게 어쩌면 여옥의 말
은 신선한 느낌을 주었는지 모른다. 거부하는 마음과 그것이

맞물리어 혼란 같은 것이었는지 모른다.

"너에겐 그 마성인가 뭔가를 이겨낼 능력이 있다 그 말이니?"

명희는 우격다짐하듯 물었다.

"들은 얘기야."

"그걸 믿니?"

"글쎄……. 믿는 거는 아닐 거야. 내가 그때 자리를 털고 일어난 것은 그런 말 때문은 아니었고 오히려 반대였던 것 같다."

"반대라면."

"그 문제는 내게서 떠났다, 과연 인간이 인간에게 벌줄 수 있는가, 그런 능력 같은 것은 없다, 확실치는 않지만 그런 생각이었던 것 같다. 물론 그것으로 극복된 것은 아니었지만 난 오선권을 그 후에도 상당히 오랫동안 미워했거든. 그러나 결과나 과정도 결국은 범한 사람이 감당할 문제라는 생각, 문제라고 말한 것은 원인과 결과는 매우 정확하다는 뜻이야. 하지만 내가 전도에 나설 수 있었던 것은 그 이상한 체험에서 달아나고 싶은 무의식의 노력도 부인할 수는 없을 거야. 또 형무소에서 견딜 수 있었던 것도, 하기는 뭐 고통이 심하면 죽기를 원했던 심정, 그것이 한두 번은 아니었지만 원인과 결과에 대한 믿음은 상당히 나를 지탱하게 해주었어."

"원인과 결과에 대한 믿음, 운명은 아닐 거고 필연이란 말이니?"

"그렇게 말할 수도 있겠지. 내 생각이 신을 모독하는 것이 될지 모르지만 신의 도움 없이, 신비한 힘에 의하지 않고 행한다는 그 자체는 움직인다는 것 아니겠어? 움직인 것만큼, 움직임의 방향만큼, 정신도 포함해서 당도하는 곳이 있다. 또 그것은 각기 다르고, 사람들은 벌받았다 복받았다 표현을 하지만, 글쎄 나도 어떻게 충분히 표현을 해야 할지 난감하지만 말이야. 배설자는 강여사 염력에 의해 벌받은 것도 아니며 배설자 스스로의 결과 아니겠는가. 내 말은…… 결국 원점이구나."

여옥은 픽 웃었다.

"사람들은 그것을 벌이라 하지만, 그래 그건 필연적인 결과일 뿐이야."

웃기는 했으나 여옥의 목소리는 차갑고도 단단했다.

"일본이 앞으로 패전하게 되면 그것은 일본, 그들 행적의 결과라 할 수 있지 않겠어? 사람들은 소위 악을 행하면서 또 선한 입장에서 착각하고 몽상하고 하지만 확신할 수 있는 것은 지금 내가 살아 있다는 인식밖에 없는 거야. 한순간 순간 삶을 실감하는 그것."

"철학자 같은 말 하네."

"반기독교적이진 않고?"

"그것도 그래."

"하지만 나는 신을 잊어본 적이 없어. 아니 신을 잃어본 적이 없다."

"요즘 난 복잡한 것 생각하기도 싫지만 사고능력도 없는 것 같다."

명희는 고개를 흔들었다. 그 자신 원점으로 돌아온 것같이 맥이 확 풀렸던 것이다.

"복잡하기보다 번잡한 거겠지. 시골에 가면 말이야, 낫 놓고 기역 자도 모르는 할머니 할아버지, 그런 사람들 중에 가끔은 철학자 이상으로 인생을 꿰뚫는 사람이 있어. 본인은 물론 그걸 전혀 알지 못하지만…… 철학이란 원래 번잡한 거 아니니? 번잡해지다 보면 알맹이가 어디 있는지 모르게 되거든."

"심경의 변화가 또 온 모양이구나. 그 할머니 집에선 얼마나 머물렀니?"

"겨울은 그곳에서 났지 뭐. 너가 서울 올라간 뒤 도솔암에 며칠 있다가 내려온 길에 그곳을 찾아갔다가 며칠 전에 왔으니까."

"그 불구의 아들인가 손잔가 아직 살아 있니?"

"그럼. 세상에서 젤 편한 곳이야. 산 같고 흐르는 물 같고."

"최선생하고는 어떻게 된 거니."

"뭘?"

여옥이는 시치미를 떼듯 그러고 나서 슬그머니 웃었다.

"결혼할 거니?"

"내일 최상길 씨가 와."

"뭐 하러?"

"겸사겸사 오는 거지 뭐."

"그래 결혼은 할 거니 안 할 거니, 왜 대답을 피하는 거니?"

"뭐가 그리 바빠? 세상 아직 끝 안 났어."

명희는 끝내 말끝을 흐리는 여옥을 노려본다.

"하기 싫으면 관두어."

"누가 싫어서 그러니? 너처럼?"

"얘두, 그러면 어쩔까? 우리 지금 선혜언니한테 가볼까?"

"해 졌어. 내일 가지 뭐, 아침에 정거장에 나갔다가."

"정거장? 최선생 밤차로 오시니?"

"응."

이들은 그간 밀린 얘기를 밤늦게까지 하다가 잠자리에 들었다. 그러나 역에 나간다는 생각 때문인지 여옥은 새벽 일찍 눈을 떴다. 전등을 켜지 않고 어둠 속을 더듬어서 부엌으로 나간 여옥은 냉수 한 컵을 마신 뒤 가만가만 세수를 하는데 사방은 칠흑 같았다. 어디선지 밤새 우는 소리가 들려왔다. 호호호 호루락! 처량하면서도 깨끗하고 조심스런 울음소리다. 하늘 밑에 있는 것은 모두 다 잠든 것만 같은데 호호호 호루락, 우는 새는 왜 잠들지 못하는가. 여옥은 그런 생각을 하며 타월로 얼굴을 닦는다. 정결하게 빨아서 말린 타월의 까실한 감촉, 엷은 비누 냄새, 여옥은 사방에 늘어선 산의 능선으로 떠받쳐진 아주 희미한 하늘을, 알 수 없는 그 공간을 한참동안 올려다보다가 방으로 들어왔다. 전등을 찾아서 켰다. 방안이 환해졌다. 들락거리는 여옥의 기척, 환해진 불빛에도 아랑곳없이 명희는 깊이 잠들어 있었다. 잠들었다기보다 지쳐서 쓰러진 채 정신을 잃고 있다 해야 할지, 모습은 아직도 아름다웠다. 그러나 창백한 얼굴에 생기라고는 찾아볼 수 없었다. 여옥은 그런 명희를 내려다보고 서 있다가 자리에 앉았다. 서 있다가 앉는다는 동작이 순간 왜 그리 어색하고 이상했는지, 반평생을 자신은 늘 길 위에 있었으며 길을 걷고 있었다는 생각이 퍼뜩 들었던 것이다. 형무소에 수감되어 있던 그 기간, 해골이 사람 꼴로 되어갔던 그 기간을 빼고 나면 늘 길 위에서, 길을 걷고 있었다는 여옥의 생각은 어느덧 명희에게 옮겨져 갔다. 늘 집 안에만 있었던 여자, 언제나 자기 자신 속에 갇혀 있었던 명희, 한때는 여수에 와서 함께 지낸 적이 있었으며 통영의 그 외딴 바닷가에 몇 해를 처박혀 있기도 했었다. 그러나 그는 걷기 위해 밖으로 나온 것은 아니었다.

'숨기 위하여, 세상에서 눈을 감아버리기 위하여…… 안과 밖, 한데 하필 이 아침에 나는 무슨 생각을 하고 있는 거지?'

여옥은 소매를 걷으며 시계를 본다. 역으로 나가기에는 너무 이른 시간이었다. 반듯하게 단정하게 누워서 숨소리도 들리지 않는 것같이 잠든 명희 모습을 여옥은 다시 쳐다본다. 한 인생이 끝내 허물 한번 벗지 못하고 영원한 유충같이 명희는 거기 누워 있었다. 외로운 사슴 한 마리가 외길에서 발돋움하다가 기적에 놀라서 멀리 깊은 숲속에 숨어버린 듯 명희는 거기 누워 있었다. 말로는 이제 나는 옛날과 다르다, 다르다

했지만 어느 장소 어느 시간에도 명희에게 변한 것은 없었다.

'명희의 정신적 처녀성은 외로움의 고통보다 훨씬 강하다. 왜 이 애는 늘 이 모양일까? 때에 따라서 순결이란 일종의 나르시시즘이야. 그것은 인간의 존엄성하고는 좀 달라. 도대체 명희는 산다는 것을 실감하고나 있을까? 외로움이란 남자가 없다고 해서 오는 것만은 아니지 않아? 명희는 인간의 그 원초적인 외로움을 사랑할 줄 모른다. 남자를 여자의 반쪽이라 하고 남자는 여자를 자신의 반쪽이라 하지만 세상에 반쪽은 없다. 생명에는 반쪽도 두 개도 없다. 오직 하나, 하나뿐인 게야.'

여옥은 할머니가 하던 말이 생각났다. 한겨울을 묵고 온 그 농가의 할머니.

이웃 아낙이 와서 하는 말이,

"늙으믄 힘없고 맴이 약해진다고들 허는디."

"인력으로는 못허는 일이 하 많은께 그거를 깨달으믄 왠지 맴이 약해지들 않겄어?"

할머니의 말이었다.

"그라고 맴이 착해진다고들 허는디 범이네 노친은 날이 갈수록 기승허고 욕심은 하늘 찌른다 말시."

"산천초목, 웨디 사람뿐이란가? 목심 붙어 있는 거는 다 애잔헌 것인디 욕심부린들 어쩔 것이여? 지은 죄 덜어감시로 살아야제. 한 포기 풀도 소중한 것이여. 이녁이 불쌍허믄 목숨 있는 거이 다 불쌍한 기여. 악행은 못하지러."

여옥은 대강 머리 손질을 하고 크림을 찍어 바른 뒤 옷을 갈아입는다. 새벽바람을 생각하여 목도리를 둘둘 감으며 집을 나섰다.

전차에서 내렸을 때 역 광장에는 짙은 안개가 깔려 있었다. 짙은 안개 속에 오렌지빛 전등이 달무리처럼 번져나 있었다. 대합실로 들어간 여옥은 벤치에 앉았다. 두 다리를 쭉 뻗고 호주머니 속에 두 손을 찌르고 벽에 머리를 기대며 마치 남자 같은 자세로, 눈만 사방을 두리번거렸다. 모두가 새로운 얼굴, 새로운 세상이었다. 자신만의 삶의 일부를 의복으로 눈빛으로 몸짓으로 표현하며 지칠 줄 모르게 사람들은 지나가고 또 다가오는 것이었다. 어떤 역경 속에서도 삶 자체가 존재하며 그것이 흐르고 있다는 것은 아름다웠다. 그런 하나하나가 무리지어 흐르고 있다는 것은 더욱 엄숙하고도 경이로운 일이었다. 개미들의 행군처럼 물고기들의 군무처럼, 그러나 언제인가는 사라질 것들, 할머니 말대로 칼 찬 순사이건 구걸하는 거지아이건 애참하기는 매일반.

'영혼의 지도자여, 당신의 모습을 드러내소서. 저 무수한 무리, 마음으로 헐벗고 굶주린 우리들의 이 무리가 가는 곳은 어디옵니까.'

깜빡 조는 순간의 독백 같은 말이었다. 그러나 그것은 원점으로 돌아와서 던진 질문이었다. 수십 년의 전도사 길여옥은 의식하건 아니했건 새로운 구세주를 향하여 원초적인 질문을 던진 것이다. 왜 그랬을까? 그러나 여옥은 동요를 느끼지 않았고 더더구나 그것이 반기독교적인 것이라고는 생각지 않았다. 그는 틀을 벗어나 새로이 문을 두드리고 있었는지 모른다.

얼마나 시간이 흘렀을까? 술렁거리는 대합실 분위기를 느끼며 여옥은 일어섰다. 기적이 울리고 있었다. 증기를 뿜어내는 숨찬 기차 소리, 여옥은 시계를 들여다본다. 그는 출찰구 쪽을 향해 급히 걸음을 옮긴다.

긴 행렬, 손가방 하나만 든 최상길이 그 행렬 속에 있었다. 부스스한 머리 모양에 허름한 차림이었다. 그는 눈으로 부지런히 여옥을 찾으며 나왔다. 그러나 막상 여옥을 발견했을 때는 그다지 반가워하는 표정은 아니었다.

"아침은 먹고 나왔소?"

최상길의 첫마디가 그 말이었다.

"아니오."

여옥이 역시 어제 만났던 사람을 대하듯 무심하게 말했다.

"그럼 날 따라와요."

"어디루요?"

"아침 요기는 해야 할 것 아니오."

"어디서?"

"그런 곳이 있어요."

"음?"

최상길은 앞서서 뚜벅뚜벅 걸어갔다. 여옥은 남자 걸음을 따라가기 위해 걸음을 빨리한다.

"그런 곳이라면 비밀식당인가요?"

"그런 셈이지."

"서울 사는 사람도 아닌데 별놈의 곳을 다 아시네."

"관문 사정도 모르고서야, 서울 출입 심심치 않게 하는 처지고 보면 밥 먹고 잠자는 곳은 몇 군데는 알아놔야지."

최상길은 골목으로 들어가서 변변치 않은 기와집 대문을 밀고 들어갔다. 여옥도 따라 들어갔다. 밖에서 보기보다 내부는 넓은 편이었고 깨끗했다. 아침 기차에서 내린 지방의 고급 손님을 위해 경영하는 음식점인 것 같았다. 물론 모든 것은 암시장에서 구하여 식단을 짜는 모양이다. 가격이 비쌀 것은 뻔한 일이다.

최상길은 아랫목에 앉으며 양어깨를 움츠렸다.

"침대칸이 없어서 일반석에서 꾸겨 앉아 잤더니 춥군."

따끈따끈한 된장찌개에다 차려 내놓은 조반은 조촐했다.

"돈만 있으면 밖에 나와서도 이런 음식 먹을 수 있네요."

"당연한 얘기 아니오."

"……."

"어떤 사태 어떤 시대에도 돈은 행세하게 돼 있는 거지."

"돈이 없으면……."

"그땐 할 수 없지. 그런 골치 아픈 얘기는 관둡시다."

"뭘 그런 걸 가지고 기분 나빠하세요?"

최상길은 여옥을 빤히 쳐다본다.

"시골 농가의 보리죽이 꽤나 위장에 맞았던 모양이지? 살은 토실토실, 천하태평한 얼굴이오."

여옥은 픽 웃었다.

"이제는 어디 갖다 놔도 살겠구먼."

"그러지 말아요. 최선생."

"어서 식기 전에 들어요. 나는 배고파."

최상길은 김이 나는 된장찌개부터 한 숟갈 떠먹고 밥을 크게 떠서 입 속으로 밀어 넣는다.

"그동안 어떻게 지냈지요?"

"밥 먹고 잠자고, 집안일 보러 다니고 뭐 다른 일이 있겠소. 길여옥 씨처럼 나도 홀몸이니까 생활이야 단조롭지. 집에서 밥 먹기 싫으면 큰집에 가서 먹고. 내가 불편했을까 싶어 물어보는 거요?"

"그래요. 불편할까 싶어서."

"남자 같은 여자가 별걱정을 다 하는군."

"내가 건강해지니까 심술이 나서 그러는 거예요?"

"그 꼴 두 번 다시 본다면 못 당할 거요."

"……"

"어서 들어요. 건강해졌다고 교만 부리지 말고, 어디에 들어도 골병은 들었을 테니."

"정말 이제는 괜찮은데."

"그 과부는 요즘 어떻게 지냅니까?"

"과부 과부 하지 마세요."

"과분데 과부라 하지 뭐라 하나."

"그럼 나 없는 데서는 소박데기라 하겠네."

"아암, 왜 나쁜가요?"

"명희는 요즘 안 좋아요."

"건강이 안 좋다는 거요?"

"여러 가지로, 집안 사정도 그렇고."

"조선 천지 좋은 사람이 어디 있어서. 그만하면 괜찮은 편이지, 임교장은 건강이 나빠졌다며요?"

비아냥거리듯 말했으나 여옥은 최상길의 마음이 차다는 생각은 하지 않았다. 익살스러운가 하면 때로는 가혹하리만큼 냉소적이었고 이죽거리는 말투, 여간해서는 정색을 하고 말하지 않는 것은 그의 소싯적부터의 버릇이었지만 불행한 결혼으로 그러한 경향이 짙어진 것인데 의외로 내성적이며 섬세하고 부끄러움을 잘 타는 최상길의 숨겨진 본성을 여옥은 어느 정도 알고 있었다.

"그런가 봐요. 임교장도 괴로움이 많을 거예요."

"그렇다고 피하기만 하면 해결이 되는가요?"

"피하지 않는다고 해결이 되겠어요? 해결할 대상이 없지 않아요? 자기 자신 이외는."

그 말에 대해서는 최상길도 아무 말 하지 않았다.

"피한다기보다 가족들, 특히 명희한테 거추장스런 자기 자신, 눈에 띄지 않게 하려는 그런 심사 아닐까요? 아무튼 안됐어요."

"점수가 후하군."

"부모 유산으로 부담 없이 쓰는 최선생 경우하고는 다르니까요."

"살려놓으니까 배은망덕, 날 비난하는 거요?"

여옥을 노려본다.

"사실인데 비난으로 들려요?"

여옥은 웃었다.

"여자가 섬세한 구석이라곤 없고 남의 비윗장 긁는 소리 찾아가며 하는군."

호박전을 간장에 찍어서 먹으며 말했다.

"명희한테 그런 유산이 굴러들어오지 않았더라면 그런 대로 가난하게 살면서 마음만은 떳떳했을 건데."

"결국 소심한 거지 뭐."

"명희한테도 그 유산은 악전(惡錢)이었나 봐요."

"목을 찌르고 죽은 사람의 유산이니 악령이 붙어 있을 만도 하지."

"어제도 악령 같은 얘길 했는데 기분 나쁘게 그 얘기는 왜 해요?"

"어제? 무슨 일이 있었어요?"

"그럴 일이 좀."

"쓸데없는 얘기는 그만하고 밥이나 먹어요."

최상길은 국에서 고기를 건져 여옥의 국그릇에 옮겨놓으며 말했다. 그는 아직 여옥이 건강한 사람이 아니라는 생각을 하는 것 같았다.

"돈이란 탐닉해도 해로운 것이지만 결백하게 구는 것도 탐닉을 의식하기 때문이지. 그냥 쓰는 것이라고만 생각하면 돼요. 생활을 위한 것이라고, 돈의 혜택으로 우리가 살고 있는 것은 부인할 수 없지 않소?"

그 말을 할 때만은 오라비가 누이 타이르듯 다소는 진지한 어조였다.

"그 후 도솔암에는 가보셨어요?"

"지난겨울에 한 번."

"임교장 건강이 그때도 나빴어요?"

"좀, 그렇더군."

"그 짓궂은 해도산가 하는 사람, 여전히 그래요?"

여옥은 웃으며 물었다. 지난가을, 산에서 여자 둘, 특히 최상길이 해도사에게 곤욕을 치렀기 때문이다.

"쭈그러든 늙은 호박같이 생겨가지고 손톱도 안 들어가더구면."

"최선생이 또 많이 당했나 부지요?"

"내가 당하기로는, 그놈의 사팔때기 김장산가 하는 그 위인이었소."

최상길은 몹시 떫은 표정을 지었다.

"그래도 그 사람들 죽이 자알 맞는 것 같던데요?"

최상길이 김장사라 하던 사람에 당하는 장면을 상상하는지 여옥은 계속 웃었다.

"죽이 맞기는, 천하호인 임교장은 중학교에 갓 들어간 소년이구 지감형은 대학을 갓 나온 청년이구, 혹세무민하는 그 여우 상대가 아니지."

"소선생도 그래요?"

"명주 포대기에 싸여 자란 출신이니 그렇지 뭐. 세상을 두루 다녀서 견문이 넓다 한들, 개인적인 고뇌가 깊었다 한들, 또 출가하여 불법에 들어가기는 했으나 역시 외골수의 어리석음이 없지 않으니까. 머리만 살아 있는 거지."

"하지만 그 도사 사악해 뵈지는 않던데요?"

"그러니까 영악한 거지. 한데 그 험구가 여옥 씨는 좀 높이 평가하더구먼. 점쟁이 평가지만 말이오."

이럭저럭 두 사람은 조반을 끝냈다. 그러고도 왠지 꾸물대고 있던 최상길은 부스스 일어섰다.

골목길을 나서려 했을 때,

"우리, 한강 쪽으로 나가보지 않겠어요?"

하며 고개를 돌려 최상길은 여옥을 쳐다본다.

"그러세요."

아주 엷은 긴장의 빛이 여옥의 얼굴에 스치고 지나갔다.

"집안은 두루 안녕하시지요?"

뒤늦게 안부를 묻는다.

"네."

"마른 생선, 수하물로 부쳤으니까 누구 시켜서 찾도록 하세요."

그러고는 한강 사장에 가기까지 두 사람 사이에 말이 없었다.

강바람은 쌀쌀했다. 그러나 겨울바람은 아니었다. 얼음이 녹은 강은 짙푸르고 바람에 잔물결이 일렁이고 있었으며 햇빛이 부서지고 있었다. 최상길은 걸음을 멈추고 조심조심 바람을 막으며 담배를 붙여 문다. 옷자락이 휘날리고 있었다.

"새벽에 나오려고 세수를 하는데, 무슨 샌지 모르겠어요, 맑고 처량하게 우는 소리를 들었어요. 왠지 모르지만 그 밤새가 명희 같다는 생각이 들지 않겠어요?"

"남의 생각은 그만하고 자기 자신의 일이나 생각해요."

최상길은 화를 내듯 그리고 덧붙여서 말하기를,

"나이가 몇 살인데 사춘기 소녀같이 그런 말 하는 거요?"

"누가 그런 감상적인 마음으로 말했나요? 그럴 여유가 있다면 세상에 대해서 미안한 거 아니에요?"

"그 생각도 버려요."

"버릴 필요가 있어요?"

"위선이니까."

"참, 무안 주는 데는 선수네요. 답답하니까 그런 생각도 해 보았던 거예요. 자신의 자리를 좁히고 좁히면서 또 숨기면서 남몰래 한밤중에 한번씩 자신의 존재를 외쳐보는 그런 밤새 같은 명희의 생애는 도시 뭔가 하구요."

"여옥이 당신은 이 순간이 행복한가요?"

"……?"

"남자랑 함께 강가를 걷고 있는 게 말이오."

"그야 행복하지요. 편안하구요."

"자신은 행복해하면서 남의 불행을 생각하는 거요? 악취미 로군."

"최선생!"

"왜요?"

"왜요, 그건 내가 할 말이에요. 왜 자꾸만 비틀어보는 거지요? 나도 불행하다 해야만 만족하시겠어요? 하지만 아니에요."

"허허허헛…… 허허헛."

"웃지 말아요. 다만 나는 한 가지 생각만 안 하지요."

최상길은 물고 있던 담배를 버리고,

"여기 좀 앉아요."

두 사람은 나란히 모래밭에 앉아 강을 바라본다. 강 건너 멀리 농부가 소를 몰고 가는 것이 보였다.

"여옥이가 그러고 싶으면 우리 함께 살아."

나직한 목소리로 말했다.

"나하고 결혼합시다."

"……."

"그걸 여옥이 당신이 희망하지 않았소?"

"했지요. 지난가을까지는."

"지금은 아니다 그 말인가요?"

"네."

"어째서?"

"억새풀같이 살고 싶어서요."

이상하게 그 말을 듣는 순간 최상길 얼굴에는 안도의 빛이 지나가고 있었다.

"살아 있다는 것만으로도 얼마나 큰 축복인데 욕심 더 안 부리겠어요. 나는 길을 걷는 게 좋아요."

"전도사업을 계속하겠다 그 말이오?"

"당장은, 그렇지는 않아요."

한동안 침묵이 흘렀다.

"당신이 말하던 그 할머니, 그곳에서 심경이 변한 거요?"

최상길은 담배를 꺼내어 불을 붙이고 나서 물었다.

"그런 점도 있겠지만…… 그 할머니 사시는 모습에서 감동을 받은 것은 사실이에요. 그분은 자신의 불행까지 사랑한다고 할까, 천지만물 모든 것을 사랑하고 감사하며 소중히 여기는 것 같았어요. 겨울 긴긴 밤에 목화씨를 발가내면서도 밥을 짓고 아궁이에 솔가지를 뿐질러 넣을 때도, 아들에게 옷을 갈아입힐 때도, 그 정성이 하나의 의식같이 보이는 거예요. 할머니 자신도 조금도 의식하지 않았지만 말이에요. 나도 저와 같이 시간을 가득하게 살아보고 싶다 그런 생각 여러 번 했어요. 싱그러운 풀 같고 흐르는 강물같이, 뭐라 설명이 안 되지만."

"······."

"그리고 또 하나 최선생이 왜 결혼하자는 건가 그것을 난 알아요. 확신도 없으면서 결혼이라는 것에 불안을 느끼고 있으면서······. 우리가 가끔 이렇게 만나는 것, 이것만으로도 그 어떤 행복한 사람에 못지않은 거 아니에요? 우리가 젊어서 자손을 보아야 할 의무가 있는 것도 아니구 억새풀같이 단단하고 질기게, 걷고 싶어요. 우리 육신의 마지막이 어디인지 모르지만."

최상길은 가볍게 한숨을 내쉬었다.

"나를 형무소에서 업고 나왔던 것처럼 당신은 그 생각에서 나하고 결혼하려 했을 거예요. 그런 생각 말아요. 사랑하더라도 연민은 갖지 마세요. 그리고 또 서로 가지고 싶어 하면 우리는 행복해지지 않을 거예요."

"······."

"우선은 날이 풀리면 할머니 곁에 가서 그들을 도와주고 싶어요. 밑바닥에서, 비로소 나는 해방이 되는 거예요."

하다가 여옥은 별안간 수염이 까칠하게 돋아난 최상길의 볼을 쓸어본다.

"내가 죽으면 최선생이 묻어주시고 당신이 먼저 가면 내가 그럴게요."

제5편

빛 속으로!

1장 대결(對決)

상의와 상근이가 차부에 도착했을 때 모자를 삐딱하게 쓴 천일이가 차표를 끊어놓고 기다리는 참이었다. 그는 표를 건네주면서,

"짐 이리 주라."

하고 상의로부터 트렁크를 받아든다.

좋은 좌석을 확보하려고 미리 짐을 차 안에 갖다 놓기 위해서다. 차부 사무실에서 서성대고 있던 삼화가 유리창 너머로 상의, 상근을 보았던 모양이다. 나왔다.

"외삼촌!"

상근이 반갑게 불렀다.

"어젯밤에 상근이랑 외갓집에 갔었는데 외삼촌은 안 기시데요."

상의 말에,

"늦게 들어갔다. 그래 피부병은 다 나았나?"

"네, 창피스러워 죽겠어요."

상의는 얼굴을 잔뜩 찌푸렸고 삼화는 웃었다. 피부병이란 다름 아닌 옴이었다. 겨울방학을 끝내고 학교로 돌아간 상의는 기숙사 사생들 사이에 만연한 옴이 옮은 것이다. 사생 중 몇 사람이 기숙사 가마솥 목욕탕이 심에 차지 않아서 몰래 밖으로 나가 대중탕을 이용했던 것이 화근이었다. 학교 당국도 할 수 없이 봄방학을 열흘이나 앞두고 사생들을 모두 집으로 보냈던 것이다. 그러니까 짧은 봄방학이 상의에게 꽤나 길었다.

"송영광 씨가 며칠 전에 왔더라며?"

생각이 난 듯 삼화가 물었다.

"외삼촌은 뉘한테 들었어요?"

"뉘한테, 음 천일 씨한테서 들었다."

송영광이 상의 집에 왔을 때 마침 천일이가 와 있어서 그들은 만났던 것이다. 만주서 송관수가 죽었을 때 길림까지 영광을 찾아와 기별한 것도 천일이었고 장례의 뒤치다꺼리에도 수고가 많았던 천일이었기에 그들의 해후는 남다른 감회가 있었다.

"그래 그 사람은 뭣 하러 왔지?"

"만주로 가신다면서, 아버지 주소도 알 겸 인사도 할려고 오셨다, 그러데요."

"참 그렇지. 누이동생이 여기 있으니까……. 매부가 어업조합에."

"아니에요. 외삼촌!"

"……?"

"그분은요, 송씨 아저씰 옛날부터 잘 알지만 사위는 아니구요, 송씨 아저씨 딸네 식구들은 벌써 산으로 돌아갔어요."

"그런가? 내가 착각을 했구나."

홍이 내외가 밀수사건으로 만주서 압송되어 통영경찰서에 들어가 있을 때 서울서 영광이가 내려왔고, 매부 휘랑 김영호와 함께 아이들이 있는 허씨댁으로 찾아온 일이 있었으며 허삼화하고도 만났는데 그러니까 삼화는 김휘를 김영호로 착각한 것이다.

"그 사람 돌아오면 형님 소식을 듣겠구나."

"아주 가신다던데요."

그 말은 상근이가 했다.

"조선을 아주 떠난다 그 말인가?"

상의는 고개를 끄덕였다.

"그래……."

한동안 말이 끊어졌다. 세 사람은 모두 홍이 생각을 했던 것이다.

"너도 앞으로 일 년이구나."

삼화는 가라앉는 분위기를 휘젓듯 말했다.

"졸업하면 취직을 하든지 결혼을 하든지 해야 할 텐데…….
누님 걱정이 태산 같을 거다."

"취직할 거예요."

상의는 야무지게 말했다.

"취직이 쉽지 않으니까 하는 말이지. 옛날 같으면 집에서
놀다가 시집가면 되지만 요새는 너도 나도 취직 안 할 수 없
는 시국이니까. 상근이 너도 공부 열심히 해야 한다. 의전이
나 이공계 계통을 갈려면."

"치, 학교보다 먼저 징병으로 가야 한다던데요, 뭐."

상근은 볼멘소리로 말했다.

"하여간."

삼화는 곤혹스런 표정을 짓다가 지갑을 꺼내어 십 원짜리
지폐 두 장을 뽑아서 각각 한 장씩 오누이에게 나누어주며 용
돈으로 쓰라 한다.

"좀 기다려야 할 게다."

볼일이 있었는지 삼화는 대합실에서 거리로 나갔다. 상의
와 상근은 대합실 걸상에 앉았다.

기선이 입항하고 출항하는 부둣가처럼 사람들이 붐비고 요
란하며 시끄럽지는 않았으나 역시 사람들은 서두르며 차부
대합실로 밀려들어왔다. 어딘가를 향해 떠난다는 것은 늘 설

렘, 희망을 동반하는 것이지만 불안과 쓸쓸함, 비애이기도 했다. 각기 떠나는 목적이 다르고 내용이 다르겠지만 그러나 왠지 차부 대합실에 모여든 떠날 사람들은 희망, 설렘보다 다만 불안하고 쓸쓸하며 비애에 젖어 있기만 한 것 같았다. 유난스레 들락거리는 잘 차려입은 여자가 있었고 스프링코트에 멋스럽게 머플러를 두른 중년 신사, 학생들도 더러 있었지만 대부분은 풀 죽은 촌닭같이 우왕좌왕, 그중에는 익숙해 있는 한 무리가 있었다. 한결같이 초라한 입성의 남정네 아낙들, 그들은 건어물 잡화 같은 것을 꾸려서 이고 지고 있었는데 갓난아이를 업은 젊은 여자도 있었다. 도부꾼이었다. 이들은 통영서 진주로 가는 도중, 대개 농촌에서 하차할 사람들이다.

그들은 농촌에서 건어물이나 잡화 따위를 곡식과 바꾸어 그것을 이고 지고 돌아와서는 파는데 찻삯 빼고 노비 빼고 쥐꼬리만큼 남은 이윤으로 배급쌀을 타며 땔감을 마련하기도 하여 겨우 명줄을 잇고 있는 그런 계층이다. 차부 대합실은 그들에게 매우 익숙해져 있는 곳이었지만 그러나 삶의 활력은 그들에게서 찾아볼 수 없었다. 영양부족과 과로에 이지러진 모습이었다. 신사 숙녀 관리 학생들 앞에서는 한없이 몸을 낮추어야 하는 사람들이기도 했다. 그중에는 가끔 약삭빠른 사람이 없지도 않아, 가령 고성(固城)까지 차표를 끊고는 고성에서 주행거리가 한참 더 먼 곳까지 와서야 내리는데 지나쳐 온 그간의 찻삯을 내지 않으려고 애걸복걸, 조수는 또한 슬그머니 눈감아주는, 그런 광경을 상의는 더러 목도하기도 했다. 신작로 미루나무에 흙바람이 몰아치는데 신발을 벗어 들고 뚜벅뚜벅 걸어가는 도부꾼 모습도 보았고 지나가는 차창가의 사람들을 부러운 눈빛으로 바라보던 얼굴도 기억에 남아 있었다. 상의는 그들 모습을 바라보다가 움찔하고 놀란다. 짐꾸러미를 이고 대합실로 들어서는 노파를 순간 임이로 착각했던 것이다. 깡마른 몸집이며 얼굴이 다소 비슷했으나 물론 임이는 아니었다. 매표구를 들여다보는 노파 뒷모습을 따라가던 상의 시선은 거두어졌다.

"상근아."

"응."

"너 고모 생각 안 나지?"

"가끔."

상근은 쓰다는 듯 픽 웃었다. 신경서 부모가 체포되어 가던 그 일을 겪었을 때 빨랫방망이를 들고 나와서 임이에게 덤벼들었던 생각이 났던 모양이다.

"우리가 너무했지."

행복했던 시절, 그러나 기억조차 하기 싫은 무서웠던 신경의 하늘 밑.

"하지만 그 고모는 밤낮 훔쳐가고 나쁜 사람이야."

"그래두…… 어떻게 지내는지."

"동정할 가치도 없어. 보나 마나 아버지 찾아다니면서 손벌리고 살겠지 뭐. 자기가 낳은 아들도 버렸다는 사람인데 고 생해도 싸."

상근은 냉정하게 말했다.

"어머! 리노이에상."

좀 호들갑스런 목소리가 들려왔다. 센다 요시코[千田淑子]였다. 천숙자, 그는 동학년이지만 반이 달랐고 또 하숙생이었기 때문에 상의하고 가깝게 지내는 사이는 아니었다. 오목오목하게 생긴 작은 얼굴, 낯빛은 검었고 큰 눈에 날씬한 몸매였다. 산뜻하게 교복을 입었으며 손에 든 가방은 고급품이었다.

"다른 애들, 한 사람도 안 왔니?"

"아무도 안 왔어."

상근은 슬그머니 일어섰다. 학교로 돌아가는 학우라도 찾아볼 심산인지 그는 대합실 밖으로 나갔다.

"앉어."

"응."

천숙자는 상의 옆에 앉았다.

"하기는 모두들 낮차로 간다 하기는 했어. 잠시라도 집에 더 있고 싶은 모양이지?"

"넌 왜 일찍 가니?"

"나아? 계모 꼴 보기 싫어서, 집에 있는 것도 지긋지긋하고 재미없어. 넌 왜 일찍 가니?"

"들를 데가 있어서."

"너 이제 옴 다 나은 거니?"

"이 애는, 큰 소리로 말하지 마."

"왜?"

"창피스럽게."

"창피스럽기는, 운수불길했던 건데."

"하필이면."

"병원에 다녀도 잘 안 낫는다고들 하던데."

"다 나았어. 매일 소금물에 목욕을 했거든."

"이번에 가면 사생들 외출하기 어렵겠다."

"아마 그럴 거야."

"난 기숙사의 규칙 같은 게 싫어서 하숙을 한 거야. 하숙비가 좀 비싸긴 하지만 말이야."

"너희 집은 부자니까."

"계모도 흥청망청 쓰고 친정 식구들까지 먹여 살리는데 내가 누구 좋으라구 기숙사에 들어가서 청승을 떨겠니."

서슴없이 말하는 숙자에게 상의는 날카로운 시선을 보낸다.

"그나저나 이제는 한 해 남았다. 졸업하면 넌 뭐 할 거니?"

"취직."

"나는 전문학교에 갈 거야."

"어떻게?"

"하여간."

"의전 아니면 갈 곳이 없지 않아? 자신 있어?"

천숙자의 성적은 그다지 좋지가 않았다.

"설마 일본으로 가는 거는 아니겠지?"

"숙전이나 이전에 갈 생각이야."

"거긴 폐지했잖아. 여자연성소(女子練成所), 뭐 그렇게 됐는데?"

"거기라도 갈 거야. 집에 있으면 뭐 하니? 모두들 정신대를 겁내서 졸업하면 시집부터 가는 모양이지만 나는 아무 데나 시집가고 싶지 않아."

"취직하면 될 텐데."

"무엇 땜에 취직하니? 나는 취직 같은 것 안 해. 첫째 양갓집 딸이 무슨 소리냐, 아버지가 펄쩍 뛰실 거구, 먹고살기 어려워 취직을 하니?"

천숙자는 자존심이 몹시 상한다는 듯 뽀로통해서 말했다.

"먹고살기 어려워서 나 취직하려는 건 아니야."

상의도 얼굴이 벌게지며 말했다. 천숙자는 당황하며,

"너가 그렇다는 얘긴 아니야. 전시니까 어쩔 수 없이 그러는 것도 알지만."

상의는 경멸을 나타내는지 대꾸를 하지 않았다.

"사실이 그렇지 뭐. 취직시키려고 딸을 여학교에 보내는 부모는 없어. 사범학교나 상업학교라면 모를까."

서로의 감정이 엇갈리기 시작하는데 연보랏빛 두루마기에 흰 조젯 목수건을 감은 중년 부인과 스프링코트를 입은 젊은 여자 두 사람이 다가왔다.

"학생."

"저 말인가요?"

천숙자가 말했다.

"아니 이쪽."

하며 중년 부인은 상의를 쳐다보았다.

"학생이 허윤균 씨 외손년가?"

"네."

"외삼촌이 허삼화 씨지? 여기 차부와 관계하는."

"네, 그렇습니다."

하고는 민망하리만큼 상의를 쳐다보는 것이었다. 얼굴뿐만
아니라 차림새며 손까지 유심히 살펴본다.

"어머니가 아프시다는데 여직도 누워 계시나?"

"누워 계시지는 않습니다. 몸이 좀 약해서."

"음, 다 좋은데 그게 좀."

중년 부인은 동행한 여자에게 나직이 말했다. 그리고 또 말
하기를,

"듣던 대로네."

"네?"

"아무것도 아니다. 올해 졸업반이라지?"

상의는 의혹스럽게 상대를 쳐다본다.

"아버지는 만주 계시고?"

"네, 한데 뉘신지요?"

"좀 아는 사이다. 그럼 또 만날 날이 있을 거고, 이 사람아 가세."

중년 부인은 젊은 여자와 함께 떠났다.

"이상하다? 누군데 저럴까?"

하자 옆에서 지켜본 천숙자가,

"이 바보야, 그것도 모르니?"

"너는 안다 말이니?"

"그럼."

천숙자는 연신 웃는다.

"웃지만 말고 얘기해."

"선보러 온 거야."

"선보러?"

"그래, 이 바보야."

상의의 얼굴이 홍당무가 된다.

"설마."

"틀림없대두."

상의와 숙자는 방금 서로 기분이 나빴던 것은 뒷전으로 하고 웃는다.

"이 애 너 취직이고 뭐고 시집 먼저 가겠다."

"기가 맥혀. 사람을 뭘로 보구, 내가 뭐 팔라고 내놓은 물건인가 뭐."

"그래도 기분이 나쁘지는 않는가 부지."

숙자는 놀려대었고 얼굴을 붉힌 상의는,

"너 자꾸 날 속상하게 할 거니?"

결국 화를 낸다.

"상의야 차 나간다. 어서 타라! 상근인 어디 갔어?"

천일이 장갑을 끼고 나오면서 큰 소리로 말했다. 두 소녀는 동시에 일어섰다.

"누구니? 저 사람."

걸으면서 숙자가 물었다.

"아는 아저씨야. 만주서 함께 있었다."

둘은 버스에 올랐다. 어디 있다 왔는지 두리번거리며 상근이도 차에 오른다. 승객들도 연신 뒤따라 차에 오르는 것이었다. 운전석으로 간 천일은 전혀, 여태까지 알지 못했던 사람처럼 상의와 상근을 챙겨볼 생각도 않고 앞만 바라보며 앉아 있었다.

언제나 그러했지만 차에 올라서 자리를 잡고 앉으면 떠난다는 것이 실감된다. 집에서 차부까지 나오고 대합실에서 기다리고 하는 동안의 시간이 아득한 곳으로 밀려나면서 마치 흰 나비 한 마리가 팔랑거리듯 상의의 시간 밖으로 사라진다. 그리고 희망과 불안이 기대와 슬픔 같은 것이 가만히 마음 바닥에서 속삭이며 흔들리는 것이다.

버스는 차고에서 거리로 미끄러져 나왔다. 차창 밖은 화창

한 봄 날씨였다. 시가지를 지나서 북문 고개로 올라간다. 털털거리는 목탄차(木炭車), 승객들은 침묵 속에 빠져 있었고 핸들을 잡은 천일의 양어깨가 유난히 넓어 보였다.

"리노이에상."

천숙자가 나직이 불렀다.

"너 알고 있니?"

"뭘."

"신학년부터 사 학년의 수업은 전면폐지라는 것 못 들었니?"

"무슨 소리를 하니?"

"넌 모르고 있었구나. 오전에는 도립병원의 의사가 와서 간호학 강의를 하고 오후엔 병원에 가서 실습한다는 거야."

피부병 때문에 사생들이 열흘이나 앞당겨 귀성한 그새, 그런 말이 학교에 나돌았는지, 정식으로 학교 당국에서 발표를 했는지,

"그러면 어떻게 되는 거니?"

상의는 걱정스럽게 물었다.

"뭐가?"

"졸업하면 간호부로 전선에 나가는 거 아닐까?"

"그걸 누가 알겠니? 하지만 우선에 공부 안 하니까 신나지 뭐."

"그럼 삼종시험[第三種敎師資格試驗]은 어떻게 되지? 안 치는 걸까."

"교사 되려고 그러니?"

"그건 아니구, 간호학을 하게 되면 혹 그 시험은 폐지되는 거 아닐까 싶어서."

"여름방학 전에 실시한다고 했어. 그것도 진주에서 할 거래. 마산 진해에서도 학생들이 시험 치러 온다던가? 하지만 난 시험 안 칠 거야."

"왜?"

"원하는 사람만 하게 돼 있으니까, 취직할 것도 아닌데 뭣하러 고생스럽게 그깟 시험을 치니?"

어느덧 목탄버스는 통영 시가를 멀리하고 언덕을 힘겹게 기어올라가고 있었다. 오른편에는 이미 바다가 산에 가려져 보이지 않았다. 상의는 왼편 차창 밖을 내려다본다. 언덕 저 아래쪽에 바다가 펼쳐져 있었다. 눈부시게 푸른 바다는 마치 잠긴 호수 같았다. 기다랗게 돌출한 육지가 바다를 휘둘러 싸고 좁아진 물길을 향해 돛단배 한 척이 가고 있었다. 그리고 그 너머에는 또 바다가 있었으며 섬이 떠 있었다. 아름다웠다. 그 늘진 듯한 뒷바다, 정밀하고 신비하며 무심했다. 목탄버스는 한 마리 개미와 같이 언덕을 기어오르고 있을 것이다. 그곳에서 보면은. 무심한 바다, 무심하고 무심한 바다, 영양실조로 보기 흉하게 머리털이 다 빠져버린 아낙들, 그 흔하던 걸인들조차 동냥할 곳이 없어 거리에서 자취를 감추었고 부둣가에서는 빈번하게 응소자(應召者)를 위한 만세 소리, 일장기가 물결

쳤으며, 아아 그런 세세한 것이야 말해 무엇하나. 바다에서는 전함이 침몰하고 하늘에서는 비행기가 불을 뿜고 대륙에서는 초연 자욱한 속에 끝없이 끝없이 사람들이 쓰러져가는데 저 바다는 어쩌면 저토록 아름답고 정밀하며 무심한가.

이윽고 바다는 상의 시야에서 사라졌다. 목탄버스는 언덕을 넘고 산허리를 감돌며 평지로 나가기도 했다. 굽이굽이 돌아가며 굽이굽이 나타나는 들판, 보리밭이 푸르렀다. 밭둑에는 봄나물 캐는 아이들이 웅크리고 있었으며 뒤늦게 논갈이하는 농부와 소, 미루나무가 우뚝우뚝 서 있는 강가의 하얀 개울 돌이 봄볕을 받고 있었다. 가난한 마을이 지나가곤 했다. 그리고 이따금 천숙자는 철딱서니 없는 말, 현실과는 먼 꿈같은 얘기를 하기도 했다.

진주에 도착한 상의는 천숙자와 헤어졌다.

"멀미 안 했나?"

천일이 와서 말했고 그는 또 짐꾼을 불러와서 따로 실은 짐을 꺼내어 지게에 올린다. 그 짐에는 외갓집의 외할머니, 왕시 김훈장의 외동딸이었던 점아기가 만들어서 가져온 약과며 미숫가루, 인절미, 그리고 집에서 준비한 고추장과 해물 따위가 들어 있었다. 외손자 외손녀가 신세를 진다 하여 일부러 천일의 집에 보내는 이바지였다. 늘 병약하여 골골거리는 딸을 대신하여 외할머니가 신경을 써준 것이다.

"에미가 데면데면해서, 그런 것 챙길 줄 모르니, 길 가다가 내 자식 코 한 분 닦아주어도 고마운 법인데."

그런 말을 하기는 했다.

"아저씨 그러면 가볼게요."

상의가 말했다. 상근은 웃는 것으로 인사를 대신한다.

"상근이 공부 잘해야 한다. 알았나?"

상근은 쑥스럽게 또 웃기만 했다.

"웬간하믄 나도 일찍 들어갈 긴데, 하기는 너거들이 그때까지 있을란가, 그럼 가봐라."

모자를 삐딱하게 쓴 천일은 바쁘게 차부 안으로 들어간다.

중늙은 지게꾼을 앞세우고 천일이 집에 오누이가 들어갔을 때, 국민학교에 다니게 된 호야가 동생하고 마당가에서 놀다가,

"성!"

하며 소리를 질렀다.

"할무이, 누야하고 성이 왔소!"

호야는 또 소리를 질렀다. 천일네와 호야네가 동시에 방에서 나왔다.

"오늘쯤 오지 싶었다."

천일네가 말했고 호야네도 몹시 반가워했다.

"몸은 다 나았나?"

호야네가 물었다.

"챙피스러워 죽겠어요. 만나는 사람마다 그 얘길 하지 뭐예요."

상의가 고개를 내저으니까,

"지 마음대로 찾아오는 병을 그라믄 우짤 기고? 누가 병을 불러서 오나. 운수불길하믄, 신경 있일 적부터 상의 니는 좀 별시럽었네라. 옴마가 욕 한분 했다고 눈이 시뻘게져서 병이 나고."

호야네는 임의롭게 흉을 보았고 상의는 또 서슴없이 눈을 흘긴다.

상근이는 지게꾼한테서 짐을 받아 마루에 옮겨놓는다.

"무신 짐이 이리 많노."

천일네는 짐을 만져보며 말했다.

"외할머니가 갖다드리라 해서 가져온 겁니다."

상근이가 말했다.

"머라? 그라믄 이기이 너거 짐 아니라 우리 짐이다 그 말가?"

"네."

이번에는 상의가 대답했다.

"성 이기이 멋고?"

호야가 상근이 팔에 매달리며 물었다.

"먹을 거다."

"묵을 거? 그기 먼데?"

"인절미랑 약과."

빈 지게 멜빵 하나만 어깨에 걸치고 나가려던 중늙은 지게꾼이 주춤하며 멈추어 섰다.

"할무이! 약과 인절미라 카요! 어서 끌러보입시다."

아이 둘은 소리치며 춤을 추듯 좋아한다.

"이거 참 별일 다 보겠네. 우리가 머를 우쨌다고 이바지를 다 해 보내노 말이다."

하면서 천일네는 보자기를 끄른다. 그리고 맨 위의 동고리를 열어본다. 검정깨와 실백을 뿌린 약과가 가지런히 들어 있었다.

"아이고 세상에, 이 귀한 거를, 마음묵고 해 보내싰구나."

아이들이 먹고 싶어서 칭얼댄다. 지게꾼 중늙은이 목에서도 침 넘어가는 소리가 들렸다.

"아부지 오시거든 뵈고 묵자."

호야네가 칭얼거리는 아이들에게 말했다. 작은놈 큰놈 둘 다 울상이 된다. 기어이 작은놈 눈에서 닭의 똥 같은 눈물이 떨어졌다.

"언제 묵어도 너거들이 묵을 긴데, 아나."

마음이 약한 할머니 천일네는 약과를 한 개씩 집어 아이들 손에 쥐여준다.

"엄니도 참 버릇되게 그러시네."

동고리 뚜껑을 닫고 천일네는 큰 동고리를 열어본다. 파르스름한 콩고물을 입은 인절미가 큰 가래로 들어 있었다.

"머를 우쨌다고 이러실꼬? 우리가 이나마 사는 것도 다 상의 아부지 은덕인데 참말로 와 이 카는지 모리겠네."

"그러기 말입니다 엄니."

"음식 한 거를 보이 외할무이 솜씨가 참 맵짭다. 외손주 외손녀까지 맴을 쓰시니 얼매나 고맙노."

"와 아니라요."

엉거주춤 서 있던 지게꾼이,

"거 인절미 묵어본 지도 오래구나."

하고 뇌었다. 천일네가 얼굴을 들고 지게꾼을 쳐다본다.

"안 가십니까?"

"야."

"나는 간 줄 알았네."

"할무이 그 떡 한 귀팅만 좀 떼어주소."

"……."

"맛이나 한분 보구로요."

염치 불고하고 말했다.

"얄궂어라. 우리 식구들 입도 안 댄 이바지 음식을, 무신 염치요."

지게꾼은 호야네한테 퉁바리를 맞는다.

"그렇기는 하구마."

지게꾼은 풀 죽은 소리로 중얼거렸다. 그리고 나머지 지게 멜빵을 어깨에 걸고 지게 작대기를 올려 들며 나가려 하는데,

"거기 좀 있이소. 어멈아 정기 가서 칼 좀 가지고 오니라."

호야네는 불만을 나타내며 그러나 부엌에서 식칼을 가져왔다.

"남 줄라 카거든 먼지 엄니가 맛이나 보고 주소."

"그러지."

천일네는 떡 가장자리를 조금 떼어서 입에 넣고, 가래로 된 인절미를 제법 큼지막하게 베어서 지게꾼한테 준다.

"아이고 이리 많이."

지게꾼의 입은 함박만큼이나 크게 벌어졌다. 그리고 땟자국이 오른 목이 벌게지는 것이었다.

"늙는 게 죄지. 늙으믄 배고픈 것 못 견디오."

"고맙심다."

지게꾼은 도망치듯 나갔다.

"아가."

"야."

"우리가 한 입씩 덜 묵으믄 안 되겄나. 우찌 음식을 두고 모리는 척하겄더노."

"아깝아서 누가 그랬겄십니까. 아무리 굶어도 사람이 체모가 있어야지요."

"그것도 적선이네라. 배고픈데 우짜겄노. 진종일 짐을 기다리믄서 보나 마나 속은 비어 있을 기고."

"그래도 그렇지, 굶어 죽어도 안 그러는 사람은 안 그럽니다."

"아무 말 마라. 와 인심들이 이런지 모리겄다."

호야네 얼굴이 빨개진다.

"옛날에는 보리죽 묵으믄서도 나그네 괄세는 안 했네라. 믹

이주고 재워주고, 하기사 요즘 세상에는 함부로 사람 재워줄
수도 없더라마는 도둑이 펄펄하고 눈 없이믄 코 베 가는 세상
이니, 그는 그렇고 어서 점심이나 해라."

"야."

해가 한 뼘이나 남았을까, 서쪽에서 사선으로 오는 햇빛은
아주 조금 황금빛을 띠고 있었다. 호야네 집에서 나온 상의와
상근이는 붉은 벽돌담 모퉁이까지 와서 헤어졌다. 상의는 길
모퉁이에 머물러 서서 멀어져가는 상근의 뒷모습을 바라본
다. 오른편은 여학교 담벽이며 왼편은 여학교 기숙사 정문과
잿빛 담이 연속되어 있었다. 그 사잇길을 지나서 직선으로 곧
장 가면 산을 등지고 연병장(練兵場)과도 같은 사각, 살벌한 운
동장의 중학교가 있었다. 상근의 모습은 작았고 들고 가는 트
렁크는 커 보였다. 기숙사 정문 앞에는 집에서 방학을 끝내고
돌아온 사생들이 들락거리고 있었다. 상의는 발길을 돌린다.
담장을 따라 학교 정문으로 들어섰다. 정문 옆의 수양버들은
싹이 터서 연둣빛이 된 가지가 땅으로 늘어져 있었다. 상의는
왠지 기분이 안 좋았다. 상근이를 보내놓고 나면 늘 그랬었지
만 오늘은 그것만이 아닌 것 같았다.

상의는 처음으로 성환할머니가 눈이 먼 사실을 알았다. 점
심을 먹으면서 호야할머니가 말했던 것이다. 성환의 누이 남
희도 병이 들어 지리산 절에 가 있다는 말도 했다. 물론 큰 충
격을 받았다. 어릴 적에 본 성환할머니나 남희의 기억이 남아

있었기 때문이다.

"복도 지지리 없지. 성환이 하나 믿고 살았는데, 그 손자가 예사 손자가?"

"남의 일이지만 기가 막힙니다."

호야네는 맞장구를 쳤다.

"그 아이가 학벵이라 카는지 거기 나갔다는 소식을 들었을 직에 나도 억장이 무너지더라. 그 좋은 머시마, 우찌 할매가 환장 안 했겠노."

"딸 가진 부모들 침을 삼키쌓더마는."

호야네 말이었다.

"하모, 침 삼킬 만도 했제. 인물이 빠지나 학식 좋고 사람 됨됨이가 얼매나 신실했노. 나는 우리 상의하고 꼭 맞는 짝이라고 생각했는데, 그렇제? 어멈아."

"야, 그렇십니다. 집안이 기찹아서 그기이 좀."

"기찹은 거사 흠 될 기이 없제. 핵교만 나오고 보믄 크게 출세할 기고, 아무나가 그런 핵교에 가건데? 성환이는 참말로 상의 짝이 될 만하다. 어디를 보던지."

상근이가 상의 얼굴을 쳐다보았다. 상의는 얼굴이 벌게져서,

"그런 소리 듣기 싫습니다!"

하고 화를 내었다. 호야할머니는 다만 부끄러워서 그런다 생각하는 모양이었고 호야네는 상의 성질을 알기 때문에 찔끔하며 눈치를 살폈다.

통영 차부에서 선을 보러 왔느니 어쩌느니 했을 때 상의는 과히 기분이 나쁘지는 않았다. 상대가 물론 누구인지 알지 못했으나 우습다는 생각과 자신도 이제 성인이 되었다는 설렘이 없지 않았던 것이다. 그러나 성환의 경우는 달랐다. 정성환을 송충이처럼 싫어한 것은 아니었지만 그렇다고 해서 호감을 가져본 적은 없었다. 어릴 적에 평사리에서 함께 놀았던 머슴아이, 진주서 중학을 다닐 때는 거리에서 본 적이 있었고 최참판댁에서도 한 번 만났다. 대학인지 어딘지 교복에 사각모자를 쓰고 연학이와 함께 기숙사로 상의를 찾아온 적도 있었다. 사실 그랬을 적에도 상의는 과히 기분이 좋지 않았다. 그것은 일종의 결벽증과도 같은 것이었다.

상의의 기분이 언짢은 것은 호야할머니의 무신경한 말 때문만은 아니었다. 인절미를 좀 달라고 구걸하다시피 한 지게꾼을 그때 경멸했던 자신의 마음이 싫었던 것이다. 그것을 생각하니 마치 위장 속에 돌이 들어앉은 것처럼 무겁고 기분이 나빴다.

아직 개교를 하지 않아 교정은 쓸쓸했다. 그러나 수목들은 물이 올라 봄의 향기로 화사했다. 2료 앞에까지 갔을 때 상의는 그곳이 조용한 것을 느꼈다. 좀 이상했다. 지금쯤 귀성에서 돌아온 사생들로 술렁이며 소란할 텐데 이상하게 기숙사 내부는 가라앉아 있는 것같이 느껴졌다. 유리문을 드르륵 열었다. 신발장에는 적잖은 신발이 들어 있었고 현관 바닥에도 몇 켤레 신발이 있었다. 안마당에서 세수하는 하급생 몇 명도 눈에 띄었다. 상의는 자기 방으로 들어갔다.

"아이구 언니."

하급생들이 짐을 챙기고 있다가 인사를 했다. 졸업생들이 떠나갔으니 당연히 상의는 최고학년이었다. 그런데 하급생들의 인사하는 표정이 신경에 걸려들었다.

"아무도 안 왔니?"

그 말은 상의 동학년을 두고 물은 것이다.

"저기."

"왜? 무슨 일이 있었니?"

"그게 아니고, 언니들은 모두 7호실에 모여 있습니다."

"어째서?"

"……."

"무슨 일이니?"

"가보시면."

상의는 의아한 눈빛으로 하급생을 보았으나 그들은 눈길을 피한다.

'무슨 일이 생겼을까?'

상의는 트렁크를 놔두고 방을 나섰다. 7호실은 맨 구석에 있는 방이었다.

복도를 지나서 상의는 7호실 방문을 열었다. 모두 거기에 모여 있었다. 일제히 시선은 상의에게로 왔다.

"뭣들 하고 있니?"

하급생들은 슬슬 다 빠져나갔는지 이제 사 학년이 된 2료의 사생들만이었다. 그리고 한결같이 우울한 표정들이다.

"왜들 이러고 있니?"

상의는 거듭해서 물었다.

"들어오기나 해."

벽에 기대어 앉은 남순자가 말했다. 상의는 방으로 들어오며 방문을 닫고 장옥희 옆에 앉았다.

"전멸이다 전멸."

오송자가 자조하듯 말했다.

"뭐가?"

"말도 마라. 아키야마상 빼고는 전멸이야."

"······."

"이번에 말이야, 방갈이에서 2료의 아이들은 아키야마상 빼고는 실장이 된 사람은 없다."

고수머리의 옥희가 낮은 목소리로 일러준다. 아키야마[秋山]라 불린 경순이는 매우 난처해하는 표정이며 팔짱을 끼고 앉아 있었다. 상의의 낯빛이 확 구겨진다.

"완전히 서자 취급을 당한 거야. 분하고 아니꼬와서 어쩌지?"

주근깨가 많은, 가네야마 노부[金山信]로 창씨개명한 김신이가 말했다.

학교에서는 신학년마다 학급 편성을 다시 하지만 기숙사에서는 새 학기마다 방갈이를 한다. 네 개의 기숙사가 각기 시설이 다르고 또 땔감을 절약하기 위하여 사생들을 수용하는 방을 줄였다가 여름이면 늘리는 그런 형편 때문이기도 했지만 여하튼 한 방의 실장이라면 그 방에서는 좌수* 격인데 방의 수효보다 사 학년 학생이 많은 만큼 모두가 일률적으로 실장이 될 수는 없었다. 실장의 기준은 성적 품행 사감의 신임도에 따라 정해지는데 반드시 그런 것만은 아니었다. 사감의 고려가 항상 지배적이었다. 사실 별것 아닌 것이었지만 감수성이 예민한 아이들에게 실장에 종속되는 존재, 그런 인식은 자존심에 상당히 큰 상처를 주었다. 말하자면 계급에 대한 열등감에 어쩔 수 없이 빠지는 것이었다. 우선 하급생에게 존경의 대상이 되지 못했고 영이 서지도 않았다. 그랬는데 공교롭게 2료의 사 학년 학생들은 모조리 1료로 이동이 되었으며, 시설이 나쁜 2료에서 고생했으니까 그는 그럴 수 있는 일이라 하더라도 성적이 우수하고 조리 있게 말 잘하는 경순이는 차마 그럴 수 없었던지, 나머지는 모두 실장에서 탈락이 되고 말았던 것이다.

"너희들 생각해보아. 공부도 못하고 바보 같은 나리타 아키코가 실장이 됐는데 말이야, 세상에 이런 법이 어디 있니?"

"그야 무택이 시녀니까."

"허리 주물러라, 팔 주물러라, 오밤중에도 불러다가 부려먹었으니까 그 대가 아니겠어?"

"나리타 하나뿐이라면? 뇌물 갖다 바쳤는지 모르지만 시시한 것들 실장 된 게 한둘이 아니더라."

옥희 말에,

"나 뇌물 같은 것 갖다 바치지 않았어."

경순이가 응수하듯 말했다.

"누가 너보고 그랬다 했니?"

곧잘 싸우는 이들을 말릴 심산으로 남순자가 입을 열었다.

"아키야마상까지 떨어뜨리면 무택이 의도가 노골적으로 나타나니까 그랬겠지."

그 말에는 모두 동의를 한다.

"아무튼 무택이가 보기 좋게 우리에게 복수를 한 거야. 그리고 니시야마 선생한테 보란 듯. 야비해."

"그럼 우리는 앞으로 어떻게 하지?"

"우리도 반항하는 거야. 지렁이도 밟으면 꿈틀거려."

"우리가 지렁이야?"

"하물며 귀한 집 딸인 우리가 괄시받고 가만있겠니? 골탕을 먹여야지."

"그러기 위해선 단결해야 해."

"그럼. 똘똘 뭉치자. 아키야마상 너도 2료 출신이라는 것 잊지 마라."

"알았어."

경순의 표정이 밝아졌다.

"이건 실장이 되고 안 되고가 문제 아니야. 2료에 대한 도전이고 니시야마 선생에 대한 도전이다."

"비겁하게 치사스럽게, 교육자가 하는 짓이니?"

"지가 무슨 교육자, 기껏해야 바느질이나 가르치는 주제에, 무식하기 짝이 없지."

모두 입을 모아 성토를 한다. 상의는 그들에게 가세하여 뭐라 하지 않았으나 자존심은 제일 많이 상한 것 같았다. 우등생은 아니었지만 상의는 자신이 그리 형편없는 학생이었다는 생각은 하지 않았던 것이다. 백오십 명이 훨씬 넘는 사생들이라 하지만, 더군다나 사 학년 중에 과연 우등생이 몇 명이나 있었겠는가. 고작 한두 명? 많아야 세 명 정도였을 테니까, 진영이 생각을 하니까 상의는 더욱더 견딜 수 없는 기분이었다.

"졸업생들 송별회 때 우리 2료에서 한 연극이 대단한 인기였다는 것도 무택이 마음에 안 들었던 거야. 사감장도 칭찬을 했으니, 어디 두고 보아라 생각했을 거야."

아닌 게 아니라 그 점도 있을 성싶었다. 지난 삼월 초에 기숙사에서는 송별회가 있었다. 기숙사에 있는 졸업생을 위한 것이며 해마다 있는 행사였다. 대개는 노래 춤 시음(詩吟) 만담 같은 것이 고작이었지만 유일하게 2료에서는 연극을 들고 나왔던 것이다. 대본은 경순이가 썼고 진주의 명물들을 등장시킨 연극이었다. 분장도 그럴듯하게 했다. 일종의 희극이었는데 그때 상의는 여학생 단골인 수예점 안주인 역할을 했으나 수줍어서 연기는 별무신통이었다. 우편배달부를 한 오송자와 또개라는 미치광이 역할을 한 신이가 대단한 인기였다. 사감장도 안경을 밀어 올리며 싱글벙글 웃었고 니시야마 선생을 비롯하여 미야지마 선생 사토무라 선생도 열렬한 박수를 보냈다. 간호부 모리는 입을 가리고 고양이 같은 웃음소리를 내었다.

"거 재능 있구먼. 잘했어."

사감장은 칭찬도 했다. 그는 유일한 남성관객이었다. 그리고 졸업생들은 희극을 보면서도 울었다. 다만 사카모토 선생만은 벌레 씹은 듯한 표정을 하고 앉아 있었던 것이다.

"그까짓 일 년만 참고 졸업하면 그만이지만 소행이 괘씸해서, 누르면 쑥어들 줄 아나? 조선인 주제에 니시야마 선생이 까분다 그거 아니겠어? 니시야마 선생을 위해서도 우린 굽혀서는 안 돼. 정말 유치하다."

종소리가 들려왔다. 저녁식사에 가라는 종소리였다.

"밥 생각도 없어."

옥희가 말했다. 집에서 돌아온 날은 사생들 대개가 식욕이 없긴 했다.

"그래도 가자. 무슨 말을 하는지 들어보게. 어떤 얼굴 하고 있는지 보기도 하구."

모두 부스스 일어섰다.

"어쨌든 비참하다, 기분이 나쁘구, 밥 먹을 기분도 아니다만."

각각 제 방으로 흩어진 그들은 젓가락통을 챙겨 들고 나왔다.

"방갈이는 언제 할까?"

"내일 하겠지 뭐. 토요일이니까."

일행이 교문을 나서려 했을 때,

"리노이에상."

하고 남순자가 불렀다. 상의는 그를 힐끗 쳐다본다.

"너 놀랄 거야."

"뭘."

"하여간에."

"말을 하다 말고 왜 그러니?"

"곧 알게 될 거야."

"알게 될 그게 뭔데?"

"글쎄, 1료에 가면 현관 벽에 명단이 붙어 있으니까 싫어도 알게 될걸?"

상의는 화를 낸다.

"사람을 놀리는 거니?"

"그게 아니야. 너 방은 10호실이다."

"10호실이 어때서."

"하여간 상의 너가 젤 심하게 당한 거야."

"말하기 싫으면 관두어!"

"내가 안 해도 이내 알게 될걸?"

"……."

"그게 그러니까 질투 때문에 그랬을까? 참 그 심리가 묘해. 잔인하기도 하고 말이야."

상의는 입술을 꼭 다물고 더 이상 묻지 않았다. 그러나 마음이 편한 것은 물론 아니었다.

'무슨 일일까?'

그러나 아무리 생각해도 감이 잡히지 않았다. 그렇다고 해서 1료로 먼저 달려가는 것도 싫었다. 사실 상의는 진영을 만나는 것이 두려웠다. 인정 못 받는 학생, 시시하고 존재 없는 학생, 그렇게 자신의 모습이 진영에게 비치는 것이 견디기 어려웠던 것이다.

"악질이야. 선생이 어찌 그럴 수 있어? 결국 사이를 갈라놓고, 상의에게 고통을 주려고 그러는 거야."

남순자와 장옥희가 하는 말이 귓가에 흘러들어왔으나 상의는 앞만 보고 걷고 있었다. 그러나 눈앞은 몽롱했고 울음이라도 터뜨리고 싶은 심정이었다. 남순자나 장옥희가 의도적으로 자신을 괴롭히고 있다는 생각이 들기도 했다. 불길한 그들 어투가 무엇을 의미하는지 전혀 알 수 없었지만 그 좋지 않은 일에서 피하여 달아나고 싶은 심정이기도 했다. 발길을 돌려 2료로 되돌아가고 싶은 충동, 그러나 상의는 걷는다.

재잘거리는 소리를 들으며 1료 현관으로 들어선 상의는 신발장에 신발을 넣고 마루로 올라갔다.

"아아 2료와 헤어지는 것은 얼마나 슬픈 일이냐?"

오송자가 큰 소리로 말하며 신발장 앞의 디딤판을 쾅 하고 굴렀다. 그것이 신호인 양 모두가,

"얼마나 슬픈 일이냐!"

하고 합창하듯 말했다. 현관 옆에 오락실이 있었고 그것에 잇달아 있는 것이 사감실이었던 것이다. 사카모토 선생이 사감실에 있는 것을 의식하고 아이들은 그랬던 것이다.

"왜 이리 시끄러우냐."

아니나 다를까 사감실 방문을 열고 사카모토 선생은 내다보며 말했다. 그리고 험한 눈초리로 바라보는 것이었다. 상의는 빨려 들어가듯 나붙은 명단을 쳐다보고 있었고 아이들은 사카모토 선생에게 인사도 없이 식당 쪽으로 발을 굴리듯 하며 몰려간다.

방문을 잡고 서서 노려보는 몸집 큰 사카모토 선생이나 인사도 없이 거친 몸짓을 하며 식당으로 몰려가는 학생들, 그들 사이에는 사제 간에 갖추어야 하는 형식이 완전히 허물어져 있었다. 나이와 상관없이, 선생과 학생이라는 신분과도 관계없이, 같은 또래, 바로 어금지금한 같은 또래로 보였고 의식의 수준도 비슷한 그런 분위기를 자아내고 있었다. 상대가 얼음장같이 차디차고 명확한 미야지마 선생이나 참나무같이 단단하며 야무진 니시야마 선생이었다면 어림 반 푼어치나 있는 일이겠는가. 하기는 이번 방갈이가 불공평하다 해서 비롯

된 감정의 대립만은 아니었다. 2료 상급생과 사카모토 선생은
그 경위야 어찌 되었던 벌써부터 뒤틀린 사이였다. 그렇다 하
더라도 선생은 거의 절대적 명령자로 인식이 되어왔고 학생들
은 선생이 묻는 말에 대답하며 항변할 수 없는 엄격한 규율
속에서는 있을 수 없는 일인데 결국 사카모토 선생이 심술꾸
러기이긴 하나 사람됨이 물러터졌다고 보아야 할 것 같다. 물
러터진 성질은 상대가 약하면 끝없이 잔인해지지만 상대가
강하면 물러서는 그런 것이기는 했지만 여하튼 학생들이 그
를 얕잡아보는 것은 사실이며 본래 하는 짓이 유치하고 감정
을 통제하지 못하는 그의 약점, 게다가 학교에서는 선생들 간
에 인기가 없고 기숙사에서는 사감들 사이에서 고립되어 있
다는 점, 그런 제반 사정을 파악하고 있는 만큼 학생들도 교
활하며 다소는 사악했다 할 수도 있을 것이다.

　학생들은 식당으로 사라졌고 방문을 닫으려다 말고 나붙은
명단 앞에 망연자실한 듯 서 있는 상의를 발견한 사카모토 선
생은 움찔하는 것 같더니 얼른 방문을 닫아버린다.

　각 방으로 배치된 사생들 명단에는 10호실, 白川鎭英 李家
尙義, 그리고 하급생 네 명의 이름이 씌어 있었다. 사 학년 실
장 한 명에 하급생이 다섯 명인 방도 절반쯤 되었고 실장에
사 학년 한 명이 더 있는 방은, 그 한 명이 대부분 2료의 사생
들이었다. 그리고 진영을 실장으로 그 밑에다 상의를 배치한
사카모토 선생의 처사는 한마디로 잔인한 것이었다. 상하 관

계로 만들어놓은 그 의도는 무엇인가. 언제나 실장과 그 밑에 소속되는 동급생의 관계는 좋지 않게 마련이다. 감정충돌이 심한 것도 여태까지의 관성이었다. 2료의 사 학년생은 경순이를 빼고 모두 탈락이 되었다는 말을 듣는 순간 상의는 진영을 맨 먼저 떠올렸고 자존심이 무척이나 상했는데 설마, 상상조차 해본 일이 없는 일이었다. 상의는 식당으로 가지 않고 2료로 되돌아가고 말았다.

식당에는 학생들이 거의 다 모였고 사감들도 다 나와 있었다. 사감들은 나타나지 않는 사카모토 선생을 불만스런 표정으로 기다리고 있었다. 이윽고 그는 나타났다. 식사는 시작되었고 그리고 끝이 났다.

"현관에 붙어 있는 방갈이 명단을 여러분들은 이미 보았을 것입니다. 내일 방갈이를 끝내도록 하세요. 불만이 있는 사람들은 직접 내게 와서 말해주기를 바랍니다."

사카모토 선생은 마치 선전포고라도 하듯 얼굴까지 붉혀가며 말했다. 여느 때와 달리 주의사항이나 전달사항은 일절 없었다. 다른 사감들도 마찬가지였다. 종시 침묵을 지키는 것이었다. 학기 초에는 반드시 각각 사감으로부터 주의사항 전달사항이 있게 마련이다. 그럼에도 언급이 없는 것은 다른 사감들의 불만 표현으로 볼 수 있었고 그들의 감정대립이 한층 심해진 것을 입증하는 것이기도 했다. 그것은 학생들이 생각하는, 미야지마 선생에 대한 사카모토 선생의 질투라든지 니시야마 선생을 조선인이라 하여 멸시한다는 그런 것만은 아니었다. 사생들이 백오십 명을 넘는 기숙사 살림살이는 결코 작은 것은 아니었다. 부모들로부터 송금해오는 다달의 금액도 막대한 것이었고 기숙사 운영비도 상당한 것인 만큼 문제가 없을 수 없는 일이었다. 어쨌든 자유롭게 지내던 집에서 돌아온 사생들은 저녁식사를 끝냄으로써 기숙사의 첫 밤을 맞이했으며 기숙사의 생활이 시작되었다. 식당에서 사생들이 몰려나왔을 때 그들 속에서 진영은 사방을 두리번거리고 있었다. 겨우 남순자를 발견한 진영은 그의 팔을 잡았다.

"미나미상."

남순자가 돌아보았다.

"리노이에상은 아직 안 왔니?"

"왔어."

찜찜해하는 표정으로 남순자는 말했다.

"안 보이던데?"

"글쎄……. 아까 함께 왔는데 되돌아갔나?"

진영은 잠시 눈을 내리깔았다.

"알았어."

"전할 말 있으면 해."

"내일 만날 건데 뭐."

"하여간 고약해."

"……"

"꼭 오니바바* 같애. 리노이에상을 순하게 본 모양인데 크게 당할 거야."

사카모토 선생을 두고 한 말이었지만 진영은 울상이 되었다.

이튿날 오후, 방갈이는 시작되었다. 기숙사는 안팎으로 그야말로 일대 소동이었다. 이불보퉁이, 고리짝, 책상이 들고 나고, 그나마 같은 기숙사 안에서 짐을 옮기는 것은 그리 큰 수고는 아니었지만 떨어져 있는 기숙사에서 이동해오는 것은 여간 번거로운 일이 아니었다. 그리고 비록 몸뻬차림이기는 했지만 한창 멋 부릴 나이, 스스로 세상의 꽃으로 자부하는 소녀들인지라 짐짝을 들고 신작로를 질러가는 자신들 모습을 꼴불견으로 의식하는 만큼 필요 이상 수선을 떨곤 했다. 학교 정문을 나와서 돌아오는 대신 거리를 단축하기 위하여 평소 굳게 잠겨진 학교의 사잇문을 열어놓기는 했으나 넓은 운동장을 가로질러야 했으며 행인과 중학생들이 지나가는 신작로를 어차피 건너야 했으니, 하급생들은 종다리같이 재잘거렸고 이래저래 2료 상급생들은 심란해하는 표정들이었다. 1료에서 다만 방만 옮기게 되어 진작 방갈이를 끝낸 진영은 하급생 두 명과 함께 풀이 죽은 모습으로 2료에 나타났다.

"짐은 다 쌌니?"

"그럭저럭."

상의는 내키지 않는 대답을 했다.

"어서 옮기자."

"리노이에상은 좋겠다. 내 방 하급생은 코빼기도 보이지 않아. 시작부터 차별 대우하는 모양이지?"

방 앞을 지나가다 말고 들어오며 오송자가 말했다.

"아직 방갈이가 끝나지 않아 그럴 거야. 우리가 도와줄게."

진영이 조심스럽게 말했다.

"고맙기는 하다마는, 우리 2료 사생들 신세가 요 모양 요 꼬라지야. 생각만 해도 지긋지긋해. 한 학기 동안 그 꼴을 어떻게 보나 싶어서."

"……."

"위로는 사감님을 위시하여 실장님 시집까지 살아야 하니, 하급생인들 고분고분해주겠니?"

"무슨 말을 그렇게 하니?"

"하여간에 우리 같은 열등생은 치마 뒤집어쓰고 남강물에 빠져 죽어야 해."

"너희들이 어째서 열등생이니?"

"열등하니까 남의 책받침이 된 거 아니겠어? 안 그래?"

하는데 장옥희가 나타났다.

"구레[吳]상 짐 아직 안 옮겼어?"

"너는?"

"그까짓 민적거리고 있으면 뭘 해? 다 옮겼어. 자질구레한 이것만."

옥희는 보자기에 싼 것을 올려서 보인다.

"나 같이 날라줄게."

하다 말고 진영을 본 장옥희는,

"리노이에상 짐 옮겨주려고 왔어?"

"응."

"악질! 하필이면 너하고 리노이에상이니?"

"······."

"무택이가 너희들 우정을 시샘해서 그런 거야. 갈라놓으려고, 쌈 붙이려고 말이야. 악질!"

"싸움은 뭣 땜에 하니."

"지금은 그렇게 말하지만 두고 보아. 의가 상하게 돼 있어. 누구든 자존심은 다 있으니까."

"날더러 그러면 어쩌라는 거니?"

진영은 짜증을 내며 말했다.

"하여간 자존심 팍팍 상한다. 이래 봬도 나 집에서는 귀한 딸자식이라구. 거지 같은 걸 실장이라구 앉혀놓으면서."

토요일은 방갈이 때문에 정신이 없었다. 일요일은 또 제각기 외출을 했기 때문에 별일 없이 넘어갔다. 그러나 2료에서 온 패거리는 의식적으로 행동을 같이했다. 사감실 옆에 있는 세면장에 갈 때는 일부러 마루를 굴러 소리 나게 했고 현관에서 나갈 때, 현관 옆의 오락실에 갈 때는 아아 2료가 그립다 하며 큰 소리로 말하고 킬킬거리곤 했다. 사감실에 있는 사카모토 선생이 들으란 듯, 말하자면 불량기를 발휘하는데 사 학년인 만큼 파워가 셌고 진영은 상의 때문에 그들과 어울리지 않을 수 없게 되었다. 그런데 진영은 상의와의 관계뿐만 아니라 다른 근심거리가 있었는지 어울리기는 해도 늘 우울한 표정이었다. 기숙사의 사정은 그렇다 치고 월요일부터 수업이 시작된 학교에도 큰 변화가 있었다. 차부에서 천숙자가 한 말은 사실이었다. 사 학년의 학과수업은 거의 전폐되다시피, 오전에는 3학급 생도들이 강당에 모여 도립병원에서 온 의사의 간호학 강의를 듣게 된 것이다. 오후에는 일주일에 한 학급씩 교대하여 병원 쪽으로 실습을 나가게 되었는데 학교에서는 학과 선생들 수업이 줄어서 좋았는지 모르지만 병원 쪽에서는 지장이 많았던 것 같았다. 후쿠이[福井]라는 외과 과장은 키가 장대같이 컸고 짧은 얼굴 짧은 이마에 광대뼈가 완강하며 눈썹이 짙고 낯빛이 흰 사내였는데 다른 의사보다 강의는 재미나게 했지만 말씨가 거칠고 성미도 거칠었다. 그는 강의 중에도 거침없이 의사들이 여학교에 차출된 데 대한 불평을 했다. 그러나 국책이니 어쩔 수 없는 일이었고 부득이한 일, 가령 시급한 수술이 있을 때는 의전을 갓 나온 풋내기 인턴을 대신 보내기도 했다. 여드름도 가시지 않은 젊은 인턴이 오는 날의 강당은 벌집 쑤셔놓은 듯 시끄러웠고 학생들은 예사로 그를 놀려먹곤 했다.

　병원으로 실습 나온 여학생들은 우리 밖으로 나온 사슴 떼 같았다. 그들은 하얀 갓포후쿠*를 입고 삼각으로 된 흰 무명

스카프로 머리를 싸 묶었다. 병원에는 때아닌 흰 꽃이 핀 듯 환했으나 그것은 겉모양뿐 병원에는 지장이 컸다. 내과 외과 소아과 산부인과 이비인후과 돌아가면서 실습을 하는데 의사 진료에는 시간 낭비, 방해가 되었던 것이다. 그러나 병원 의사 들은 관대했다.

"졸업하고 우리 병원에 오면 방도 따로 하나 주고 우대하겠 어."

그런 말을 하는 의사도 있었다. 병원에는 여학교를 졸업한 간호부가 없었기 때문이다. 모두 국민학교를 나와 병원의 견 습생으로 있다가 자격을 얻은 사람들이었다.

"병든 사람에게 봉사하는 백의의 천사는 여성의 직업으로 서 숭고한 거야."

그 의사는 거듭 유혹적인 말을 했으나 간호부가 되겠다 생 각하는 학생은 없었다. 상의는 신경 있을 때 아버지에게 백의 의 천사가 되겠다 하고 말했던 일을 생각하곤 했다. 그러나 지금은 아니었다. 왜냐하면 그때 졸업하면 백의의 천사가 되 겠다고 말한 상급생 은자의 말은 이런 일반 병원의 간호부를 말한 것이 아니었기 때문이다. 소위 군대의 부상병을 취급하 는 야전병원의 간호부를 두고 한 말이었던 것이다. 그것은 분 명히 친일적인 것이었으며 상의는 그 당시 그런 것을 전혀 깨 닫지 못했다.

학생들은 병원에 실습 나오는 것을 매우 좋아했다. 그것은 무엇보다 학교라는 것에서 해방되는 느낌 때문이다. 병원은 그들에게 새로운 사회였다. 새로운 일들이 전개되었으며 새로운 대상을 만날 수 있었다. 수업을 생각하지 않는 것만도 무거운 짐을 풀어놓은 것 같았으니까.

"지금쯤 뙤약볕에서 땀을 뻘뻘 흘리면서 교련하고 있을 거야."

학교에 남은 재학생들이 무서운 교련 선생 구령에 따라 몸이 으스러지게 훈련받는 생각을 하면 절로 신이 나는 것이었다. 그리고 또 어떤 때는 남은 두 학급에서 물리다 수학이다 화학이다 하며 수업을 하고 있는 광경을 생각하면서 저절로 안도의 숨을 내쉬기도 했다. 교대가 되면 어차피 교련을 해야 하고 물리다 수학이다 화학이다, 그 골치 아픈 수업 시간을 견디어야 했지만 적잖은 송금을 매달 받아가며 고향을 떠나 공부하러 온 그들, 이 철없는 아가씨들은 하여간 소독 냄새가 감도는 병원이 마냥 즐겁다. 하기는 수술실에 실습하러 들어갔던 여학생 한 사람이 메스로 환자의 배를 가르는 것을 보고 그만 실신한 사건도 있었고, 의사 후쿠이가 노해서,

"저런 것이 연애는 잘할 거다! 바보 같은 것!"

하고 심히 모욕적인 말을 했던 일도 있긴 있었다. 그러나 여학생들은 새처럼 재잘거렸고 웃음이 헤펐다. 의사나 간호부, 병원의 직원, 심지어 입원해 있는 청년, 그런 환자들까지 품평회에 끌어내는가 하면 별명 짓기 혹은 어디서 탐지해왔는지

개인의 가족 상황 생활 수준까지 들추어내어 얘기하는 것을 즐겼다. 그야말로 병원의 넓은 뜨락에 심은 봄꽃같이 규율에서 떠난 시간을 소녀들은 사랑하는 것이었다.

"이 애, 하쿠로노 도모시비 말이야, 그 별명 지은 사람이 누군지 아니?"

"누군데?"

호기심이 동한 것은 말할 나위가 없다.

"그를 사랑하다가 폐병으로 죽어간 청년이 그 별명을 지었다는 거야."

"그래? 죽은 그 사람 문학청년이었던가 부지?"

"그렇지? 별명이 꼭 시구절 같지?"

"그래……. 하지만 얼마나 불쌍하니? 비극이야. 그래 하쿠로노 도모시비도 그 청년을 사랑했대?"

"그건 몰라."

하쿠로노 도모시비[白蠟の燈]라는 별명의 간호부는 도립병원 수많은 간호부 중에서 단연 군계일학이었다. 아름다운 그 간호부를 볼 때 여학생들은 간호부가 되고 싶은 유혹을 느낀다.

"그 간호부 때문에 말이야, 꾀병을 해서 병원에 입원한 부잣집 아들도 있다는 거야."

"정말?"

"내가 남자라도 그러겠다. 정말 그런 미모를 가지고, 그 하쿠로노 도모시비 언니는 우리 학교를 졸업했다지 않아."

"그래. 우리가 이 학년 때 사 학년이었어. 언닌 그리 예쁘지
않아."

"그렇게 된 데는 무슨 사연이 있을 거야."

학생들의 시간은 그렇게 흘러갔다. 기숙사에서는 여전히 2료
패거리들과 사카모토 선생 사이에 암투가 벌어지고 있었다.
그런 와중에서 진영은 많은 고통을 받았다. 상의는 늘 우울해
있었고, 진영은 가끔 한밤중에 이불 속에서 우는 일이 있었
다. 그러나 그것은 그 자신 개인에 관한 일인 것 같았다. 그는
딱 한 번 상의에게 말했다.

"오빠 때문이야."

그 이상은 말하지 않았다. 그러던 참에 사건은 토요일 밤에
터졌다.

토요일 오후에는 사감들도 그러했지만 사생들에게는 특별
한 시간이었다. 물론 자습 시간은 있었고 기숙사에서 짜놓은
시간표대로 종은 꼬박꼬박 울리지만 종소리는 완전히 무시된
채 기숙사는 다만 소용돌이 속에 휘말린다. 환하게 켜져 있는
전등, 유리 창문으로 둘러싸인 복도 밖의 장방형 안뜨락에 돋
아난 풀잎들이 창문에서 새어 나는 여광과도 같은 불빛에 설
렐 무렵, 바로 그 시각이 소용돌이의 절정을 이룬다. 이 밤이
다 가고 새벽녘 기상 종소리가 울려도, 아아 오늘은 학교에
가지 않는다! 그 안도감, 여유, 어렵사리 타낸 용돈이 고스란
히 들어 있는 지갑의 즐거운 감촉, 점찍어놨던 물건을 샀을

때의 기쁨, 안에서 밖으로 나간다는 해방감과 밖에서 마주치게 되는 새로운 대상, 혹 기다리고 있을지도 모르는 사건에 대한 호기심, 그런 모든 것에 기대를 걸어보고 예감에 부풀어 있는 것이 토요일의 저녁인 것이다. 사감의 경우도 마찬가지였다. 수업이나 업무에서 놓여났다는 것, 기숙사에서도 아이들을 풀어주고 감독할 필요가 없는 일요일을 앞두고 느끼는 홀가분함 그것 역시 사감들에게는 해방감일 터이니까. 그러나 그것 이외 토요일 밤만의 특별한 현실이 또 따로 있었다. 어쩌면 그것은 일요일 이상의 흥분이었는지 모른다.

토요일 저녁식사 때는 사감들이 식당에 나타나지 않는다. 그것은 쭉 관례적으로 내려온 일이었다. 전형적인 일본 정원으로 꾸며진 넓은 뜨락에 순 일본식 저택이 들어앉은 높은 담장 안의 그곳은 몇 명 안 되는 일본 아이들 기숙사 3료였는데 사감들은 한나절부터 그곳으로 모이기 때문이다. 말하자면 그곳은 사감들의 휴식공간이었던 것이다. 편안한 옷으로 갈아입고 느긋하게 일본식 별미 음식을 요리해 먹는 것도 관례의 하나였다. 잡담도 하고 음악도 들으면서 또는 보이지 않는 칼로 서로에게 상처를 내기도 하면서, 그러다가 마지막에 목욕을 한 뒤 그들은 각각 자신이 책임지고 있는 기숙사로 돌아오는 것이다. 대개 사생들이 잠든 소등 이후, 때로는 열두 시가 지나서 돌아올 경우도 있었다. 그러니까 낮부터 밤늦게까지 사생들은 사감 없는 자유 천지, 고삐 풀린 망아지처럼 자

유를 만끽하는 것이다. 재잘거리는 목소리는 기숙사를 뒤흔
들고 손뼉 치며 들려오는 높은 웃음소리, 하모니카를 부는가
하면 유행가 가곡을 부르기도 했다. 복도를 퉁탕거리며 뛰어
가는 발소리, 사감실 옆의 세면장에서는 요란스럽게 수도꼭
지를 틀어놓고 머리를 감고 세수를 하며 하급생들은 떠드는
것이었다. 소리는 소리에 연이어져서 바로 소리의 소용돌이를
이루는 것이다. 자리에 들 때 잠옷으로 밖에는 착용이 엄중하
게 금지되어 있는 한복을 상급생들이 고리짝에서 꺼내어 입
는 것도 토요일 밤이었으며 또 그들은 연습이나 하듯 화장을
하기도 했다. 각각 다른 천, 다른 빛깔의 한복을 서로 다투듯
갈아입고 끼리끼리 이 방 저 방에 모여 앉아 노닥거리는데 그
자리는 꽃밭이었다. 떡이며 김밥이며 먹는 것을 파는 야미장
수의 출입도 수월했으며 더러 간 큰 학생들은 몰래 외출을 하
기도 했다. 기숙사에 옴이 전염된 일이 있은 후 대중목욕탕에
가는 학생은 없었지만. 여하튼 축제 같고 온통 술렁대는 토요
일 밤은 15호실에 있는 요장도 관망하는 태도를 취한다.

　2료에서 온 패거리들은 유일하게 경순이가 실장으로 있는
1호실에 진작부터 모여서 진을 치고 있었다. 진영이도 상의를
따라 함께 와 있었다. 무릎을 두 팔로 감싸안고 벽에 등을 기
대듯 앉아 있었다. 그도 덩달아서 화장을 하기도 했으나 아주
엷게, 그러나 연지를 찍은 듯 양 볼이 붉었고, 입술도 붉었다.
열이 있는 모양이었다. 그 모습은 연연하고 아름다웠다. 화장

을 하고 한복을 입은 이들은 그야말로 혼기가 꽉 찬 과년한 처녀들이었다.

"나 내일 나가면 화장품부터 사야겠어. 청구한 대로 용돈을 내줄지 모르지만, 그까짓 모자라면 친척집에 가서 꾸어서라도."

하고 신이가 말했다.

"이 애 너, 제정신 가지고 하는 말이니?"

남순자가 타박 주듯 말했다.

"제정신이라니? 그게 무슨 말이야?"

"화장품 파는 곳이 어디 있어서."

"왜 없니?"

"상점이야 남아 있겠지만 진열장은 텅텅 비어 있더라. 요즘 시국에 화장품이 어디 있어?"

"모르면 가만히나 있어."

"모르다니."

"맹꽁이같이, 부탁을 해놓으면 몰래 갖다 놨다가 건네주는 거야. 값이 비싼 것이 문제지만 말이야."

"정말이니?"

"그럼."

하자 모두 너도 나도 사야겠다고 나서는 것이었다. 내 것도 좀 부탁해달라고 말하는 것이었다.

"한꺼번에 그리 많이 살 수는 없을 거야. 야미로 파는 건데 조심도 해야 하구 말이야."

신이는 슬그머니 물러나듯 말했다.

"이 깍쟁이."

"의리 없다."

"이번만은 나한테 양보해."

등등 모두 한마디씩 그냥 해보는 말들을 했는데 상의는 잠자코 있었으며 진영은 웃기만 했다.

대개 지방의 부호 지주들이거나 먹고살 만한 집안의 딸들이어서 낭비벽이 심한 아이들도 더러 있었고 대체로 소비성향이 만만치 않은 것이 사생들이었다. 일요일이라는 정해진 날에만 물품을 구입하는 점에서 그랬겠지만 그들이 외출하는 날에는 싹쓸이가 되는 상점도 있었다. 심지어 단추까지. 그것도 평생을 두고 쓸 만큼 사재기를 하는데 개중에는 시골 친척들 부탁을 받은 경우도 있었겠지만 소위 결혼준비가 주목적이었다. 물자가 귀해지면서 그런 경향은 한층 심해졌다. 어디 무엇이 있더라는 소문만 나면 한꺼번에 사생들은 몰려갔고 특히 백화점 상점이 있는 일요일의 거리는 끊임없이 사생들이 지나가곤 했다. 노상에서 친한 사이의 사생들이 만나면 으레 뭘 샀느냐, 어디 어디에 무엇이 있더라, 하며 정보교환은 물론 손을 맞잡고 흔들면서 공연히 킬킬거리고 웃기도 했다. 세상이 어떻게 돌아가든, 훨씬 많은, 아니 그 정도겠는가, 대부분 가난한 소녀들이 헐벗고 굶주리는 것도 모르며, 시국으로 인하여 근심 걱정이 가정마다 없는 것도 아니었는데 철없는 아가씨들은 고된 교련이나 근로봉사, 방공연습, 군수품 가공 작업, 기타 수많은 규율에서 놓여나는 순간부터 싱그러운 꽃이 된다. 선택되었다는 자부심, 웬만한 일은 다 통한다는 어리광, 사실 그런 것을 사회는 받아주기도 했다. 상점에서도 그들은 고객이며 환영받는 존재다. 기본적인 반일 감정은 있었겠지만 젊음의 아름다움, 빈곤을 모르는 계층, 그들은 세상이 자신들을 위해 있다는 것으로 착각했고 조선 민족의 일 프로에 해당하는 특혜적 존재가 민족에게 그 얼마나 큰 빚을 지고 있는가를 이들은 아직 모른다. 철없는 아가씨들.

"이 애 내 화장 어떠니? 이만하면 됐어?"

옥희가 상의에게 얼굴을 디밀며 물었다. 상의 대신 남순자가,

"입술이 그게 뭐니?"

"왜?"

"쥐 뜯어 먹은 것 같다."

남순자는 심한 말을 했다.

"구치베니*가 좀 짙었나?"

옥희는 손수건을 꺼내어 입술연지를 지운다.

"요새도 이노우에 선생은 불란서 화장품을 쓸까?"

이번에는 오송자가 말했다.

"구레상 너 가끔 넋 빠진 소리 하더라. 무슨 재주로 불란서 화장품을 쓰니?"

남순자가 타박을 한다.

금붕어처럼 눈알이 튀어나왔다 해서 데메킨[出眼金]이라는 별명으로 불리는 이노우에[井上] 선생은 국어를 가르치는데 그 피부가 어찌나 곱던지 재작년까지만 해도 불란서에서 오는 박래품, 그 화장품을 쓴다는 소문이 자자했다. 학생들은 그들 자신도 불란서 화장품을 쓰기만 하면 이노우에 선생처럼 옥 같은 피부가 되리라 환상하는 것이다. 그리고 또 머나먼 나라, 지도상에서 보았을 뿐이며 더러는 스탕달의『적과 흑』, 발자크의『고리오 영감』등 불란서 소설을 읽은 아이들도 있었지만 그 나라를 신비하게 동경하며 환상하는 것이었다.

"피부만 고우면 뭘 하니? 누구니 해도 멋쟁이는 와다[和田] 선생이야. 얼굴도 예쁘지만 뭘 입어도 단연 최고거든."

"뭘 입어도? 최고급의 옷을 입는 건 사실이잖아."

"와다 선생이 몸뻬 입은 걸 본 적이 없다. 언제나 줄이 빳빳하게 선 즈봉, 날씬한 스타일에는 그만이야."

"그런데 말이지, 그게 글쎄 오빠하고 아버지의 옷이라나?"

소녀라기보다 소년 같은 느낌의 박영숙, 창씨명은 아라모토 에이슈쿠[荒本榮淑]의 모처럼의 말이었다.

"그럴 리가 있나."

"그게 모두 영국제 양복진데, 남자 양복을 고쳐서 입는대. 남자들 국민복을 입으니까 신사복이 소용없지. 생각해봐, 요즘 그런 양복지가 어디 있니?"

"하지만 치마 같은 것도 있고 남자 옷 같은 것으론 도저히

고칠 수 없는 스타일도 있지 않아?"

"그거야 뭐 전부가 그렇다 할 수는 없겠지만."

"오빠랑 아부지가 멋쟁이었던가 부지?"

"귀족이라는 소문도 있어." ·

"새빨간 거짓말이다. 귀족이 뭣 땜에 조선까지 나와서 여학교 선생질을 하겠니?"

"학교에선 그래도 특별대우하는 것 같은데? 야하게 하고 다녀도 뭐라 안 하는 것 같고 근로봉사 때도 곧잘 빠지지 않아?"

"그게 멋쟁이에다 미술 선생이고 처녀니까."

"흥! 처녀 아닌 선생이 몇이나 된다구. 가만히 있자아, 하기와라 그 선생 혼자뿐이야. 무택이도 처녀는 처녀 아니니?"

"이 애 그 여우 얘길 하니까 가슴이 철렁 내려앉는다."

옥희가 가슴을 쓸며 말했다. 여우란 하기와라[萩原] 선생을 두고 하는 말이었다. 삼십을 훨씬 넘어선 하기와라 선생은 언니가 죽은 뒤 형부한테 시집을 간 기혼녀였다. 별명이 여우였으며 사실 아이들은 옥희뿐만 아니라 그의 이름만 들어도 벌벌 떨었다. 왜냐하면 그에게 한번 찍히면 그것은 치명타가 되기 때문이다. 그러나 얘기는 와다 선생으로 돌아갔다.

"처녀도 처녀 나름 아니겠니? 3료의 사토무라 선생하고 와다 선생은 처녀 같고 예쁘긴 하지. 그러나 사토무라 선생은 말할 것도 없고 와다 선생도 매력은 없어. 맹물이야."

"왜 매력이 없어."

"없어. 매력이라면 미야지마 선생이지. 멋 부리지 않아도 말이야. 여름에는 흰 가운, 겨울에는 검정 가운, 화장기 없는 얼굴이지만 말이야. 나는 그 얼음장 같은 미야지마 선생을 사모한다!"

"얼씨구, 그래 봤자 너 같은 것 거들떠보기나 할려구? 오죽하면 별명이 얼음일까."

"사람 무시하지 마. 너는 거들떠볼 것 같니?"

하찮은 일로 티격태격하는데

"얘들아 너희들 무택이 손톱 봤니?"

신이가 엉뚱한 말을 해서 화제를 꺾어버린다.

"봤지. 사람 간을 꺼내어 먹겠더라."

오송자가 말했다.

"다듬기는 다듬었던데?"

"멋 부리느라 기른 거야."

"절구통 같은 몸집, 멋 부린다고 호박꽃이 장미 되나?"

"와다 선생 흉낼 낸 거야. 그래도 눈은 붙어 있어서."

말이 끝나기도 전에 방문이 활짝 열렸다. 사카모토 선생이 슬리퍼를 들고 서 있었다.

"뭣들 하는 거야!"

"어이크!"

혼비백산한 아이들이 화장한 얼굴을 감추기 위해 얼굴을 파묻는데 상의는 반사적으로 벌떡 일어섰다.

'조선말로 했으니 망정이지.'

얼굴을 파묻은 아이들은 동시에 그 생각을 했다. 그들은 시종일관 조선말을 사용했으니 사카모토 선생은 자신의 험담을 들었을 리 없었기 때문이다. 그러나 다음 순간 조선말을 쓴 대가가 무엇인지를 깨닫고 가슴이 철렁 내려앉는 것이었다. 근신이냐 정학이냐 문제의 심각성은 이들의 숨통을 막는 듯했다. 어느새 기숙사는 무인지경같이 조용해져 있었다. 어찌 그렇게도 신속하게 제자리로 돌아갈 수 있었는지 아무도 없는 긴 복도는 깊은 산중의 오솔길만 같았다.

"얼굴 들어!"

더욱더 그들은 얼굴을 파묻는다. 죄 없는 하급생들만이 눈을 내리깔고 책상 앞에 꼿꼿이 앉아 있었다.

"얼굴 들어보란 말이야!"

도대체 이런 시간에 사카모토 선생은 왜 나타났을까. 그것도 발소리가 나지 않게 슬리퍼를 손에 들고서, 이것은 계획적인 음모인가, 우연인가. 아이들은 부지런히 머릿속을 굴려보는 것이었지만 이제는 만사휴의라는 생각만 드는 것이었다. 한편 벌떡 일어선 상의는 똑바로 사카모토 선생을 쳐다보고서 있었다. 전등빛을 받은 상의 얼굴은 백랍같이 희었다. 가면같이 굳어 있었다. 사카모토 선생의 눈빛이 흔들렸다. 애써 상의에게는 개의치 않는다는 태도였으나 분명히 당혹해하는 것이었다.

"죄목이 하나둘이 아니야!"

"처벌하십시오."

상의 입에서 놀라운 말이 나왔다. 엎드린 아이들이 꿈틀거렸고 사카모토 선생은 질린다. 그러나 못 들은 척, 그 말에서 도망이라도 치듯,

"너희들은 조선말을 썼다! 조선옷을 입고 화장까지 했다! 자습 시간에 남의 방에 와서 떠들었고, 이것은 모두 교칙과 사칙(舍則)의 위반이다! 너희들은 평소에도 불량했어!"

그러나 결국 견디다 못한 사카모토 선생은,

"리노이에상!"

크게 소리 질렀다.

"그 태도가 뭐야! 잘했다는 거야!"

사실 상의의 태도는 사카모토 선생을 경악하게 했다. 엎드려 있는 아이들 역시 놀라기는 마찬가지였다. 평소 상의 성격을 잘 아는 그들은 정말 상상조차 할 수 없었던 일이었다. 책을 많이 읽는다는 것 이외 상의는 성적도 중간, 두드러진 존재가 아니었다. 몹시 심약했고 매사에 소극적이며 늘 표현이 부족했다. 그리고 단체생활을 힘들어했다. 남과 다투는 일도 드물었지만 간혹 그럴 경우 흥분은 했지만 감정이 격해지면 말을 못 하는 버릇이 있었다. 물론 그것은 본래의 상의 모습은 아니었다. 환경의 변화에서 극도로 내성적인 성격으로 변했던 것이다. 집에서나 가까운 사람들에게는 꽤 당찬 것을 드

러내기도 했지만 낯선 사람 낯선 환경에 대해서는 저도 모르게 어떤 공포감을 가지는 것 같았다. 그것은 신경에서 부모가 수갑을 차고 끌려가던 그때 그 기억 때문인지도 모른다.

그것도 밀수, 결코 명예롭다 할 수 없는 사건으로, 통영에 와서는 유치장 그 어둡고 캄캄했던 기억, 부끄럽고 음침하고 처참했던 곳, 살벌한 그곳과 그곳 사람들에 대한 기억은 상의에게 오욕, 오욕 그 자체로 가슴 깊이 남아 있었다. 어머니에 대하여 정다울 수 없는 감정도 그 일에서 비롯된 것이었을 것이다. 그런데 진영이를 위시하여 친한 친구들은 상의가 병적으로 예민하며 상처받기 쉬운 성질이라는 것을 알고 있었다. 뿐만 아니라 그들은 상의에게 대하여 묘한 보호심리 같은 것을 가지게 되는데 특히 진영이가 그러했다. 그것은 참 이상한 현상이다. 집에서는 가족들에게 보호자 역할을 하지 않으면 안 되는 상의였으니까 말이다. 사카모토 선생은 상의를 다만 평범한 학생, 희미한 존재로 보고 있었다. 소심하고 온순하며 늘 선생 앞에서는 말도 제대로 못하여 쩔쩔매는 학생으로만 인식했던 것이다. 그러나 오늘 밤 상의의 태도는 강심장인 학생도 감히 취할 수 없는 그런 것이었다. 사카모토 선생이 경악하는 것은 조금도 무리가 아니었다. 방 안의 하급생까지 놀라는 것도 무리는 아니었다. 그간 2료에서 온, 원한 찬 패거리들이 은근히 사카모토 선생을 골탕먹이기는 했으나 어디까지나 그것은 간접적인 행동이었다. 결코 정면대결은 아니었던 것이다. 그리고 학생으로서 그 한계를 넘을 수도 없었다.

"리노이에상! 그 태도가 뭐냐? 그게 학생으로서 취하는 태도야! 고개 빳빳이 쳐들고 누굴 노려보는 거야!"

"그럼 선생님이 취하시는 태도는 어떤 것이지요? 떳떳하신가요?"

"뭐, 뭐라구! 뭐가 어째! 감히."

사카모토 선생의 얼굴은 주홍빛이 되었다. 엎드린 아이들이 몸을 꿈틀거렸다. 하급생들 얼굴에서는 핏기가 가셔졌다.

"하나 물어보겠습니다. 시라카와상하고 저를 한방에 넣으신 의도에 대해서 말씀해주십시오."

"친하니까 그랬다! 그게 뭐 잘못된 일이야! 건방진 것이!"

이성을 잃은 사카모토 선생은 짖어대듯 이빨을 드러내며 악을 썼다.

"상하 관계는 어떤 관계지요? 친해질 수 있는 관계인가요? 차라리 나리타상 밑에 들어갔던 편이 좋았을 텐데요."

사카모토 선생은 낭패한 듯 얼른 말을 못한다. 나리타 아키코는 거의 꼴등 학생으로 학교에서는 빛바랜 낡은 천과도 같이 존재가 엷은 학생이었다. 다만 오밤중이라도 부르면 달려가는 충실한 사카모토 선생의 수족이었다.

상의는 거의 무의식적으로 지껄이고 있는 것 같았다. 제정신으로 말하는 것 같지가 않았다.

"너, 너, 그, 그러면, 그런 태도로 나오면 가만있지 않겠다!

결국 너, 너만 손해라는 것을 알아랏!"

"교육자가 학생보고 장사꾼같이 손해 이익을 따, 따질 수 있는 일입니까."

말끝에서는 목멘 소리였다. 상의는 겨우 현실로 돌아온 것 같았다.

"시끄러!"

사카모토 선생은 방문을 주먹으로 쳤다.

"모두 각자 방으로 돌아가! 못 돌아가겠니!"

그 말은 경기장에서 출발신호가 울린 듯 방에서 아이들은 콩 튀듯 튀어나갔다. 상의도 1호실에서 나왔다. 그는 마치 병자처럼 비틀거리며 복도 유리창을 짚으며 걸었다. 멈추었다간 다시 걸었다. 진영이 그의 뒤를 따랐다. 10호실로 돌아온 상의는 하급생에게 이불을 깔아달라고 간신히 부탁한다.

"왜 이러세요? 언니!"

내용을 잘 모르는 10호실 하급생들은 눈이 휘둥그레졌다.

"어서 이불이나 깔아."

진영이 말했다.

깔아준 이불 속으로 들어간 상의는 머리까지 이불을 뒤집어쓴다. 기숙사는 아직 자습 시간이 끝나지 않았다. 정적! 정적이 마음 바닥을 핥으며 기어들어 왔다가는 멀리 사라지곤 한다.

1호실에서 9호실까지 순찰을 한 사카모토 선생은 식당을 지나 10호실 앞에 왔다. 방문을 두르르 열었다. 이불을 뒤집어쓰고 누운 상의를 한참 동안 노려본다.

"요와무시!"

약충(弱蟲), 겁쟁이라는 뜻이다. 사카모토 선생은 그 한마디를 던져놓고 슬리퍼를 끌며 가버렸다. 그렇게도 당당하게 반항을 하더니 이불을 왜 뒤집어쓰고 누워 있느냐, 비아냥거림이었다. 그러나 그것은 선생이 할 말도 아니었거니와 결코 여유가 있었던 것도 아니었다. 같은 또래의 다툼, 바로 그것이었다. 상의는 학생답지 않게 성숙해진 여자처럼 냉정하게 따지고 들었으며 뜻하지 않은 사태에 처하게 된 사카모토 선생은 이성을 잃고 선생답지 못하게 응수한 그 언동은 결국 수평적 상황으로 보여졌기 때문이다.

상의의 머릿속에선 불이 붙고 있었다. 도대체 무슨 말을 했는가, 상의는 자신이 무슨 말을 했는지 그것을 기억해낼 수 없었다. 다만 모든 것이 끝났다는 것, 끝장이 나고 말았다는 생각만이 바위처럼 뚜렷하게 떠올랐다.

'아버지!'

종이 울렸다. 자습 시간이 끝난 것이다. 정적은 깨어지고 기숙사 안이 술렁거렸다.

'상근아! 끝났어.'

밖으로 뛰어나갔다가 돌아온 하급생들은 이윽고 돌아왔다.

"다른 방에서도 언니들이 울고 야단났어요."

"사감실에 요장이 불려갔대요."

"1호실의 기무라상은 무슨 일이 일어났는지 자신도 상상할 수가 없다, 그러질 않겠어요?"

하급생들은 마치 정보를 모아온 듯 한마디씩 지껄였다.

"계획적이었다, 스파이가 있어서 사카모토 선생에게 알렸다, 그런 말도 하던데요?"

"그래 맞아. 2료 언니들이 1호실에 모인 것을 어떻게 집어 냈지?"

"그만들 해."

진영이 말했다.

기숙사에는 일제히 불이 꺼졌다.

'아버지! 이제 난 어떻게 하지요?'

유리 창문에는 달빛 받은 실개천의 물과 같이 달빛이 흐르고 있었다.

'어떻게 집으로 돌아가지? 죽는 수밖에 없구나. 죽을 수밖에 없어.'

학교에서 퇴학을 당한다는 것은, 특히 여자아이에게는 치명적인 일이다. 그것은 불량의 낙인이기 때문이다. 일생 동안, 결혼하는 데도 그렇지만 사회생활에도 길은 막힌다. 그리고 그것은 오점이며 수치다. 그러나 상의는 후회하지 않았다. 그만큼 상의는 자신의 존엄이 짓밟힌 데 분노하고 있었던 것이다. 일종의 희롱과도 같은 사카모토 선생의 심리 상태를 그는 도저히 용서할 수 없었다. 특히 진영에게 보잘것없는 존재로 자신이 전락한 것은 견딜 수 없는 일이었다. 모든 것을 다 포기하는 한이 있어도 수모만은 받을 수 없었다.

'내가 무슨 말을 했지?'

차츰 자기 자신이 한 말이 생각났다. 어떻게 그런 말들이 입에서 저절로 나왔는지 그것은 상의 자신도 놀라운 사실이었다.

밤은 깊어갔다. 진영이도 잠을 이루지 못하는 것 같았다. 어느덧 달은 유리창에 걸려 있었다. 교교한 달, 적막하고 잔인하기까지 한 달은 상의의 절망을 한층 깊게 한다.

'아버지!'

이불을 다시 뒤집어쓴 상의는 비로소 눈물을 흘렸다. 뼛속 깊은 곳까지 스며드는 외로움, 그것은 슬픔이 아닌 다만 외로움이었다. 땅끝에 홀로 서 있는 그런 외로움이었다.

긴 하룻밤은 지나갔다. 상의는 이불을 뒤집어쓴 채 기상 종소리를 들었다. 세면장으로 달려가는 발소리, 그리고 여러 가지 소리들, 식사의 종이 또 울렸다. 식당으로 몰려가는 발소리, 그러고는 조용해졌다.

"리노이에상."

진영이 부르는 소리였다.

"밥은 먹어야지, 자아 일어나."

책상 위에 밥그릇 놓는 소리가 들렸다.

"일어나."

상의를 흔들었다.

"안 먹겠어."

"그러지 말고, 이럴수록 넌 바보가 되는 거야."

"너는?"

"……?"

"너는 어떻니? 억울하지?"

상의는 벌떡 일어나 앉았다.

"나 땜에 그런 거야."

"그렇지 않아. 우리는 운수가 나빴던 거야. 다 그랬는데 우리만 들켰으니."

상의는 양 무릎을 모으고 턱을 무릎 위에 올렸다.

"나 만주로 갈 거야."

"무슨 소리니?"

"어차피 퇴학당할 거니까."

"그 많은 애들을 어떻게 모두 퇴학을 시키겠니."

"그건 나야. 나는 퇴학당할 거다."

"그런 소리 말고 밥이나 먹어."

"싫어."

상의는 도로 드러눕고 말았다. 요장이 복도를 돌면서,

"외출 전까지 오늘은 대청소를 합니다! 문들 활짝 열어놓고 철저하게 청소합시다."

외치는 소리가 들려왔다.

"저게 무슨 소리예요?"

하급생이 의아해했다.

"외출 전까지 오늘은 대청소를 합니다! 문들 활짝 열어놓고 철저하게 청소합시다!"

요장의 목소리가 가까이 다가왔다.

"무슨 소리야? 대청소라니?"

누군가가 묻는다.

"사감의 명령이야."

요장의 대답이었다.

"심통이 나서 그러는 걸 거예요."

하급생이 혀를 차며 말했다.

기숙사 안의 대청소는 시작되었다. 방마다 방문들을 활짝 열어놓고 털고 쓸고 닦고 야단법석이었지만 10호실만은 문이 닫혀 있었고 하급생들은 복도를 쓰는 둥 마는 둥 하고 있었다. 상의가 누워 있었기 때문이다.

때아닌 대청소가 벌어진 것인데 여느 때와 다르게 요장 대신 사카모토 선생이 복도를 오가며 또 뒤뜰 앞뜰을 쏘다니며 청소를 독려하는 목소리가 들려왔다. 10호실 앞을 지나면서도 사카모토 선생은 큰 소리로 떠들었다. 그러나 닫혀진 문을 열어보려고 그러진 않았다. 이 방은 뭘 하느냐 당연히 따지고 야단을 쳐야 하는데도 그러지 않았다. 각자의 방은 물론 화장실, 세탁장을 겸한 욕실, 세면장, 오락실, 식당을 각각 분담해서 소제를 하고 앞마당 뒷마당 할 것 없이 비질을 하는 등 그야말로 야단법석인데 오로지 10호실만은 고도(孤島)같이 소리가 없었다. 진영은 물품이 들고 나는 창고를 책임지고 있었기 때문에 그곳으로 간 모양이었고 하급생들은 뜰에 나가서 일하는 눈치였다. 어쨌거나 사카모토 선생의 심중이 어떤 것인지 헤아릴 수 없지만 그의 행동은 마치 외곽을 돌면서 시위라도 하는 것 같았다.

대청소는 끝이 났다. 점심식사도 끝이 나고 하급생들은 식당에서 상의 몫의 밥과 반찬을 가져왔다. 그리고 차츰 기숙사 안은 조용해지기 시작했다. 외출을 했기 때문이다. 10호실 하급생들도 외출을 했다. 민적거리던 진영이도,

"나 꼭 가야 할 곳이 있어서, 나갔다 올게."

하고 나갔다. 그가 나가자 어젯밤 사건에 관련된 아이들이 상의 방으로 왔다.

"밥도 안 먹었구나."

"리노이에상 일어나 밥 먹어."

"일어나."

이불을 걷으며 남순자가 잡아 일으킨다. 상의는 어느 누구하고도 만나고 싶지 않았다. 위로받고 싶지도 않았다. 요 위에 망연한 모습으로 앉아 있었다. 그들 2료의 패거리도 전같이 팔팔하고 싱싱하지 않았다. 모두 잠을 자지 않았던지 눈에는 핏발이 서 있었다.

"그까짓 퇴학하라 하면 하는 거지 별수 있니?"

오송자가 허세를 부리며 말했다.

"아무래도 근신은 당할 것 같애."

옥희가 힘없이 말했다. 그렇게 말하는 그들도 마음속으로
는 과연 상의는 어떤 처벌을 받을까 하는 생각이 따로 있었다.

"그는 그렇고 나 얼마나 놀랐는지 모른다. 리노이에상 어쩌
면 말을 그렇게도 잘하니? 나중 일이야 어찌 되든 간에 속이
후련하더라. 그때는, 정말 통쾌했어. 너가 그럴 줄은 꿈에도
몰랐다."

"그래. 정말 그랬어. 무택이 답변을 못해서 허둥대는 꼴이
라니."

"1호실 하급생이 얼마나 놀랐던지 그 언니 미친 줄 알았다
하더래. 무택이를 그렇게 때려눕힐 수 있는 일이니? 더군다나
리노이에상 니가 말이야. 입에서 말이 똑똑 떨어지더구나."

"너희들 지금 그런 말이나 하고 있을 때니? 근신당하고 집
에 가봐? 난리가 날 거야."

역시 옥희의 근심이었다.

"그럼 어떡하니?"

허세를 부리던 오송자의 어세도 한결 떨어졌다.

"그러지 않아도 우리 아버진 정세가 나쁘다구 학교고 뭐고
때려치우고 시집가라 하며 성화신데 근신을 당하고 집에 가
보아. 평판 나빠져서 혼처 안 생긴다고 날 죽이려 드실 거야."

"이 애가? 뭐 우리가 연애를 했니? 남학생하고 편지질이라

도 했단 말이야? 조선말 했다, 조선옷 입었다고, 그게 죄 될 거 뭐 있니? 품행하고 무슨 상관이야? 부모님도 그 점은 이해하셔야 해. 불명예가 아니야."

남순자는 분개하며 말했다.

"그래도 그 내막을 일일이 어찌 알겠어? 아무튼 운수가 지독하게 나빴던 거야. 무택이가 우리를 함정에 빠뜨리려고 노렸던 거야."

옥희 말에는 상관없이,

"시라카와상이 오늘 아침 일찍이 사감실에 갔다는 얘기 들었니?"

남순자가 말했다. 옥희의 눈이 휘둥그레졌다.

"뭐 하러?"

"그야 빌러 갔겠지."

"지 혼자만? 그럼 우리는 어떻게 되는 거지?"

"아니야. 불러서 갔다 하더구먼."

오송자의 말이었다.

"누가 그러데?"

"요장이."

"아니야. 빌러 갔다는 거야."

"그럼 그건 우리를 배신한 거다."

"리노이에상."

"……."

"너보고 시라카와상 아무 말 안 했어?"

옥희가 초조해하며 물었다.

"나 혼자 있고 싶어."

"묻는 말에나 대답해."

"그런 것 몰라."

상의는 누워버린다. 그들에게 등을 돌린 채. 남순자는 뒤늦게 깨달은 것 같다. 상의 앞에서 진영의 얘기를 했던 것이 잘못이었다는 것을 깨달은 것이다.

"나 혼자 있고 싶어. 나가주어."

상의는 돌아누운 채 말했다.

"나가자."

남순자가 먼저 일어섰다.

모두가 다 나갔다. 나가버렸다. 기숙사는 침묵 속에 가라앉았다. 상의도 바닥 모를 심연으로 가라앉는다. 아무 곳에도 출구는 없었다.

"시라카와상이 혼자 빌러 갔다고?"

중얼거려본다.

"혼자 빌러 갔다……."

그러나 상의는 어느덧 통영 집으로는 돌아가지 않고 아버지가 있는 하얼빈으로 도망가는 생각에 골몰하고 있었다.

'천일아저씨보고 데려다 달라 할까?'

아버지의 넓은 가슴에 얼굴을 파묻고 우는 정경을 상상해본다.

 '언젠가 아버진 북경대학에 날 보내준다 하셨어.'

 만주에서의 어린 시절, 그 행복했던 나날을 생각해본다. 어떤 절차를, 그러니까 자기 자신이 감당할 수 없는 절차를 밟지 않고서는 만주로 갈 수 없다는 것을 너무나 잘 알면서 오로지 그것만이 방패인 듯 상의는 매달린다. 자신이 으스러지지 않기 위하여, 공포심에서 벗어나기 위하여, 어쩌면 그것은 본능적인 생존의욕이었는지 모른다. 어쨌든 상의는 짐 싸들고 통영으로는 가고 싶지 않았다. 통영은 그에게 낯선 고장이었다. 진주와 평사리는 기억 속에 어린 날이 점철된 곳이었지만, 통영의 기억도 전혀 없었던 것은 아니었지만 그러나 낯설었다. 밀수사건의 상처 때문이지만 또 하나 이유가 있었다. 상의는 외가 식구들을 사랑했다. 그러나 심리적 어느 부분에는 외가에 대한 소외감이 자리잡고 있었다. 그것은 아버지로 인한 일이었다. 외가에서는 외견상 아버지를 존중했지만 신분적 격차 때문에 아버지에게 상처가 될 요소가 없지 않았다. 그러한 제반 사정은 예민한 상의에게 그대로 반영이 되었던 것이다. 어머니에 대한 반감이나 불만이 밀수사건으로 비롯된 것이기는 했지만 외가의 그런 분위기도 상당한 영향을 주었다.

 조심스럽게 뒤 창문을 두드리는 소리가 들려왔다. 상의는 꿈에서 깨어난 듯 기숙사의 방 안 풍경이 눈에 들어왔다. 동시에 큰 바위가 가슴을 내리누르는 것을 느낀다. 사형수의 기분이 이런 것일까? 구원이 없다는 절망감. 상의는 혼자 빌러 갔다는 진영이 눈앞에 떠올랐다.

'그래 바로 나 혼자야!'

"리노이에상."

소리를 죽이며 부르는 소리였다.

'나는 혼자야 나는…….'

"리노이에상!"

이번에는 큰 소리로 불렀다. 상의가 몸을 일으켰을 때 뒤 창문 밖에는 키 작은 아이, 마음씨 좋은 아주머니같이 생긴 2료 요장이 서 있었다. 그의 뒷면은 잿빛 블록 담벽, 담벽 위에는 어젯밤 달이 떠 있던 하늘이 있었다. 눈이 부시게 푸른 하늘이 있었다.

"니시야마 선생이 오래."

"나를?"

"응."

"무슨 일로?"

창백했던 상의 얼굴에 핏기가 돌았다.

"하여간 어서 가봐."

"……."

"2료에서 기다리고 계셔."

은밀스러운 말투였다. 그러나 그 은밀스러움이야말로 가냘 프지만 상의에게는 한 줄기, 출구 같기도 한 희망의 빛이었다.

"나 먼저 간다아?"

2료의 요장은 서두르듯 발걸음을 옮겨놨다.

상의가 2료에 갔을 때 니시야마 선생은 사감실 아닌 요장실, 1호실에서 상의를 기다리고 있었다. 화난 얼굴도 긴장한 얼굴도 아니었다. 평소에 보는 그런 모습이었다. 그는 갈색 체크무늬의 재킷을 입고 있었다.

"어젯밤 애들이 불미스런 행동을 한 모양인데."

고개를 떨어뜨린 채 상의는 묵묵부답이다. 한동안의 침묵이 흘렀다.

"장난이 지나쳤어. 화장을 했다며?"

"네."

"화장품은 어디서 났지?"

"……"

"연극할 때 쓰다 남은 거니?"

"……"

"그렇군."

고개를 떨어뜨리고 있던 상의는 얼굴을 쳐들었다.

"사카모토 선생이 용서할지 그건 나도 모르겠다. 하지만 학생들은 가서 비는 것이 도리 아닐까? 연극할 때 쓰다 남은 것, 호기심에서 그랬다 하고 빌어. 알아듣겠니?"

"……"

"내가 하라는 대로 해."

"네."

"참말 뜻밖이구나."

그 말은 상의를 두고 하는 말인 것 같았다.

"그럼 됐다, 가보아."

니시야마 선생은 화장품에 관한 얘기만 했지 조선어 사용, 조선옷 착용에 관해서는 언급이 없었다. 그리고 화장품에 관해서도 사 학년 사생들이 대개는 화장품을 가지고 있다는 사실을 니시야마 선생이 모를 리 없었다. 한데 연극 때 썼다는 말을 강조하는 것은 일을 저지른 아이들에게 길을 열어주려는 의도였음이 분명했다.

1료로 돌아온 상의는 외출하지 않고 이불을 쓴 채 누워 있는 옥희와 그 옆에 우두커니 앉아 있는 남순자를 찾아갔다. 그리고 말했다.

"그거 정말이니!"

남순자는 반색을 했고 옥희는 이불을 걷으며 벌떡 일어났다.

"다 생각이 있어서 그러셨을 거야. 내가 막아줄 테니 너희들은 할 도리는 해라 그거 아니겠어?"

남순자 목소리에 탄력이 실렸다. 옥희도 눈을 반짝이며 말했다.

"맞어. 어쨌든 우리가 가서 일단은 빌어보는 것이 순서일 거야. 교칙 사칙을 어긴 건 엄연한 사실이니까."

"니시야마 선생이 그러셨다면 미야지마 선생도 틀림없이

동조하신 거야. 사실 토요일 밤에 그렇게 노는 것은 여태까지 쭉 내려온 관례 아니니? 그건 이미 사감들이 다 아는 일이고, 다만 무택이가 의도적으로 우리를 잡은 것뿐이야. 사실 떳떳할 것도 없지 뭐."

남순자는 확신이 선 듯 말했다.

"그리고 사감장한테 보고를 한다면 말이야, 그때 연극했을 때 얼마나 사감장이 좋아했니? 재주 있다, 하지 않았어? 그때 쓴 화장품으로 철없이 장난쳤다, 기막히네. 아아 니시야마 선생님 고맙습니다!"

남순자는 손뼉까지 치며 신나했다.

외출했던 사생들이 돌아오고 저녁식사가 끝났을 때 2료 패거리들은 식당에 남아 의논으로 들어갔다. 자습 시간이 시작될 때 사감실 앞에 모이자 했고 세부설명은 남순자가 했다. 예민하지만 단순한 아이들은 마치 문제가 시원하게 해결이 된 듯 기가 팔팔 살아났다.

"리노이에상이 니시야마 선생 만난 것은 절대 비밀이다. 알았니?"

경순이 다짐을 둔다.

"우리가 뭐 세 살 먹은 아이니?"

신이가 볼멘소리로 말했다. 상의는 시종일관 진영을 쳐다보지 않았다. 아이들은 각기 흩어졌다. 그리고 얼마 후 첫 번째 자습 시간의 종이 울렸다. 2료 패거리들은 이 방 저 방에서 발소리를 죽이며 나왔다. 그리고 사감실 앞 복도에 모였다. 모두 꿇어앉는다.

"선생님."

경순이가 허두를 끊었다.

"저희들이 모여서 깊이 반성하고 선생님께 용서를 빌러 왔습니다."

슬리퍼가 놓여 있는 것으로 보아 사카모토 선생은 분명히 사감실에 있는 모양인데 아무런 반응이 없었다.

"용서해주시지 않아도 좋습니다. 우리는 다만 잘못을 뉘우치고 사죄하러 왔을 뿐입니다. 어떠한 처벌도 달게 받겠습니다."

혀 짧은 목소리로 또박또박 얘기하는 경순에게,

"화장품, 화장품."

속삭이며 오송자가 경순의 옆구리를 찔렀다. 화장품에 대한 변명을 하라는 것이다. 경순은 오송자의 손을 떼내며,

"실은 화장한 것도 그때 송별회 때, 연극을 하고 쓰다 남은 것을 장난 삼아 한다는 것이…… 잘못했습니다 선생님."

"네 그렇습니다. 장난 삼아서…… 저희들이 잘못했습니다."

"한 번만 용서해주십시오."

저마다 한마디씩 한다. 그러나 사감실 안에 기척은 있었지만 역시 말은 없었다.

"그때 쓰고 버렸더라면 이런 일은 없었을 것인데, 호기심에는 약한 저희들 아닙니까? 그 점을 생각하셔서 제발 용서하여

주십시오. 으흐흐흐…… 으허."

오송자는 맨송맨송 눈을 뜨고서 헛울음 소리를 내었다. 말
하자면 헛울음으로 익살을 부린 것이다. 옥희는 터져 나오려
는 웃음을 막느라 한 손으로 오송자를 때리며 한 손으로 입을
막는다.

"으흐흐흐 선생님."

이번에는 신이가 굵고 우악스런 소리로 우는 시늉이다. 꿇
어앉았던 다리는 어느덧 풀리어 아무렇게나 다리를 내밀었
고, 다수를 믿은 때문인지 소리만 애원조, 심각성을 나타내었
을 뿐 눈으로 보는 광경은 완전히 장난판이다.

"선생님 으흐흐흐……."

소리를 합하여 흐느껴 우는 시늉을 하다가 두 무릎에 얼굴
을 묻으며 웃음을 참고. 첫 번째 자습 시간이 끝난 종이 울렸
다. 종을 치고 난 요장이 이들 복도에 무리지어 있는 우스꽝
스런 모습들을 보고 씩 웃는다. 앞마당에는 톱니 같은 모양의
무궁화 잎새가 환한 달빛 아래 꺼무꺼무해 보였고 그것은 이
따금 바람에 흔들리곤 했다. 통로를 점령당한 하급생들은 식
당을 돌아서 화장실로 가는데 응원이라도 하듯 퉁탕퉁탕 뛰
어서 간다. 둘째 자습 시간의 종이 울렸다. 둘째 자습 시간에
도 상황의 변화가 없었다. 자습 시간에는 반드시 사감은 자습
상태를 살피기 위하여 한 바퀴 돌게 돼 있었다. 그러나 사카
모토 선생은 방 안에서 꿈쩍하지 않고 있는 것이다. 어지간히

469

지쳐버린 아이들은 헛울음도 그만두고 사과 말도 그만두고 복도에 엎드린 채 시간아 가라 하는 식으로 막연해 있었다. 팔팔 살아났던 기가 조금씩 꺾여드는 것 같기도 했다. 진영이와 상의는 헛울음을 울지도 않았고 웃지도 않았으며 처음부터 우울하게 앉아 있었다.

요장이 나와서 자습 시간이 끝나는 종을 울렸다. 이 방 저 방 방문이 열리면서 묶인 시간으로부터 풀려난 사생들이 쏟아져 나왔다. 소등까지는 자유의 시간이다. 그러나 사감실 앞의 복도에서 묶여버린 이들은 진퇴양난, 꼬박이 두 시간을 끌다 보니, 아무리 편안한 자세로 있다고는 하나 딱딱한 마룻바닥은 결코 편안한 자리일 수는 없었다. 학교 강당에서 일주일에 한 번 있는 전교생 명상의 시간, 그 지긋지긋한 마룻바닥의 감촉과 다를 것이 없는 복도, 역시 지긋지긋하기로는 마찬가지였다. 게다가 하급생들 보기에도 민망했고 기숙사 안의 술렁거림, 소용돌이 그 분위기에 마음이 자꾸만 끌려가기도 했다. 이들은 그렇다 치고, 사카모토 선생도 방 안에 갇혀버린 꼴이 되었다.

'왜 아무 말 없을까?'

'도시 어떻게 하자는 거지?'

'우릴 밤새도록 여기 꿇어앉혀 두자는 심산은 설마 아니겠지?'

불안해지기 시작한다. 그랬는데 장지문에 사카모토 선생이 일어서는 그림자가 비쳤다.

'이크!'

혼비백산, 이들은 제멋대로 놔둔 다리를 오므리며 황급히 자세를 고쳐서 꿇어앉는다. 그러나 이거는 또 어찌 된 일인가. 탁! 하고 전등 끄는 소리와 함께 장지문에서 빛이 사라졌다. 그것은 숨이 멎는 것 같은 충격이었다.

'아아, 이제는 죽었구나. 끝까지 해보자는 거다!'

그러나 사태는 또 반전했다.

"밖에 누구, 누구가 와 있니?"

비로소, 처음으로 사카모토 선생의 낮은 목소리가 새나왔다. 빛이 사라진 장지문 안에서.

"네?"

경순이가 엉겁결에 되물었다.

"밖에 누가 와 있는지 이름을 대."

"네! 알았습니다."

경순은 숨이 트인 듯, 그리고 모두 진지해진다.

"미나미 준코[南順子], 구레 마쓰코[吳松子], 하리모토 교쿠키[張本玉姬], 시라카와 진에이[白川鎭英], 아라모토 에이슈쿠[荒本榮淑], 가네야마 노부[金山信], 그리고 리노이에 쇼기[李家尙義], 아키야마 게이준[秋山京順] 이상입니다!"

마치 교련 시간의 중대장 구령 같다.

"모두 몇 명이냐."

"네, 여덟 명입니다."

"알았다."

"……?"

"알았으니 각자 방으로 돌아가아."

목소리는 뜻밖에 부드러웠다.

"고맙습니다. 선생님!"

가슴을 쓸어내리는 시늉을 하며, 오송자는 엉덩이까지 흔들어 보이며 이들은 풀려난 다람쥐처럼 각자 방으로 돌아간다.

"언니! 어떻게 됐어요?"

삼 학년의 고복희(高福姬)가 물었다.

"빌고 왔지 뭐."

딱딱한 목소리로 말하고 나서 진영은 상의에게,

"왼종일 굶고 어떡헐 거야."

역시 딱딱한 목소리로 물었다.

"죽든지 살든지 둘 중 하나겠지. 살고 싶은 마음도 없어."

"미쳤니?"

"……."

"그깟 일로."

"그깟 일?"

"그깟 일이지. 그보다 더한 일이 세상에는 얼마나 많다구. 넌 몰라서 그래. 넌 몰라."

진영의 눈에 눈물이 가득 괴었다.

"괜찮을 거예요, 언니."

고복희가 말했다.

얼마간 안정은 되었지만 상의는 자기 자신이 그 얼마나 망가졌는가를 생각한다. 그리고 치욕감에서 입술을 깨물었다. 빌었다는 것은 무의미한 일이었는지 모른다. 아이들에게는, 처음부터 죄책감 같은 것은 없었으니까. 그러나 상의의 경우는 달랐다. 그들과 함께 마룻바닥에 꿇어앉았다는 사실만으로도 그것은 더할 수 없는 굴욕감이었다. 요와무시! 하고 내뱉던 사카모토 선생의 비아냥거림은 아직 귓가에 쟁쟁했고, 누구누구가 왔느냐 하고 물었을 때도 사카모토 선생은 상의가 왔는지 안 왔는지 확인하려 했던 것이 틀림없었다. 잘못했다고 비록 빌지는 않았지만 꿇어앉았다는 자체가 구차스런 일이었다. 그럴 바에야 뭣 땜에 따지고 반항을 했는가. 상의는 물론 퇴학당하고 싶지는 않았지만 떠나고 싶었다.

"3료에 있는 애, 그 애 말을 들으니까요, 뭔지 모르지만 사카모토 선생이 굉장히 몰리고 있다는 거예요."

고복희가 진영을 보고 하는 말이었다.

"그 애 말을 어떻게 믿니, 저희들끼리 모두 한통속인데."

"세가와 미치코[瀬川道子]라고, 그 애는 달라요. 다른 일본 애들하고는 달라요."

"눈이 큰 아이 말이지?"

"네."

"너하고 친하니까 그렇겠지."

"아니에요, 그래서가 아니에요."

"그 애들, 워낙 수가 적으니까 겸손한 척 본색을 드러내지 않지만 그 속은 모르는 거야."

평소의 진영이답지 않고 꼬고 비틀듯 말했다. 그 목소리 속에는 어떤 원한이 서려 있는 것 같기도 했다.

"하기야 뭐, 조선 아이들도 좀 드세야지요?"

복희는 웃었다.

사실 학교에서는 조선 아이들과 일본 아이들은 거의 어울리지 못했다. 그러나 대립하기에는 일본 아이들의 수가 너무 적었다. 그리고 일본 아이들은 물 위에 뜬 기름 같은 존재였다. 애당초 항일의 역사가 깊었던 이 학교를 내선공학(內鮮共學)이라는 미명하에 공립학교로 만들고 1학급에서 3학급으로 늘렸을 때 조선인 학생과 일본인 학생의 비율을 3대 1로 잡았지만 그보다 훨씬 일본 아이들의 수효는 적었다. 진주에 거주하는 일본인들의 딸이 대부분이며 외지에서 오는 학생은 거의 없었다. 3료에 있는 일본 아이들도 십여 명을 넘지 않았다. 전통적으로 조선인 여학생들이 드센 까닭도 있었지만 한편 일본인 학생들에게는 우수한 아이가 없었고 여러 가지 조건이 못하여 그들의 존재가 희미했는데, 사실 개인으로 일본인을 대하고 보면 소심하고 온순하며 감정 면에서도 그들은 매우 성글었다. 그리고 소극적이며 그들끼리 노는 것을 보아도 형식적이며 냉담했다. 그들끼리도 속마음을 터놓고 지내는 것 같지 않았다. 조선 아이들처럼 친하면 늘 같이 붙어다니고 그 정애가 짙지만 또 반대로 미워하면 미움을 낱낱이 내뱉는 그런 성미하고는 대조적으로 그들의 교유는 싱겁고 차가웠다. 그러니까 고복희와 세가와가 친하게 지낸다는 것은 특별한 경우라 할 수 있을 것이다. 민족적 감정을 배제하고라도 특별한 경우다.

"그 애 말이 사카모토 선생에게 약점이 있는 모양이라 하더군요."

"그야 미야지마 선생하고 니시야마 선생을 모략했으니까 그럴 테지."

"아니에요. 그런 것보다…… 어젯밤에도 뭔지 모르지만 사카모토 선생이 몰리는 것 같더라는 거예요. 선생들이 모인 방에서 큰 소리도 나구, 그래서 사카모토 선생이 3료에서 일찍 떠났다는 거예요."

"그래?"

"세가와상도 사카모토 선생을 좋아하지 않아요. 요와이모노 이지메* 그 성격이 싫다는 거예요."

"그럼 어젯밤, 누가 고자질한 건 아니었구나."

진영은 혼잣말같이 중얼거렸다.

"리노이에상, 그건 오해였나 부지? 그렇지?"

진영은 침묵을 지키고 있는 상의에게 말을 걸었다. 상의는 다만 고개만 끄덕였다.

모두들 이부자리를 깔고 잠자리에 들 준비를 하고 기숙사 방들에서 전등이 하나둘 꺼진다. 그새 들리지 않았는데 미루나무에 바람 지나가는 소리가 들려왔다. 먼 곳에서 개 짖는 소리도 들려왔다. 어젯밤보다 어둠은 상의에게 한결 편안함을 준다. 손발이 잦아들듯, 심장이 난도질당하듯 어젯밤은 그러했지만 지금 어둠은, 다만 영원히 밝아지지 않을 것을 염원하는 편안함이 있었다. 잠이 오지 않기론 어젯밤과 같았다.

　"리노이에상."

　발소리가 다가오더니 문밖에서 상의를 부른다. 요장의 목소리였다.

　"왜 그래?"

　상의는 어둠을 쳐다보고 있는데 진영이 물었다.

　"선생님이 오래."

　"리노이에상 일어나 가봐."

　진영이 상의를 흔들었다.

　사감실 앞에서,

　"10호실 리노이에 쇼기, 선생님이 불러서 왔습니다."

　상의는 한기를 느끼며 말했다.

　"들어와."

　방문을 열고 상의는 사감실에 들어갔다. 한기는 차츰 심해졌고 무슨 까닭인지 다리가 후들후들 떨린다.

　"거기 앉아."

전등은 끄고 스탠드만 켜져 있는 방 안은 어두웠다. 잠옷을 입은 사카모토 선생은 단정하게 앉아서 한동안 말이 없다가,

"리노이에상."

"네."

"선생도 사람이니까 완벽하다 할 수 없겠지."

"……."

"그러나 학생이 학생의 본분을 잃는다는 것도 잘하는 짓은 아닐 거야."

상의는 앉아서 두 손으로 양 무릎을 꽉 누르는데도 다리는 후들거렸다.

"여자란 첫째 순직하지 않으면 시집을 가도 시부모님한테 귀여움을 못 받는 법이야. 나는 리노이에상이 그런 반항적 기질이 있는 것은 미처 몰랐다. 이번 문제를 학교에다 넘기려고 생각 안 한 것은 아니지만 평소 온순했던 너의 성격을 감안해서 자존심이 상했을 것이라는 생각도 뒤미처 해보았고 그러니 없었던 일로 하겠다. 그러나 두 번 다시 이런 일이 있으면 그때는 용서하지 않을 것이야."

상의는 여전히 무릎을 두 손으로 꽉 누르고 있었다.

"그럼 가보아."

〈20권으로 이어집니다〉

어휘 풀이

간빈[燗瓶]: 술을 데우기 위한 그릇이나 병.

갓포후쿠[割烹服]: 할팽(베고 삶는다는 뜻으로, 음식을 조리함을 의미)할 때 입는 일본
식 옷.

구치베니[口紅]: 입술연지. 루주.

도테라[縕袍]: 솜을 넣은 잠옷.

보속: 보석(步石). 디디고 다닐 수 있게 드문드문 놓은 평평한 돌.

산판(山坂): 나무를 찍어 내는 일판.

아라와시[荒鷲]: 사나운 독수리. 하늘의 용사. 용감한 비행사.

얼썽: 마구 어질러져 잔뜩 쌓여 있는 모양. 늑얼상, 얼산

엉글 나다: 신물이 나다. 진절머리가 나다.

오니바바[鬼婆]: 노파 모습의 악귀. 마귀할멈.

요와이모노 이지메[弱い者苛め]: 약한 자를 괴롭힘. 집단따돌림.

옷초코초이[おっちょこちょい]: 경박함. 경박한 사람. 덜렁쇠. 촐랑이.

이나리즈시[稲荷寿司]: 유부초밥.

좌수(座首): 향청의 우두머리.

토지 19 완간 30주년 기념 특별판

5부 4권

특별판 1쇄 인쇄 2024년 6월 14일
특별판 1쇄 발행 2024년 6월 26일

지은이 박경리
펴낸이 김선식

부사장 김은영
콘텐츠사업2본부장 박현미
디자인 정명희
콘텐츠사업6팀장 임경섭 **콘텐츠사업6팀** 정지혜, 곽수빈, 정명희
마케팅본부장 권장규 **마케팅1팀** 최혜령, 오서영, 문서희 **채널1팀** 박태준
미디어홍보본부장 정명찬 **브랜드관리팀** 안지혜, 오수미, 김은지, 이소영
뉴미디어팀 김민정, 이지은, 홍수경, 서가을, 문윤정, 이예주
크리에이티브팀 임유나, 변승주, 김화정, 장세진, 박장미, 박주현
지식교양팀 이수인, 염아라, 석찬미, 김혜원, 백지은
편집관리팀 조세현, 김호주, 백설희 **저작권팀** 한승빈, 이슬, 윤제희
재무관리팀 하미선, 윤이경, 김재경, 임혜정, 이슬기
인사총무팀 강미숙, 지석배, 김혜진, 황종원
제작관리팀 이소현, 김소영, 김진경, 최완규, 이지우, 박예찬
물류관리팀 김형기, 김선민, 주정훈, 김선진, 한유현, 전태연, 양문현, 이민운

펴낸곳 다산북스 **출판등록** 2005년 12월 23일 제313-2005-00277호
주소 경기도 파주시 회동길 490
전화 02-704-1724 **팩스** 02-703-2219
이메일 dasanbooks@dasanbooks.com
홈페이지 www.dasan.group **블로그** blog.naver.com/dasan_books
용지 스마일몬스터피앤엠 **인쇄** 상지사피앤비 **코팅 및 후가공** 제이오엘앤피 **제본** 상지사피앤비

ISBN 979-11-306-9945-5 (세트)